长篇小说

这里曾有人来过

韩唐 / 著

群众出版社

图书在版编目（CIP）数据
这里曾有人来过／韩唐著. —北京：群众出版社，2021. 5
ISBN 978-7-5014-6090-8
Ⅰ. ①这… Ⅱ. ①韩… Ⅲ. ①长篇小说—中国—当代 Ⅳ. ①I247. 5
中国版本图书馆 CIP 数据核字（2021）第 073897 号

这里曾有人来过

韩 唐 著

出版发行：群众出版社
地　　址：北京市丰台区方庄芳星园三区 15 号楼
邮政编码：100078
经　　销：新华书店
印　　刷：北京市泰锐印刷有限责任公司

版　　次：2021 年 5 月第 1 版
印　　次：2022 年 1 月第 2 次
印　　张：10. 125
开　　本：880 毫米×1230 毫米　1/32
字　　数：291 千字

书　　号：ISBN 978-7-5014-6090-8
定　　价：49. 00 元

网　　址：www. qzcbs. com
电子邮箱：qzcbs@ sohu. com

营销中心电话：010-83903991
读者服务部电话（门市）：010-83903257
警官读者俱乐部电话（网购、邮购）：010-83901775
文艺分社电话：010-83901330　　010-83903973

目　录

第一章
你不曾孤单

我叫严喆，是个被撤职的刑警队长。

处长在办公室骂我的声音整栋楼都能听见，我死死攥着拳，努力不让眼泪流下来。脑子里唯一的想法就是，哪怕豁出这条命，也要把枪找回来。

一

上个月，我第一次带队去贵省盘水市的大山里抓人，嫌疑人是贵山镇派出所事业编干部姜平安，今年50岁，干了一辈子公安，抓过不少坏人，多次立功受奖。据我们掌握的证据，老姜从2010年开始在网上贩卖公民信息。他盗用同事公安内网权限，帮人查询居住地址、开房记录等信息，非法获利数万元。

贵山镇地处西南十万大山深处，群山环绕，是脱贫攻坚的重点地区，近年政府修通高速公路生活才逐渐改善。到达这里后，我们先秘密调查，掌握老姜的活动规律，发现他枪不离身，想要万无一失地抓捕并不容易。于是，我们和县公安局刑警大队的同事一起制订了严密的抓捕计划，先让县公安局政工办以开会的名义把老姜引出来，在他停车的瞬间，我们两辆车前后夹击把他卡住，然后动手抓人。

这是我第一次当专案组组长，所以我全力以赴，熬了几个通宵，抓捕计划反复推演了无数遍，前后两辆车的跟踪路线、行动人员和老姜的下车地点都精心挑选。为确保不出任何意外，我还在抓捕现场周围用农用三轮车和电瓶车设置路障，防止老姜狗急跳墙。

行动那天，老姜接到县局的涉密会议通知，强调让他独自参会。上午9点，他从派出所出发，开了一辆老捷达。蹲点的同志报告，车里只有老姜自己。

我们立刻行动，两辆轿车各坐四人，一辆在路口等候，另一辆半路出发跟在老姜车后。一切顺利，老姜准时抵达会场门口，在他靠边停车的瞬间，前车和后车突然刹车，把捷达别住，车里的兄弟们第一时间冲出去，把他团团包围。老姜很意外，没来得及反应就被我拿枪顶住了脑袋。

任务顺利完成，大家都舒了口气准备把人押走。路过我身边的时候，老姜突然看向我，脸上带着哀戚：“兄弟，我老婆身体不好，孩子才刚念书，给他们留点钱吃饭。谢了！”

我没说话，心里却有点感慨，老姜这人挺有情义，他老婆是残疾人没工作，孩子刚上小学，还有两个老人，全家上下全靠老姜的工资支撑，贩卖个人信息跟他家的经济条件也多少有点关系。

老姜到案以后，我们去他位于贵山镇的家里搜查。老姜家刚翻盖了二层小楼，我们开车绕了两个多小时山路才到。同事们上楼搜查，我跟他老婆在一楼坐着。

老姜的老婆腰椎有问题，只能斜靠在沙发上，脸色蜡黄蜡黄的，也不说话，就瞪着两只眼盯着我，跟看仇人似的。我打量一下屋里，水泥地面、红色砖墙，家具都是上了年头的木质桌椅，墙角还堆着从山里挖回的药材，只有墙上挂的立功奖状让屋子显得明亮了些。

很快，同事们从楼上下来跟我说没什么发现，家里只有台老式彩电和一辆破摩托车值点钱。我们又不可能扛着电视骑着摩托回去，所以只能作罢。我问他老婆，家里有没有现金，放在哪里。

老姜老婆指了指我坐的沙发椅，我掀开坐垫，看见下面放了个塑料袋，打开一看整整齐齐两摞人民币。我想起老姜被捕时跟我说的话，这才明白他的意思。

同事问我怎么办，要不要没收。我有点犹豫，两万块钱对当地人来说可是一笔巨款。如果这钱是贩卖信息的赃款那肯定得没收，如果不是赃款就可以留下。据老姜交代，他贩卖信息的钱全用来翻新房子了，不仅没剩下反而还欠好几万。

我问她钱是哪儿来的。女人说是老姜卖草药攒的，预备给孩子念书用。我有点半信半疑，不过看到她家墙上贴的那些奖状，心里又软了。

“这样吧，钱我们先不没收，不过你写份保证书，保证钱的合法来源。如果将来发现你说谎就要承担法律责任。”我跟她解释清楚，让同事找来纸笔，她歪歪扭扭写完保证书，又按了手印。这下我才放心，准备收队离开。

出门的时候，我看见屋檐下晒的腊肉，还有只野兔子，觉得搜查不能空手而归，就把兔子扔进后备厢，准备晚上犒劳大伙。

又在山里颠簸了半天，总算在天黑前赶回县城。县公安局刑警大队的领导请我们吃饭，我们拿上兔子欣然赴约，任务完成所有人都挺轻松，打算好好吃一顿。没想到刚喝了两口酒，饭店老板就来了，说那只兔子身上有个洞，好像是子弹打穿的，之前晒干了没注意，准备下锅时才发现。

这下我们坐不住了，国家对枪支管得很严，除了合法狩猎都不能用枪打猎。我们赶紧把兔子送到县局技术科连夜做鉴定，结果大吃一惊，那个弹孔竟然不是老姜的手枪子弹，而是步枪子弹造成的。

老姜一个小小的派出所事业编干部，哪里来的步枪？案子的性质变了，我们又连夜和县公安局刑警大队提审老姜，追问枪支来源。他供述步枪是从盗猎分子那儿得来的，被他藏在家里，时不时打点野味，后来卖掉了。我们问他卖给谁了，他说不知道，对方是打猎时在山里遇见的，给了他两万块钱现金。

我脑袋嗡的一声，问他对方长啥样，什么口音。老姜却说记不清了，当时天快黑了，对方戴着帽子，说着标准的普通话，不像本地人。看见他的步枪就缠着要买，老姜盖房子欠了债随便开价两万，没想到对方想都没想直接掏现金给他。

老姜明知对方行为有点反常，哪有打猎带那么多现金的，但他刚把子弹打完，想着只卖枪应该没事，而且家里外债不少，一咬牙就把枪给卖了。事后他也害怕，所以谁都没说，就跟老婆说是卖草药的钱。没想到一只兔子露了馅儿。

县里也很紧张，赶紧通知镇派出所，先去老姜家把那两万块钱找到，切记保存好包装，希望能从上面提取到生物检材。结果镇派出所反馈，钱已经存进了银行，塑料袋也让老姜老婆盛了咸菜，盐汤一泡什么证据都没了。

枪案非同小可，上级对此事高度关注，但两万块钱赃款没被没收的责任却在我身上，而且因此导致重要线索中断，纪检督察要追究专案组责任。为此，珠江市公安局被通报，我这个刚上任没两天的刑警队长成了主要责任人，职务被撤不说，还被行政记过，从刑警队调到信访办，每天接待各路上访群众，给人赔笑端茶，成了别人眼里的笑话。

我心里憋屈，想不通，老姜被抓他那个家就散了，在没有证据证明那两万元钱是赃款的情况下，把钱留给他们活命有什么错？我从小是我妈卖废品养大的，失去父亲的孩子有多可怜外人根本理解不了。

就在我走投无路的时候，我收到一条陌生人发来的短信：“想找步枪线索，可以跟我合作。”

二

发信息的号码是网络虚拟的，服务器在海外，根本查不到来源。我知道对方肯定在暗中盯着我，但我却不知道他是谁。

想用这个要挟老子，没门儿！

我不仅要找回步枪，还要把这个鬼鬼祟祟的家伙揪出来。为此，我必须想办法调回办案部门。我找了经侦、禁毒、反恐的领导，凭我的条件，名牌大学毕业，业务骨干，人缘也不差，平时哪个部门不想要？可现在就因为局里的处分决定，谁都不敢答应。

那几天，我大把大把掉头发，整晚整晚睡不着觉，工作也恍恍惚惚，每天神经兮兮的，一有时间就往领导办公室钻。市局各个业务部门的人都知道我，有领导被我缠得受不了，私下暗示，想调走只能去求市局一把手庄旭，只要他点头我想去哪儿都行。

怎么办？

局长可不是谁想见就能见的，除非我也学那些上访的，去市局门口拦车堵路，估计真那样干的话饭碗都得丢了。我想了不少点子，比如给局长写信特快专递寄给他、打听他的手机号码发短信等，但这些办法都不能保证他一定看，搞不好还弄巧成拙。

我像只没头苍蝇似的见人就打听，终于以前带过我的老队长董盼山给我透露了一个信息：局长庄旭喜欢参观警察荣誉馆，时不时就会去一趟。我可以去那儿守着，也许能碰见他。

正好荣誉馆保存了许多历史资料，我们信访办经常要去查证，这给了我去荣誉馆的完美借口。于是，我主动找信访办主任，要求把那些陈年积案和历史遗留问题都交给我。

主任和同事们以为我受了刺激，精神出现问题，这些积案每件都是老大难，部门里面全都推来推去，没人愿意干。不知道我这个不安心工作的家伙哪根筋不对，竟然主动要接手，领导当然高兴，还当着部门所有人的面狠狠表扬了我一通。

从那以后，我白天接访，傍晚去警察荣誉馆，然后尽可能地赖在二楼资料室——这里的窗户正对大门，方便观察进出人员。

功夫不负有心人，终于被我等到了。那天晚上 8 点多，局长庄旭带着秘书溜达到荣誉馆门口。我正在二楼资料室啃面包，见到他出现比发现犯罪嫌疑人还激动，三两步就冲到楼下展览厅。不过让我大跌眼镜的是，原本冷冷清清的展览厅不知道什么时候竟冒出来十几个“观众”，大家都是一副被革命先烈感动得热泪盈眶的模样站在大厅里，目光有意无意地瞟向入口。

庄旭刚到门口，一群人就围了上去，亲热地打招呼寒暄，把我晾在旁边，连给庄旭敬礼的机会都没抢着。我一看这样不行啊，有心冲过去拦住庄旭，但当着这么多人的面又怕起反作用。想了想还是不能贸然行事，只好悄悄退开了。

当天晚上，我又收到一条陌生短信：“明天有人去上访，帮他们解决问题，我给你步枪线索。”

又是那个海外虚拟号码，这家伙是吃定我了吗？只是我怎么有点动心呢。

每天来信访办上访的人没有一百也有五十，我怎么知道他说的是哪个？这家伙究竟想干什么？我捧着手机辗转反侧，一夜没睡。

第二天，我照常去信访办上班，所有反映陈年积案的老上访户都被派到我这里：有十年前犯错误被开除要求平反的，有年轻时被绑架现在跑来举报警察不作为的……每个人我都仔细观察，生怕漏掉重要线索，但看来看去也没弄明白神秘短信说的是谁。

因为人太多了，我特意在脚边摆了个旧纸箱，那些明显不靠谱的上访材料都被我悄悄丢进去卖废品，剩下那些比较靠谱的则仔细收好回头慢慢调查。虽然这样不合规，但我这种巴不得早点儿离开信访办的“刺头”才不会在意，恨不得天天被群众举报才好呢。

下午的时候，信访办来的四位老人引起了我的注意，四位老人中年龄最小的也有 80 岁了，都坐着轮椅。我问他们反映什么，老人的家属说四位老人都是公安局密探，20 世纪 50 年代在工厂当暗哨，公安局承诺完成任务后转成正式警察，结果工厂都倒闭了也没转。现在老人们年龄越来越大，有一个去年不在了，他们觉得应该有个说法，要个交代。

我要他们提供材料或者证明，结果什么都没有，他们说和他们联系的公安叫“李锣”，是公安局刑侦处的民警。除了这个李锣没人知道他们的身份。我问他们怎么确定这个李锣是公安，别是骗子冒充的。

老人们说李锣穿着公安制服带着手枪，怎么可能是假的呢？还有一点，他们的任务是保护厂里生产的军用设备配件的安全，暗中观察有没有敌特分子，一干就是 30 年，哪有骗子干等 30 年啥也不要的。

我听了以后觉得这事跟其他上访案不太一样，会不会就是短信里提到的上访人呢？所以我记得很详细，回头去荣誉馆资料室查一下，看看有没有叫李锣的人。

我看他们穿的衣服都挺旧，轮椅扶手的颜色都磨没了，一副老态龙钟的样子，不太像是发短信给我的人。同时心里也有些替他们不值，一辈子就这样耗过去了，也不知道当初那个李锣是不是骗他们，搞不好根本就没办法转成正式公安。

我把白天收到的材料整理好，没用的丢进废纸箱，剩下的抱去荣誉馆查资料。心想这个荣誉馆还是挺有用的，历史资料丰富，每个民警都应该来学习学习。突然，我想到自己在这里泡了这么久，应该写份报告主动吸引局长庄旭的注意才对。这比和一帮人挤在楼下假装偶遇强多了。

打定主意，我就开始动笔。用了一晚上，我写出一份改进荣誉馆展览模式、更好地激发队伍战斗力的报告，通过信访办渠道报给局领导。

果然，第二天庄旭就在报告上做了批示，让荣誉馆认真研究吸纳。当天晚上，庄旭又来到荣誉馆，虽然展览厅里还有不少人，但他直接点了我的名字，我在众人羡慕嫉妒的眼神里屁颠屁颠跑过去。心想，这条大鱼总算上钩了！

庄旭问我怎么想起改进荣誉馆工作了。我回答现在信访办工作需要查阅历史资料，所以经常来这里参观，时间久了发现荣誉馆可是个宝库，里面不仅收藏展览了珠江市公安系统的英雄模范和光荣事迹，还有很多珍贵的资料，可以给现代公安工作提供很有价值的参考。

庄旭听得连连点头，感慨他也有同感，所以对我提出的把资料室改建成图书馆、展厅定期举行警察荣誉活动等建议非常支持。

我见他心情不错趁机提出，自己在信访办工作了一段时间，感觉自己更适合办案部门，加上之前的事有心结，希望他同意我重回刑警队，最好还负责姜平安的案子，把步枪找回来。

庄旭笑了笑，问我参观荣誉馆有什么体会。我装作很激动的样子，说体会特深刻，看了这么多可歌可泣的事迹，我更想继承英模们的遗志把咱们珠江市公安系统的优良传统发扬光大，希望局长给我个将功补过的机会，哪怕去基层、去最苦的岗位我都愿意。

庄旭说我不老实，不跟他说实话，让我在信访办好好沉淀一下自己，做警察不是光会破案抓人就够的，还得明白为什么要去做这件事，真正理解人民警察的含义。

我说我听不懂，他的话太深奥了。庄旭让我用心体会，慢慢就懂了，然后他就走了。我突然感觉好像被忽悠了，明明是提要求的，怎么变成要在信访办好好沉淀呢？本来激动的心情一下子又低落起来。

单位不给我机会，我就自己去找机会。在刑警队的时候我认识几个珠江市半黑半白的人物，其中有个叫大龙的，是老城区这片土生土长的混混儿，从小打架斗殴，还因为故意伤害被判刑三年，出来以后就在本地开棋牌室和洗脚房，消息灵通。我打算把他发展成线人，看能不能找到贩枪的线索。

大龙的棋牌室在云山区的老居民区里，不好找。我骑着共享单车转了半个小时才到地方。这是一栋老商住楼，一楼是网吧、小卖部，二楼是棋牌休闲，还挂着个“大富豪棋牌”的招牌，外表看起来破破烂烂。我上到二楼，过了两道门才听见里面喧闹的人声，前台小妹见过我，急忙给大龙打电话。

我沿着走廊一路溜达，两边的麻将房里坐满了人，不少快递员和送外卖的，一个个叼着烟聚精会神地看着牌桌，从他们的表情上我就知道这帮人在赌钱，就是不知道玩的有多大。

再往里面走就是休闲区了，也被分割成一个个小房间，里面粉色的小灯亮着，还有个冲凉房，可能我来的不是时候，休闲区的房间没什么人。但一看就知道不是好地方。

“严哥，什么风把你吹来了。”大龙的嗓门儿很大，跟他的人一样带着强烈的威慑感，普通人听见肯定心慌，不过这对我没什么用。我跟他说找个安静地方，跟他谈点事。

大龙马上安排了一个小房间，里面摆着麻将桌还有几瓶饮料，他殷勤地给我递烟倒可乐，不过我都没接，谁知道里面有没有下药，这点警惕性我还是有的。

“这人你帮我留意一下，手里有枪。”我把省厅专家的画像递给大龙，“很危险，到哪儿哪儿出事，你们也小心点。”

大龙被我的话唬住了，拿着画像看了又看，说没见过。他会让手下人盯着，有什么发现的话第一时间通知我。说完正事，我准备离开，却被他拉住：

“严哥，我们公司准备扩大规模，全市各个区都开分店，现在广告已经铺天盖地宣传出去了。你看有没有兴趣入点股，支持兄弟一下？”

他这话我听明白了，这是想拉我下水，让我当保护伞。我立马表明立场，国家规定公务员不能经商办企业，再说我那点收入还得孝敬我妈，没钱掺和。他守法经营我替他高兴，要是敢碰黄赌毒我第一个饶不了他。大龙说哪能呢，让我绝对放心，以后随时来玩。

我嘴上说好但心里一点儿也不信，大龙这种人都是无利不起早，没好处的事绝对不会干。唉，看来这条路也指望不上了。

我把能想到的办法都尝试了一遍，现在实在没招儿了，晚上躺在床上，睁着两只眼直到天亮。

第二天，我顶着两个黑眼圈去上班，刚到办公室，主任叫我过去，我心想难道是我乱扔信访材料的事被发现了？为这点儿小事不至于再给我个处分吧。

“给你的，明天就办手续。”主任见我进了屋，从桌上拿起一份红头文件丢过来，我看见标题写着“调岗通知”四个大字，正文还有我的名字，从信访办调到云山区公安分局刑警大队。

我靠，老庄真给力啊！还是局长说话好使。我心里乐开了花，只要回刑警队我就有信心把枪找回来！

像宝贝一样捧着调岗通知，我回到座位上收拾东西，明天就可以去新单位报到了，一想到这个我就恨不得跳起来。主任叮嘱我把手头的工作交接好，不要留尾巴。我自然满口答应。

整理工作的时候，我看见桌面上那几个老人的受理记录，他们的信访件是我经办的，按理说得由我办结才能交接，但我急着去新部门报到，就把这事交代给旁边的同事小白负责。

在信访办蹲了一个多月，我终于离开了这个鬼地方！

三

云山区公安分局就在老城区，以前是珠江市公安局的办公地，后来城市发展，市局搬去新区，这里成了分局。附近楼房密度很大，而且都是30年以上的老房子，道路狭窄逼仄，已经沦落成与城中村差不多的存在。分局后面就是老市局家属院，除了一些退休老领导还住在这里外，其他房子都租给外来打工的了，还有些房子由单位改造成宿舍。我刚来报到的时候就住在这里，所以对这片比较熟。

第二天一大早，我就带着通知来报到了，人事部门分配好了岗位，刑警大队行动队。他们带着我七拐八拐地来到个破旧的办公室，门框都被白蚁啃干净了，我怀疑咳嗽一声大门都能塌了。进了屋，里面就一个人，正靠在沙发上看报纸，两只脚搭在办公桌上一晃一晃的。

我咳嗽一声，对方把报纸往下挪了挪，露出两只眼睛：“小严来啦?”

我赶紧立正敬礼，大声道：“董处长好!”

老董放下报纸哈哈大笑，让我别扯淡，他可不是处长。我也笑嘻嘻地坐下给他递烟。老董算是我半个师父，当年我刚进刑警队的时候他是大队长，教了我不少东西，感情自然不错。后来他到了分局，算是提拔，可惜的是前两年抓贼的时候从天桥上摔下来，把腿摔瘸了，领导照顾给他解决了副处级待遇退了二线。

我知道老董在云山分局，但没想到他就在行动队，以后就是我领导，而且老董资历老、威信高，其他人都给面子。有他在办什么事都方便得多，这让我对找步枪线索更有信心了。

老董跟我说，行动队可是苦地方，别人都不愿意来，天天加班出差，工作压力大得不得了，只有那些犯了错误需要教育的人才会被“发配”过来。我问他队里还有谁，老董说还有两个：一个叫关猛，“985”大学毕业，学电子工程，很有性格，抓强奸犯的时候一枪把人打成了太监，受处分来了这里；另一个叫梁峰，转业干部，特种兵出身，下手没轻没重的，也犯了错误。

这种组合一听就很刺激。我问他们去哪儿了，老董说出去抓人了，市局家属院昨天上午被盗，他们今天都在外面忙这事。

问清楚地方，我出了分局，从路边找了辆没锁的共享单车晃晃悠悠骑过去，最后在一个小卖部门口停下来。梁峰穿着一件黑色T恤，下面是条浅灰色运动裤，脚上穿了双洞洞鞋，正坐在小卖部里抽烟，见到我点点头。

我支好车子，问他什么情况。梁峰朝路对面网吧努努嘴：“关猛刚进去，嫌疑人在里面上网呢。”我问他怎么找到的，他说路边有家公司的监控正好拍到了作案过程，所以一下就找到了。

我知道他说的应该是另一起案子，和家属院盗窃案不是一码事。果然，梁峰掏出手机给我看视频，一个年轻姑娘在路边正常行走，一个家伙突然从后面冲上来抱住受害人，在脖子上、脸上一顿乱啃，吓得小姑娘摔倒在地，那小子趁机抢走挎包，里面手机、钱包和现金加起来价值差不多有一万元。

刚看完视频，关猛从网吧出来了，他穿得挺正式，白衬衣、黑西裤，外面套了件灰夹克，典型的政府公职人员打扮。我有点不习惯，刑警队的人穿什么都行，就是不能穿警服和正装，你还没进屋呢嫌疑人就被你吸引住了，还抓个屁啊！

“他平时都这身打扮？”我问梁峰，他点点头：“差不多吧，基本上跟华尔街白领没什么区别。”

关猛过来看了我一眼，说嫌疑人就在里面，第三排 18 号机，戴鸭舌帽那个就是。梁峰起身朝外走去，我伸手拦住他：“你就这么进去？”

梁峰点点头：“不这么进去还怎么进去？”

我问他有没有抓捕计划，对方身上有没有刀？没想到梁峰不屑地摆摆手，有刀没刀对他来说没区别，反正最后都得拖出来。然后大大咧咧地进了网吧。

我见关猛一副看好戏的模样，皱皱眉头，也朝网吧走去。一进门，正看见梁峰动手的一幕，这家伙真是暴力，什么策略也没有，走到鸭舌帽跟前突然一巴掌扇对方脸上，把鸭舌帽直接抽出去三米多远，躺在地上半天爬不起来。梁峰走过去一提领子，像拖死狗一样把人拖了出来。

刚才还乱哄哄的网吧此刻鸦雀无声，不少人捂住嘴巴、缩紧脖子，生怕被这位好汉盯上。梁峰拖着嫌疑人大摇大摆地走向门口，路过我身边的时候，鸭舌帽好像清醒了一些，冷不丁从口袋里掏出弹簧刀，朝梁峰小腹刺去。梁峰一个不留神，躲得慢了点，刀尖正好扎在侧腰上。

要不是我手疾眼快攥住鸭舌帽的手腕子，刀子非得刺进去不可。梁峰感激地看我一眼，一把捏住鸭舌帽的手指向后一掰，“咔嚓”一声脆响，刀子掉在地上，那小子彻底昏过去。

“还敢暴力拒捕？跟警察动刀子？”梁峰把弹簧刀捡起来一边往外走一边大声骂，对腰上的伤一点儿都不在意。

我们仨在门口会合，我问梁峰有没有事，他掀开衣服看见腰间划开一个两厘米长的口子，正往外流血。说小意思，走进小卖部让老板拿一片姨妈巾，然后娴熟地拆开包装，往伤口上一蒙再拿皮带绑上就算搞定了。

我张张嘴，不知道该说啥，只好问他们是不是要回去做笔录、办手续送拘留所。关猛说不用，咱们行动队就负责抓捕，那些手续交给大队办。我这才明白，敢情我们纯粹是做苦力的，怪不得老董说行动队没人愿意来。

把嫌疑人带回分局，我们去家属院看现场。负责勘查的刑技科已经出了报告，但我们还得再去看一遍，纸上的东西终究没有现场感受的真实。关猛打开挎包，拿出一份勘查报告，递给我。

我仔细看了一遍，上面写的作案过程很简单：昨天上午 9 点到 10 点，小偷用脚踹开房门，进屋盗窃，不过房子没人住，家具都没几件，所以用撬棍一通打砸，然后逃离现场。

这也没经济损失，至于立案吗？我有点疑惑。关猛说，这屋子是市局刑侦处老处长钟晨家，老处长上世纪 80 年代因公牺牲，又没有子女，所以房子一直空着，每个月物业费的名单上都有老处长名字，好像他还活在里面一样。

那我明白了，钟晨可是我们系统里的一面旗帜，我入警第一天就听老董说过他的事迹，说起来老董还算他的学生。老处长家被盗，甭管丢没丢东西这事都没完，这小蟊贼肯定要倒霉了。

到了家属院，这里一共盖了十几栋六层高的老房子，都是苏联风格的火柴盒，一个个方方正正的。老处长家在中间那栋的五楼，房子朝南，光线充足，对面没什么遮挡，也没装防盗网，估计小偷就是看中这一点才下的手。

进了屋，我们三个四处看看，确实没什么可偷的，两室一厅的房子除了两个衣柜、几把椅子外，空荡荡的什么都没有。这还偷个屁啊，我是小偷也得哭。

不过，让人奇怪的是，屋里的衣柜全被砸了，靠墙的衣柜板都用撬棍撑开，连厨房天花板都没放过，掀得乱七八糟。关猛看得直皱眉："这个贼是干装修出身的吗？怎么连洗手盆都不放过，拆得七零八落的。"

"是不是来找东西的？"我有点疑惑，"难道老处长家里藏了什么宝贝？"但这样的话应该不会踹门，否则会惊动左邻右舍。还有一种可能就是为了报复老处长专门来砸房子的。不过老处长牺牲了30年，仇人怎么也50多岁了，这个年纪的人上门打打砸砸的可能性不大。

我想了想，觉得小偷可能是个新手，冲动暴躁，文化程度不高，技术也不怎么样，所以挑选目标才选了老处长家这种没有防盗网的老房子。可进屋后发现什么都没有，所以打砸了一通发泄。他应该就在附近的劳务市场出没，最近那些行业竞争激烈工作不好找的要重点排查。

离开家属院后，我们回到单位，大队那边通知我们已经调取了周围街道的监控。我问家属院里面的监控呢，他们说市局家属院从来没招过贼，监控探头坏了多少年没修过，只能找到周围街道的。

没办法，我们去饭堂吃了晚饭，然后赶到监控室看监控视频。周围几条街上的监控全都搞来了，上千小时的录像得一点一点地看，每个人影都得留意，这可是个磨人的苦力活儿。我买了几罐红牛分给大家，然后分头干活儿。

熬到晚上12点，我们仨揉着酸涩的眼睛出了监控室，都憋了一肚子火，老城区的街道光线不足，白天人来人往的根本看不清，这大半天算是白瞎了。

关猛和梁峰皱着眉回家睡觉，我还有事所以留在办公室。

我先登录刑侦的大数据系统，把姜平安的卷宗调出来，仔细查看他的审讯记录，尤其是步枪线索丢失后的笔录。这是我调走以后专案组讯问的，接手的同事还在认真调查，只是线索太少，又是外省的案子，我们办起来阻力重重。

姜平安的笔录很详细，办案人员把调查重点放在枪支来源上，这和我的想法不谋而合。买家带着现金来找老姜肯定早知道他手里有步枪，打猎只是个幌子。而且老姜很肯定自己把枪藏得非常隐蔽，连家人都不知道，所以唯一的可能就是盗猎分子把消息泄露给了其他人。

据老姜供述，他查获的盗猎分子是两个人，一个带着弓箭，一个背着枪，正好被上山采草药的老姜撞见，于是被抓。老姜从小在山里长大，最喜欢打猎，做梦都想要一把好枪，没想到真被他碰上了。所以他把枪扣下，私自放两个盗猎分子离开。

老姜清楚这样做是犯法的，但他实在太喜欢枪了，而且在贵山镇干了一辈子，这里的一草一木他都了如指掌，自信偷藏一把枪不会有任何问题。唯一担心的就是这两个人出去乱说，所以特意记下了他们的名字和身份证号，威胁他们随时可以抓他们坐牢。两个盗猎分子吓得六神无主，赌咒发誓决不会乱说，这才放他们离开。

我激动得不行，这两个盗猎分子一个叫张铁军，一个叫胡爱国，身份证号码也清清楚楚。有了这些线索，找到步枪是早晚的事。我赶紧去查两个人的户籍信息，没想到系统里弹出来已经死亡注销的结果，两个人都是如此。从死亡时间上看，就在他们被姜平安抓到后不到一个月就相继死去，专案组的侦查也因此陷入停滞。

这也太巧了吧，会不会是买枪那人干的？还是姜平安杀人灭口？我刚想继续找他们的死因，办公室的门被人推开，我一看是老董，他裹着大衣靠着门框："正好你还在，家属院又被盗了。"

我抬头看看表，凌晨 3 点 20 分。

老董说大队长召集所有人开会，我想了想建议他别叫关猛和梁峰了，他们俩累了一天，刚回去睡觉再叫回来有点不近人情。有什么工作我先扛着吧。

老董笑着拍拍我肩膀，说他就喜欢我这样的年轻人。我认真翻着报案记录：凌晨 2 点，退休的政治处冯主任家里电视突然开机，声音很响，震得左邻右舍不得安宁。邻居跑过来敲门发现门已经被打开，屋子里被翻得底朝天，一个人都没有，只有电视机在放央视法制频道的纪录片。邻居赶紧报警，派出所到现场马上通知分局刑警大队。

会上，大队长表情严肃，他已经在分局领导面前立了军令状，三天内一定破案，押上了大队长这顶乌纱帽。大队全体到岗，全力以赴破案。然后他看见我们行动队的位置上少了两个，瞪了我一眼："关猛和梁峰哪儿去了？"

"他们忙到晚上 12 点，回去休息会儿。"我赶紧解释，"梁峰白天抓人受了点伤，有什么任务交给我就行。"

大队长脸色不太好看，让他们早上按时到位。我点点头没有说话。

勘查报告很快出炉，结果挺让人惊讶的，这次盗窃竟然是高手做的，技术开锁，现场除了脚印外什么有价值的痕迹都没提取到，连手印都没有，更不要说指纹了。进屋时间大概是凌晨 1 点，进屋后从里向外沿固定顺序翻找，手法娴熟，每个角落都没落下。离开前故意打开电视调到法制频道，调大音量，然后从容离去。邻居被声音吵醒后又忍了 20 多分钟才去敲门，这时距离小偷离开已经过去了将近半个小时。

大队长眉头拧成一团，这个案子有点麻烦，物证太少，唯一提取到的足印也因为小偷穿了鞋套而变得有些不确定。其次是小偷的动机很怪，明明是入室盗窃，为什么走的时候要把电视打开，还专门调到法制频道，当时正在播放的是《夜线》栏目，讲的是出轨引发的一起命案。这和小偷的动机有什么关系？大家众说纷纭，难以统一。

这时候，另外一组筛查视频的队员进来报告，他们在家属院外面的小巷子里看到一个背影，迅速从镜头里跑过，看时间正好在凌晨 2 点 10 分左右，很可能是小偷。大队长马上命令扩大搜寻范围，把这个方向的所有监控全部调出来逐个排查。其他人分头行动，开始实地摸排。我们被安排上路巡查，有时候小偷盗窃后不会立刻离开反而会偷偷溜回现场观察，所以警方很有必要第一时间派人在犯罪现场周围安排巡查，经常会有意外收获。

老董腿脚不便，我硬逼着他留在办公室，自己带上装备沿着家属院外围开始巡查。这会儿才凌晨 4 点，正是夜深人静的时候，马路上连个鬼影都看不见，更别说小偷了。我一边打哈欠一边走路，困得眼睛都睁不开了，还得强忍着坚持。

就在这时，手机振了一下，又是一条短信："时间不多了，步枪里还有子弹。"

妈的，什么意思？我一个激灵，顿时清醒过来，难道买走那把枪的人要作案？

我不敢再往下想，身上一个劲儿地冒冷汗，好像下一秒就能听见远处传来的枪声。

就这样煎熬着过了一夜。早晨 8 点，我回到办公室，其他小组也回来了，大家都没什么发现，那个跑过去的背影好像凭空消失了一样。大队长改变策略，所有人重新分配路线，以背影出现的位置为起点向前推进，沿途所有的住户挨家挨户上门走访，一个可疑人员都不能放过。

关猛和梁峰赶到单位，让我回去休息，但大队长给我们分配的辖区很大，靠他们俩一天时间根本排查不完。我咬咬牙决定再熬一天。于是我和关猛一组，老董和梁峰一组，从家属院南边的马路开始挨家挨户地走访。

这片区域常住居民 36 万人，流动人口 5.8 万人，几个主要路口日均人流量都在 5 万人次以上，排查工作量大得吓人。我俩带齐装备，先从路边商铺入手，五金店、小卖部、理发馆、快餐店之类的一路聊下去，不到一个小时就说得口干舌燥。关猛精心打理的头发也被汗水浸湿，裤脚上溅得全是泥点子。这对他来说简直无法忍受，表情越来越不耐烦，后来变成由我负责聊天，他跟在我屁股后面当陪衬。

眼看到了中午，我们问了近百家商户，没有一家见过这两起案件的嫌疑人，遇到门口安装了监控的，我还得亲自过去查看一下，确认案发时间段监控里是否拍到嫌疑人的影像。到后来，我连路都看不清了，明明睁着眼睛张着嘴却不知道自己在和什么人说话。

关猛赶紧扶住我，说下面的事交给他，我点点头拧开一瓶矿泉水浇到脑袋上，一丝凉意让我清醒了一点儿，这才起身继续往前走。

下午2点多的时候，辖区几条主要街道已经走得差不多，剩下的就是一些小巷子。我们俩饿得前胸贴后背，站都站不稳，正好街口有家沙县小吃，便摇摇晃晃地走进去。

进了店里，我和关猛先打量了一下吃饭的食客，没发现什么可疑人员，然后坐在靠门口的桌子边，叫老板先上两笼蒸饺、一盘青菜，然后又叫了两碗云吞面。趁老板做饭的工夫，我跟老板瞎聊起来，问问生意怎么样，有没有人故意找事之类的，然后又打听最近周边发生过什么事，来店里吃饭的有没有生面孔，或者行为比较奇怪的人。

老板立刻说前天上午就有一个，穿着深蓝色工作服，拎着根铁棍来店里吃饭，一个人吃了三碗面，走的时候不给钱还要打人，把老板气得够呛。

“拎着根铁棍？多长的？”我和关猛对视一眼，不约而同想到了撬老处长家的那个小偷，他就带着根撬棍，而且技术科已经鉴定出铁棍的长度和外观，如果老板说的这个人能对上那就八九不离十了。

“大概半个手臂那么长吧，也不太粗，一头比较扁还有点弧度，黑色的，看着挺吓人。”老板的描述和技术科的鉴定完全一致，再加上他对那个人外貌的描述，我们基本上可以肯定就是那个贼了。

我让他们店里把监控调出来，关猛通知大队派人取证，果然监控画面里的人前天上午11点左右进店，手里拎着个布袋子，从形状看里面放着的就是那根铁棍。11点20分，那个人吃完饭，站起身离开，老板过去要钱，他从袋子里掏出铁棍一下砸在桌子上，吓得店里其他人纷纷起身，然后那人大摇大摆地离开。

没错，就是这家伙！

我们看见的那根撬棍和技术科鉴定的一模一样，绝不会错。不一会儿，大队长亲自带人过来，锁定嫌疑人，案子也有底了。我见大队长心情不错，趁机跟他请了个假，我已经两天没合眼，得回去补个觉。大队长痛快地批准，给我五个小时睡觉时间，晚上7点回办公室待命。

我离开沙县小吃没回家睡觉，而是喝了两罐红牛，直奔市公安局刑警支队，昨天晚上我查到的那两个盗猎分子莫名其妙死了，这事儿只能回刑警队找专案组打听。到了队里，他们告诉我这两个人的死亡都是意外，但具体情况他们还在调查。然后把卷宗拿出来给我：

张铁军，男，48岁，贵省巴水市钱王山村村民，2013年4月因交通意外死亡，肇事车辆无法查找。死因：石块击中后脑。

我打开事故认定书，发现这个张铁军真够倒霉的，好端端在县道边上行走，旁边一辆大货车驶过，车轮轧过一堆碎石头，其中一块被崩飞正好打在张铁军的头部侧后方，货车司机根本没意识到有人受伤所以没停车就走了。张铁军受伤后挣扎着爬到路上，后面经过的车把他送到医院，但没抢救过来。

我反复看了那块造成张铁军死亡的石头，就是路上常见的碎石，大概有婴儿拳头那么大，一端比较尖锐，货车庞大的车身压上去确实存在崩飞的可能。想来想去都觉得这事太小概率了，不找到那辆大货车很难判断究竟是不是人为的。

翻到胡爱国这里，他和张铁军是一个地方的，死因更奇葩，竟然是被自己孩子毒死的。严格来说不算下毒，而是吃了混在猪红粥里的水泥导致死亡。他儿子才五岁，家里修房子剩的水泥放在灶台下面，小孩儿偷拿出来玩，不知道什么原因给搅进了粥里，农村的猪红粥本来血腥气就比较重，胡爱国也没注意，咕咚咕咚喝了一碗，第二天肚子剧痛，等送到医院的时候已经咽气了。

两个人所在的村子相距不远，死亡时间相差不到半个月，看起来有些蹊跷。专案组已经派人过去调查，但过去半年多了，调查难度可想而知。

我正琢磨呢，手机突然响了，打电话的是信访办同事小白。她告诉我，前两天那几位老人的上访案有了初步结果。经过仔细查询，档案里没有发现相关记录，而且全市公安系统从新中国成立到现在都没有叫“李锣”的人。按照规定，这种情况只能认定他们的诉求没有依据，不予办理。

小白说，这四位老人知道了结果，每天还是会到信访办坐一会儿，不吵不闹的，就是过来看看市局大门长啥样。她都觉得有些不忍了，问我有什么好办法。我说没有办法，除非另外有证据，否则谁都帮不了他们。

小白听完很失望，她说四位老人身体都很差，搞不好哪天就会有人离开，他们尽职尽责地工作了几十年，最后还带着遗憾走实在太残忍了。她听说我跟局长有交情，问我能不能去找局长反映一下。我告诉她我跟庄旭没交情，而且没有证据，就算找局长也没用。与其找庄旭，还不如找找报社、电视台，让舆论关注一下，没准儿那个李锣看见了就会主动站出来呢。

挂掉电话，我找专案组了解这两个人的生活经历，他们生前长年在外打工，跟着施工队到处干工程，没有前科，按理说不太可能和枪支牵扯上。我又把他们之前打工去过的地方列出来，光近五年去过的工地就密密麻麻两大页，仅盗猎的前一年，这两个人就去过三个城市十几个工地。

会不会是他们在哪个工地干活儿的时候认识了什么人，然后搞到枪才去贵省盗猎的？我把这个思路跟同事说了，他们也觉得有可能，但现在专案组的精力还是得放在调查死亡原因上，只有确定他们死于意外才能考虑其他方向。我说我有时间，我先去摸摸情况。

四

从刑警队回到单位，第一起案子的嫌疑人身份查清楚了：阚明明，男，29 岁，桂西人，现在珠江市最大的物流园打零工，住在物流园旁边的出租屋里。经过调查，阚明明上个月因为盗窃客户包裹被辞退，最近一段时间没有收入。经过了解，这个人性格冲动易怒，在公司里人缘很差，平时除了喝酒外没什么爱好，身体特征也和现场勘查的结果一一对应。大队长立即拍板，晚上进行抓捕，由行动队负责。

我们把地图铺在办公室桌子上，阚明明租住的屋子在一栋筒子楼的八层，是顶楼，周围住户都是物流园的工人，身份复杂，整栋楼只有一个楼梯，只要把楼梯守住上面的人肯定没地方跑。

根据侦查，阚明明这两天都在物流园周围晃悠，晚上一般会去附近的大排档吃饭，每顿还会喝半斤散装白酒，回到家一般在晚上 10 点半左右。现在已经是晚上 7 点 45 分，抓捕地点有三个选择，一是在大排档吃饭的地方，二是在阚明明回家的路上，三是等他到家之后。我认为最好在他回家上楼的时候行动，楼下安排人把守，就算有意外他也跑不掉。老董支持我的提议，所以方案就这样定了。

跟大队长报告一声，我们四个驱车赶往物流园。到达后，先和侦查组的同事会合，他们正坐在筒子楼外面的水果店里吃香蕉，筒子楼的出入口就在对面，视线良好。

阚明明没吃晚饭，一直待在家里。同事告诉我们，今天下午他回来之后就没出门，和平时不太一样。

“楼里什么情况?”我看着对面八层高的筒子楼问道，“有没有进屋看一下?”

同事说下午时间太紧，只在外围进行了解，没有进屋。我问老董怎么办，这家伙一直猫在家里，之前的计划没用了。老董说两条路，要么继续等，要么直接冲进去。梁峰马上表态，要求直接撞门。我想了想，也同意冲进去，不过要特警支援，盾牌防刺服什么的都得配上。梁峰有点不以为然，但也不好意思反对，我呼叫指挥中心派特警支援。

确定了行动方案，我们几个决定先上楼观察。关猛小声问我：“你是不是没回去休息?”

我笑了笑：“被你发现了。”

关猛皱眉：“是步枪的事儿吧?别把自己逼太紧，还有专案组呢。”

“唉，你不知道，我这一个多月在信访办光琢磨这事儿了，总觉得哪里不对劲。”我摇摇头说，“步枪一天找不到，我就一天睡不好觉。”

话音刚落，就听见对讲机里传来侦查组同事的声音：“目标出门，已经下楼。”

我们才刚到四楼，这时候马上下楼还不会暴露，但梁峰跃跃欲试直接冲上楼梯准备动手。我现在喊他已经来不及了，只好跟上去，同时让关猛和老董守住楼梯口，务必把人截住。

我和梁峰刚到五楼就和阚明明迎面相遇。这家伙身上酒气很重，走起路来大摇大摆，狭窄的楼梯上几乎被他占满，我跟梁峰贴着墙都躲不过去。

阚明明抡着胳膊从台阶上下来，好像故意似的身体往梁峰这边转了一下，我看得清楚他的右腿有一个明显的蹬地动作，惊呼一声小心，他的脚已经朝梁峰面门踢来。梁峰反应很快，没有躲避反而迎着他的腿向上一跃，直接撞向阚明明的前胸，后者没想到梁峰动作这么敏捷，一下被扑倒在地。

楼梯上撑不住两个大男人，他们倒地后顺着台阶滚了下去，我手疾眼快拉住梁峰，他借力一撑站直身体。阚明明则用脚勾住扶手栏杆，头下脚上和我们对视了一眼，然后两手向下一按，身体后翻，脚尖在楼梯转角处一点，整个人纵身跃向楼下。紧跟着传来关猛和老董的怒吼，等我们赶到时人已经没了踪影。

妈的，被人涮了！梁峰怒极，直接从楼梯上跳下楼拼命追赶，我和关猛紧跟其后，刚到楼下就看见特警的巡逻车赶到，侦查组的同事正朝一个小巷冲去，我们发了疯似的一路狂追，但物流园这片到处都是货仓，我们对地形不熟，追了半天也没看见阚明明的影子。

行动队抓捕失败。

啪！

会议室里，大队长一巴掌砸在桌子上，震得茶杯都跟着跳起来：“你们能不能用点脑子！什么方案都没有就往上冲，你们脑子是吃屎的吗？”

梁峰满脸通红，脑袋都快低到桌子下面了，这次任务失败主要责任都在他身上，仗着自己身手好做什么都不动脑子，现在算是栽了个大跟头。我们也不好说什么，只能跟着挨训，老董作为行动队负责人也挺没面子的，不过他资历老脸皮厚，端着茶杯一口接一口地喝着，脸上一点儿不好意思的表情都没有，反而笑眯眯的。

“说，你们打算怎么办？我可是跟领导打了包票的，三天之内不破案我这个大队长就不干了。”大队长咣咣地砸着桌子喊道，“现在已经过去一天，你们给我个态度，这事怎么办？”

梁峰腾一下从座位上站起来，梗着脖子叫道：“我也立军令状，今天之内一定把人抓住，否则老子就辞职，这身衣服不要了！”

会议室里鸦雀无声，大队长点点头：“好，这话可是你说的。现在已经晚上了，我也不为难你，明天中午 12 点前把人抓回来，做不到就走人，爱去哪儿去哪儿。”

这话说得有点过分，老董放下水杯：“我也一样，抓不到人我跟小梁一块儿走人。”说罢，我们几个人一块儿起身，离开会议室。我瞟了一眼大队长，见他脸色一阵红一阵白地僵在原地，老董可以说是他的前辈，弄成这样谁的脸上都不好看。

办公室里，老董打了几个电话，然后对我们三个说，他已经把能用的关系都用上了，物流园周边的派出所也全通知了，阚明明跑的时候喝了酒，身上也没带行李，肯定走不远。我们组织人手，洗地毯一样筛过去肯定能找到。

梁峰拿上装备说：“这事是我惹的，你们都不用动，我去抓人。”关猛拦住他，说这是行动队的事，要干大家一起干。

“都别吵，你们看看这里。”我伸手指着桌子上铺的物流园地图，他们三个好奇地凑过来，见我的手指点在阚明明家不远的一块地方，正是之前调查他每晚喝酒的那片大排档。

“这里怎么了？阚明明下楼的时候酒气熏天，难道还会去喝酒？”梁峰不解。

“你们记得不，阚明明平时每晚都去这里喝酒然后才回家，今天却没有去而是在家里喝的。”我点了点地图道，“一个喜欢喝酒的人怎么突然不喝了？”

关猛想了想说：“难道是没钱了？”

“没错，还记得他为什么去偷老处长家吗？就是因为缺钱。现在穷得连饭都吃不起了，你说他会怎么办？”

三个人恍然大悟，阚明明这种粗人不会饿着肚子忍辱偷生的，他没饭吃的情况下一定会去偷去抢。老董马上联系派出所，通知物流园和周边地区的超市、饭馆和小卖部，打起十二分精神，阚明明一定会去找吃的。

“咱们开车过去，就在物流园附近等着，一有消息立刻行动。”老董去大队拿车，我们穿上防刺服，警棍、刺刀、手枪全带上，务必一举擒敌。车还在半路我们就接到电话，物流园东边的一家超市被抢，抢劫犯用刀抢走一条烟、两包方便面、三盒蛋糕、两罐牛奶，还有一瓶白酒。我们一看地址正好就在前面不远，开车的关猛一脚油门，国产金杯的动力杠杠的，如同脱缰的野马一样在夜晚的马路上狂奔而去。

离超市还有两个路口，我们老远看见一个人影蹲在路边仰着脖子喝酒，手里还抓着面包，脚下散落着撕开的塑料袋。没错，就是阚明明！梁峰一手攥紧警棍，一手放在车门拉手上，随时准备跳下去抓人。

“慢点，别惊动他！”我拍拍关猛肩膀，“一会儿靠近了直接撞他，能不动手就不动手，你把握好力度，别轧死就行。”

关猛点头：“瞧好吧，保证不出人命。”我们的金杯降低速度，贴着马路牙子朝前驶去。离阚明明还有十几米的时候，他突然抬头看向我们，关猛第一时间换成远光，刺眼的大灯晃得对方闭上眼睛，我们也借机确认是阚明明没错。

金杯突然加速，发动机发出一阵尖啸，车头瞬间跨过十几米距离，出现在阚明明面前。他反应也算不慢，但毕竟喝得醉醺醺的，躲避的动作还是慢了半拍，右边肩膀正好被防撞梁撞个正着。

阚明明闷哼一声，身体向后翻滚，尝试了几次爬起来都没成功。我们拉开车门，跳下车把他围住，梁峰抓鸡似的把阚明明提起来，关猛从后面给他戴上手铐。我掏出手机咔咔给梁峰和阚明明来了张合影，把这家伙的英勇瞬间保存下来，以后万一当模范了也有资料可用。

“他肩膀没事吧？”老董见阚明明半边身子歪着，只有一条腿能站起来，不免有些担心。梁峰捏了捏，疼得阚明明不停地哼哼，然后说：“没事，就是撞脱臼了，不是内伤。”

老董这才放下心，大家上车把人押回分局。这次总算扬眉吐气了，行动队发起威来效率可不是盖的。大队长听说这么快就把人抓回来了，亲自下楼交接，一张老脸笑成了菊花状。

关猛捅捅我胳膊低声道：“德行，不知道的还以为是他抓回来的。”

我摇摇头：“抓住阚明明不代表破案，后面那起才是关键，小偷究竟是为钱还是别的目的现在还不好说。”关猛若有所思地点点头。

我问大队长，冯主任什么时候回来？大队长说他们已经在往回赶了，明天上午就能到家，等他们回来第一时间清点损失。

会不会还有第三起呢？我突然想到一个可能，不过马上摇摇脑袋否定了这个想法。有这个精神胡思乱想还不如多琢磨一下步枪案的线索。我回到办公室，拿出张铁军和胡爱国曾经打工的地址清单，从后往前倒着看上去。他们盗猎前最后打工的地方就在珠江市和东堂市交界的一个商业楼盘，目前这个楼盘已经完工，曾经的施工队大部分都撤走了，当地派出所协查后反馈没找到认识他们的工人。

如果我是这两个人，不管通过什么途径拿到步枪，肯定不会再继续留在建筑工地，除非背后的人故意让他们继续换几个工地掩饰身份。不过，要是他们背后的人这么谨慎，怎么会把枪交给两个民工菜鸟呢？还有那条神秘的短信，又是谁发的呢？

思来想去，我都觉得有必要去那个楼盘看一下，也许会发现什么线索也说不定。

第二天一早，我没回单位，打车直奔城郊的印象东江楼盘，张铁军和胡爱国曾经就是在这里打工的。现在楼盘已经完工，只剩下外围的绿化带还在施工。时间紧迫，我直接找到物业经理，问他施工队的人还在不在，他带我走到楼盘后面的一排板房那儿，告诉我施工队大部分都撤了，只剩下不到 50 个人负责收尾。项目部还有个经理守在这里。我亮明身份问他知不知道张铁军和胡爱国这两个人，他想了想摇摇头，工人太多，他不可能都认识。而且楼盘被分成不同的子项目分包出去，具体干活儿的人都是不同施工队的。现在留下的大多是本地人，和盖楼的施工队不是一拨人。

听到这儿我心里凉了半截，派出所反馈的没错，他们询问过楼盘剩下的工人，没人认识张铁军和胡爱国。我想了想，就这样回去还是不太甘心，还有什么办法能打听到这两个人的信息呢?

我让经理带我在楼盘里面四处转转，整个楼盘不算大，前后两栋商住楼，上面是公寓，下面是商铺，开发商也是没听过的小公司。

我问经理整个项目一共分包了多少施工队，他脸上有些犹豫，吞吞吐吐地说反正不少，具体他也不清楚。我表示理解，又问他施工期间有没有出过什么事，或者工人里面有没有比较蹿的。经理笑着说，这个他还真不了解，他们干工程的又不负责带队伍，只要约束好包工头别惹乱子就行，至于哪个工人有什么问题他们从来不关心。

听他这样说，我心里一动，让他去把工地上参与过整个项目的工人都叫过来，我有话要问他们，回答一个问题 20 块钱。经理一听顿时乐了，他说工人们最喜欢钱，一会儿肯定抢着回答。果然，不出十分钟经理领了七八个工人赶过来，一个个眉飞色舞的，好像来捡钱一样。

我让经理安排了个房间，工人们在外面排好队，一会儿挨个进来回答问题，回答完的领钱直接走人，不能跟后面的人通气，一旦被我发现串通就要双倍罚款。工人们连声说好，保证不相互通气。

第一个进来的是个 40 多岁的汉子，我问他知不知道张铁军和胡爱国，他摇头说不认识，我掏了 20 块钱给他，他笑得合不拢嘴。我又问他工地上有没有比较霸道的混混儿或者喜欢赌博嫖娼之类歪门邪道的人。他说之前工地上有个外号“老波”的家伙喜欢在宿舍开赌局，不少人都输过钱给他，名声很坏。我点点头，又给他 20 块钱让他离开。

接下来的人我也问了这两个问题，所有人都不认识张铁军和胡爱国，但他们无一例外地说那个外号“老波”的家伙不是好东西。

我问项目部负责人，知不知道“老波”的真实姓名，他说得去查一下，过了一会儿拿回来一张纸条，上面写了一个名字和身份证号码：陈波，44010219730322××××。我接过纸条，塞了包中华在他手里，然后离开。

一路上我都在琢磨，这个陈波到底是不是我要找的人。一个吃喝嫖赌的混混儿手里会有枪吗？我心里挺没底的，哪个工地没有这样的人？也许是我想多了。

回到单位，大队通报冯主任一家回来了，初步清点后没发现有什么损失，好像有个进口的飞利浦剃须刀不见了，但也不确定是被偷了，还是自己弄丢的。

这就奇怪了，技术这么强的窃贼进了屋只为偷剃须刀？这事儿怎么想都觉得反常。我甚至能肯定这个贼是来找某样东西的，而且我总感觉阚明明也没那么简单。果然，对阚明明的审讯很不顺利，这家伙一问三不知，只承认自己在沙县小吃吃霸王餐的事，盗窃的事说得颠三倒四，根本对不上号。

案情分析会上，大队长的脸又拉得老长，人抓住了但证据不足，对第二起盗窃案的侦查也陷入困境，所有事情都变得不顺。我心想，阚明明搞不好就是个诱饵，扰乱我们视线的，除非弄清楚窃贼的真正动机，否则抓再多人也没用。但这些只是我的猜测，没有证据的事我不能乱说，除非那个贼再偷一户，才能证明我推断的没错。

回到办公室，我在电脑上输入陈波的名字和身份证号码，弹出的信息让我眼前一亮，这家伙竟然是本市人，而且还有前科：曾经因为倒卖野生动物被判刑一年。想起张铁军和胡爱国正是盗猎被姜平安抓住的，我一下子又有了希望。

柳暗花明啊！我心情大好，剩下的就是找到这个陈波了。

正得意呢，楼道里传来一阵骚乱，老董急匆匆地走过来："快点，家属院又被盗了！"我一个激灵从座位上跳起来，这个贼也太猖狂了，把市局家属院当自己家后院了，想来就来，想走就走。

楼道里面整个大队的人闻风而动，全都赶往家属院去看现场，大队长黑着脸站在楼下一言不发，技术科的同志换好衣服在里面勘查，我们只能在楼下等。不过这次盗窃和前两次又不一样，小偷是从房子外墙爬上去的，拿木棍撬开防盗网，爬进阳台再进屋里，然后又把冰箱放倒，从里面把门堵死，这才开始翻找。

我们进不去房间，所以围在楼下看小偷的攀爬路线。这次被盗的是退休的程副局长家，他住在二楼，小偷从外面扒着排水管和阳台很轻易上去，墙面上印着几个很清晰的脚印，地上扔了一根木棍。阳台防盗网被掀开，固定在墙壁的螺钉也被撬起，这种几十年的老房子根本不受力，膨胀螺丝用棍子一别就能撑开。

"走吧，挤在这儿也没用，回去想想办法。"我跟老董招呼一声，先回了办公室。我对小偷的身份已经不感兴趣了，这三起盗窃案肯定有人在幕后操控，20 世纪 80 年代的老房子住的都不是有钱人，又是公安局家属院，普通的窃贼根本不可能盯着这里作案。

只是这个幕后的人到底在找什么呢？而且为什么要采用这么嚣张的方式？感觉好像故意给警察难堪似的，难道这人和警察有仇？我把老处长、冯主任和程副局长的背景在心里捋了一遍，突然发现这三个人有一个共同点，就是他们都在刑侦处工作过。老处长就不说了，冯主任担任政治部主任以前也是刑侦处处长，还有程副局长也是分管刑侦工作的，看来这个家伙对刑侦出身的人很是痛恨。而且他们都已经退休好几年了，难道是曾经办案得罪了什么人？

正胡思乱想，信访办小白打电话给我，说原先南方机械厂的那个老人病重住院，她想过去探望一下，问我有没有时间一起去。我没犹豫拒绝了，告诉她我正在案子上，抽不出空儿。小白有点失望，但还是礼貌地挂了电话。

我没把这事儿放在心上，抓紧时间找陈波才是我最关心的。我从系统里找到陈波的户籍地址，还有一个联系方式，然后跟老董说了一声就出发了。

陈波住在珠江市滨江区，离云山区有30多公里，我得坐地铁转公交才能到。路上我先跟他家那边的居委会联系了一下，像这种刑满释放人员居委会都会有登记，定期还会上门走访了解思想动态之类的。居委会主任告诉我，陈波这个人很难缠，没有正经工作，经常惹是生非，虽然户口在这里，但经常外出，而且几个月都不回来。家里就剩他70多岁的老母亲自己生活，要不是居委会和邻居帮忙怕是连日子都过不下去了。

我问陈波在不在家，居委会主任说最近都没见着人，不知道又跑哪儿鬼混去了。我皱皱眉，不在家就有点麻烦，不知道他有没有经常去的地方。对方说这小子喜欢赌博，欠了一屁股债，经常有人上门讨债，所以消失几个月很正常，搞不好就是去哪儿躲债了。

挂了电话，我决定还是过去看一下。在公交上晃了快一个小时才到陈波住的小区。说是小区，其实也是不知道哪个单位的家属院，房子不高，砖混结构，门口停了不少私家车，把路都堵住了。

我按照地址找到陈波家，在一楼，光线很暗，地面湿漉漉的感觉很压抑。我敲了半天门，一个驼背的老太太一点点挪着步子给我开门，看样子就是陈波母亲了。

我给她看了警察证，说明来意，老太太张张嘴含混不清地说了句什么，我也听不太清，只能先跟她进屋。房子不大，两室一厅，里面乱糟糟的很久没有收拾了，墙面上还有些渗水，长满绿色的霉斑，也不知道老人自己在这样的环境里是怎么活下来的。

征得老人同意，我进了陈波房间，里面一张双人床、一个破衣柜，还有一张掉了漆的办公桌，床上的被褥零乱不堪散发着一股霉味。我拉开抽屉，里面堆满了旧报纸还有一些收音机、手电筒之类的玩意儿。衣柜里塞着许多脏衣服，下面垫了好多层旧报纸，都已经发霉。我又看看床底下，空空荡荡的什么也没有。

看来这家伙很少回家，屋里都能种蘑菇了。我没兴趣继续待下去，转身出门时眼睛正好看见门框上插着一张卡片，应该是陈波顺手塞在里面的，我拿出来看了一眼，上面写的是“大富豪棋牌”，下面的地址正是大龙开的那间。

我用手捏了几下，感觉卡片还比较新，拿回来的时间不会太长，看来这个陈波前阵子去过大龙那里。想想也对，大龙的棋牌室涉嫌聚众赌博，陈波这种人肯定闻着腥就找过去了。

从陈波家出来，我接到老董电话，分局局长温雅和亲自召开案情分析会，全员参加，问我现在在哪里。我说在外面办事，正往回赶，老董让我快点，温雅和可不是吃素的，现在脸色已经很不好看了。我预感不妙，打了个车就往单位跑，但路程实在有点远，回到分局已经是 40 分钟后了。

进了会议室，局长问我干什么去了，我说去滨江区查案。局长一拍桌子指着我一通训斥。我低着头一声不吭。难听的话我听的多了，也不差这一个。温雅和看出我没往心里去，于是改变策略，让我离开刑警大队停职反省，什么时候认识到错误什么时候回来上班。

我肯定不能答应，停职了我还怎么查步枪线索，于是马上放低身段低头认错，让局长再给我一次机会。可温雅和根本不吃我这一套，铁了心要停我职。我也急了，告诉他家属院盗窃案根本就是有人故意操纵，只盯着表面那几个人注定破不了案。

温雅和问我有什么证据，我说没有证据，就是感觉，小偷偷的全是刑侦线的老领导，为的是找东西根本不为钱，而且对方故意用不同方式作案就像遛狗一样看公安的笑话。我当时也是急了眼，没有根据的事情就脱口而出，一下子把所有人都得罪了。

总之，我口不择言的后果就是全部人都把我当成妄想狂，认为我不适合继续留在刑警队。温雅和当场决定让我停职反省，上交警察证和佩枪，连内网权限都停了。

我再一次成了众人眼里的笑话。

五

回到办公室，我坐在座位上不吭声，老董和梁峰陪着我叹气，关猛想安慰我，让我别灰心，虽然不适合干刑侦，其他部门也不错。我越听越不是滋味，合着你们都觉得老子就破不了案是吧？

我反驳说，阚明明那种人宁可拦路抢劫也不可能去干拆房子这种事，他把衣柜、天花板都砸开一定是为了找东西。不仅是阚明明，其他两起案子也一样，都是为了找东西，因为只有这个才解释得通为什么他们要采用不同的作案手法却什么也不偷，打开电视也好，调大音量也好，都是故意放烟幕弹干扰我们办案。

“可你没证据。”关猛说，“没有证据的推断就是瞎猜。”

我告诉他，弄不清他们的动机，盗窃案肯定还会发生，不信就走着瞧。然后我气呼呼地离开办公室，反正老子已经停职了，正好不用守在办公室浪费时间。

走到外面，天已经快黑了，冷风卷着雨滴打在脸上很不舒服，马路上行人匆匆都在往家赶。我想起自己那个 40 多平方米的出租屋，心里没有一点儿温暖的感觉。毕业八年了，所有的理想和努力都化成了一声叹息。

我拿出电话给我妈打过去，刚响了一声就通了，我问了她身体怎么样、楼上邻居半夜还吵不吵架，她都说很好很好，不用我担心。她让我安心工作、好好表现，不要惦记她。我又叮嘱她吃东西不要太省，我回头再多打点钱给她，她连说不用，有钱就攒下来回头结婚买房子，她也给我存了几万块钱，需要的话就给我寄过来。我说了一声好就把电话挂掉，嗓子和心里都堵得厉害。

我从小没见过我爸，有记忆的时候就是我妈背着我捡垃圾为生。后来长大了，她就每天把我反锁在家里，逼着我学习，她自己出去打零工、捡垃圾赚钱。靠这个把我养大，供我读大学。她经常跟我说，长大了要堂堂正正做人，不一定做多大的事，但一定要问心无愧。

就是她这句话支撑我走到今天。在刑警队的时候我是有名的拼命三郎，被处分的时候我也不把自己的面子当回事，我从小在别人的白眼里长大，受气更是家常便饭，所以我想当警察，我想让这个世上少点欺负人的事。

忍了很久的眼泪终于混着雨滴流了下来。我抬头看看黑乎乎的天，还有身边急匆匆的人群，突然觉得自己从现实中抽离出去，熙熙攘攘的世界和我没有一点儿关系，我从来就是孤零零的一个人啊！

哪怕地球上有70亿人又如何？此时此刻，根本没人知道一个警察正苦苦挣扎着想从黑暗里爬出来，每一秒钟对他来说都像一个世纪那样漫长。

有那么一瞬，我觉得自己真的坚持不下去了。

突然，脸上的雨停了，一把大伞撑在头顶，我扭头看见老董那双闪着光的眼。他拍拍我肩膀说："上班第一天，老处长就告诉我，做警察心里不能憋屈，维护正义的人心里都憋屈，那老百姓还能指望谁呢？"

老董把伞交给我，自己一瘸一拐地走了。

我打着伞在雨里站了半天，我想我还是有路走的，然后朝大龙的棋牌室走去。

我赶到棋牌室楼下的时候正好碰见一群快递员勾肩搭背地上楼，我拍拍其中一个人问他认不认识陈波。对方愣了一下摇摇头。我又问他"老波"熟不熟。这次对方才点头，跟我说老波是这儿的常客。

我掏出100块钱塞他手里，让他一会儿进去帮我看看老波在不在，我是来找他讨债的。对方心领神会，把胳膊伸出来让我扫他衣服上的二维码加好友，一会儿给我发信息。

我到一楼的小卖部买了点吃的，一边垫肚子一边等消息，过了半个多小时，那个快递员发消息给我，老波就在楼上的3号房。我又发了个红包给他，让他帮我盯住老波，有什么动静及时告诉我。

啃了两个面包，我用小卖部的公用电话给分局刑警大队打电话，举报大龙的棋牌室有卖淫嫖娼活动，盗窃家属院的贼也在里面赌博。放下电话，我就躲到旁边的角落里等着。没过一会儿好几辆警车开进巷子，把路全部堵死，大队长带着人一股脑冲进棋牌室，里面传来鸡飞狗跳的吵闹声。

我点了根烟，优哉游哉地看好戏，大龙光着身子被两个便衣押出来，腰里就围了条浴巾，连鞋都没穿。后面陆陆续续带出来不少人，有男有女，我还看见那个给我递消息的快递员也垂头丧气地被押出来，不知道那 100 块钱会不会被当成赌资给他定罪。人群最后面，我看见好几个警察押着一个人出来，正是陈波。

陈波很不忿，被铐着双手还不住挣扎，嘴里喊着把钱还给他，那都是他凭本事赢的钱。棋牌室被查封，抓的人都被带回分局，大队长为了抓贼眼珠子都红了，只要有线索肯定咬死了不放。我觉得陈波这次没那么容易过关。

等大队长离开，我这才背着手溜达回分局，那么多人等着审讯肯定人手不够，我不怕他不给我安排活儿干。果然，我在楼道里刚走了两个来回，大队长就把我叫去帮忙做笔录，我心里求之不得，但表面一副不情愿的样子，实际上早就看准了陈波在哪个审讯室，直接就过去了。

问话的是技术科的小年轻，我在旁边做记录。

陈波非常不配合，被铐在椅子上还大吵大叫不消停，技术科的同事经验不足，被陈波闹得有点沉不住气。我趁机接过话，把话题往他以前的经历上引。问他坐牢怎么回事，为什么要贩卖野生动物？陈波说有人喜欢吃野味，有需求自然就有生产，他就去进货赚差价。我再问他本人有没有盗猎过，他说没有。我当然不信，告诉他证据确凿，而且和他一起盗猎的同伙已经死了，他就是最大的嫌疑人。

陈波和审问的同事都呆了，不是赌博吗，怎么改杀人案了？我拿出张铁军和胡爱国的打工记录，问他是不是在印象东江这个工地和这两个人一起打工，然后给他们武器去盗猎，结果现在两个人全死了，他就是最大的嫌疑人。

陈波傻眼，两个全死了，这事他根本不知道，吓得再也不闹腾了，拼命求饶，坦白自己从来没有杀过人。我问他胡爱国身上的枪眼哪里来的，不是你用步枪杀的还能是谁干的？陈波连忙否认，说枪已经交给了张铁军，肯定是张铁军杀的胡爱国，跟他一点儿关系都没有。

我心里大喜，表面上不露声色，问他枪是从哪里弄来的，他说是他去云南进货时赌博赢的，对方是专业的盗猎分子，手里什么枪都有，他运气好赢了一支步枪和五发子弹，偷偷拆散带回来。后来因为赚差价油水少，就动了自己发展货源的心思，正好在工地上认识了张铁军和胡爱国，三人经常一块儿赌博。陈波看他俩从小在山里长大，会打猎，故意做局让他们输钱，然后拉他们下水，去山里盗猎给自己提供货源，价钱好说。两人一合计就答应了，于是陈波就把枪给了他俩，安排他们去贵省西边的山里盗猎，谁知道两个人一走就再也没回来。

绕了一大圈，又回到了原点，枪还是从盗猎分子手里弄来的，这事真是没头了。我问他这两个人以前没去过贵省，那边肯定得有人接应，那个接应的人是什么身份？陈波告诉我，盗猎这行有自己的规矩，每个地方都有固定的向导，利益都划分好了，他们到地方自然能联系上吃这碗饭的人，不用他操心。

这事我还是第一次听说，看来得找机会去贵省才行。我又问他输给他步枪的那群盗猎分子，说出来可以戴罪立功。陈波想了半天，说他们做事很小心谨慎，他也不知道对方的真实身份，只知道领头的叫“九哥”，每次运货都是通过物流公司。我问他是哪家物流，他告诉我一个名字“千安物流”，办公地址就在本市的物流园，老板姓任，叫任千安。

离开审讯室正好碰上老董和关猛，他俩准备去看程副局长家的现场，让我一起。我想了想，也有点好奇这次小偷又玩出什么新花样，于是跟着他们一块儿去家属院。

和前面两家不一样，程副局长的房子租出去了，租客是一对小夫妻，刚结婚没多久买不起房就租住在这里。被盗以后两个人没地方去，只能在旁边又租了一套房子暂住。我们去的时候，他俩正在门口跟保安求情，希望能进屋拿点日常用品，不过保安铁面无私，不为所动。

房子是上午被偷的，当时小夫妻出去上班家里没人，窃贼从外墙爬上阳台，撬开防盗网进入室内，先把冰箱放倒堵住大门，然后在里面翻了个底朝天。尤其是程副局长留了个房间存放自己的物品，这里被破坏得最严重，所有箱子都被拆散，柜子被撬开，物品铺满了地板，连下脚的地方都没有。

老董问我怎么看，我说不用费脑子了，肯定是同一伙人干的，就是为了找东西。关猛问那对小夫妻，在这儿住的时候有没有发现屋主留下的特别的东西。两人摇头，说程副局长很细心，把自己的东西都打包放在房间里，他们搬进来的时候只有家具，其他什么物品都没有。

这就怪了，这个贼到底在找什么呢？钱是不可能的，难道是工作资料？凭他们这么多年的办案经验，重要资料也不可能放在家里。而且冯主任和程副局长很肯定，没丢值钱或者重要的东西。

这时电话响了，我一看是信访办小白，心里有点不痛快，这个女人怎么缠上我了，那几位老人的事明明已经交接给她，还烦我干什么？按了静音键，可手机固执地响个不停，一直在裤兜里振啊振的，烦死人。我压着火把手机掏出来接通，语气很不好问她什么事。

小白声音发颤，问我是不是在找枪。我第一反应是连信访办的人都看我笑话，老子有这么丢人吗？可小白紧接着的话让我来了精神，机械厂的老人想起来李锣给他们看过一把手枪，枪托上还刻了字。如果能找到那把刻了字的手枪，就能找到李锣，他们的事也就有了证明。

还有这事？他们怎么不早说呢，刑警队的枪库里面大把等待报废的老枪，上面都有枪号，谁用过都有记录可查，翻腾一下就能找到。只要枪没被销毁肯定在里面存着。我跟小白说让她明天以单位名义开好证明，直接去找刑警队领导，他们肯定同意。小白却说自已不懂枪，也不敢碰，问我能不能陪她一块儿去。

开什么玩笑，当然不能，我哪有那个时间，她还是找别人去吧，我精神上支持她就行了。

挂了电话，我心情也莫名地轻松不少，晚上回家好好睡一觉，明天专心查步枪案。

第二天一早，我就到了办公室，拿出内网密钥想登录系统查找贵省各地的盗猎案，只要找到一个盗猎分子我就能打听出张铁军他们的向导身份。倒霉的是，我忘了自己已经停职，登录系统的权限被取消，警察证也上交了，接下来根本没法调查。这可怎么办？我急得不行，只得厚着脸皮去求局长。

温雅和办公室里，我说明来意，谁知道人家根本不搭理我，硬邦邦地丢下一句话："什么时候家属院的案子破了什么时候恢复职务。"

妈的，这不是刁难人吗！我气得不行。但是转念一想，不让我出省调查那我就先查本地的线索，不是还有个千安物流吗？我打算偷偷过去摸一下，最好能找到他们运输野生动物的证据直接抓人，否则仅凭陈波的一面之词很难让对方开口。

我找到老董问队里谁下午有空儿，有事儿要他们帮忙，老董说他和梁峰下午要上街。关猛正好回来换勤，问我什么事。我说我在调查步枪案，现在有点眉目了，需要他配合传唤一个人，我好趁机去他公司摸摸底。关猛点头同意，我就把任千安偷运野生动物的事告诉他，让他把任千安传唤到分局协助调查，给我争取半天时间。

关猛拿起电话却被我按下，我告诉他最好下午5点左右直接找到他带回来。一是防止他提前得到消息转移证据；二是留他一个晚上，好方便我动手。关猛想了想说，干脆白天就盯住他，这样更保险。我觉得这样最好，跟他约好时间先去准备东西。

千安物流公司就在物流园的西北角，我特意穿了件不起眼的外套、戴副眼镜装成客户，挨家挨户地打听过去。到了千安物流门口，我发现他们公司很小，办公室只有两间屋，是在仓库里面用板房搭建的，门口有个卸货平台，只能停一辆半挂。仓库里面大概有十个工人，一个个都挺精壮，扛着一人高的包裹也不影响行走速度，可以看出来身体素质比其他公司的强不少。

我进门的时候，立马有个穿灰色工作服的小工迎上来问我找谁，我说找他们经理，有批冻猪肉要运到缅甸。他说经理有事出去了，让我打电话联系，说着递给我一张名片。上面龙飞凤舞写了任千安的名字，下面是职务和联系电话，背面则印着一行小字：所有的深刻都来自苦难。

我觉得这人挺有意思，往仓库里多看了两眼，对面的小工立刻警惕地挡住我视线，里面搬东西的工人也有意放慢了脚步，看得出来这群人警惕性很高。我不敢打草惊蛇，转身离开，继续去其他公司转悠，趁机打听千安物流的情况。其他公司的工人告诉我，千安物流的人很少跟外人接触，他们都是一个地方的老乡，特别抱团，在物流园里显得挺另类。

离开物流园，我打了个电话给任千安，跟他谈运货的事，他说自己正在外面办事，下午 3 点在公司面谈，我说好，那就下午见。回到单位，我跟关猛说了下情况，让他小心点，这个任千安带的队伍都这么与众不同，本人肯定更不好对付。他点点头，问我打算怎么摸底。我说那个仓库上面有窗户，我晚上从那里爬进去，最好能找到出货记录之类的证据。关猛皱了皱眉，觉得这样风险太大，还不如找派出所以查消防的名义突击检查。

不行，现在只有陈波的一面之词，直接搜查没有依据，只能秘密取证，我们又没有人手，只能冒点险了。既然陈波通过他们拿货，肯定会留下蛛丝马迹的。

下午 2 点半的时候，关猛带了一个辅警前去物流园，我也带齐准备好的工具出发。20 分钟后，手机响起，我一看来电是任千安，他说公司临时有事下午没办法等我了，再约其他时间。我装作恼怒的样子骂了两句，愤愤不平地挂掉电话，任千安从头到尾都很平和，让我觉得这个人心理素质很强，以后得打起精神应付才行。

没一会儿，关猛的信息到了：人已带回，仓库里的人不好对付。

我想到白天看见的那些工人，为保险起见还是把动手的时间放在晚上。我先在千安物流对面找了个视野良好的配电房，偷偷爬上房顶，用望远镜仔细观察仓库里面。一直到晚上 8 点，仓库里的工人们都按部就班地装卸货，五个小时一共来回了三辆半挂车和五辆厢式货车，货物种类也很繁杂。

有一点让我挺奇怪，任千安被警察带走，他手下这帮人好像一点儿也不担心，也看不出慌乱，工作井井有条，这对一家小公司来说就显得有些不正常。

晚上 11 点，工人们陆续下班，仓库大门缓缓关闭，只留了两个人值班。我把白天观察到的仓库结构记在脑子里，抓紧时间原地休息。凌晨 3 点，我悄悄从配电房上下来，绕开监控靠近仓库。

按照设计好的路线，我直接走到仓库侧面的墙根下，距离地面七八米高的位置有一扇窗户，正好在办公室上方，我打算从外墙爬上去，然后翻窗进入仓库内部。

我在手上缠了布条顺着外墙的排水管小心翼翼地爬上房顶，然后走到窗户上方，再把绳索固定好，顺着绳子下到和窗户平齐的位置。窗户外面装了防盗网，我用工具拧开防盗网的螺丝，慢慢取下挂在绳索上，然后打开窗户翻身进去。别看这些说起来简单，实际上每一步都十分费力，等我进去仓库的时候已经过了快一个小时。时间紧迫，还有一个半小时天就亮了，得抓紧时间。

仓库里光线比较昏暗，我用夜视仪观察了一圈，确定自己不在保安视线范围内，这才沿着绳子一点点下到地面，再绕到办公室门口开门。白天我已经观察过，其中一间办公室装了防盗门，应该是财务室；另一间工人们经常进出，看样子是休息的地方。我检查了一遍确定屋里没有红外报警装置，这才用工具把门打开，仔细搜查。

屋里很简单，两张办公桌，墙角放着保险柜和两个铁皮柜。我检查了一遍桌上和柜子里的文件，都是些普通的出货单，没我要找的东西，看来只能撬保险柜了。不过一旦撬了保险柜任千安就会发觉被盗，万一没找到想要的证据就会打草惊蛇，以后再想找证据就难了。犹豫了一会儿，我还是决定看看里面有什么，因为就算今晚不撬后面的调查肯定还是会惊动他们。

打定主意，我先破坏保险柜上的报警器，然后把台面上的书籍资料全部平摊在地上避免发出响动，再把保险柜放倒开始撬门。费了好大劲，保险柜终于被撬开，里面东西不多，就是一些合同、印章之类的。

我仔细检查一遍，发现这些合同都是正常的业务，根本不涉及野生动物，不过保险柜最底层放了一个破旧的笔记本，封面还是20世纪那种风格，写着毛主席语录。

这是什么玩意儿？我拿出来翻了翻，里面写的都是20世纪的事，什么单位招聘新工人、背景清白之类的。我想了想，这东西对任千安一定很重要，于是把笔记本装进包。离开前我又把办公室检查了一遍，最后在空调出风口里看见一个亮着红点的摄像头，吓出一身冷汗……

白忙了一个晚上，什么收获也没有，我心里挺受挫的。回到家，我拿出那个笔记本翻了两页，然后越看越心惊，没想到竟然有意外收获！做记录的人叫任逢春，是南方电气厂的职工，这本笔记是他开展秘密工作的记录，主要内容是对工厂里接触生产的人员进行秘密调查，看哪些人是敌特分子。

除此之外，他还对所有往来厂区的外人进行调查，并且在业务单位发展了五名眼线，分别编号19、55、02、01、43，连起来就是他们任务开始的时间，五个人定期向他汇报情况。可以说，整个工厂的人员都在他的秘密关注之下，任何异常都会被记录下来。不过，任逢春很有原则，他只记录威胁生产安全的行为，至于其他事情就算被他发现也有意忽略，看得出来这个人是在尽心尽力地保卫工厂安全。

我认真看完笔记本里的内容，从1955年2月开始，每周都有一条记录，直到1985年4月。除了中间有十年左右的记录变得不规律，而且字迹明显潦草外，其他时间都记得十分详细，最短也有半页纸，长的有一两页：

“1955 年 2 月，我开始为市局刑侦处秘密工作，保卫厂区安全。”

“2 月 11 日，今天下午发生盗窃案，两个小偷从排水沟里钻进厂区，想要偷仓库门口堆放的铁锭，被保卫科同事及时发现，经过审问是附近村里的，没有威胁到产品安全……”

“4 月 8 日夜，我在巡查时发现办公楼二楼物资科的窗户是打开的，经联系物资科长，确认是他们晚上加班时打开忘记关了，没有资料失窃。”

“7 月 2 日，今天是厂里新人报到的日子，共招工 37 名，招干 8 名，已经全部核实过身份背景，没有敌特嫌疑，接下来我会逐个排查，确保这 45 人安全可靠……”

“10 月 28 日，向厂里供货的大南机械制造厂有 1 名技工，为人老实可靠，考虑发展为暗哨……”

……

合上笔记本，那四位老人的样子出现在我眼前，我想我知道为什么在公安局的档案里找不到“李锣”了，因为他根本不是公安，而是工厂保卫科的。看来，天亮以后有必要和任千安好好聊聊了。

休息了两个小时，关猛打电话给我，说任千安已经放回去了，对方心理素质很好，从头到尾不慌不忙。我说知道了，这家伙是个有故事的人。关猛问我顺利吗，我苦笑一声，不知道该怎么回答，只能说还算顺利吧，歪打正着办了件好事。关猛不明白，我问他大学学的什么专业，他说电子工程，我说那就对了，还得麻烦他跑一趟。

放下电话，我带上笔记本出发去物流园，如果化名“李锣”的任逢春是任千安的父亲，那由他带上这本记录去和老人们解释清楚就最好了。即便不能让他们如愿转成公安，起码也让他们知道自己半辈子的付出不是毫无价值的。

来到千安物流，离着老远就看见闪烁的警灯和警戒带，看来昨晚撬保险柜的事报案了。我突然意识到，自己就是那个贼，要是跟任千安摊牌的话会不会主动送把柄到他手里？而他还牵扯进违法运输野生动物的案子，几件事一搅和就彻底掰扯不清了。

我脑子有点乱，包里的笔记本突然变得烫手起来，拿出来不是，不拿出来也不是。头疼，我有点不知道如何是好了。

想到那四位老人，我躲到旁边给小白打了个电话。小白挺惊讶的，说你怎么想起来找我了，不是嫌我烦人吗？我说没有的事儿，之前在忙案子实在顾不上。她问我现在怎么不忙了，我告诉她我又停职了，所以不忙了。小白捂着嘴笑，隔着电话我都觉得尴尬。我问她那四位老人怎么样了，她说情况挺不好的，年纪最大的那个刘师傅已经下不了床了，还不知道能挺多久。

我沉默，突然不知道该说什么好，证据就在我手里，可我又不敢交出去，早知道昨晚就不该带走的，今天趁勘查现场的机会找出来多好。可惜世界上没有后悔药。小白问我去不去看一下老人，我觉得应该去。

上午 10 点半，我们在第二人民医院门口会合，小白没穿警服，拎着一大包营养品，我看看自己两手空空的有点不好意思。她说这算是我们一起买的，回头发个红包给她就行。

到了病房，我看见刘师傅孤零零地躺在病床上，胳膊上插着针管，人也没什么精神。我问小白他家属呢，小白说家属白天得工作晚上才能来陪床，他们又雇不起护工，只能让老人自己在医院。

刘师傅看见小白努力挤了个笑脸，却连坐起来的力气都没有。我把病床摇起来，这样老人就能坐一会儿了。小白问老人这两天感觉怎么样，刘师傅摇摇头说自己早该死了，在这儿住院就是增加子女负担。小白跟我说，老人工厂倒闭没有社保，他们看病都是自费的，要是能确认公安身份就好了，公务员医保政策好很多。

我差点脱口而出，证据就在我包里，但我又忍住了，因为任逢春也不是公安，告诉他们也解决不了问题。我叹了口气，岔开话题问刘师傅以前在工厂生产什么。他说自己是高级技工，主要是操作车床，许多精密部件只能他来加工，当年是厂里的技术专家。

我问他为什么做暗哨呢，凭他的技术改革开放以后随便出去找个工厂打工也不至于这么穷。刘师傅说，他们厂是国企，生产的部件可以用在战斗机上，新中国刚成立那会儿特务很多，到处搞破坏，所以他得保护好产品安全。后来干久了就成了习惯。

我问他李锣的手枪是怎么回事，他说李锣挺喜欢手枪的，只要穿警服都会带枪，有一次碰面正好刘师傅在车床上加工配件，李锣问他能不能加工手枪零件，刘师傅就拿过他的枪看了看，说没问题，不过材料不达标的话不敢保证精准度。李锣觉得他们本事真大，将来可以去兵工厂上班。

刘师傅说着给我比画，枪托侧面的这个位置刻着字，但他当时没有细看所以没记住。我点点头，说这是个很重要的线索，回去一定认真查找，只要枪没销毁一定能找到。

聊了一会儿，刘师傅没力气了，我赶紧让他躺下休息，跟他说过几天再来看他，到时候一定带着好消息。他感激地笑笑，没有说话，我能看出来他眼里的落寞。

六

出了医院，我跟小白匆匆道别。有些事一味逃避是解决不了的，该来的总要面对。我给关猛打电话，让他帮我查一下任千安和任逢春的资料，越快越好，我回办公室去拿。关猛还是挺仗义的，答应马上去办。等我回到办公室，他已经把查到的资料打印出来了。

任逢春，男，1935年4月出生，贵省黔南人，1952年在南方电气厂招工参加工作，1955年因立功提拔为南方电气厂保卫科科长，1966年10月撤职，1978年恢复工作，1987年4月退休，2011年3月去世。档案记载，任逢春祖籍贵省黔南三担岭村，村民多以盗窃为生，父亲曾因盗窃被捕，是当地有名的盗窃世家。任逢春从小学习盗窃技术，参加工作后将祖传盗技用于厂区安保，多次立功并被提拔为保卫科科长。

任千安，男，1970 年 8 月出生，贵省黔南人，1992 年 7 月北华大学电子工程专业硕士研究生毕业，因政审问题失去保送某著名研究院博士研究生录取资格，后在外资企业从事数据分析工作，名下注册“千安物流有限公司”一家。

竟然是盗窃世家。怪不得任逢春能当保卫科科长，还有谁比小偷更了解小偷呢。那会儿的国企保卫科是可以穿警服的，属于企业公安，也是公安队伍的一员。这样看来，他并没有欺骗刘师傅他们，还可能真的会给他们转成公安身份。可惜，历史不能重演。

带上资料，我直奔物流园，希望任千安配合一点儿，他父亲一辈子兢兢业业为国家奉献，到他这里可别走向歧途了。

到了千安物流门口，警戒带已经扯掉，里面的工人又开始忙碌了，迎接我的还是昨天那个小工，我问他任千安在不在，小工说在里面，让我等一下。很快，一个身材瘦削的中年人从办公室里出来，留着短发，戴眼镜，给人一种文化人的感觉。我跟他说昨天联系过，有事想跟他谈。任千安把我领进办公室，我看见放保险柜的位置已经空了，房间里和之前没什么两样。

任千安给我倒了杯茶，问我有什么事。我开门见山，说我是分局刑警队的，找他了解运输野生动物的事。任千安一点儿也不惊讶，说陈波的案子之前已经说清楚了，他都出狱了怎么还来问。我说这事还有后续，有两个盗猎分子被人杀了，现在是在调查命案。任千安点点头，说那我明白了，之前确实帮他运过货，但当时他们用别的肉盖在上面，也不知道里面藏着野生动物，直到警方找上门才知道被人利用了。

我问他知不知道发货方的信息。任千安说见过一次，当时对方借口检查运货车辆半夜突然到仓库，他亲自接待的，领头的人长得比较凶，别人叫他“九哥”，之后就再没见过了。

我问他以后能不能尝试着留意这个“九哥”，他可能牵扯到命案了，如果有业务往来的话就更好了。任千安问是不是让他给我做线人，我没否认。他笑了笑，说不是不可以，但他这人做事讲究公平交换，他帮我做事我也得付出同等的诚意。

交换？

我脑子里突然闪过那几条奇怪的短信，然后死死盯着对方。

任千安笑了笑：“帮四个老人正名，我帮你找步枪！”

短信是这家伙发的。我突然有种被耍的感觉，不觉攥紧了拳头。

任千安继续说：“别激动，老人们年轻时给公安局做暗哨，当时答应任务完成就转成公安，结果人都快死了还没转，现在就要个交代，这很合理。”

“那四个老人是你安排去上访的？”我突然想到，四个老人原本没有了联系，怎么突然会一起出现在市局信访办门口。

我强迫自己冷静下来，盯着他一字一句道：“你和李锣是什么关系？”

任千安脸色冷下来，说李锣就是任逢春的化名，他和任逢春已经断绝父子关系了。

我问他为什么。他说自己这辈子就是毁在任逢春手里的，走到哪里都背着盗窃世家的污点，连最热爱的事业也因为任逢春而毁了，如果任逢春早点儿说出真相，所有人都不会走到今天这一步。

我问他既然和任逢春断绝了关系，为什么还要帮那四个老人？他说自己家祖训不欠任何人情，任逢春做的承诺没兑现，他就有责任帮他们完成。我告诉他信访办的同事已经尽力去找了，可惜什么也没发现，可能这个世界上已经不存在什么证据了。

任千安说：“好办的事我自己就办了，还用找你？另外，找步枪就找步枪，别扯什么命案，你什么情况随便一打听就知道了，根本不用特意了解，反正条件就是这个条件，等价交换很公平。”

我知道自己被他摸透了，这种感觉非常不爽，但又毫无办法，只能沉默。

他喝了口茶，掏出手机不慌不忙地点开个视频放到我眼前，我看见昏暗的光线下一个人正在办公室撬保险柜。

任千安笑了笑："把笔记本给我吧，既然要合作就得开诚布公，记住，我这个人很公平但也很计较，最讨厌被别人算计。这个视频就算是你合作的诚意。"

我觉得这次遇到了高手，这家伙脑子怎么长的，这种人就应该去科学院搞学术，放到社会上简直就是颗定时炸弹。我拿出笔记本交还给他，问他为什么不把这个给刘师傅他们看看，也能让他们安心。

任千安摇摇头："不到最后时候我不想用这个东西敷衍人家，任逢春算什么公安，真正给他们承诺的是给他布置任务的刑侦处的公安，不把人找出来我拿什么都没用。"

我想了想是这个道理，问他父亲没告诉他那个人是谁吗。他说任逢春去世的时候自己在外地押货，赶回来的时候人已经走了，这几年他们基本没什么交流，所以没留下线索。我突然想到那把刻字的手枪，问他知不知道，他说听刘师傅说过，但他父亲手里没有手枪，就算有也应该早就上交了，除非他偷偷藏起来，不过这种可能性几乎不存在。

我问他为什么有把握找到步枪下落，要是我给老人们正名，他兑现不了承诺怎么办？他说他会尽力，不相信的话他也没办法。我还想多找他打听点消息，结果老董打电话给我，说家属院又被盗了，关猛因为这两天帮我查信息没在岗位上，被领导通报批评，又要被处分。

我一听就火了，说我马上回局里亲自向温雅和解释，然后跟任千安说好了，一定想办法帮刘师傅他们正名。任千安提醒我老人们时间不多了，要在他们活着的时候搞定，协议才有效。

我急匆匆地赶回分局，虽然已经是半夜，但刑警大队灯火通明，所有人都在。全体会议已经结束，关猛坐在座位上抽闷烟，他这么心高气傲的人当众被领导点名很难接受，而这都是因为我。梁峰在一旁愤愤不平，觉得温雅和太过分了，最近几天大家都累成狗一样，不给奖励也就算了，还一个劲儿地处分人，哪有这么不近人情的领导。

老董跟我说，晚上被盗的是退休的彭局长家，彭局长退休前是市委常委，他家被盗影响太恶劣，连庄旭都坐不住了，所以温雅和才大发雷霆。

我问他阚明明那边怎么样，没问出来幕后的人吗？老董叹了口气说，别提了，阚明明脑子不好使，一问三不知，一点儿有价值的线索都没有。另外两起案子的嫌疑人跟人间蒸发了似的，可能已经不在本市了。

我说这事怪我，不能让关猛承担，我去找温雅和说。我跑到五楼局长办公室，温雅和正在听汇报，我直接闯了进去，告诉他关猛是为了帮我查步枪案，就算没在岗位也不该处分他。

温雅和冷笑一声，说你身上的处分够多了，队长都撤了还怎么处分？要么开除，要么处分关猛，让我自己挑一个。我气急了眼，指着温雅和吼道，想开除我就直接开除，别搞那些下三烂的路数，老子看不起这样的！

办公室里其他人都被惊着了，没见过像我这么横的，赶紧拉住我往外拽。温雅和气得直拍桌子，怒吼道，有本事就把案子破了，否则一定开除！

回到办公室，许多人都进来劝我，让我赶紧给温雅和道歉，他是搞技术出身的，做人特别死板，说出去的话一定会兑现的。我说兑现就兑现，兵熊熊一个，将熊熊一窝，这么长时间破不了案就是因为他领导无方，这样的领导老子还不稀罕在他手下干呢！

这话把所有人都给得罪了，大家一哄而散，都说我是个疯子，想作死就作吧。关猛说他也不想干了，这都过的什么日子，每天没日没夜的还四处受气，挣的钱连个厕所都买不起。老董让我们都闭嘴，说这些有什么用，赶紧想办法把案子破了就没事儿了。

我把警服一摔："破个屁，老子要是累死了，他给我妈养老送终吗？妈的，喝酒去！"我拉着关猛还有梁峰一块儿出了分局，老董在后面跟着劝，几个人到路边烧烤摊坐下喝酒。

四箱啤酒往地上一摆，当凳子坐在屁股底下，喝一瓶拿一瓶，不喝完谁也不许走。开始大家都不说话，一会儿一瓶咕咚咕咚猛灌，五瓶下肚才张口，脑袋已经晕乎乎的，分不清东南西北了。

关猛平时傲气得很，没想到一喝酒就成了话痨，一个劲儿说自己小时候学习怎么好怎么优秀。梁峰说，你这么优秀怎么还来当警察。关猛骂了一句，说他大学的时候宿舍被盗，一年生活费都没了，办案的警察态度恶劣，也不负责，他从那时候就发誓毕了业当警察，把所有坏蛋都抓起来。

我笑他太天真了，人家当警察是为了能罚钱，谁那么想着抓小偷啊。梁峰不高兴了，骂我混蛋，他就喜欢抓小偷。我说你那是想合法打架，才不是为了抓贼。

老董指着我说，严喆你这么庸俗的人为什么做警察？我看你才是最虚伪那个。我哈哈大笑，说老子想不通，为什么给家属留两万块钱就要受处分，人民警察不是要为人民吗？我给他们孤儿寡母的留点钱犯什么错了？凭什么要把我调走，凭什么所有人都看我笑话！

老董拿酒瓶子指了指自己的瘸腿，是啊，凭什么老子要为工作把自己弄瘸了？关猛也跟着大喊，凭什么强奸幼女的傻瓜不能当太监？老子不开枪，还算什么警察！梁峰在一边哈哈大笑，指着关猛，断子绝孙枪！哈哈哈……

有人说过，心里装着事的人永远也喝不醉。

我们喝完酒，摇摇晃晃地回到办公室继续加班聊案情。大队把勘查报告送过来了，情况不复杂，退休的彭局长不常在家住，平时都在女儿那儿帮忙看孩子。这两天家属院闹贼的消息传得沸沸扬扬，彭局长不放心，晚上把外孙哄睡了回来看看，所以到家比较晚，谁知道一开门就发现不对，屋里进人了。报告说，小偷又是技术开锁进屋，抽屉柜子翻了一遍，没怎么破坏，就少了一台数码相机，大件东西一样没拿。不过现场没提取到指纹，足印同样穿了鞋套，线索很少。

数码相机？现在手机这么发达谁还要这玩意儿啊。老董看着报告嘀咕道，拿出去销赃都卖不起价格吧。关猛打开手机，指着一个二手交易网站，现在一个二手数码相机连一百块钱都不值，这贼到底图啥？

贼不走空，没听过吗？我指了指台面上第二起失窃案的报告，别忘了冯主任家丢的剃须刀，也不值几个钱。梁峰一拍大腿，我明白了，这个贼是个老头儿，所以偷的都是旧房子、旧家电，守的也是老规矩。咱们侦查方向搞错了，应该去公园里边守着，那里老头儿最多。

妈的，还能不能好好聊案情了。我刚想骂他，突然脑子里灵光一现，好像有什么重要的事情被我漏掉了。老头儿、老头儿……那个念头就卡在嘴边，可偏偏怎么也想不起来。这种不上不下的感觉太硌硬人了。

老董问我是不是想起了什么，我摆摆手："好像有点什么事，可就是想不起来。"他说没事儿，这很正常谁都遇到过，放松一点儿回头就想起来了。

这时，窗户外面开始下雨，空气里潮乎乎的让人难受。

我的手机也跟着响起来，我看见是小白，接通以后她告诉我刘师傅病危，刚才医院已经让家属准备后事了。她一天都在刑警队的枪库里找枪，结果一无所获，看来老人只能带着遗憾走了。她说着说着就哭了，我心里也很不是滋味，心里的郁闷夹杂着酒劲涌到头上，难受得想吐。

关猛说，如果这个贼是为了找东西，那连彭局长家都偷了，是不是以后也不会再来了？老董说是，有这个可能，如果这个贼就这样跑了，那以后永远也不会知道他到底想找什么了。

我脑子里乱哄哄的，一边听着他们说话，一边不断闪现着各种画面，有姜平安和他老婆的，还有陈波、任千安、刘师傅……

他们像一锅煮烂的饺子在我脑袋里浮浮沉沉，一会儿露出脸来，一会儿又沉进汤里。

于是，我顺嘴说了一句，既然这个贼要找东西，那我们就给他一个东西，让他来找。办公室安静了一会儿，关猛和老董一起看向我，严喆你刚才说什么？

不过，我已经迷迷糊糊地睡着了，根本没听见他们问我什么。

七

第二天一早，我们行动队四个人换上便装，每人骑一辆电动车，按照大队指示围着家属院绕圈。领导想法很简单，不是有贼吗，以后楼下每时每刻都安排警察守着，看那个贼还怎么偷。不仅如此，家属院年久失修的摄像头也重新安好了，围墙上还装了红外线报警器，传达室也不再是老人打牌聊天的地方，每天都有保安值班巡逻。别说是贼，就算是只苍蝇也得先登记才能进。

我们四个人分成两组，外面绕两圈里面绕一圈，一天下来电瓶车得充两次电。

下午5点来钟的时候，家属院开来一辆吉普，被保安拦在门口，车门打开后一个胖子吃力地下了车，跟保安吵起来。我和老董正好路过，听见胖子大喊自己就是家属院的人，凭什么不让进。保安坚持要他出示业主证，否则外人一律不让进。

老董看了半天，走上去一拍胖子肩膀惊喜道："小钟，你是小钟？"

那个胖子也愣了，突然叫道："董叔叔！"

老董高兴地拉住胖子，这么多年不见没想到变成这样了，他都差点没认出来。然后给我介绍，胖子就是老处长钟晨的侄子。

有我们做证保安自然放行，老董问胖子从哪儿冒出来的。胖子说自己在北边做生意，经常往俄罗斯跑，所以回来的机会少。"这不是叔叔家被盗了吗，我接到单位通知才赶回来。董叔，到底咋回事？我叔叔家多少年没住人了，这还有人惦记？"

老董说我们也想不明白，你到屋里看看就知道了，衣柜、天花板都给砸坏了，不像是偷东西的。胖子点点头，说那是，当年叔叔牺牲后他也来帮着处理后事，该交的都交了，屋里什么都没有，贼能偷着啥啊。我问他，你叔叔牺牲后有没有留下点什么，比较特殊的那种。胖子想了想摇头道，没什么东西，就是几件衣服，还有些零碎物品。他叔叔常年出差办案，又没成家，屋子里大半时间都没人住。我说那就奇怪了，这个贼把房子砸成毛坯的，肯定是为了找什么东西，你再仔细想想。

胖子皱紧眉头，苦思了半天眼睛一亮，还真有个铁盒子里面放了几封信，算是私人物品吧。我和老董看了对方一眼，激动起来，什么信？现在放哪儿了？

胖子说，就放在屋子里，不过被他藏起来了。他们老家有这个风俗，去世的人如果房子没家人住，就得找件生前的物品塞房梁上，不然做鬼也回不了家。楼房没房梁，所以他把铁盒子塞厕所水箱后面了。时间过去这么久，现在铁盒子还在不在他也不确定。

我问他里面放的什么信。胖子笑笑，还不是年轻时候写给女同学的，他都看过，全是畅谈革命理想，比小学生作文还没劲。我们催他赶紧上楼，看看信还在不在。进屋以后，我们直奔厕所，果然看见老式水箱的盖子被掀开但水箱和墙壁的缝隙没动过。

胖子踮起脚把手伸进去，摸了半天果然掏出来一个扁扁的铁盒子，外表已经积满了灰，就是它了。我问老董要不要打开，老董说还是送回大队吧，让技术科的人打开。我们像抱了国宝似的小心翼翼捧着铁盒子下楼，胖子先去开车，我跟老董一脸郑重地一起托着铁盒子慢慢出了楼道，往大院门口走。

家属院门口，胖子已经把车掉了个头，我跟老董上车然后直奔分局。不过这会儿正是下班高峰，平时五分钟不到的路竟然堵车。吉普被堵在一条小巷子里，前后都是车，顶在里面，进退不得。而且才一会儿的工夫，天上又开始下雨，巷子里的人更多了，下班买菜的、送外卖的，也不知道哪儿涌出来这么多人，大家一边骂一边往前挤，狭窄的小巷堵得更死了。

“董叔，这咋办？”胖子无奈地看看老董。

老董说：“下去走路吧，没多远跑两步就到了。”

于是我跟老董开门下车，我在前面开路，他抱着盒子跟在我身后。本来路就窄，大家都得从车头绕着走，偏偏几个骑电瓶车的挤在一起谁也不让谁，这下连走路都过不去了。没办法，我们只能停下来等着。

突然，抱着盒子的老董哎哟一声，我赶紧回头，只见一个穿黑色雨衣戴口罩的家伙用手狠狠打了老董手臂一下，老董没防备本能地一松手，铁盒子落向地面。那个穿雨衣的家伙就势一捞，轻而易举地把铁盒子抢走了。

“站住！抓小偷！”我大喝一声。

谁知那个“黑雨衣”看都不看我，扭头就跑，身体极其灵活，三晃两晃就从人群里钻了出去。我在后头拼命追赶，可人实在太多，根本提不起速度。眼看“黑雨衣”就要跑没影了，人群中突然蹦出来两个人拦在“黑雨衣”前面，正是关猛和梁峰。不仅如此，原本挤在巷子里的市民也有很多停下脚步，放下手里的东西，冷笑着把“黑雨衣”团团包围。

“小样儿，总算上钩了！”我和老董相视一笑，这次终于抓到正主了。

开车的胖子也从车上跳下来，一脸兴奋地冲我挥手：“老严，抓住了，还是你们行动队厉害！”

“废话，也不看看我们领导是谁！”我也高兴地向胖子做了个胜利的手势，这胖子叫钟小飞，是技术科的法医，专门被我找来客串的。

分局审讯室，我皱着眉头看着对面坐着的家伙，他身上的黑雨衣还没脱，有水珠滴滴答答地落在地面。我问他，是任千安指使你来抢东西的吧？对面那人抬起头，眼神平静地看着我，缓缓摇头，竟然是我在千安物流打过几次照面的小工。

看见他的一瞬间，我脑子里许多线索终于串联起来：被盗的都是在刑侦工作过的领导、被翻得底朝天的屋子、任逢春曾经用过的手枪、盗窃世家……

怪不得千安物流的员工一个个身体素质那么强，原来他们都是一个团伙的。

“阚明明也是你老板的手下吧？”我问那个小工，可对方除了摇头什么也不回答，哪怕我把事实摆在他面前，他仍旧一副云淡风轻的模样，只承认自己一时冲动抢了东西，其他的一概不知道。

大队长已经带人去千安物流抓人了，结果不用问，前面几起盗窃案的嫌疑人肯定都在里面。我看着眼前这个小工缓缓说：“阚明明根本没有偷老处长家对吗？你们安排他出来就是为了扰乱我们的视线，所以就算被抓也不可能交代出真正的目标。”

“任千安真是个老狐狸，把你们推出来顶包，他自己躲在后面什么事也没有，你们怎么甘心替他坐牢呢？”

小工一脸戏谑地看着我，眼睛里流露出不屑。我站起来盯着他的眼睛道：“我们已经掌握了足够的证据，任何人都不可能逃出法网！”

出了审讯室，老董和关猛他们在门口等我：“情况怎么样？撂了没？”

我摇摇头：“他们都是一个地方出来的，搞不好还是一个家族，估计不太可能说实话了。”

梁峰急眼了：“那怎么办，任千安这家伙就没事了吗？”

我摇摇头：“不会的，我会让他接受惩罚。”

楼下传来停车的声音，几辆依维柯驶入分局大院，十几个戴着头套的家伙被带下警车。大队长一脸兴奋地上了楼，拍拍我的肩膀，全抓了，一个没跑。这回总算能睡个好觉了。

“任千安呢？我去看看他。”我拦住大队长。

大队长点头，带着我去了审讯室，任千安坐在椅子上，面容平静地看着我，微笑。

我问他：“为什么要这么做，为了一把手枪值得吗？”

没想到任千安反问我一句：“你们警察一个月能挣多少？一万有没有？”

我不知道他什么意思，实话实说：“我一个月 8000 多。”

他点点头，往前探了探身子：“我给我的员工每个月两万。”

妈的，我明白他什么意思了。让他手下坐牢，一个月两万，盗窃最多能判几年？而且这几起案子都不是一个人干的，损失的也都是剃须刀之类的小东西，根本不值钱，判个三年顶天了。

看我咬牙切齿的样子，任千安没有任何得意，继续平静道：“我说过我这人做事很公平，我们的合作依然有效。”

我问他，这么多家都偷了，找到那把枪了吗？他不说话。

我知道再问下去也没用了，只要他的手下不开口，我们就拿他没有任何办法，最多关他 24 小时就得放人。坐在办公室里，我们几个抽着闷烟，一点儿破大案的喜悦都体会不到。果然，还没多长时间大队长就来了，告诉我证据不足，任千安只能放了。

我说先关他一晚上，明天早晨再放，不能让他太痛快。大队长苦笑一声，这有什么意义呢？我说，这种人多关一会儿社会就安全一分。

第二天早晨，我在分局外面看见任千安不慌不忙地走出来，过了一晚上他还是那副德行。我俩站在路边四目相望，他冲我笑笑，你昨天问我的问题我现在回答你，我也不知道东西在哪儿，所以只能用排除法，等所有可能都排除了，那么剩下的可能就是答案。

什么意思？我没听明白，还有什么可能？

任千安微笑说：“你这种脑子怎么当上警察的，我公司扛大包的都比你强。对了，我说过，我这个人做事最讲公平，我们的合作依然有效。”

我看着他离开的背影，脑子里有种不祥的预感。

公平？我记得他说过跟他合作讲究等价交换，一切都要对等。这家伙被关了一晚上，那岂不是也要让我进去蹲着？

我想起来自己好像有把柄在他手里！

想到这个，我连单位都没回，掉头就往家跑，这货要阴老子！

八

刚到家，关猛的电话就来了，问我在哪儿，我反问他有啥事。关猛说任千安回去就报了警，说他仓库里的摄像头拍到了小偷盗窃的影像，马上就送过来，你现在回局里算投案自首。我说我是去调查取证的，不算盗窃。关猛大笑，说任千安的手下进老处长的屋子也啥都没拿，是不是也不用承担责任？

我说你得帮我，老子这次真遇上事儿了，搞不好工作都得丢。关猛叹了口气说尽力而为吧。放下电话，我觉得家里不能待了，赶紧换衣服下楼，找了辆没锁的共享单车骑进老城区的小巷子，这里监控不多，够我冷静一下了。

靠着墙歇了会儿，我打电话给任千安，问他什么意思。任千安说他最讲公平，别人给他什么他必定原样奉还。我说那些被你偷的人呢？你要真讲公平也把自己家大门打开让受害人进去翻一顿。任千安说那是他们应得的，做出的承诺就要兑现，否则那几位老人谁来给他们公平？

我说所有人都在想办法，但是太多年了，这不是人力能左右的，而且你父亲也有责任。任千安说他没有父亲，他只能在自己能力范围内争取公平，超过他能力范围的和他没关系。另外，他告诉我刘师傅状态很差，可能过不了今晚，如果我想找步枪那最好动作快点，说不定那把枪什么时候就响了。

我告诉他，我做任何事都尽自己最大努力，问心无愧，拿这些威胁我没用。说完我挂掉电话。

其实我心里还是很难受，有种无处发泄的憋屈，光问心无愧有什么用，事实是我干什么都没成功过。破盗窃案却抓不到真正的罪犯，连自己也搭进去了，我就是个失败的警察。

我靠着墙坐在地上，心里无比沮丧又无助，觉得自己连刘师傅他们都不如，他们起码坚守职责几十年，就算最终没人承认但他们对得起自己。我对得起自己吗？我真是白活了这么多年。

小白来电话，跟我说刘师傅已经深度昏迷，问我要不要过去看一下，我说我知道了。我哪有脸去见他呢？我还记得任逢春在笔记里写的：1955 年 2 月，他开始为市局刑侦处秘密工作，保卫厂区安全。同年 10 月 28 日，向厂里供货的大南机械制造厂有 1 名技工，为人老实可靠，考虑发展为暗哨。

从1955年到1985年，整整30年，人一生最黄金的30年，对他们来说就像被撕去了的日历，从来没有存在过一样。那个刑侦处的领导和他们联系了30年，为什么不给他们一个交代？30年……

突然，一个念头闪电般从我心里划过，那个年代的刑侦处有谁一直工作了30年？这样的人应该凤毛麟角才对，市局档案室里不可能没有记录！我马上打电话给小白，问她在不在单位，赶紧去档案室查一下，刑侦处有谁从1955年一直干到1985年，这个人就是李锣的上线。

小白激动起来，连忙说好，手忙脚乱地挂了电话就往档案室跑。我的心也提到了嗓子眼，老天保佑，让刘师傅多坚持一会儿吧！然后我又打电话给任千安，告诉他我有线索了，让他无论如何稳住刘师傅，今晚一定找到答案。

我在小巷子里焦急地来回走个不停，恨不得把手机贴在脸上，生怕没有信号错过了小白的电话。半小时后，小白的电话来了，她激动地喊道，找到了只有一个人，刑侦处处长，钟晨！

老处长！果然是他，他就是1985年牺牲的，我们早该想到，如果不是牺牲了，他怎么会丢下这些人不闻不问呢？可他的枪在哪里？他家里被砸成毛坯房了都没找到，那他的枪呢？枪去哪儿了？

我想起来老董，老董认识钟晨，于是打电话给老董，老董一接电话就压低声音问我在哪儿，刑警大队正在四处找我。我打断他，问他老处长的枪在哪里，人命关天！老董也懵了，想了半天说他见过的，好像在什么地方来着，可一下子就是想不起来了。

我急得差点跳起来，恨不得顺着电话线爬过去揪住他耳朵，妈的，快点说啊，人都快死了，赶紧告诉我枪在哪儿！

老董被我吓了一跳，脱口而出，不是遗物都上交了吗，在荣誉馆展览呢！

对啊，荣誉馆！我前阵子还在那儿参观来着，老处长的相片下面不就摆着他的佩枪吗？妈的，我怎么也这么蠢呢！我骑上自行车玩命一样往市局冲，不行，路有点远，我扔下自行车在路边打车，可等了半天也没看着一辆出租车。倒霉的是远处有警车慢慢开过来，肯定是找我的。

情急之下，我看见路边一辆私家车靠边停下，于是直接冲过去拉开车门，对司机喊："警察，赶紧去市公安局！"

开车的是个女司机，被我吓了一跳，我想掏警察证，可掏了半天也没找到，想起来证件已经被没收了。于是我求对方，我有急事要赶去公安局。女司机看了我两眼，点点头，我连声道谢。汽车缓缓起步，稳稳当当地汇入了车流。

女司机不知是刚拿驾照还是心里紧张，车开得比龟爬还慢，我急得火烧眉毛，眼珠子都要瞪出来了，车速还是没超过四十。要不是路上偶尔冒出几个巡逻的警察，我早跳出去自己跑了。

好不容易，车在市局门口停下，我道了声谢跳下车冲进去。

我跑到荣誉馆，发现大门紧闭。这里平时不开门，只有举行活动或者有人参观才开放。我看看四周，发现二楼的窗户开着，正好离一棵大榕树不远，我顺着树枝开始往上爬，很快就到了窗户边，然后奋力一跳正好扒住窗台边沿。

进去之后，我发现这里正好是女厕所，幸好里面没人，否则又不知会惹出什么麻烦。很快，我来到遗物陈列区，直奔钟晨的遗物展位，果然一支五四式手枪静静地摆在里面。

太好了，我想掀开玻璃盖发现被锁上了，于是抄起一把椅子哐当一下砸了过去，玻璃应声而碎，我拿起手枪翻过来一看果然在枪托侧面有一行小字。

就是它了！

我把枪往腰里一别，顺着原路跑上二楼，进了女厕所，然后从窗户上跳下去。

我一边跑一边打电话给任千安让他在医院等我，手枪找到了！

任千安终于装不下去了，声音里也带着激动，说他就在医院，刘师傅的血压心跳已经跌到快测量不到的地步，让我务必快点。

我说好，然后发疯似的往门口跑，不过眼看快到大门了，突然发现外面有好多警察，而且有人指着我喊着什么。肯定是分局的人追过来了！老子现在耽误不起啊！

我掉头就朝后门冲去，那边都是家属和工作人员进出，保安比较少。果然我跑过去的时候门口除了保安没别人，我放慢速度，装作无所事事的样子混了出去，一到马路上又撒腿继续飞奔。

妈的，平时到处都是出租车，怎么今天一辆都看不见呢！我跑得有些急，觉得心脏跳得好快，腿脚也有些发软，速度开始下降。

不行，必须趁着没被人追上赶紧上车。我沿着马路张望，这边是新区，道路宽敞车速都很快，根本没法拦车。

正着急呢，就看见一辆小轿车慢悠悠地沿着路边开过来，好像有点眼熟。

还是那个女司机，看见我拦车很自觉就靠边停下来，我赶紧拉开车门，想了想又跑到另一边，还是我开算了。

女司机挺懂事，乖乖坐到副驾驶位，我说了声抱歉又麻烦你了。她笑了笑说没关系。我开着车直奔第二人民医院。

还有十分钟路程的时候，我们车后面出现了两辆警车，我从后视镜看见他们闪着警灯，心说坏了，别是被盯上了吧。还有十分钟就到，千万别出幺蛾子啊！

怕什么来什么，那两辆警车果然是冲我们来的，一左一右把我们夹在中间开始喊话，让我马上靠边停车。

我顾不上搭理，继续闷头开，警车没办法又不敢真的逼停，只能这样跟着。到医院门口的时候，已经来了好几辆警车跟在后面，他们可能知道我偷了枪，前面的马路都给清空了。女司机吓得面无血色，哆嗦着问我到底是什么人，我没空儿跟她解释，只说了一声“好人”。

车在医院大楼门口停下，我再次向女司机道谢，然后开门就冲进医院大楼，拿出手机看见十几个未接来电，其中任千安就连打了六个。我拨回去，他劈头盖脸问我到哪儿了，我说在医院大楼。他说别去病房，直接到 ICU，他们都在门口等着。

我看见电梯口一堆人排队，便掏出手枪往头上一举，医院里顿时乱成一团，进了电梯的人也吓得四散奔逃。我趁机冲进电梯，按下 ICU 的楼层，一路上去。

赶到的时候，任千安正焦急地在门口来回走动，小白和其他三位老人也来了，我举着枪大喊，人在哪里？我找到枪了！

任千安大喜，推开 ICU 的门跟我一块儿跑了进去，门口的护士想要阻拦但看见我手里的家伙也吓得不轻。小白和其他人跟在我身后，大伙围在刘师傅床前，不断呼唤刘师傅。

我看到刘师傅已经瘦脱了形，躺在床上好像个婴儿，旁边的仪器一直嘟嘟地叫着，老人眼睑低垂，对外界的呼唤没有反应。我握住枪管，把枪把放在刘师傅的手心，然后慢慢让他握住。

任千安俯身在他耳边轻声说，刘师傅，我是李锣的儿子，我们找到了你们执行任务的证据，你摸一摸就知道了。

时间一点点流逝，ICU 门口传来一阵脚步声，大批警察冲了进来，为首的正是市局一把手庄旭。我看了一眼他们，转过头继续盯着刘师傅，对他说，刘师傅你睁开眼，看看谁来了，这是我们市公安局局长，他亲自来看望你们了。

庄旭本来一脸怒容，听我这么说也愣了，旁边坐在轮椅上的三位老人激动地冲他挥手，庄旭有些不知所措。我心里暗爽，大领导也有今天。

不过，刘师傅始终没有反应，病床旁的机器叫得更响了。ICU 的医生鼓足勇气走过来，让我们离开，病人已经到了最后阶段。

我握紧刘师傅的手，跟他说，你不是说摸过枪上的零件吗？你再摸一下啊，上面的字你还没来得及看呢，怎么就走了呢？

我连喊了好几声，刘师傅还是没有任何反应。其他人已经慢慢退出去了，只剩我和任千安还站着不走，我不甘心啊！老人不应该带着遗憾离开的。

医生在旁边不停地催促，让我们让开，不要影响他们抢救病人，我没办法，只能松手。可就在我准备把枪拿走的时候，突然感觉到老人握枪的手用了一下力。

我惊喜地看着刘师傅，他的眼角有泪珠滚下，虽然眼睛已经睁不开了，但我看到他的手指轻轻地顺着枪杆滑过，好像年轻时从李锣手中接过手枪那样，仔细地摩挲着手枪的部件，自信地说：

“没问题，不过材料不达标的话不敢保证精准度。”

任千安帮老人擦干眼角的泪珠，在他耳边大声道，刘师傅你放心去吧，你们的事情已经证实了，你们是当之无愧的人民公安！

机器的声音不再跳动，心率的曲线缓缓平坦最后变成一条直线。我看见老人的手指停在枪托侧面的小字上，他终于知道上面的几个字是什么了：19550201。

这是暗哨们的编号，也是他们任务开始的日期。

九

我偷了荣誉馆的枪，又大闹第二人民医院，最关键的是还盗窃了物流园的仓库，每一条都触犯党纪国法。我知道，这身衣服我肯定穿不下去了，也许还要坐牢，反正我也是个失败的警察，什么事情都做不好。这也是我应得的下场。

我被分局关了三天禁闭，出来后面对的将是对我的审判。因为我是分局的民警，所以温雅和也连带受了批评。他黑着脸带我走到市局党委会议室门口，告诉我里面正在研究我的问题。纪委、督查、信访办各个执纪部门都在里面汇报，是先“双规”再逮捕还是直接逮捕就等局党委决定了。

我坐在椅子上，眼神平静，对里面怎样决定毫不在意。温雅和板着脸问我：“现在知道后悔了？早干吗去了！”

我抬起头冲他笑了笑：“温局长，你说到底什么是警察？”

什么？温雅和愣住：“我看你是彻底疯了！”

我摇摇头：“破案抓人不是警察，是工作。警察是什么？是公平和正义。”

这时候，党委会议室的大门打开，里面的领导陆续离开，每个人都像看怪物似的看我一眼，我冲他们微笑致意。最后出来的是庄旭，温雅和凑上去说：“局长，什么决定？我觉得他还不是无药可救……”

庄旭摆摆手：“回去等通知吧。”

等通知？温雅和没想到是这个结果，那不用“双规”送检察院吗？

“送什么检察院，还嫌不够丢人吗！”庄旭瞪了温雅和一眼，“赶紧把人领走，看见你们就烦。”

说罢就走了。

温雅和跟我面面相觑，就这样了？

后来，我听老董说，当时好几个领导把我的错误材料交给局党委，结果被庄旭一股脑丢进脚边的废纸箱里。当天的党委会根本就没研究我的问题。

物流园，千安物流公司大门紧闭，我坐在自行车上百无聊赖。过了一会儿，任千安从远处慢慢走过来，冲我笑笑，这么快就出来了？看来你们公安执法还是不行啊。

我翻了个白眼，说好等价交换的，我答应你的做到了，你承诺的呢？

任千安点点头，从口袋里掏出一张纸，上面写着一个名字和一串电话号码。他说，这个人就是那片大山的盗猎向导，那两个小子就是跟他进的山。

我接过那张纸看了看放进口袋，然后问他，你是不是觉得我们警察特没本事？任千安说，这需要我觉得吗？

我跟他讲，为了仇恨做个狠人不难，难的是为了爱而做狠人。警察不是破破案、抓抓人，那只是份工作，警察是为了维护公平和正义。

他说你别跟我讲大道理，你进我公司盗窃现在好好站在这儿就是不公平、不正义。

我点点头，笑着问他：“是吗？”

然后仓库周围冲出来一群警察，把他围在中间。任千安脸色微变：“你想抓我？”

我点头：“是啊，我就是要抓你。”

我看他眼里露出凶狠的光，便拍拍他肩膀：“你别急着翻脸，我们执法是有依据的。”

然后，我从裤兜里掏出手机，像他第一次威胁我时那样点开视频凑到他眼前：画面是在他的办公室里，他正跟手下的小工们交代任务，让人轮流住在市局家属院提前租好的房子，随时监视警察的巡逻情况，伺机动手。

任千安脸色有些苍白，看视频拍摄的角度就是他装在办公室空调里的摄像头拍下的，可他明明在我撬保险柜之后清理过，为什么会到我手里？

“你想问为什么是吗？”我笑了笑，“无可奉告，按照你的原则拿东西和我换答案吧。对了，提醒你一句，因为这个摄像头是你自己安装的，所以我们不属于非法取证，拿到视频的过程也完全合法，就是你报案那天，民警勘查现场时提取的物证。”

是那个警察？任千安回想起保险柜被撬后来勘查现场的警察，其中有一个穿着锃亮的皮鞋、笔挺的制服，给人一种华尔街精英的感觉。

“是那个小白脸！”任千安脸色终于变了。

“谁知道呢。”我耸耸肩，“现在你还觉得我们很没用吗？”

任千安的表情马上恢复平静，冲我点点头：“我现在觉得你有点意思了。”

回到办公室，关猛问我事情办妥没，我说多亏了你，要不是你帮我出了现场又处理了摄像头的视频，这家伙怕是真的逍遥法外了。梁峰说，那老严你还不表示一下。我说必须的，我带你们去个好地方。

于是，我们一起去了贵省，回到姜平安家的镇子……

几天后，我在看守所见到姜平安，因为步枪的事，他的案子还在侦查，看到我来他有点惊讶。

我给他点上烟，说这是感谢你给我上的这一课的，全当是交学费了。

老姜摇头说不明白我什么意思。我说这时候就别装傻了，步枪根本就没卖对吧？

那两个盗猎的就是你带进山里的，我记得你说过，你从小喜欢打猎，也喜欢枪，所以看见两个菜鸟背着那么好的步枪所以你动心了。

你从小在山里长大，这里的盗猎向导就是你从小长大的发小，也是你的线人，之前你带头破获那么多盗猎案就有他的功劳，对吧？所以这次你觉得扣支枪也没什么大不了，那两个菜鸟打发回去也不敢乱说什么。

老姜笑了一声，摇摇头没说话。

“所以枪一直在你手里！我们抓你的时候，你第一时间就想到你打的兔子还晾在家里，你怕被我们发现，所以故意跟我说，你老婆身体不好，孩子才刚念书，麻烦给他们留点钱吃饭。”我平静地看着他说，“其实，那两万块钱就是你放在家里以防万一的，你想用这种方式保护自己，万一步枪的事露馅儿了就用这两万块钱当洗脱嫌疑的证据。你早就交代过你老婆，万一警察来搜查就把钱告诉对方，而且钱没搜走就马上存银行，包装袋泡咸菜破坏证据。你老婆很听你的话，即使不知道原因。”

老姜还是摇头，问了一句：“证据呢？”

“没有证据。不过，我们有这个……”我抿抿嘴从包里掏出一张 A4 纸，上面歪歪扭扭地写着：

保证书

本人蔡玉娥，保证家中搜查出的两万元现金是我和丈夫姜平安的合法所得，自愿承担任何法律后果。

保证人：蔡玉娥

“老姜，这是你老婆亲自写的保证书，现在你面前的路有两条：

一是坦白一切，把藏枪的地点告诉我们，你承担应有的责任；二是你继续坚持原先的口供，枪支卖给他人，这两万元就是赃款，你老婆的保证书涉嫌伪造证据，追究起来的话她也要坐牢。我不希望看见你一错再错。”

老姜额头冒汗，有些无力地垂下脑袋。

我深吸一口气，拍拍他的肩膀大步离开。

任千安和老姜被关在同一个看守所，我顺便也探望了一下他，跟他我没那么多话讲，就问了一句：“帮我找九哥，我给你洗心革面的机会。很公平，对吗?”

第二章
爱如敝履

刚进 6 月，台风一个接一个，天气忽冷忽热。

珠江市西北边的城中村，七八层高的农民房密密麻麻，人们像老鼠一样穿梭在狭窄阴暗的巷子里，活得卑微。

咣！

一辆上了年头的长城哈弗冲上马路牙子，发出巨响。

车门打开，高高瘦瘦的严喆从驾驶位跳下来，整了整粘在身上的白色 T 恤，原地晃了晃腿，好让肥大的短裤利索一些，这才从后排抱出一箱啤酒，然后踩着粉红色洞洞鞋一头扎进城中村的巷子里。

已经晚上9点多，城中村里正是热闹的时候，沿着巷子一路都是大排档，麻辣烫、烧烤摊的桌子一眼望不到头。

严喆抱着啤酒，溜达着来到“大红门烤肉”，在靠墙的一张小方桌前站定，围坐在桌旁的三个精壮小伙儿赶紧起身，笑着说：“老严，你可来了，我们吃肉吃得嗓子冒烟，总算把你给盼来了。”

一个小平头急不可耐地从箱子里掏出啤酒，手指轻轻一挑，瓶盖飞到一边，咕咚咕咚地灌进肚子。

噗……

“这是什么？”

小平头喝得太急，呛得直咳，一脸不可思议地瞪着严喆。

后者正拿着羊肉串慢条斯理地放在嘴里嚼着，懒洋洋地说：“李局办公室顺的铁观音，平时喝不到。”

“我说这瓶子摸着热乎乎的，敢情里面不是酒啊！”三个人怒目而视。

“废话，有茶喝不错了，要不是钟小飞心疼你们，不嫌麻烦给你们灌了一箱，我直接就拿白酒瓶子接自来水了。”

小平头指着严喆，心痛得半天说不出话：“行，算你狠！”

严喆懒得跟他们废话，压低声音问：“人在不在？”

小平头没好气道：“在，你背后那栋楼，四楼挂窗帘那户就是。”

严喆扭头瞟了一眼身后，正看见窗帘上有人影闪过。

屋里有人。

“我们从下午盯到现在，这小子一直没出门，屋里就他自己。”另一个圆脸小伙儿举着啤酒瓶喝了口茶，小声说，“你那边证据齐了，咱们就动手吧。四比一，绝对碾压。”

严喆皱了下眉：“这案子有点怪，杀人抛尸至少也得扔河里，这小子怎么把人扛公园了？”

“都怪这鬼天气，天天刮台风，监控要是没出故障，分分钟就能锁定嫌疑人。”小平头愤愤不平道，“老严，你那边手续到底齐没齐？”

严喆摇摇头："法制科没批，说光靠通话记录不能抓人，只能传唤，所以才叫派出所的兄弟们帮忙。"

"传唤就传唤，先摸摸底也好。"小平头早猜到这个结果，"不过，传唤完了你可得好好请我们吃一顿，别想拿铁观音糊弄事儿。"

严喆说好，只要到时候还有营业的，想吃什么吃什么。

三人你看我、我看你，知道晚上又得通宵，唉声叹气地站起来朝嫌疑人所在的那栋楼走去。

城中村的农民房结构都差不多，一楼出租做门面，二楼以上当出租屋，一个很窄的楼梯直通楼顶，每层三四个房间，里面都有洗手间，外面是公用的厨房，到处都是油垢和蟑螂，再加上不通风，楼里弥漫着一股腐败的气味。

严喆让一个人守在楼下，另外两人跟他上楼。

他们上到四层，正对楼梯的房间就是嫌疑人家。

三人呈扇形站好，严喆开始敲门。

咚咚咚……咚咚咚……

楼道里回响着单调的敲门声，但屋里始终没有任何动静。

严喆冲队友使个眼色，三人缓缓掏出枪，面色凝重地盯着房门。

咚咚咚……

"有人吗？"

一连喊了几声，房间里没有任何反应。

小平头捅捅严喆，示意自己撞门，严喆想了想，点头同意，冲对方比画了个"小心"的口形。

小平头表示明白，枪口朝上，后退两步，猛地加速一脚踹在门锁的位置。

嘭！

一声巨响，房门应声大开。

小平头大吼一声："警察，不许动！"整个人冲进屋内，严喆紧随其后。

怎么回事？

“人呢？”

屋子中间一台立式摇头风扇正不紧不慢地来回吹风，一件雨衣挂在房间中央的绳子上，对面靠墙的书桌上摆着一盏台灯正对雨衣，每当风扇吹过，雨衣便会被投影到窗帘上，从外面看好像有人晃过一样。

妈的，被耍了！

严喆收起枪，走到窗户边，拉开窗帘，冲下面的同事招招手，脸色难看道：“搜。”

一

三天前

超强台风“迪布”刚刚离开，新的热带气旋“戈坦”已经在海面生成，正慢悠悠地朝珠江市移动。气温并不算高，但空气却湿得能拧出水来，经过太阳一天的照射，整个城市闷如蒸笼。

晚上 8 点 30 分，牧莹坐在江心广场一家装修时尚的咖啡馆角落，粉色的运动背心搭配灰色哈伦裤，耳朵里塞着耳机，头发随意地扎成一束垂在脑后，光洁的额头挂着细密的汗珠，虽然角落里光线阴暗，但人却很明亮。

“事情已经做好了，以后不要再找我。”一个很轻却带着忧郁的声音缓缓从牧莹身后的阴影中飘出来，正好擦着她晶莹的耳畔消失。

牧莹微不可察地点点头，因为刚运动完，她俏脸微红，吹弹可破的皮肤显得更加娇嫩，眼睛里透着某种迷茫之色，像是在发呆。

不远处的圆桌上坐着几个神情疲惫的男人，时不时朝牧莹瞟上一眼。他们的眼珠子里布满了血丝，红得瘆人，身上还隐隐透着几分凶悍之气，和四周环境格格不入。

来“一渡咖啡”的客人大多是沿江夜跑的年轻人，所以咖啡馆里略显嘈杂。大家三五成群地围坐在榆木圆桌旁高谈阔论，从国际形势到鸡毛蒜皮，话题一打开至少能聊个把小时。认识的不认识的慢慢聚在一起，渐渐熟悉，回头约好一起夜跑。从城市中心的江心广场沿着江边一路跑来，不多不少正好五公里，喝杯不加糖的黑咖啡，再神清气爽地跑回去，完成夜跑十公里的目标。运气好的话还能认识几个志同道合的异性朋友，也许还能发展一段浪漫的故事，所以“一渡咖啡”的名气也越来越大。

“这妹子挺漂亮，怎么以前没见过？”几个男人笑着问。

“她啊，最近几周才来，但只喝一杯水就走，没跟人聊过天。”端咖啡的服务生扫了牧莹一眼回道，“很多人都猜她还没男朋友，要不要上去加个微信？”

几个人露出你懂的表情，嘿嘿笑着，却没人真的上去搭讪。

咖啡馆里有人点开视频新闻，里面正播着本地消息：

“本台消息，一名14岁的初二女生昨晚放学后离家出走，今天下午，警方已在外市某网吧将女孩儿找到。据记者了解，该名女生因学习压力大，无法按时完成作业被父母训斥后离家出走，所幸民警搜寻及时……”

女主播还在念着新闻稿，清脆的声音很快被咖啡馆的喧闹淹没。

“这是第几个了？三个总有吧！”

“不止三个，至少五个！”

“唉，你没看朋友圈吗，现在的孩子压力大得不得了，书包重量都超过体重的三分之一了。”

“这离家出走还传染啊？怎么一个出走了，其他的都跟着往外跑？”

“要我说，还是现在的孩子太娇惯，我小的时候天天不写作业，挨顿揍也不觉得怎么样嘛。”

……

人们七嘴八舌地议论，说什么的都有。

几个男人对视苦笑：“现在的孩子真能折腾，一晚上就跑出去几百公里，比犯罪分子还能跑，咱们都快成狗仔队了。”

“以前以为当警察是抓坏人，现在才知道主要还得抓野狗、找孩子。”一个留着平头、肌肉结实的家伙冲牧莹的方向努努嘴，“老严，去要个电话？机会难得啊。”

严喆伸出手指插在乱蓬蓬的头发里，像梳子一样往后拢了几下，布满血丝的眼珠轻轻转向牧莹，摇摇头道：“算了，下次再说。”

其他人哄笑：“哟，严队长也开始注意形象了？谁让你昨天不让大伙儿洗澡睡觉，现在尿了吧！”

严喆也不介意，轻飘飘道：“回去队里把案子再重新过一遍。”

大家像什么也没听见一样埋头喝咖啡。

但严喆似乎没打算放过他们：“每人包干负责，明早上班必须提出新的寻找思路，否则全部上街挨家挨户找孩子。”

几个人一脸的生无可恋。

咖啡馆里人越来越多，议论声此起彼伏，没人注意到，墙边卡座里一个头戴鸭舌帽、身穿黑色T恤的年轻人正悄悄竖起手机冲着牧莹连拍了几张照片。

这时，牧莹放下手中的杯子准备起身。

“快点，美女要走了，你还不过去？”同事还不死心，使劲儿怂恿严喆。

“滚一边儿去，别瞎搅和。”严喆皱皱眉，看似随意地扫了鸭舌帽一眼，“结账。”

另一边，牧莹已经起身，正朝咖啡馆外走去。

戴鸭舌帽的年轻人同样放下杯子，特意等了几十秒才斜挎着背包站起身，跟着牧莹离开。

严喆若有所思地看着鸭舌帽离去，才和同事们一起离开。

强台风“迪布”给城市留下一地狼藉，步道上随处可见尚未清理的断枝烂叶，还有一片片没有干涸的水渍，虽然强风带来短暂的清爽，但南方的气候总是潮湿而闷热的，所以跑起步来并不畅快。

牧莹用手腕上缠绕的汗巾擦擦脸颊，脚步灵活地在积水间跳跃，轻盈的身姿犹如精灵，在江月的映衬下让人怦然心动。

在她身后几十米，戴鸭舌帽的年轻人有些狼狈地踢开一截烂树枝，脚刚落下却不小心踩进地面的水洼，“啪”一声，泥水溅了自己一身。

鸭舌帽喘着粗气，气急败坏地抖了抖湿漉漉的裤腿，抬头看看越跑越远的牧莹，眼睛里升起一团火苗，然后咬了咬牙，不管不顾地往前追去。

牧莹脚步依旧轻快，但原本塞在耳朵里的耳机已经被她取下来一只，挂在手臂上的手机一闪一闪，耳朵里传来拨号的响声。刚才她不经意地回了下头，发现一个人影不远不近地跟在后面，这让她有些紧张，于是赶紧打电话给在家陪孩子的丈夫，可电话却无人接听。她和大多数人不同，选择的路线是另一个方向，这条路光线较暗，人也不多，只有资深的夜跑爱好者才会选择。但她已经跑出来很远，现在想要回去必然会和身后那个人影面对面相遇，牧莹不确定对方意图，而且现在江边步道已经变窄，一边是滔滔江水，另一边是茂密的绿化树丛。

月黑风高，人心难测。

又跑了几百米，牧莹偷偷回头望了一眼，只见那个人影还在身后不远，而且距离已经拉近不少。偏偏今晚台风刚走，这个方向上一个人都看不见，长长的江岸竟然只剩下牧莹和那个鸭舌帽。

这下麻烦了！

严喆和同事们离开江边，站在路边拦出租车，不一会儿一辆空车在几人面前停下，同事拉开车门招手道：“严队，快点上车。”

“行，你们先上。”严喆笑着帮同事们拉开车门，但他自己却没上车。

“严队，咋不进来？”三个老爷们儿挤在后排奇怪地看着严喆，“别是还惦记着刚才的美女吧！”

没想到严喆嘿嘿一笑：“还真是有点不甘心啊，你说我追上去的话，人家会不会一巴掌把我扇回来呢？”

“不会，我敢打赌，你还没张口人家就打 110 了。”几个同事嘻嘻哈哈地笑起来。

“那行，我就再去试试。”严喆一把关上车门，转身又朝江边走去，边走边说，“你们几个赶紧回去看案子，等会儿我要检查。”

司机一脚油门，出租车呼啸而去。

“喂，你们觉不觉得老严有点不太对啊？”出租车上，几个人嘀咕，“他平时也不是这么重色轻友的人，今天怎么把咱们甩回去加班，自己跑去撩妹子呢？”

“哎呀，这不是春天了吗，春风呼呼的，都刮成台风了。”

……

几个人的话严喆自然没听到，他这会儿正站在江边，给自己点了根烟，慢吞吞地朝天上吐了一口，仿佛要把最近几个月的闷气都喷出去，外界不知道的是，离家出走的孩子不止五个，而是七个，直到现在还有两个孩子下落不明。

严喆叹息一声，手插着兜不紧不慢地沿着江岸往前走。

这些年，他经手的大小案件没有一千也有八百，但从来没遇见过这样的事：失踪孩子的家属竟然都不急着找人，有人甚至在孩子出走一个多星期才报警，还是学校老师打的 110。据他们了解，这些孩子都身有残疾，在家没少被大人打骂，也许他们离家出走的原因也在于此。想到这，严喆的眼睛蒙上一层寒霜，失踪的两个孩子一个被父亲打断了腿，另一个则被虐待到跳楼逃跑，也许离开家对他们来说才是最好的选择。

沿江步道被郁郁葱葱的乔木包围起来，在地上投出斑驳的碎影。可此时的牧莹却再也没有平日跑步时的轻盈。她额头渗出细密的汗珠，眼睛里带着焦急，身后那个影子已经越来越近。

如果说刚才牧莹只是怀疑，现在她已经百分之百肯定，身后那个人就是冲自己来的。糟糕的是，丈夫一直没接电话，而自己的手机竟然没电了，就算想报警都不可能。

前面再有不到一公里，沿江步道就到了尽头，如果再不想办法，自己就会被堵在这里，到时候会发生什么她完全不敢去想。

这时候，牧莹如同被逼进绝境的困兽，只能硬着头皮继续往前跑。

跟在后面的鸭舌帽也不轻松，他不像牧莹那样经常运动，早就累得上气不接下气，脚步重重地踏在地上，每一步都溅起一片水花。看着前面姿态轻盈的牧莹，鸭舌帽抹了一把脸上的汗，眼角透出一丝狠厉：妈的，一个小娘们儿，老子就不信追不上你！

严喆追了很远，终于看见远处的牧莹和跟在她后面的鸭舌帽，两人一前一后距离已经越来越近，他却松了口气：还来得及。

夜色渐浓，严喆开始加速，他知道再往前几百米就是沿江步道尽头，牧莹要么钻进树丛，要么被鸭舌帽堵在路上，看来今天晚上自己真要英雄救美了。

就是不知道，人家会不会领自己的情，一起看个电影、拉拉小手啥的。

就在他快要追上去的时候，鸭舌帽却突然停住脚步。

咦？

严喆也跟着停了下来，并将身体隐在路旁的树荫里。

鸭舌帽弓着身子，大口喘气，还扭头向身后望了望，估计他也没想到自己竟然跑了这么远。

严喆看得清楚，鸭舌帽很年轻，二十出头，说不上英俊，但长相端正，而且那副筋疲力尽的模样看起来有些搞笑。

鸭舌帽四处看了看，似乎在找什么，随后脸色一变，眼睛死盯着步道旁的树林。

不知什么时候，树林里慢慢显出一个高大的身影。

又来一个？有意思！

严喆嘴角微微上翘，难道两个家伙同时盯上那个女孩儿了？这也太巧了吧。想到这，他反而不着急了，索性抱着肩膀看起了热闹。

鸭舌帽看到树后的人影吓了一跳，慌忙后退，指着对方喝道："你是谁？干什么的？"

"啧啧，你一个跟踪的还好意思问别人干什么？"人影笑道，"我倒是想问问你，大晚上的拿着手机跟着别人后面偷拍，你想干什么？"

如果牧莹在这里一定能认出这个声音，正是刚才在咖啡馆里和她悄声说话的人。

鸭舌帽眼珠转了转，又悄悄往后退了两步，小心翼翼道："我跑步路过，拍拍夜景。"

黑影冷哼一声："别装了，刚才出了咖啡馆你就一路跟着前面那女的，敢不敢把手机掏出来看看？"

"误会、误会，不是你想的那样。"鸭舌帽连忙摆手，有些心虚地说，"大哥，我真是来锻炼身体的，不过看见漂亮妹子一时把持不住就想拍两张照片，以后一个人在屋里寂寞了也好对着……想象一下！大哥您一看就是那种帅哥，肯定从小就受女孩子欢迎，哪里知道我们这种长得又矮又矬的单身狗的苦呢……"说着说着鸭舌帽脸上还露出一副委屈不已的模样。

"少瞎扯，看你鬼鬼祟祟的，肯定不止偷拍！说，你是不是想偷袭她？不说我报警了！"黑影不耐烦地打断对方，掏出手机。

"别啊，大哥！"鸭舌帽连忙求饶，"我真的就想拍拍照片，天地良心啊！而且我确实什么也没干，就算警察来了，也没证据不是，我看您还是别麻烦警察了。"

那人握了握手机，却没有继续拨号，显然有些犹豫。

鸭舌帽趁热打铁："我从小就佩服您这样路见不平、拔刀相助的英雄，请问您啥时候看上那美女的？"

"滚，我是看你偷拍别人才跟上来的，谁看上她了！"黑影怒道，"我现在就报警，先把你关起来。"

说着，黑影开始拨号。

"大哥你真打啊！"鸭舌帽嗷一嗓子，吓得扭头就跑，他可不想让警察抓住，到时候光自己手机里那些照片就解释不清。

严喆在远处看得清楚，虽然距离远听不清两人在说什么，但这样子也猜个八九不离十。只是让他奇怪的是，这个见义勇为的黑影又是哪儿冒出来的？一般人见义勇为都是理直气壮的，怎么这位却藏在路边不敢露脸呢？

严喆决定再看看，至于那个鸭舌帽跑了就跑了，他的样子不难记，想抓他以后有的是机会。

过了一会儿，黑影走出树林，沿着江边步道向前走去。

严喆站在后面，看不到对方的长相，只知道这人身材高大魁梧，年纪不会太大。

黑影走了一会儿，停下脚步，怔怔地望着前面，许久没有动作，好像在思考什么事情。

夜晚的郁江如同一道望不见底的深渊，黑漆漆的，没有一丝光亮。天上的云层变得厚重低沉，看得出另一场暴风雨正在酝酿，整座城市被层云黑水夹在中间，好像下一刻就会被碾碎。

严喆越发奇怪，这家伙一动不动地站在江边，难道他在等刚才那个女孩儿？

牧莹的身影很快在步道上出现，富含韵律的身影在黑夜中闪烁，渐渐靠近男人所在的位置，最终在他面前站定。她面容姣好、身材高挑，即便在男人对面也并不显得娇小，反而两人靠近后给人一种十分和谐舒服的感觉，好像他们本该站在一起似的。

“你怎么在这儿？”牧莹擦了下额头的汗，眉头轻轻蹙起，“不是说不再见我吗？”

男人眼睛一眨不眨地看着混浊的江面：“刚才有人跟踪你，我不放心过来看看。”

“哼，谁让你多管闲事了，没露脸吧？”牧莹的表情变得有些冷硬，语气中带着责怪，“除非你改变主意，否则我也不会再找你。”

“行。”男子没什么表情，淡淡地吐出一个字转身走回树林，自始至终都没有再看牧莹一眼。

牧莹皱了皱眉，眼神闪烁地望着男子离开的方向，慢慢地快步离开。过了几分钟，江边步道恢复了之前的平静，除了偶尔跌落的树叶，再没有其他动静。

严喆从树荫里走出来，他听不到两人说了什么，但从动作上看，那姑娘似乎认识这个男人。算了，不管认不认识都跟自己无关。

这算是怎么回事？浪费这么多时间就看了一出狗血剧，有这工夫还不如多想想案子呢。他心里很不爽，都怪那个鸭舌帽，以后最好别被自己碰见，否则，哼哼！

“咚咚咚……”城中村的巷子里突然响起急促的脚步声，一个身影快速闪过，沿着巷道七绕八拐地跑了很久，终于停下。

张放一把摘掉头顶的鸭舌帽，当成扇子在脸前上下挥动，另一只手掐着腰，上身微微弓起，大口大口地喘着粗气。

真他妈的点儿背，这年头还能碰上见义勇为的好汉！

多亏自己谨慎，帽子一直没摘过，大晚上的对方不太可能看清自己的相貌。另外，他早就在沿江步道踩过点儿，监控隔着老远才有一个，而且线头还是断的，就算真把警察招来了，应该也查不到自己。

张放一边郁闷地想，一边麻利地解下绑在胳膊上的跑步臂袋，连同鸭舌帽和身上的黑色T恤，一股脑儿地塞进挎包。又从包里翻出一件白色无袖衫套在身上，用毛巾擦了擦脸和脖子，收拾停当后才顺着巷子往城中村里面走。

南方城市经济发达，许多原本位于城郊的村庄渐渐地被城市包裹，成了一片特殊的存在。在这里，房子是村民自家宅基地上盖的，只要有本事，想建多高就建多高。早些年政府对这块管理不力，导致许多村民抢着建房，一块几十平方米的宅基地上可以盖出七八层高的农民房。这些房子什么手续也没有，消防安全之类的更是无从谈起，楼与楼之间几乎墙贴着墙，窗户都推不开。可就是这样的地方，却容纳了大量的外来人口，他们蜗居在仅有几平方米的房间里，做着来大城市淘金的美梦。

张放进入的这片城中村叫“康德村”，位于珠江市西北方向，面积非常大，是有名的外来人口聚居地，据说容纳了十万人。这几年随着房价飞涨，康德村的农民房也越来越值钱，政府早就制订了拆迁安置的计划，但火箭般攀升的房价让政府有心无力，一栋八层高的农民房光补偿款就要上千万元，康德村这样的房子足有数千栋，就算砸锅卖铁也负担不起。于是，到康德村租住的外地人越来越多，各行各业繁荣发展，俨然成了“城中之城”：学校、诊所、市场一应俱全，而且价格低得匪夷所思，深受生活在这里的外地人追捧，尤其是服务业更是发达得不得了。

张放自从大学毕业来到珠江市就落脚在这里，两年多来，除了上班他几乎从未离开过康德村，对这里熟得不能再熟。他沿着城中村的小巷深一脚浅一脚地绕了很久，弄得鞋里全是泥水。该死的台风造成了城市大面积内涝，城中村的排水系统更是惨不忍睹。虽然台风离开几天了但巷子里的积水还能没过脚踝，张放想要去的地方恰巧很偏，想绕过积水就只能走小路。

走了快半小时，张放终于在一栋六层高的农民房前站住。这房子外表有些破旧，墙上贴满各种广告，无数电线在头顶上方横七竖八地扯来扯去，固定在房子外墙，一楼门口被改装成深紫色的玻璃推拉门，上面用红色广告纸贴着“网吧”两个字。

张放习惯性地朝身后望了望，见没人跟来，这才推开玻璃门迈步进去。

“咳咳……”一进门，张放就被里面呛人的烟味儿熏得头昏脑涨，身子一歪差点又退了出去。网吧前台坐着个胖姑娘，大概 20 多岁，这会儿正聚精会神地往手上涂指甲油，头也不抬地说道：“一个钟三块钱，包夜 20，送方便面。”

“我用 14 号机，一个钟。”张放掏出三块钱递给胖姑娘。

对方抬眼瞟了一眼没理他，继续涂指甲。张放知道这是被鄙视了，不过他早习惯了这种眼神，放下钱低头进了里屋。城中村里这种黑网吧很多，只要给钱什么证件都不用看。张放之所以来这家主要是因为这家的电脑全是从废品站捡回来的二手机，只要能滚出 Windows 界面就算好的，随时都可能报废，正好符合自己的工作要求。

不仅如此，他还仔细了解过这里每一台电脑的情况，知道 14 号机是这里硬件最不稳定的电脑，也许下一秒就会彻底宕机，到时候网吧老板只会像丢垃圾一样把这破机器扔到私人废品站，也会彻底抹去他的使用痕迹，所以他每次来都直奔 14 号机。

因为是居民房改建的，所以网吧里面有许多房间。张放径直走进最里面一间小屋，屋里摆着四台电脑，空气里飘着一股令人作呕的酸臭味儿，好像厨房垃圾在三伏天堆放一个星期经过充分发酵后产生的气味，要是没有心理准备的人冷不丁闻上一下怕是直接就得栽倒在地。不过，在别人看起来唯恐避之不及的臭味却没有阻挡张放，他甚至有些感激那个满身酸臭的怪人，正是因为这个臭气熏天的流浪汉，这间小屋永远都不会有其他客人进来，这样更方便张放处理工作。

但今天有些不同，张放跑了一个晚上已经累成了狗，猛地闻到这股怪味儿，让他胃里一阵翻江倒海。不过，他咬了咬牙，还是决定严格执行自己的“保密纪律”：凡是工作上跟踪、偷拍的客户资料，绝不留痕迹，而这个网吧无疑是他最好的选择。

强忍着胃里的不适，张放把返进嘴里的胃液又硬咽进肚里，然后晃了晃脑袋让自己清醒一点儿，这才走向 14 号电脑。

屋子比较小，一共摆了两排桌子，每张桌上两台电脑，14 号机靠着墙根儿，外观已经破得不成样子。和往常一样，屋子里冷冷清清一个人都没有。张放清楚，因为屋里那股挥之不去的酸腐味儿太刺激，所以就算外面坐满了人都不可能有人进来。

他坐在电脑前，习惯性地看看旁边那台 13 号一体机，这个座位就是屋里恶臭味儿的来源，不知道那个流浪汉今天来不来，希望自己赶紧干完活儿，在他来之前离开，否则就算他晚上没吃饭怕是也得把苦胆吐出来。

“嘀嘀……”随着电脑主机发出一声清响，显示器里出现了熟悉的界面。

张放赶紧从口袋里掏出手机和连接线，插到电脑的 USB 口上，然后把晚上偷拍牧莹夜跑的照片传了进去。看着电脑上慢如蜗牛的进度条，张放打了个哈欠靠在椅背上闭目养神，脑子里不断回想着这段时期的收获。

晚上他跟踪的女人名叫牧莹，是一家新媒体公司的CEO，平时工作挺忙，几乎从早到晚都在工作。从自己跟踪她的这个月来看，牧莹是典型的女强人，连吃饭都很少离开办公室，只有每天晚上的跑步是她雷打不动的习惯。虽然她还有个四岁的儿子，但牧莹的公司马上要迎来首轮融资，所以最近几个月她都是把孩子丢给家里照顾，自己全身心地投入到工作中，唯一一次离开公司还是去医院开药。

这样的女人怎么可能出轨？

张放心里有点不以为然，虽然牧莹长得很漂亮，但人家根本不是靠颜值吃饭的。也不知道她老公是怎么想的，这样的老婆还会怀疑，简直是脑子进水了。

正琢磨着，电脑提示照片传送完成。张放眼睛一亮，赶紧拔掉手机连接线，从文件夹里挑选了一些照片，登录邮箱开始上传。

这时候，门外传来一阵嘈杂，空气里的酸臭味儿一下子浓了许多，张放用手捂住鼻子，赶紧加快操作。果然，屋里灯光一暗，那个浑身臭味儿的家伙又来了。

张放努力让自己的注意力集中在邮件上，目不斜视地盯着电脑屏幕，两手噼里啪啦地敲着键盘。

刚进来的家伙见到屋里的张放，明显愣了一下，他没想到还有人敢坐在这间屋里上网。不过他也没多在意，径直走向13号机，一屁股坐到沙发上按下开机电源。

没过一会儿，张放就听见时断时续的打字声。他忍不住瞥了一眼，看见那人正聚精会神地盯着屏幕，眼珠子都快瞪出来了，两只手胡乱放在键盘上，就靠两根食指一下一下地按着按键。张放偷偷瞄了那台23寸的电脑屏，发现上面没有打开网页，只有几个弹出的QQ对话框，上面的字体五颜六色的，一看就是小姑娘才喜欢用的风格。

我靠，还有没有天理了！

张放有些郁闷地收回目光，心里鄙夷地想：都快 40 岁的人了还上网骗小姑娘？字都打不利索，穿得跟个叫花子似的，也不知道能聊出个啥来。

腹诽了一会儿，张放的邮件也发送成功，他看看时间才过了 20 分钟，自己可是掏了一个小时的钱，现在就走岂不是亏了？

想了想，他决定还是忍受一下旁边大叔的酸臭，再待半个小时。于是，他在电脑上登录 QQ，首先弹出来的消息就是公司经理的，张放的脸色顿时变得有些难看。

“张放，你个小王八羔子滚哪儿去了？手上的客户做完了没？明天赶紧让客户付款，月底绩效考核，你要是还没新客户就把脖子洗干净准备受死吧！”经理的 QQ 头像是一头上古怪兽，比哥斯拉还胖一圈儿，看起来好像要从电脑里爬出来咬断张放的脖子一样。

“考核你妈！昨天刚过了儿童节，今天就月底了？”张放暗骂一句，移动鼠标轻轻一点，经理的对话框被关闭。他长出一口气，挨个点开几个群，都是大学和以前中学的同学群，里面的同学们都在七嘴八舌地交流育儿经验，或者吐槽办公室的人事斗争，少数几个比较成功的同学偶尔冒泡点评两句，其他人立刻一窝蜂地围上去拍马屁。

“江湖啊！”张放感慨了一句，突然觉得有些意兴阑珊，他毕业后基本就处于潜水状态，因为同学里面他混得最失败，就算说话也没人搭理，索性不自讨没趣了。

看了一会儿，张放把鼠标移到一个头像上面，脸上露出温柔的微笑。这是他的女朋友连小雅，也是张放大学四年的唯一收获。连小雅的头像是一朵随风摇摆的小花，安安静静的，和她的人一样。张放每次看到小雅的头像心里就会有种莫名的平静，生活中的不如意在这一刻也随着那摇曳的花枝而烟消云散。

“小雅，我手上的项目马上就要结束了，等这周末我拿到奖金就回学校看你啊！”张放点开对话框，麻利地写下这行字，然后又冲着小雅的头像发了一阵呆，这才恋恋不舍地关掉对话框。看看时间，才过去十分钟，还有半个小时，但张放不想再耗下去了，因为那个流浪汉的气味实在太刺激，多待一秒都有猝死的可能。

出门的时候，张放特意瞄了一眼那个家伙，对方仍然对着屏幕认认真真地用“一指禅”敲字，看他全神贯注的模样好像不是在聊天而是在研究高深的学术问题一样。

张放摇摇头，走到前台，胖网管这会儿已经涂完了指甲油正拿着手机刷小视频，一边看一边嗑瓜子，乐得前仰后合。

“美女，我上了半个小时，退我一块五！”张放理直气壮地拍拍前台。

“呸！”胖姑娘眼皮都没翻，嘴里吐出个瓜子壳来，“你咋不上天啊，一块五还算计，滚！”

“你退不退？”张放一点儿不脸红，拿手指头轻轻敲了敲桌面，“不退的话，我去跟臭哥说一声，下次让他坐外面上网了！”

“你个龟孙儿，给给给……”胖姑娘抬起头，锅底一样的大脸蛋子因为生气而变得通红，咬牙切齿地瞪了张放一眼，从抽屉里捡出两个生锈的硬币拍在桌子上，然后气鼓鼓地继续看视频，不一会儿又捂着肚子哈哈大笑起来。

张放把硬币塞进裤兜，大摇大摆地离开网吧，今天的任务算是圆满完成，明天客户确认了结果就会把钱打过来，自己就可以领到佣金，然后就能买车票去看小雅了。张放美滋滋地想着，慢慢走进城中村的深处。

牧莹到家的时候已经是晚上 10 点 40 分了，这比她平时回家要晚一些。最近几个月，她开始喜欢上夜跑这项运动，紧张而忙碌的一天之后，什么也不想地跑上一个小时比睡觉还令她着迷。因为这一个小时里，紧绷的神经会慢慢松弛下来，思维也会漫无边际地飘上天空，而且经常在无意中闪现出某个念头，让她有种豁然开朗的感觉。

回到家，她鞋都没换就穿过门廊来到客厅，看到丈夫邓离正跷着腿斜靠在沙发上，墙上巨大的投影幕布正在播放国产电视剧，紫红色的酸枝木茶几上摆了几个空酒瓶，旁边的快餐盒里剩着没吃完的烤肉串。

邓离满脸通红，眼神迷离地盯着投影，对牧莹的出现没有丝毫反应。

牧莹强压下心里的怒气，走进厨房拿了一瓶鲜奶，拧开盖子喝了两口。

“晚上跑步有人跟着我，打你电话你又不接。”牧莹冷着脸走回客厅，看着邓离道，“幸亏被人发现拦住了，否则我还不知道会遇见什么呢！”

邓离收回跷在茶几上的脚丫子，强睁开眼看着牧莹：“早跟你说过晚上别出门别出门，不知道已经有三个女孩儿不见了？等真遇见事儿我看你怎么办！”

牧莹眼睛里露出明显的失望，幽幽地叹了口气：“我白天工作太累，大脑需要放松，只有跑步才能让我休息一下。”

“哼，说得好听。家里又不是没有健身器材，小区里跑一圈也有三公里，这还不够你折腾的啊！”邓离没好气儿道，“我看你就是找借口不想在家待。”

牧莹闻言脸色变得很差，恨不得把手里的牛奶瓶砸到邓离脸上，但她深吸了一口气，慢慢平复下来，轻声道：“既然这样，我们还要相互折磨到什么时候？为什么不考虑一下我的提议？”

“嘭”的一声爆响，牧莹吓得一哆嗦，看到邓离将遥控器摔在茶几上，已经四分五裂。

正好电视剧里的女主角正泪流满面地指着情人大骂对方渣男、没良心。

牧莹看见女主角那伤心欲绝的模样，突然觉得自己的人生真是失败，自己当初真是瞎了眼，怎么会嫁给这样的男人？

想着想着，两行泪水顺着牧莹的脸颊流了下来，她略显凄楚地盯着邓离一字一句道：“你究竟想怎么样？”

邓离腾地站起来，两眼圆睁地冲牧莹咆哮：“怎么样？你还有脸问我怎么样！”

说着，他激动地挥舞着双臂，面目狰狞地大吼道："你以为我不知道你的打算？别忘了是谁让你过上今天的日子的！没有我，你还在哪个旮旯喝西北风；没有我，你根本就没有今天！现在你要成功了就想甩掉我，去找别的男人，你以为我不知道？哈哈哈……笑话！我告诉你，姓牧的，你这辈子都不会得逞的！你要是敢背叛我，我一定要你不得好死……"

"你、你……"牧莹气得浑身颤抖，指着状若疯癫的邓离一个字都说不出来。

这时，楼上传来孩子的哭声，一个稚嫩的声音越哭越响，拼命地喊着："妈妈、妈妈……"

牧莹胡乱地擦了擦脸上的眼泪，不再管大吵大闹的邓离，转身跑上楼去哄孩子。她住的别墅一共两层，面积有两百多平方米，孩子的房间在二楼，以前家里还有一个照顾自己多年的保姆，后来因为邓离的强烈要求被辞退，平时家里只有邓离一个人在，孩子也是他负责照顾。

邓离眼看着牧莹上了楼，一口闷气无处发泄，直接一脚踹在茶几上。

哗啦啦……

啤酒瓶跌落，碎了一地，肉串混着啤酒沫滚向四周。邓离看着满地狼藉的家，心里一阵悲凉，然后就觉得胸口一阵绞痛，闷哼了一声跌跌撞撞地走向书房。

怦怦怦……

邓离觉得心脏都要跳到嗓子眼儿了，从食管到胃部火辣辣地疼，他用力捶了胸口几下，一把推开书房门，从抽屉里拿出几个药瓶，这是他最近经常服用的药物，可以治疗胃炎。最近几个月，邓离的胃里经常反酸、灼痛，每次都得靠吃药缓解，看来自己是被那个女人气伤了身体，过几天一定要找机会去医院好好检查一下。

喝了一大口水，药片顺着喉咙进入肠胃，邓离靠在办公椅上好半天才缓了过来。这时候，楼上孩子的哭声渐渐小了，然后他听见牧莹关门的声音，应该是去洗澡了。

邓离揉捏着胸口，心里却生出一股歉意。当初在学校，牧莹可是全系男生的梦中情人，那时候的她成绩名列前茅，又能歌善舞多才多艺，是全校的风云人物。而那时候的自己，只是她众多追求者中的一员，虽然家庭条件不错，但比他强的也不是没有，可老天爷眷顾，最后和牧莹走到一起的竟然是自己。

据说，当时这个消息可是轰动了学校很长时间，就连他自己也觉得这一切来得太过突然。

当时，自己可是幸福得连睡觉都会笑醒啊！

他在心里无数次暗暗发誓，一定要给她最好的生活，让她一生一世永远幸福。只是，这才过去了五年，怎么生活就成了这样？

邓离越想越沮丧，难道真的是自己太多疑了？牧莹从来没有背叛过自己？

想到这里，他打开电脑，登录邮箱。很快，一封半小时前发来的邮件静静地躺在收件箱，邓离急不可耐地点开，就看到一段文字：

> 您好，我是您的婚姻专属顾问。经过一个月的调查，我可以很肯定地向您送上祝福，您的太太没有做过背叛你们感情的事情，更没有任何出轨的行为。而且，我可以很确定地告诉您，她是一个非常优秀且善良的女性，您和她的婚姻可以成为最令人羡慕的那种。
>
> 事实上，从我这个月的观察来看，您太太不仅没有做过任何对不起您的事情，就连这种想法和苗头都从来没有出现过。她每天的生活极其规律，在公司的时间完全投入工作，就连加班也都有女性助理和员工陪伴，除了正常的工作需要，我甚至很少见到她和异性朋友私下会面。
>
> 每天下班后，她总是直接回家，陪孩子或者工作，仅有的一个小时外出也是独自在江边跑步，而且选择环境清幽的路线，这让我更加确定了她不可能有任何机会和异性独处。当然，出于专业角度，我还设法登录了她的私人邮

箱、查询了通话记录，所有证据都显示您的太太是一个对家庭和孩子十分尽责的贤妻良母。所以，请您可以百分之百地放心，您和妻子的婚姻并未出现像您所说的那种问题。

按照协议，我们的服务已经结束，因为并不涉及捉奸、取证等后续服务，您只需要支付服务费的30%，也就是人民币三万元，请您按照协议将款项转账到我公司即可。此致敬礼，祝您婚姻美满。

邓离看完邮件，不仅不放心，反而脸上的疑惑更重了。他点开邮箱附件，里面有一个压缩包，打开后可以看到牧莹这段时间以来日常活动的照片，有白天在公司和人开会的，有中午在办公室叫外卖的，有下班后独自开车回家的，有去医院帮自己开药的，还有晚上沿着江边夜跑的……除此以外，还有近半年来她的手机通话清单、邮箱里的邮件截图，甚至连微信上的联系人还有聊天记录都有截屏。

看到这儿，邓离也确实找不到妻子出轨的任何疑点，他删掉邮件，靠在椅子上点了根烟静静地吸着，黑暗里只有红色的烟头忽明忽暗。不知过了多久，香烟已经燃尽，他将烟头摁入烟灰缸。难道真是自己神经过敏？

邓离记得刚结婚时，牧莹正在创业，虽然忙得昏天黑地，但她还是对自己非常依赖，一有时间就赶回家里和自己过二人世界，看到自己的时候永远都是一副笑靥如花的模样。可现在呢？不知从什么时候开始，他再也没看到牧莹对自己笑了，甚至连手都不愿碰他一下，更不用提同床共枕。

他可是很清楚，刚结婚的时候牧莹对自己的爱有多强烈，他们的孩子也是在结婚后没多久怀上的。那会儿牧莹的公司初创，一切都还处于不确定当中，她白天出去和客户谈判，晚上挺着肚子熬夜加班，而自己则动用父亲的力量四处帮她招揽业务、筹措资金。现在公司越做越大，可她对自己却再也没有了当初的热情。

这不能不让邓离怀疑妻子变心，更何况当初如此优秀的牧莹为什么会在毕业后突然决定嫁给自己？虽然与自己一直坚持不懈的追求有关，但他始终不太相信自己有打动牧莹的魅力，而且她和在学校时相处四年的男朋友可是感情很深啊！

邓离胡思乱想了半天，脑袋里各种念头飞来飞去，心烦意乱得不得了。他又回想了一遍刚才看到的邮件和那些照片，反复琢磨了无数个可能，但又一个接一个地否定掉了，然后，悬着的心也渐渐放了下来。

算了，既然没有证据证明牧莹出轨，那他们的关系也许还可以挽回，一切还能回到从前。邓离的脸上浮现起一丝微笑，移动鼠标随便点开一个网站，心不在焉地看着上面的社会八卦，心里却在想着该怎么向牧莹道歉。

这时，电脑上弹出一个新闻推送的对话框，全是些他喜欢的社会八卦和奇闻逸事，其中在右下角有一个标题吸引了他的注意："男子带儿子多次亲子鉴定，结果却大跌眼镜！"

典型的标题党，邓离瞄了一眼标题，心里不屑地想，但手指还是不由自主地点开了新闻。原来一个生活在海外的男子怀疑孩子不是亲生的，便带着孩子去医院做亲子鉴定，哪知结果却不确定。于是这个男子带着孩子又接连去了几家不同的医疗机构鉴定，没想到两家的结果是亲生父子，另外两家则正好相反。这下子，男人彻底蒙了，孩子到底是不是自己的呢？

邓离看完新闻忍不住笑起来，没想到世上还有这种事儿，这男的也太蠢了，肯定是被医院骗了。接着新闻下面有不少网友的留言，邓离一时间被网友的各种评论逗得乐不可支，一条接一条地往下翻看，一边看一边笑。

突然，一条留言引起他的注意，那个网友用正经八百的语气分析了男子的情况，最后得出结论：这一切在理论上是有可能出现的，而且生物学界早就对这种现象有过描述，还给它取了一个名字——"先父遗传理论"。

不知不觉，邓离被这个网友的"先父遗传理论"彻底吸引了，这个理论认为：后代可以继承母亲前配偶的遗传特征。最早的研究例证来源于澳洲角蝇，据说科学家使用角蝇作为研究对象，测试体型不同大小的雄性角蝇及它们交配后对后代体型的影响。研究结果证明，后代的体型竟然与雌性角蝇首次交配的雄性角蝇相同，而不是第二次交配的雄性角蝇的体型。由此，科学家们认为雌性角蝇生产的后代体内携带有首次交配对象的基因。

嗡……

邓离看到这里，脑袋里好像响起一道惊雷，他连忙打开百度、知乎之类的平台一个劲儿地搜索答案，结果越看心越凉，不少网友都拿出言之凿凿的“证据”证明“先父遗传”的正确性，有些还借此大声疾呼结婚必须找“处女”的口号。至于那些科学理性的辟谣帖，早就被邓离自动忽略了，他现在满眼都是“先父”、“前男友”之类的名词。

“啪!”不知过了多久，邓离狠狠地把电脑屏幕合上，阴沉着脸走出书房，一个让他发疯的念头横亘在心头挥之不去：一定是这样，牧莹现在的冷淡一定是因为还想着前男友，怪不得他总觉得儿子长得不像自己，原来是因为被妻子的前男友“污染”了!

二

严喆他们已经找了快一个小时，整间出租屋里里外外被搜了个遍，可除了一些求职简历和几本成功学教材外什么都没发现。

张放，男，24 岁，南华职业学院管理系毕业，两年前来到珠江市，一直租住在这里。

严喆看着手中一张略微泛黄的简历，目光落在张放的照片上很久没有移动。

原来是他。

三天前的晚上，就是这小子害自己白白浪费了一个多小时，在江边跑了好几公里，当时他清楚地记得张放戴着鸭舌帽，气喘吁吁、惊慌失措的样子。

这家伙不是个偷拍美女的猥琐青年吗？怎么干起杀人越货的勾当了？

“老严，想啥呢？”刑事技术科的钟小飞晃晃手机，打断严喆的沉思，“所里把尸检报告传过来了，受害者曾经发生过心梗，一直在吃药控制，死因是心梗再次发作。”

“不是他杀？”严喆有些意外，如果死者是心梗导致死亡，为什么张放还要把尸体转移到公园呢？

钟小飞摇摇头：“不好说，因为心梗复发的原因是药物导致，在他的血液里检测出奥美拉唑，这种药是治疗胃溃疡的，但是和治疗心梗的氢氯吡格雷一起服用会降低后者药效，导致心梗复发。”

严喆皱眉问：“需要吃多少剂量？或者正常剂量的奥美拉唑吃多长时间会导致心梗复发？”

“这个因人而异，也许一两天，也许几个月。”钟小飞耸耸肩膀，“要是有人故意让死者吃奥美拉唑，怎么也得先让他得胃病吧，否则正常人都不会随便吃药的。”

“受害人身份呢？得尽快查清楚。”严喆将张放的简历交给同事，然后和钟小飞一起下楼。这边的搜查基本结束，他得赶回局里分析案情。

楼里其他住户早就被警察的阵势惊动，纷纷出门看热闹，原本狭窄的楼梯间水泄不通，严喆和钟小飞被堵在楼梯上。

严喆不悦道：“这群人怎么回事，都挤在这里干什么？”

楼梯拐弯处负责维持秩序的派出所辅警无奈地笑笑：“没办法，楼里住的人多，咱们又没有封锁现场，没办法不让人出来。”

钟小飞知道严喆的急脾气，赶紧岔开话题，用只能两人听见的声音说：“查到了，死者名叫邓离，家里做生意的，挺有钱。死亡时间是昨晚 12 点左右，随后就被搬走丢在了明珠公园。”

不知道为什么，严喆脑海里浮现出那天晚上张放跟踪牧莹时的狼狈模样，自言自语说：“这家伙还敢搬尸体？不像啊！”

钟小飞没听清，以为严喆追问他问题，继续解释：“台风损毁了市区部分变电站，明珠公园附近的监控全部宕机，唯一的线索就是那通匿名电话，可是技术部门查了号码，是网络虚拟的，服务器在国外，声音也处理过，这条线也断了。”

严喆心里的疑惑更重了，昨晚指挥中心接到匿名举报，市郊的明珠公园有人抛尸，说完电话就挂了。指挥中心不敢怠慢，为慎重起见安排辖区派出所民警冒着大雨前去调查，没想到真发现公园树林里躺着一具男性尸体。分局刑警队接到通报马上赶到现场，严喆就是带队负责人。

因为连续的台风影响，市区里许多治安监控都被损坏，严喆判断明珠公园不一定拍得到嫌疑人，所以马上安排人手布控，同时对公园几个门的门卫进行询问，终于有个门卫记得看见一个年轻人的影子从大门离开，很可能就是抛尸嫌疑人。

严喆和同事们马不停蹄，沿着嫌疑人离开的方向一路查找，通过路边商铺的私人监控总算发现了抛尸者的背影，但监控分辨率不高，再加上受大雨影响，只能看见这人进了康德村的巷子，然后就断了线索。

不过，刑事技术科恢复了受害人手机的通话记录，其中一个号码在昨天下午到晚上连续和死者通话几次，而且位置正在康德村，于是锁定了张放的位置。只是没想到安排的人盯了大半天，却让张放跑了，这简直就是赤裸裸的打脸。

严喆一想到张放家里那件雨衣飘来飘去的样子，就恨得牙根儿痒痒，前几天刚被这家伙摆了一道，今天又被耍，简直欺人太甚。

“仔细问一下周围住户，看看这个张放在哪儿工作，还有什么朋友。”严喆看着楼里人头攒动的样子，气就不打一处来。

这时候，楼上传来一个女人的尖叫，紧接着是哐当哐当摔东西的声音。

“怎么回事?”严喆脑袋里塞满了各种噪声，快要撑炸了。

“阿Sir，楼上两口子吵架，我们都习惯了。”一个住户回答，“他们住五楼，每天都得来一次，整栋楼的人都被折腾得神经衰弱了。”

“是啊，我们报了几次警，派出所也管不了。他们天天又喊又叫的，我们都快被逼疯了!”另一个大婶儿也凑过来抱怨。

“上去看看，别闹出事儿了。”严喆被吵得心烦意乱，转身朝楼上走，钟小飞跟在后面也是一脸烦躁。基层工作就是这样，全是家长里短、鸡毛蒜皮，再热血的人待久了也都磨得没了脾气。

两人一前一后来到五楼，不用找就知道吵架的正是张放楼上，因为那女人尖叫的声音简直能把玻璃震碎。

严喆懒得废话，直接砸门。没办法，声音小了估计里面都听不着。

咚咚咚……

大门被砸得震天响，很快屋里的尖叫和打砸声停下来，门猛地被打开，一个膘肥体壮的中年汉子冲了出来：“干啥呢!”

严喆一瞪眼，对面的汉子却没看他，而是看见穿着警服的钟小飞，气势立马弱了。

“警察?”

“家里吵什么?”钟小飞一挺肚子，站到前面，用手指着汉子道，“让开。”

汉子不太情愿，犹豫了半天，终于慢慢让开。

钟小飞进屋，发现这间屋子比楼下张放的要大不少，也是两室一厅，不过比张放家乱多了。客厅里的茶几、椅子、电视都翻倒在地，一个穿着蕾丝睡衣、浓妆艳抹的中年女人坐在沙发上看着钟小飞，嘴角还挂着血迹，显然是被汉子揍的。

“他是不是打你了?”钟小飞指着汉子问那个女人，后者却没反应，既不点头也不摇头。

“你放心，他要是打你，我们警察会保护你的，放心大胆地说!”钟小飞怕女人不敢说实话，补充道，“家暴是违法行为，法律会给你做主的。”

哪知身后那个汉子挤过来，连声道：“不是我，我可没打她，是她自己扇的。千真万确!”

“什么？自己打的?”钟小飞看了严喆一眼，显然不太相信，可那汉子立马掏出手机送到钟小飞脸前，“警官你看看，我都录下来了，我就知道早晚会出事儿，所以每次我都录像。”

“还有这事儿?”钟小飞莫名其妙地看看手机，果然视频里面那女人一边摔东西一边扇自己耳光，而且下手很重，一巴掌下去脸就肿了，再一巴掌嘴角就开始淌血，加上她高八度的尖叫，看得人毛骨悚然。

钟小飞看完视频，再看两人的眼神明显变得不一样了，尤其是那个汉子，怎么看怎么可怜。为了不刺激那女人，他把那个汉子拽到一边，低声问话。

严喆则随意地在屋里转了两圈，偶尔伸手翻一下屋里的摆设。

过了一会儿，钟小飞凑过来悄悄跟严喆说：“问清楚了，这女的脑子有点问题。平时不发作挺正常的，一犯病就控制不住自己。”

严喆没说话，而是冲那个汉子招招手，后者走过来脸上也显得挺无奈的。

“你们什么关系?”严喆面无表情地问。

“夫妻啊!”男人回答，但是看见严喆冷淡的表情，又补充了一句，“不过还没领证。”

“家里还有谁?”严喆继续问。

“这个……”那汉子变得吞吞吐吐起来，“就我们两个，现在。”

“现在?”严喆的眼神变得凌厉，“以前就不止你们俩了吧?”

“啊，还有，对，还有一个。”汉子结结巴巴地说，表情也紧张不少，“她，她……还有个，一个女儿，也是，不太，不太正常……那种。”

钟小飞脸色也变了，没想到这家还有个孩子，可天都这么晚了，怎么没看见呢?

“人呢?”严喆的声音变得格外冷硬，男人的话让他想起来那两个还没找到的女孩儿。

汉子吓得后退两步，语无伦次地说：“我不知道，我真的不知道，警官，那孩子的脑子跟她妈一样不好使，经常莫名其妙跑出去，这几天人也没回来，我真不知道她去哪儿了。”

“孩子多大？在哪儿上学?”严喆的眼里几乎喷出火来，咬牙切齿地说，“你最好一五一十把情况都讲出来！”

“好，我知道的都说。”汉子已经被严喆的样子吓傻了，他感觉严喆手里要是有刀，肯定会毫不犹豫地宰了自己。

钟小飞也怒目而视地瞪着那汉子，想不到这家伙没说实话，难怪严喆这么年轻就当上队长，自己只能在实验室搞化验，果然是有道理的。

严喆带着汉子下楼问话，留下钟小飞守着那女人，正好楼下刚收工，人手都在，顺便把楼上也查了。

一群人从四楼上来，里里外外又检查了一遍，随后告诉严喆，屋里“干净”，没发生过凶杀或严重伤害案件。

严喆紧绷的神经这才稍微放松，刚才简单问了那个汉子，女孩儿不一定是失踪，很可能跑出去玩了。于是他留了电话给那对男女，让他们有孩子的下落随时联系自己，并且安排人带他们回派出所做进一步调查。他有点担心张放和这家的女孩儿失踪有关：四楼的刚跟踪完年轻女性，楼上的女孩儿就失踪了，换作谁也不信这事与他没关系。

折腾到快天亮，那对男女的情况了解清楚了：女人名叫陈桂华，来珠江市快 20 年了，之前结过婚生下一个女儿叫杨凌，今年 14 岁，脑子有点迟钝但并不傻。三年前，陈桂华丈夫在工地上出事故去世了，她就独自带女儿生活，后来认识了在城中村干厨师的李阿桂，两人谈起了恋爱，后来就住在一起。

杨凌小学读完就没再上学，平日都在饭店帮李阿桂打杂，但她反应慢，经常挨骂，慢慢地就开始四处游荡，有时候跑出去几天才回家。陈桂华看女儿不争气，心里着急，精神状态便出了问题，时不时吵闹打砸，搞得李阿桂也没了耐心，一家人过得磕磕绊绊，三天一小闹、五天一大闹，每次整栋楼都跟着遭殃。

两天前杨凌又跑出去玩，到现在也没回来，陈桂华找不到女儿，再加上警察在楼里进进出出刺激到她，于是精神崩溃。至于李阿桂，虽然对母女俩算不上多好，但确实没有虐待过对方，只是脾气不好经常骂人，对杨凌也不怎么关心而已。

严喆仔细琢磨了一会儿，让人再去张放家，问一下周围住户，重点了解张放和杨凌的关系。没多久，派出所传回消息，邻居们普遍反映杨凌和张放关系不错，隔三岔五都会去张放家待着，尤其是陈桂华犯病的时候，杨凌基本都躲在张放家里。

“关系不错……”严喆眯着眼靠在椅子上，心里琢磨：张放只是个普通人，大学毕业后没有稳定工作，只能在城中村租房，这样的人怎么会和邓离产生交集呢？他哪儿来的胆子杀人抛尸？而且杨凌跟他明显很熟，会不会也是因为张放失踪的？

“老驴，死者的家属联系上没？”严喆喊了一声，在旁边桌上正趴着睡觉的家伙一个激灵，抬起脑袋，正是昨晚在张放家楼下蹲守的小平头。

“老严，说你多少次了，我姓吕，不是驴！”吕阳揉着眼睛不满道，“都快 5 点了，还能不能让人睡会儿觉了。”

“别废话，问你呢，邓离家属来没来？”

“来了，昨晚 12 点多来了一趟，没待多久又走了。”吕阳撇撇嘴，“她好像一点儿也不关心自己老公，真是人不可貌相！”

严喆对这种事早就见怪不怪，人性这种东西见得多了也就不当回事儿了。

“就他老婆一个人吗？父母呢？”

“没了，就他老婆，还带了个小孩儿，四五岁吧。”吕阳搓了搓脸，突然想起什么似的，变得激动起来，“对了，他老婆可是个大美女，而且还是你老熟人呢。”

“什么？”严喆愣住，“我熟人？”

“是啊，我包你想不到是谁！”吕阳眉飞色舞地冲严喆眨巴眨巴眼，“还记得大前天晚上在咖啡馆遇见的那个美女不？”

“是她？”严喆马上想起牧莹那张娇俏的面孔，还有张放跟在她身后鬼鬼祟祟的样子。

想不到她已经结婚了。

不对啊，如果邓离是她老公，那天晚上出现在江边赶走张放的又是什么人呢？

严喆清楚地记得那个身材高大的黑影，比邓离可要威猛得多，而且当晚他们俩在江边聊了两句才分开，明显认识对方，从当时的环境看，那个男人明显是在保护她，不太可能是偶遇。

这样看来，这对男女都有作案嫌疑。

“老驴，那女人叫什么？在哪儿上班？天亮我们过去找她。”严喆决定尽快会会这个女人。

“哎哟，老严我就说你是春心荡漾了，早先一点儿不见你着急，一听说是美女马上就坐不住了。”吕阳挤眉弄眼地说，“我这儿有她的详细资料，你要不要看看，先了解一下，有电话哦！”

“滚一边儿去。”严喆没好气道，“那天晚上我看见她和另一个男人在一块儿，不过却不是死者。”

“咦？奸夫淫妇？”吕阳收起嬉皮笑脸，严肃地看着严喆，“这种女人外表漂亮，实际上一肚子男盗女娼，毒如蛇蝎，老严你可要把持住啊！”

严喆懒得跟他贫嘴，抓起张放的资料仔细琢磨起来。队里连夜调查，已经把张放的资料整理出来了。上面显示张放大学毕业后来到珠江市，一直没有固定工作，社保公积金之类的都没交过，干的活儿连劳动合同都不签，加上城中村人员流动性很大，周围邻居也不知道他具体做什么，只知道这个年轻人神出鬼没，不爱说话，经常昼伏夜出。

严喆又拿起杨凌的档案，上面用曲别针夹着一张照片，白白净净的一个小姑娘，怎么看也不像智力有缺陷。她的简历更简单，在康德村旁边的农民工小学读书，后来小学解散就辍学了。随后杨凌就在李阿桂干活儿的餐厅帮忙，因为反应慢，经常被李阿桂责骂，不过也仅限于此，没有什么出格的行为，这一点餐厅后厨的工人都可以做证。最近半年，杨凌去餐厅的次数越来越少，后来干脆彻底不露面了，有人看见她会去网吧上网或者跟着几个同龄的孩子一起瞎晃，经常两三天不回家。

也许这次也是跑出去玩，过几天就回来了，严喆自我安慰地想。不过这种话连他自己都不相信，张放住她楼下，现在闹出这么大的事，她真能平安无事吗？

“老严，协查通告领导签发了。”办公室门口钟小飞拿着一份文件在空中晃了晃，“我去交报告顺便给你带过来。”

“好，谢了！”严喆眼睛一亮，站起身过去拿签发文件，顺便在吕阳脑袋上敲了一记，“别睡了，赶紧干活儿，通告发全省各地，务必把人抓回来！”

吕阳揉着脑袋，很愤怒地瞪了严喆一眼：“嫌疑人现在不知道躲哪儿睡大觉呢，我怎么就不能睡一会儿了？”

“赶紧的，发完通告就去找死者的美女老婆，到时候你负责问话，问不出猛料晚上继续加班。”

一小时后，市中心的一间高档茶楼。

严喆和吕阳坐在一间装修得古色古香的房间里，面前摆着一扇巨大的树根茶桌。牧莹神色略显疲惫地坐在一侧，女茶艺师正行云流水地给众人冲茶。

“为什么坚持在这里见面？”严喆坐得笔直，眼神敛去了锋芒，随意地翻看一本介绍古茶树的书籍。

“公司融资到了关键时刻，我丈夫却出了这事儿，我得为公司上上下下负责。”牧莹揉了揉眉心，叹息道，“公司是我和丈夫的心血，我必须得给他一个交代。”

“你丈夫最近状态怎么样？”吕阳吸了口茶，“你不用紧张，我们就是了解一下情况，想到什么说什么。”

“没什么特别的。”牧莹摇摇头，“我最近几个月都在忙公司的事情，他在家负责孩子，我们的分工一直挺明确的，没觉得他有什么不对。”

“女主外，男主内，你们的分工还挺少见的。”吕阳呵呵笑道，“为什么不让他帮你呢？”

“这是他选择的，我也没办法。”牧莹看着吕阳，眼神平静，虽显疲惫但精致的五官还是让吕阳有些心神荡漾。

“他有没有说自己身体不舒服？”吕阳问。

牧莹点点头："他最近总觉得胃疼，还会反酸水什么的，他自己去药店买了药吃。我提醒他去医院看一下，而且别总喝酒、吃烧烤什么的。可是他不听，每天晚上都喜欢叫外卖，还总是喝啤酒。"牧莹的声音透出一种无奈，"两年前他还差点得了心梗，幸亏去医院及时，没出大事。"

"你们家条件也不差，为什么他去药店买药，不去看医生呢？"吕阳不解，"这么不爱惜身体，可不太像你们的作风。"

"我们应该是什么作风？"牧莹盯着吕阳看了一眼，女强人的气势有那么一瞬间显露出来。

不过，牧莹很快恢复了平静，眼神柔和了些："别人眼里我们是公司老板，可实际上过得还不如一个普通打工者无忧无虑，他们好歹一下班就能放心回家，我们还得操心公司大大小小的事情，那种压力不是一般人能承受的。我丈夫就是不喜欢这种生活才选择回归家庭，我只好自己支撑。"牧莹解释道，"他这人就是这样的性格，有什么事都喜欢憋在心里，而且心理素质不太强大。也许在家陪陪孩子更适合他。"

"这几天他有没有跟你说过什么特别的事情，或者和往常不太一样的行为？"严喆插嘴道，"你也知道，他的死因很蹊跷，我们怀疑不是心脏病发作这么简单。"

牧莹深深地看了严喆一眼，缓缓摇头："我从知道他出事到现在一直在回忆，可是真的没想到他有什么异常。而且我最近几个月白天都在公司，晚上到家也不早了，确实没有发现他哪里不正常。"

"你整天工作，放心你丈夫自己在家带孩子？"吕阳好奇道，"你就不怕他背着你……"

"我也不知道，作为妻子我肯定不愿意自己的家庭变成这样，但工作由不得你选择，我们原本打算等融资的事搞定了，就一起出去散散心，最近一段时间实在太累了。"

"不好意思，我这人不会说话。"吕阳笑着打个哈哈，"你老公去世当天晚上你在哪里？"

"我白天在公司处理事务，一直到比较晚，所以直接在办公室休息。”牧莹眼睑低垂，看起来有些伤心。

“你没和你丈夫联系一下？”吕阳追问。

“这两天公司太忙，我都是住在公司的。”牧莹平静地说，“加班已经成了习惯，所以也没有专门告诉他。”

“这么说你最近几天不管白天晚上都在公司对吗？”严喆突然插嘴，“没有离开过？”

牧莹顿了一下，脸上没有任何表情，缓缓说：“我晚上会去江边跑步，人不能 24 小时一直工作。”

“跑步？”吕阳瞟了严喆一眼，“什么时间，和谁跑？”

“大概晚上 8 点到 10 点吧，就我自己。”牧莹说，“我就是利用跑步来放松一下脑子，什么也不去想，有时候会到江心广场的‘一渡咖啡’喝一杯咖啡，然后就回公司或者家里。”

“你丈夫出事那晚有没有去跑步？”严喆问道。

“没有。”牧莹摇头，“那天晚上台风登陆，江边的路封了。”

“这几天你有没有遇到什么特别的事？”吕阳又问，“仔细想想。”

牧莹抬起头显得有些茫然，然后摇摇脑袋：“真没有。”

“好吧，这是我的电话，有什么事情想起来了随时联系我。”吕阳从本子上撕下一张，掏出笔唰唰地写下电话递给牧莹，“感谢牧总的好茶，我们这几天可能还会找你了解情况，打扰之处请见谅。”

“辛苦你们了。”牧莹点头，“最近公司的事情很多，最好提前联系。”

“我们尽量。”严喆突然走到牧莹前面伸出右手，牧莹见状只得礼节性地伸手和他握了一下。

从茶楼出来，吕阳一脸鄙视地盯着严喆，嘴里发出啧啧的声音：“老严，没想到啊没想到，你这家伙看起来仪表堂堂，内心里却这么猥琐。”

严喆懒得理他，拉开车门坐进驾驶位，点火挂挡，吕阳刚关上车门还没来得及系安全带就一脚油门冲了出去。

哎哟！

吕阳猝不及防，脑袋撞在门柱上，痛得嗷嗷叫。

“让你狗嘴里不吐象牙。”严喆板着脸道，“这女的没说实话，回去马上安排人查她这几天的行踪。”

“你咋知道的？”吕阳揉着脑袋，疑惑地问，“我没觉得她哪里露馅儿啊。”

“那是你没跟她握手。”严喆露出一丝冷笑，“她的手心冒汗，手指冰凉，跟我握手跟被火烫了一样，典型的做贼心虚。”

“可以啊，老严，对女人研究得越来越透了。”吕阳赞叹道，“我看你们也就握了 0.1 秒吧，这么多信息都摸出来了？那你给我说说，她哪天来大姨妈？早晨吃的啥？”

“滚蛋，别找骂。”严喆突然有种先把这家伙抓起来的冲动，“这事儿你负责，给我把她的行踪轨迹全查出来，别说台风刮断摄像头这种废话，明天上午拿不出结果就给我提交辞职报告。”

吕阳气得火冒三丈，他知道严喆是认真的，所以今晚又没得睡了，搞不好还得采取点非常手段。这是让他最恼火的地方：自己虽然是刑警，但特长却是网络技术，这事其他人不知道，只有严喆清楚，而且自己还偏偏落了把柄在他手上，所以只能捏着鼻子给严喆打下手。

“这都什么事儿啊！老严，不带你这样玩儿的，净欺负我一个人。”吕阳气鼓鼓地把脚搭在仪表台上，两晚上没睡觉自然也没有洗澡，脚上的味道实在酸爽得不行，连他自己都有点受不了。

哪知道严喆却目不斜视地专心开车，根本没留意吕阳晃来晃去的臭脚丫子，他脑子里想的是另一件事：那个保护牧莹的男人是谁？他会是害死邓离的凶手吗？

三

两天前　清晨

“小雅，我来找你了！”

张放呢喃着从梦中醒来，又有些不舍地躺回床上，刚才他做了个梦，在梦里他又回到了大学校园，和女友连小雅正在落满樱花的校道上一起散步，而且自己终于鼓足了勇气拉住小雅的手。她的手软软的，又滑又嫩，那感觉简直太美了。

整个上午，张放的嘴都没合拢过，每隔一分钟他就会拿起手机登录一遍网上银行，可里面的钱压根儿没变过，始终是 200 元。好不容易熬到中午，手机突然振了一下，他一骨碌从床上爬起来捧起手机，果然，屏幕显示是银行发来的短信。

张放欣喜若狂，想到马上就能见到朝思暮想的女朋友，激动得手机差点掉在地上。他小心翼翼地打开短信，想到自己账户里马上就要增加一万五千元，心脏就控制不住地怦怦怦地跳个不停。

不过，他还没高兴多久，眼睛就变直了，只见某银行的短信扣取信息服务费三元，压根儿不是自己的佣金。

不应该啊！

张放心里哇凉哇凉的，再这样下去他非得疯了不可。纠结了半天，他决定给公司经理打个电话，问问情况。

张放所在的公司是一家婚姻咨询公司，说白了就是专门帮客户收集另一半出轨证据、抓小三。他也是通过网络中介找到的这家公司，连劳动合同都没签过，办公也不用去公司，只是偶尔部门经理会组织他们几个聚一次餐，算是团队建设。

那个部门经理长得五大三粗，性格粗鄙、贪财好色，经常打着为客户服务的幌子偷窥他人隐私，对下属也是呼来喝去，找各种理由吃拿卡要。张放对他没有一点儿好感，和同事们背后都叫他“哥斯拉”，但人在屋檐下不得不低头，想赚钱就得看别人脸色。

电话响了快半分钟，哥斯拉慢悠悠地接了电话，拿着腔调问：“谁啊？”

“经理，是我，小张。”张放强忍着心里的反感，假装亲热地说，“昨晚我跟完一单，资料也跟对方确认过了，想问一下我的佣金什么时候发。”

“客户确认了吗？”哥斯拉慢吞吞地说。

“确认了，我昨晚就发了邮件给对方，相关证据也提供了。”张放赶紧解释，“按照协议对方已经付过预付款的，直接把佣金发给我就行了。”

“预付款?”哥斯拉不乐意了,“小张啊,你是了解我们公司面临的困难的,现在国际形势千变万化,公司还有上上下下几百号员工要养,你也得为公司考虑考虑不是?你也知道这是预付款了,那为什么不努力把全款收齐再找我呢?”

“可是,经理,我们公司对客户承诺的很清楚,如果调查结论是客户配偶没有出轨,那就不能收全款啊!”张放有点着急,“我辛辛苦苦跟了一个月,发现客户的妻子确实没有出轨,这样的话客户只需付30%,也就是三万块就好,我的佣金也就是这三万块的50%,一万五千块。”

“行了!”哥斯拉不耐烦地打断张放,“你干工作不积极,账倒是算得贼清楚!我问你,现在是啥社会?”

“啥社会?”张放有点懵,“社会主义社会。”

“放屁,少跟我扯犊子!”哥斯拉大骂,“现在是出轨的社会,你上大街上随便问问,上到80岁老头儿,下到幼儿园小朋友,哪个会从一而终?社会发展这么快,吃的、玩的无比丰富,谁能耐住寂寞不找小三?张放,你给我听清楚:这世道就没有不出轨的人,不管男女!”哥斯拉大吼道,“偶尔有不出轨的,不是因为身体不行,就是因为口袋没钱!而且现在科技发达,身体不行的问题科学家们都已经攻克了。那你说说他怎么可能不出轨?”

“可,我调查过了,对方确实没有出轨啊!”张放脸憋得通红,“人家清清白白,我总不能硬说她找情人了吧?”

“蠢货!”哥斯拉骂了一句,“我不管,这事儿肯定是你工作不用心,想钻公司空子,骗佣金。你看看咱们部门里面其他人,哪个不是天天有单做,月入十几万,就你这懒货整天不干正事,十天半个月都做不了一单,害得我绩效都差了别人一大截!”

张放还想争辩,哥斯拉却不给他机会,甩下一句“要么帮客户抓住小三,要么一分钱别想拿”,然后嘭地挂掉电话。

“王八蛋!”张放在屋里破口大骂,挥舞着拳头在想象中把哥斯拉胖揍一顿。完了还不解气,又连续骂了半个小时,直到筋疲力尽才颓然地躺回到床上。

完了，见不成小雅了！

正沮丧呢，手机突然响起来，张放拿起来一看正是女朋友连小雅。他心里纠结，不知道该怎么跟女友交代，他毕业前明明做出了承诺，让小雅在学校安心读研，自己一定混出个人样给她安定的生活。可现在，简直没脸见人啊！

犹豫半天，张放还是按下接听键，听筒里传来小雅清脆的声音："张放，在忙吗？"

"啊，我还好，不忙。"张放整理了一下心情，尽量让声音显得正常些。

"哦，那就好，我有个事想跟你说。"小雅也有些犹豫，"上午我家里打电话，说周末我大姨来学校，请我吃饭。"

"哦，好啊，那你去呗，替我向你大姨问好。"张放听到小雅没追问自己什么时候去看她的事，心里松了口气，"趁这个机会出去逛逛，别总闷在学校里。"

"我大姨，她不是自己来。"小雅吞吞吐吐道，"她还带了一个男生，是她家隔壁邻居的孩子……"

"什么？"张放腾地从床上蹦起来，"她是想给你介绍对象？"

"也不是，就是多认识个朋友。"小雅的声音虚得厉害，"我大姨知道咱俩的关系，她应该不会这么做的。"

"哼哼，她知道我是你男朋友还带其他男生给你认识？她怎么不给我也介绍个女邻居呢？"张放觉得脑袋里嗡嗡地响个不停，血液一股股地冲到头顶，激得他眼前一阵眩晕。

"张放，你别误会啊！"小雅也焦急起来，"所以我才给你打电话，你要是周末能来看我，我就带你一起去，这样不就没事了？你原本就是要来看我的呀！"

"……"张放顿时哑口，他是想周末去看小雅的，可他银行卡里就 200 元钱，连往返的火车票都不够，而且自己还要吃饭，这还怎么看？

"张放，你说话呀，我想着要是你能跟我去就最好了，让我大姨死了这条心，让我妈也死了这条心。”小雅以为张放同意了，自顾自地说，“等明年我毕业了，就去珠江市找你，到时候离他们远远的，想管也管不着。”

“小雅，这个，我周末临时、可能……要加班。”张放都不知道自己是怎么说的，他连小雅什么时候挂的电话都不知道，他只记得自己脑袋里像有只苍蝇似的，一直嗡嗡地叫个不停。

张放躺在床上，眼睛呆呆地望着天花板，脑子里不停地想着小雅的模样，他觉得自己真失败，毕业两年，连一份稳定的工作都没找到，现在更是沦落到弹尽粮绝的地步。他不能再这样下去了，他还要攒钱娶小雅，还要攒钱付首付，还要挣钱孝敬父母……

胡思乱想了半天，张放再次拿起手机给哥斯拉拨过去，这次他打定主意必须把佣金要回来，无论如何这个周末他都要阻止小雅去相亲。

结果哥斯拉还没听完张放的话，就不耐烦地骂他痴心妄想，预付款是公司的，想要佣金去找客户要，公司一分钱都不会给他。不仅如此，哥斯拉还告诉张放，他被开除了，以后公司的客户一个都不会分配给他。

张放心里难受得不行，他知道想从哥斯拉那里要钱还不如去抢银行，看来这条路是彻底没戏了。

这时候，张放的电话再次响起，是他妈妈打来的。

“妈，你咋样?”张放擦了擦脸，尽量让自己正常一些。

“儿子，我这里挺好的。你呢，工作忙不忙?别太累了，吃好点知道吗?”

张放父母都是农民，在老家生活，当年为了供张放读大学家里还借了几万块钱的债，到现在还没还清。张放原来拍着胸脯保证一毕业就把钱还上，可现在两年过去了，他一分钱都没给过家里，简直脸都丢尽了。

“妈，我这里很好，你不用担心。有啥事吗?”张放一听见母亲的声音心里就难受，对自己的痛恨又加深了几分。

“没事，也没什么。”张放妈妈显得有些犹豫，沉默了半天才试探着说，“就是，你爸他身体出了点毛病，不过也不算严重。”

“我爸咋了？”张放心里一沉，他知道爸妈一辈子不会求人，就算对子女也从不张口，除非家里出了大事。一想到这，他心里就紧张起来，能让母亲主动打电话过来的肯定不是小事。

“也没什么，就是你爸前两天去镇上卖菜，被一辆农用车撞了一下，腿受了点伤。”张放妈妈故作轻松道，“已经在床上休息一个星期了，估计再休息几天就没事儿了。”

“什么？”张放心说不好，父亲的腿肯定骨折了，否则以他的脾气不可能在床上躺着，还躺了一个星期！

“没什么事，你别担心。”张放妈妈还在遮掩，“就是你爸不能干活儿，撞人的也跑了，他得去医院换药……”

“妈，你别说了。”张放眼圈一下变得通红，眼泪也不争气地流下来，“赶紧送我爸去医院，拖得久了腿就废了！看病要紧，多少钱咱都花。”

“好，我也就是跟你商量一下，你觉得该看病咱们就去看病。”张放妈妈也高兴起来，“钱不够就先借着，得去看病，孩子你安心工作，家里的事不用担心，爸妈这里也不差钱。”

“我会给你们打钱的，放心吧，我待会儿就去邮局汇款。”张放早已泪流满面，嘴里哽咽着说，“你赶紧叫镇上卫生院的救护车，别让我爸自己去，腿伤千万不能再受力了。”

放下电话，张放再次登录手机银行，查看银行卡余额，毫无疑问，卡里的余额还是 200 元。哦，不对，银行刚扣掉 3 元信息费，现在只剩 197 元了。

张放抱着脑袋趴在床上发呆：公司那边是指望不上了，他唯一的希望就是昨晚的客户，如果对方还不死心的话，他还可以继续调查，这样的话也许还能挣到钱。

想到这里，张放穿上衣服下楼，来到之前他常去的黑网吧。

还是熟悉的酸臭味，张放顾不上太多，打开电脑登录邮箱，没想到那个客户竟然昨天凌晨回复了邮件，他不相信自己妻子没有背叛自己，而且还发来一堆关于“先父遗传假说”的文章，试图证明他的孩子已经被妻子前男友“污染”了，所以他一定要继续追查。邮件末尾，那个客户还留下自己的手机号码，让张放尽快联系他，因为他对张放的调查能力很满意，只要他再加把劲儿肯定能找到妻子背叛的证据！

张放把邮件看了好几遍，确定对方是走火入魔了，明明老婆好好的，非要证明她出轨，世界上的有钱人怎么脑袋都不好使呢？

要是以前，张放可能对这种客户有多远躲多远，因为和不正常的人打交道风险太高，谁知道这种人会不会突然调转枪口对准自己。张放做的事虽然不合法，但他历来小心，尽量不留下任何把柄证据，更不会太突破底线。

但是今天不一样，他已经被逼得走投无路，客户的要求是他唯一的救命稻草，想到老家躺在床上的父亲，还有即将去相亲的女友，他都觉得自己必须任性一回。

做什么老实人，有钱才是坚持原则的底气。没有钱，人连尊严都没有，还坚持个屁原则。

于是，张放拨通了客户的电话，铃声刚响电话就被接通，对方声音同样嘶哑，显然状态也不怎么样。两人一拍即合，很快约定见面的时间和地点，客户要戴绿帽子，张放要赚钱，各取所需，没毛病！

很快，张放在城中村外街角的一家快餐店见到了邓离。这个位置十分偏僻，而且前几天的台风刮倒了大树，周围的监控也全部断线，张放知道在这里见面可以最大限度地减少暴露的风险。他从小喜欢看侦探电影，尤其对跟踪调查之类的最感兴趣，毕业那年他最想找的工作就是当警察，可惜考了两年公务员都没上岸，只好干了这行。

邓离对张放的谨慎非常满意，他就需要张放这种人，两人一碰头，他把自己的来意说明，只要张放找到妻子牧莹出轨的证据，他愿意付给张放十万元佣金。

张放听到这个数字后，心里就知道自己无法再拒绝了。可他还是不甘心，提醒邓离道：“如果你妻子现在忠诚，那你却把她推向其他人，你不后悔吗？”

邓离眼冒金光，咬牙切齿地说：“我现在已经痛苦得无法忍受了，这个女人我太了解了，她的心一直都没在我这里！”

说着，他一把抓住张放的衣领，睚眦欲裂道：“你记住，不是我让她出轨，而是她已经做了丑事，我只是揭发出来。伤疤再恶心也要揭开，否则你永远也清除不了里面的蛆虫！”

邓离刚说完，突然脸色一变，捂着胸口瘫坐回座位，脸色也变得惨白，豆大的汗珠唰唰地往下淌。张放被突如其来的变故吓了一跳，马上就要叫120，没想到邓离一把拉住他，挣扎着从衣服里掏出药瓶，并且示意他不要叫救护车。

张放无奈，赶紧把药塞进邓离嘴里，用水送下去。过了一阵，邓离终于缓过来，喘着粗气跟张放说，自己胃不太好，这是老毛病，吃点药就好了。

张放不信，说实话，他有点后悔跟这个家伙合作了，谁知道这家伙会不会突然嗝屁了，到时候自己不是得蹲大牢？

邓离看出张放的犹豫，从口袋里掏出一沓钞票啪地拍在桌上，整整一万块。

张放看着通红的人民币，不自觉地咽了口唾沫，这一万块钱对他来说实在太过重要，那是女朋友温柔的拥抱，是父母欣慰的笑脸，为了这些让他去死都没问题。

犹豫良久，张放伸手把钱拿起来，郑重其事地放进口袋。然后他抬起头盯着邓离的眼睛，一字一句道：“你想要你老婆出轨的证据，我可以很明确地告诉你，我找不到。”

“你……”邓离刚想发作，就被张放抬手打断。

“不过，我可以满足你的要求，既然你老婆目前没有出轨，那我们就给她一个出轨的机会！”张放的眼睛微微眯起，神情肃然地说，“你刚才说牧莹在大学期间有个男朋友，而且感情还很好？”

“没错。”邓离突然对张放更有信心了，拼命点头，“他们两个大学四年一直形影不离，听说还经常在校外过夜。”说到这，他又觉得胸口一阵憋闷，拍打了几下才继续说，“他们毕业那年分手了，这时候正好我还在追求她，所以她就选择了我，而且一毕业我们就结婚，一年后我儿子出生。”

“知道他们分手的原因吗？”

“好像是李浩，对了，她前男友叫李浩，他想要出国留学，结果因为某种原因没成行，然后就分手了。”邓离推测道，“我怀疑他们的关系就是因为李浩要出国而受到影响，才分的手。”

张放点点头，想了一会儿，又问：“你知道李浩的联系方式吗？我打算给他们两个创造一次重逢的机会，如果牧莹还对李浩旧情未了，那他们一定会发生些什么，到时候我们就可以抓到实锤了。”

邓离听到要让妻子和前男友重逢，呼吸顿时粗重起来，脸上的五官都有些扭曲，但他最后还是重重地点了点头：“我会找到他的联系方式，你还要什么都告诉我。”

张放说：“我要他毕业以来所有做过的事，越详细越好，尤其是他现在的居住地址，如果他们不去酒店而是回家，我们必须提前想好捉奸方案。”

“好！”邓离狠狠地说，“不管结果怎样，十万块钱我都照付，不过你必须答应我尽全力，让这对狗男女露出原形！”

两人分开后，张放第一时间跑到邮局给父母寄了 9500 块钱，只留 500 元在身上。他还打电话给女朋友小雅，不过对方没接，他只好发短信告诉她自己已经买好了火车票，周末一定赶回去陪她。

做好这些，张放回到租住的小屋，开始研究捉奸方案。以他跟踪牧莹一个月来的情况看，牧莹是个有主见、做事冷静、自控力很强的女性，这种性格仅靠一次偶遇很难马上旧情复燃，他必须给两个人添点佐料才行。

正琢磨着，楼上突然发出“嘭”的一声巨响，把张放吓了一大跳。然后一个女人的尖叫声响彻天空，紧接着是丁零当啷摔打东西的声音。

张放掏出耳机塞住耳朵，一边叹气一边摇头，这种日子他都快习惯了，肯定杨凌一会儿就得下来。

果然，外面传来轻微的敲门声，要不是张放早有准备，在楼上震耳欲聋的噪音下肯定听不到。

他打开门，看见瘦弱的杨凌正抱着枕头可怜巴巴地站在门口，有些呆滞的眼睛一眨不眨地盯着自己。

“别傻站着了，快点进来。”张放已经熟悉了杨凌的风格，这姑娘也挺可怜的，每次她妈发作，都没地方躲藏，那会儿张放刚搬进来不久，见她一个人怪可怜的就让她进屋休息，等楼上平静了再回去。没想到，一来二去的，杨凌竟然对他比对父母还亲，一有事儿就往他这儿跑。

张放自己也无聊，多个人聊聊天也不错，虽然杨凌说话有点颠三倒四，但基本道理她还是懂的，只是她太过于沉浸在自己的世界里，对别人的话经常听不进耳朵，所以看起来好像有点呆傻。

不过张放跟杨凌还挺合拍，一个无所事事，一个思维古怪，正好一对儿。

杨凌进屋以后自来熟地坐在张放的床上，也不说话，抱着枕头静静地盯着张放打量。后者有些奇怪，被看得有些发毛，问她：“你看什么？怎么一直盯着我？”

“不一样了，你和以前不一样了。”杨凌回答。

说完，她用手指了指张放头天晚上跟踪牧莹时戴在胳膊上的臂袋，因为上面沾了泥，张放随意扔在地上准备下次和垃圾一起扔掉，没想到却被杨凌看见了。

“怎么了？你想要吗？”张放有点无奈，这女孩儿说话基本没什么逻辑，想起什么是什么。他捡起臂袋递给杨凌：“给你，我正好没用了。”

杨凌摇摇头，没有接。

张放叹了口气，跟杨凌说：“你妈又怎么了，你不是在家吗，她发什么疯？”

杨凌说：“我觉得你变丑了。”

张放拍拍额头，自己就不该问她，让她随便，自己还要工作，然后拿着手机开始研究捉奸方案。

“张放，我想逃走。”杨凌冷不丁又冒出一句。

张放放下手机，扭头看看杨凌："你还小，得回学校上学，只有念了书才能离开这里，去更远的地方。"

杨凌似乎没听见张放的话，继续说："我要逃走了，我不会忘记你的。"

张放更无奈了，他知道自己说什么对方都听不进去，索性不再理她。杨凌也不说话，只是看着前面的空气发呆。

两个人就这样待到很晚，直到楼上的声音彻底消失，杨凌才恋恋不舍地回了家。这期间，张放陆续收到了邓离发来的李浩资料。

原来李浩毕业后就进入一家民营企业工作，还和公司一个女主管结了婚，家就住在市区一个普通小区里，买的还是二手房。李浩跟妻子感情也出现了问题，李浩现在一个人住在家里。

简直是天助我也！张放激动得差点跳起来，这样就好办多了，李浩感情正在空窗期，如果遇到牧莹肯定会想起前任的好来，到时候稍微一撩拨，简直就是天雷勾地火啊！唯一的变数就在牧莹身上，只要她也愿意和李浩见面，那事情就成了。

想到这，张放发信息给邓离，让他今晚和明天务必跟牧莹大吵一架，而且还要到她公司里去闹一下，对牧莹来说，只有邓离真正激怒了她才会让她丧失理智，恢复一个女人的本能。

邓离马上打电话过来让他放心，自己早就想好好教训一下这个贱人，一定不让牧莹好过。

张放赶忙拦住他："没让你教训她，记住，是激怒牧莹，不是让你发泄。这是两个不同的概念，明白没？你仔细想想，你做什么能让她最生气？"

邓离想了想，感叹专业的就是不一样，一下就说到点子上了，这十万块钱花得值。

随后，张放开始研究李浩家的小区，包括周边的道路，他要设计一条最合理的路线，既方便牧莹和他重逢，又方便自己捉奸，总之，这一单算是他转型后干的第一票，只许成功不许失败。经过这次，他算是想明白了：钱干不干净不重要，够不够用才重要，从今往后，他要把挣钱当成人生的第一目标。

牧莹就是自己开启人生崭新历程的垫脚石！

四

严喆回到分局，放下吕阳，让他专心去查牧莹的行踪，自己则点了根烟坐在车上想问题。几分钟后，钟小飞扭着肥胖的身体屁颠屁颠下了楼，拉开车门一屁股坐在副驾驶位。严喆清晰地感觉到车身明显向右倾斜不少，斜了钟小飞一眼："你能不能减减肥，我的车都撑不住了。"

钟小飞翻个白眼："那你别叫我啊，让人干活儿还埋汰别人，不地道。"

"说正事儿，痕检那边怎么样？"严喆挂挡起步，"现场提取到啥了？"

"啥也没有。"钟小飞唉声叹气道，"那天晚上下大雨，脚印指纹啥的都没整着，死者身上也没血迹，要不是身体上面的尸斑证明他被移动过，我都以为他就是在公园里嗝屁的呢。"

"那就是没线索了？"严喆很郁闷，怎么偏偏赶上台风呢，什么线索都没有，这还怎么查。

"是啊！"钟小飞撇撇嘴，"我们把能想到的技术都用上了，除了能证明死者被移动过，还有死因是药物引发的心梗外，其他的啥都证明不了。"

"你说，一个人如果想杀人，让对方心脏病发作，那他接下来最应该做的事是什么？"严喆一边开车一边问。

"要是我啊，我就什么也不做，等对方死得差不多了再打 120，这样的话我逃脱惩罚的概率最大。"钟小飞掏出一包薯片，咔嚓咔嚓嚼起来，"如果我能不在现场那就更好了，让别人见证死者是死于心脏病。"

严喆点点头："那你会不会在人死了之后把对方扛到其他地方掩埋呢？或者不是掩埋，而是扛到公园里？"

"不可能啊，谁会做这种傻事！"钟小飞拼命摇头，"移动尸体的不一定就是凶手，也许死者确实死于心脏病，正好被他撞见了，这人又出于别的原因不想让人知道，所以就把尸体扛走了。”

“反正，做这事的人不是傻子就是有什么原因，正常人不可能这么干，杀人犯更不可能。”钟小飞说，“你想想公园里的布局啊，一具尸体死沉死沉的，不是谁都能扛那么远，有这个工夫还不如直接扔江里，干吗放公园呢？”

“是啊，这两天刮风下雨的，江水涨了不少，直接扔江里几个小时就冲到下游去了，如果是抛尸真没理由去公园。”严喆思索道，“为什么要去公园呢？”

“你这是去哪儿啊？”钟小飞好奇道，严喆开着车好像是朝市郊的方向走。

“明珠公园。”严喆一边开车一边说，“你注意路线，公园的位置比较偏，除了住附近的居民，一般人不会专门跑这里来，从城中村过来直线距离两公里，而且都是大路，没有捷径，你觉得一个住出租房的小年轻有本事扛着尸体在马路上走两公里到这里抛尸吗？”

“你是说他有帮手，而且还得有车才行？”钟小飞想了想又否定道，“人也不一定是在城中村死的，也许就是在公园附近死的，这小子慌了神儿就把尸体搬公园里面了。”

“那天晚上下大雨，邓离这种人好端端的跑郊区公园干什么？”严喆点头，“张放没钱也没车，说不定是受人指使搬运受害人的。”

“张放一个穷打工的，不可能干得了这事，肯定是别人威胁，给别人干活儿。”钟小飞一拍大腿，“那我们查一下沿路监控，看有没有车经过就行了。”

“你忘了这一片的监控全掉线了吗？”严喆没好气儿道，“别太依赖技术，机器有时候也不可靠啊。”

两个人开车绕了半天，还沿途询问了不少商户，可那晚很多商店都早早关了门，根本没人留意有没有可疑车辆经过，线索还是断了。

“接下来怎么办？”钟小飞有点不耐烦，“我是搞化验的，风吹日晒的活儿不是该吕阳他们干吗？怎么揪着我不放啊！”

“别急，既然叫你来肯定有用。”严喆把车停到路边，掏出手机拨了个号码，不一会儿电话通了，“你好，牧小姐，我是公安分局刑警队的，上午咱们见过面。我想跟你约个时间，下午到你家里去一趟，看看有没有线索，不知道什么时候方便?”

电话另一头，牧莹微微皱眉，脸色有些不悦，她自然不希望警察上门，但似乎又找不到拒绝的理由，犹豫半天才勉强答应，不过她在公司忙工作，只能让保姆开门，而且要求严喆下午 5 点 30 分前必须离开，她不想打扰到孩子。

严喆自然答应，启动汽车朝牧莹家驶去。

牧莹家住在离市区不远的一个大楼盘里，小区中心是一个人工湖，围着湖分布着几十栋别墅，别墅区外面才是高层住宅。小区不算很新，已经十几年了，当年也算珠江市比较有名的楼盘。

严喆他们在门卫登记，然后才进入小区，一路上钟小飞啧啧不已，没想到邓离家这么有钱，住在这么高大上的地方，光小区中间的人工湖就不得了，在寸土寸金的珠江市这得多少钱才盖得出来啊。

严喆没说话，开车沿着人工湖绕了一圈，估算了一下距离，大概有三四公里的样子，而且湖边环境优美，人也不多，正适合绕着湖跑步运动。

牧莹不是工作很忙吗，小区有这么好的条件，她干吗要去江边跑步呢?

两人来到牧莹家门口，一个 50 岁左右的保姆已经等在门口。

“你好，我们是公安分局刑警队的。”严喆礼貌地伸出手。

保姆压根儿没搭茬儿，冷冰冰道：“我知道，我是牧总家的保姆，她告诉我了。”

“牧小姐不是说家里没有保姆吗?”严喆问。

“我以前在这里工作，中间离开过一段时间，现在又回来了。”保姆面无表情地带两人进了客厅，虽然该有的礼节一点儿不差，但给人一种很强烈的距离感，严喆几次想套近乎都被顶回来。

他们在客厅坐了一会儿，发现屋内的装修简洁大气，虽然不是很豪华，但一看就是花了心思的那种，让人感觉很舒服。随后，严喆又去邓离的书房看了一下，里面收拾得很整洁，没什么特别的摆设。

其间，保姆寸步不离地紧跟着他们俩，跟防贼似的。

严喆还不死心，给钟小飞使了个眼色，后者会意捂着肚子说要去厕所，直接上了二楼，保姆看见顿时紧张起来，叮嘱严喆别乱跑，然后追着钟小飞上了二楼。

严喆马上绕到书桌后面，坐在邓离经常坐的椅子上，伸手拉开抽屉，里面整整齐齐地摆着打印的资料和文件，都是一些公司的宣传手册，除此之外什么都没有。他拖动鼠标，电脑被唤醒，但设了开机密码，不过登录账户名却是一个电子邮箱。严喆把邮箱记下来，这时保姆刚好拉着钟小飞从楼上下来，钟小飞连说抱歉，然后又钻进一楼的卫生间，保姆没办法只好把目标对准严喆，眼睛一眨不眨地盯着他。

严喆几次想翻一下邓离书房的资料都被制止，只好放弃。

过了一会儿，钟小飞从厕所出来，保姆狐疑地打量着两人，又看看表，说自己要去幼儿园接孩子了，请他们再约时间过来。严喆说好，和钟小飞离开。他们本想在周围转转，哪知道保姆亦步亦趋也跟了出来，不远不近地看着他俩，那意思如果他们不走的话，她就会一直盯下去。

两人顿时有些意兴阑珊，只能出了小区，这才甩掉保姆。

“这家伙肯定有问题！”钟小飞在车上气愤不已，“老子刚上二楼她就跟捉贼似的硬是把我给拖下来了，我都没看一下卧室里有什么东西。”

“不用看了，这栋房子里里外外都打扫过，你看不出来的。”严喆笑道，“现在知道我为什么叫你来了吧？”

“哼哼，我是谁，这种雕虫小技骗骗外行还行，想蒙我们没门儿！”钟小飞得意地从口袋里掏出个小袋子晃了晃，“刚才我在二楼厕所已经取样了，还有一楼的厨房和厕所都没放过，只要不是重新装修过，肯定有痕迹。”

“你没忘了保姆吧？她是在邓离死后才搬进来的，应该也有她的痕迹。”严喆说，“牧莹说她这几天都不在家，那家里应该只有邓离、孩子和保姆的痕迹。回去比对一下就清楚了。”

“这个当然，不过你怎么犒劳我呢？我可是把手都伸进马桶里和下水道里采的样哦！”

“请你吃海底捞！”

两人正说着，严喆电话响了，接通后传来吕阳得意的声音：“老严，这次你怎么谢我？”

“有屁快放。”钟小飞嚷道。

“行，就知道你俩在一块儿。”吕阳还想卖关子，“晚上先确定去哪儿吃饭，否则打死我也不说。”

“赶紧的，不然海底捞没你份儿啦。”严喆不耐烦道，“是不是牧莹那儿有发现了？”

“没错，猜猜那天晚上牧莹去哪儿了？”吕阳兴奋地说，“她去了花堂酒吧！”

“花堂酒吧？”钟小飞惊呼一声，“那可是咱们珠江有名的艳遇圣地啊！她一个人吗？”

“去的时候一个人，出来的时候嘛，当然不是一个人啦。”吕阳八卦之火熊熊燃烧，“而且是跟一个高大威猛的帅哥，两人一看就不对劲儿，我猜他们肯定有一腿。”

“你在办公室等着，我们马上回去。”严喆一脚油门，汽车猛地蹿了出去。

花堂酒吧位于市中心核心商业区，周围都是高级写字楼，每到晚上那些在写字楼里工作的年轻白领经常会三五成群地到这里喝上一杯，释放白天工作的压力和心底的欲望。渐渐地，这里名气越来越大，年轻人越聚越多，也就成了珠江市有名的艳遇酒吧。

此刻，严喆等三人正围坐在电脑前聚精会神地看着花堂酒吧门口的监控。

“这里，就是这个穿着黑色连衣裙的。”吕阳用手指着屏幕上一个身材婀娜的女人道，“这就是牧莹，绝对不会错。”

“她的脸都被伞挡住了，你怎么知道是她？”钟小飞盯着屏幕上进进出出的青年男女，哈喇子都快流下来了，“这么多美女，我看哪个都差不多。”

“你懂个屁！”吕阳没好气道，“你们仔细看，记住她穿的裙子。”

说罢，他操作电脑快进了一大截，然后屏幕定格，这时牧莹从酒吧里出来，可以清晰地看到她的脸，在她旁边则是一个高大俊朗的男人，正伸手搀扶牧莹。从两人的表情来看，他们似乎很亲密，完全不像刚认识的陌生人。

这个男人有点眼熟啊。会是他吗？严喆皱眉，脑海里出现江边那晚躲在树影里的高大男人。

“这个人是什么时候到的？”严喆问。

“比牧莹晚了半小时左右，而且他来的时候没打伞，衣服都淋湿了。”吕阳说，“按理说，来酒吧的人就算不开车也得打个出租车吧，这家伙看样子是走路来的，挺奇怪。”

“难道不是约好的？”钟小飞也有点迷糊，他让吕阳把视频调到男人到来的时候，那会儿还在下雨，别人都打着伞，只有这个人就那么走来的，门口的服务生赶忙撑伞迎接，他似乎也没什么表示。这和他离开时对牧莹的亲密模样简直判若两人。

“还有别的吗？”严喆问。

吕阳摇头：“暂时没有，能找到这个监控已经耗掉我很多心血了，你别得寸进尺啊。”

“这还不够，只能说明牧莹当晚没有回家，这跟她说的并不矛盾。”严喆摇摇头，“能查到他们出了酒吧以后的行踪吗？”

“不行，他们出了监控区域才离开，不知道离开的方式。我查了牧莹的车，当晚一直停在公司，没有动过。”吕阳说，“不过凌晨两点多，牧莹返回公司，没有在外过夜。”

“邓离的死亡时间在晚上 12 点左右，指挥中心接到报警电话是凌晨 3 点 50 分，也就是说，牧莹和那个男人都有作案时间。”钟小飞说，“难道他俩没去开房而是去杀人了？”

严喆吐了个烟圈儿说：“那就查查这个男人，看看他是干什么的。”

“哪有那么容易，我已经连续工作三天了！”吕阳抗议道。

钟小飞撇撇嘴，不屑地瞟了吕阳一眼：“电话里说得牛哄哄的，原来啥也没查出来，真没劲。我去实验室，一会儿吃饭记得叫我。”

吕阳气得火冒三丈，想掐死这个死胖子，但被严喆叫住：“你有空儿查查这个邮箱，应该是邓离的私人邮箱。另外，张放的协查通报已经发出去了，你盯紧点，他一个小年轻跑不掉的。”

“呵呵，老严，这次你算是看走眼了。”吕阳嘲讽道，“这小子可是个滑头，手机号码是电脑城买的非实名卡，早就关机扔掉了，屋里没有任何电子产品，就连网上都很少留下痕迹。我猜这家伙走路都躲着摄像头，比逃犯还有经验。”

“是吗？难道这家伙身上还有其他案子？”严喆有些意外，没想到那个跑起步来磕磕绊绊的家伙竟然还是个高手。

吕阳嘿嘿一笑说，张放要么是间谍电影看多了的中二少年，要么是训练有素的犯罪分子。他更倾向于前者，因为后者不会干这么不着调的事儿。到底怎么样，还得移动公司那边调取张放的通话记录才能确认。如果是惯犯，那他的电话号码肯定什么记录都查不到。

“怎么这么久都没拿回来通话记录？”严喆把烟头掐灭，“不是已经办好手续了吗？”

“现在涉及公民个人信息的事特别麻烦，我们这边层层审批，人家移动公司也得审批不是，我估计下个星期应该可以办妥。”吕阳掏了掏耳朵，“反正运营商又不着急破案，现在办啥事不得求人。”

“行，这些事就辛苦大伙儿了，等会儿晚饭一起去吃海底捞，刷我的卡。”严喆从钱包里拿出一张信用卡递给吕阳，“没密码。”

吕阳接过信用卡，一脸的不可思议：“老严，你也吃错药了？今天怎么这么大方。”

“废话，我啥时候小气过。”严喆站起身，拿起挎包，“我再去城中村转转，杨凌那小姑娘还没找到呢。”

城中村，黑网吧。

张放已经在这儿躲了一天一夜，幸好因为流浪汉，屋子臭得根本没人进，所以他暂时还算安全。

那晚从公园出来后他就马不停蹄地赶回家，带走必要的钱物后还布置了一下屋子，造成有人在家的假象，随后就躲进了黑网吧。他也挣扎了很久要不要向警方自首，但一想到家里的父母和马上就要去相亲的女朋友，他就告诉自己一定得想办法自救，不能坐以待毙。

把邓离扔在公园绝对是个蠢得不能再蠢的主意，天一亮警察就会发现，顺藤摸瓜立刻就能查到自己身上，到时候自己就算有三头六臂也插翅难逃。但他又不甘心，明明是李浩一拳打在邓离胸口，怎么到头来让自己背锅呢?

不行，他得在警察抓到自己之前找到证据，现在只有靠自己了。

他一天一夜没合眼，精神极度疲劳，但却怎么也睡不着，只能对着方便面发呆。他看看表，天已经快黑了，他得趁着夜色离开这里，待久了难免会露馅儿。门口那个胖网管已经进来了好几次，每次看自己的眼神都带着问号，好像把自己当贼一样。

确定了下一步计划，他决定先把肚子填饱，揭开电脑前泡了快半个小时的方便面，用塑料叉在里面来回搅拌了几下，因为泡的时间太久，面条已经膨胀得一扯就断，口感自然也好不到哪里。

屋子里的酸臭味似乎淡了一些，张放怀疑自己在这里待得太久，鼻子已经适应了这股臭味，也许自己一出去也会熏得别人受不了，可他没有办法，整个珠江市除了这里真没有他的容身之所。

白天的时候，臭哥来了一回，用“一指禅”跟小姑娘们聊了半天。张放此时无比羡慕对方，虽然臭哥又穷又臭，但人家没违法犯罪，无耻起来也理直气壮。不像自己，现在应该已经是个逃犯了，而且还是命案在身，天大地大也无处可去。

还有两天就是周末，他想坐火车去另一个城市看望女朋友，可他现在连火车票都不敢买，搞不好刚一露头就被警察抓了。一条人命啊，不死也得判个无期徒刑吧！

滴答、滴答……

眼泪顺着张放的脸颊滑落，掉进方便面碗里，张放机械地一口一口咀嚼着面条，什么味道都尝不出来。

吃了两口，他把方便面放回桌上，从口袋里掏出手机，里面的电话卡已经被他取出来掰断丢掉，手机屏幕不知什么时候被摔得粉碎，密密麻麻的裂缝蛛网一样分布在表面，看起来狰狞又恐怖。他按下开机键，等了老半天手机也没有反应，看来是彻底坏了，里面有他拍下来的当晚事情经过的视频，虽然不全，但他还是想再看看，万一里面有能证明自己清白的证据呢。要是能拿到李浩家的监控就好了，可他会给自己吗？

应该，也许，不会吧。

张放心里乱成一团，既担心自己被警察抓去坐牢，又担心父母和女友，如果周末连小雅被别的男人拐走了，那他该怎么办呢？万一自己坐牢了，那父母会伤心死吧？

张放从座位上站起来，无论如何他还得去试试，也许李浩良心发现呢。

来到前台，还是那个一边画眉毛一边刷抖音的胖嘟嘟的妹子，一见张放就露出一张嫌弃脸来："还有 50 分钟才到时间，想玩继续，退钱滚蛋！"

"电话借我用一下。"张放两眼通红地看着对方，没了往日的轻松。

也许是感受到张放的异常，胖姑娘关掉屏幕，警惕地盯着张放："你想干啥，想抢劫吗？"

张放没心情跟她瞎扯，一把抓住女孩儿的手腕，把手机从她手里抠出来，对惊呆了的女孩儿说："我只是打电话，马上还给你。"说着，他转身走到一边，拨了号码，静静等待。

响了一会儿，对方接听："喂，哪位？"

“李哥，是我。”张放的声音嘶哑又绝望，“那天你放下我就跑了，做得可真够绝的啊！”

“我已经说得很清楚了，人是因你而死和我没有关系。”电话里的声音有些烦躁，“别忘了我家的监控，不想给自己惹麻烦就别再找我。”

“我明明看到是你一拳打在邓离胸口他才死的，我和他扭打是为了把你引过来。”张放不自觉地提高嗓音，胸口急剧起伏，“我要是被警察抓了就把一切都说出来，别以为我没认出来你，那晚在江边的男人是你吧？这说明你们之前就偷偷联系过，邓离说的没错，你们早就有奸情。我把这些都告诉警察，让牧莹发不了财，你再也见不到你老婆！”

“你说什么？”李浩阴恻恻地说，“别自欺欺人了，视频是最有力的证据！邓离当时的样子是个人都知道他不可能假装得出来。你想跟警察坦白尽管去，别再来烦我。”说罢嘭的一声挂了电话。

张放对着网吧大门吐了口唾沫：“人渣，自私自利，将来一定没好下场。”

事情谈崩了，现实问题却迫在眉睫，他已经无处可去了。虽然黑网吧还能躲下去，但他不敢冒险，警察可不是吃素的。如果不是最近连续刮台风损坏了不少市政设施，让自己侥幸钻了空子，恐怕早就被抓进派出所了。

把电话还给前台的胖姑娘，张放又买了几个过期面包塞进背包，戴上帽子，离开网吧。

城中村里的小路密如蛛网，如果不是长年居住在这里根本找不到方向，贸然进去十有八九都会迷路。张放却早就摸得烂熟，他琢磨了很久，自己现在唯一的倚仗就是城中村的复杂地形和大量外来人口，自己混迹其中很难被找到，也许拖延过去事情还会有转机。

打定主意，他压低帽檐，顺着两栋农民房间的缝隙挤了进去，只要他能找一间没人住的空房子栖身，熬过这段时间，就有机会逃跑。果然，他找来找去真就发现了一栋没人居住的破烂房子，连窗户都没有，里面黑洞洞的，一看就知道很久没人住了。

张放不敢走正门，顺着破窗户小心翼翼爬进去，刚一落脚不知踩碎了什么东西，地上发出咯吱咯吱的响声，在黑暗里听得格外瘆人。虽然心里怕得要命，但此刻他也顾不得许多了，走到墙根用脚来回划拉出一片地方，缓缓坐在地上。

黑暗里偶尔传来窸窸窣窣的声音，不知是夜猫还是老鼠，不过这都不算什么，最讨厌的是蚊虫，张放刚坐下没五分钟，脸上、手上、脖子上已经被咬得千疮百孔，又疼又痒，简直苦不堪言。他被叮得实在忍受不住，将身后的背包打开直接罩在头上，但他忘了包里放的东西，一股脑儿地掉在地上，里面有水和面包，还有钱包、纸巾，急得他赶紧伸手去抓，却又不知撞在了什么东西上，手上传来钻心的疼，一股热流滴滴答答洒在地上。

“啊!”

张放疼得一声惨叫，险些晕过去。手掌好像被什么东西死死咬住，稍一用力就痛入骨髓。他一点点摸索，发现竟然是一个铁夹子，几根尖锐的铁牙已经插进肉里，鲜血汩汩地往外冒。完了，自己怎么这么倒霉，沦落到如此地步，他好恨这个世界，为什么对自己这样不公。

但疼痛很快让他连抱怨的力气都消失殆尽，真的太痛了！他受不了了，必须赶快去医院，就算被警察抓住也认了。

他突然开始害怕，他还年轻，还有许多美好的事情没有经历，还有父母等着他孝敬。他不能死，绝对不能!

想到这，张放什么都不要了，他必须活下去。

张放从地上站起来，顺着进来的窗户又爬了出去。外面还是城中村的小路，头顶月朗星稀，但月光被一幢幢农民房遮挡，脚下时亮时暗，一不小心就会踏在水洼里，溅得一腿都是泥水。

可能是饿了太久，又或者是流血过多，张放走着走着就觉得腿脚发软、头晕目眩，当他意识到不对的时候，身体已经不听使唤，不由自主地向路边倒去。张放只觉得眼前的世界摇晃得厉害，最后一个念头就是自己怕是要死了吧。不过，怎么有股熟悉又恶心的酸臭味呢……

五

晚上11点20分，严喆已经在城中村溜达了快四个小时，其中有两个小时是在里面迷路浪费的时间。虽然已经很晚，但他一点儿也不着急，仍然饶有兴趣地沿着那些盘曲的小路转来转去，脑子里琢磨着张放有可能藏在哪栋房子里。

虽然巷子狭窄，但此时正是城中村里最热闹的时候，路边的发廊、棋牌、宵夜、网吧生意全都爆满，有些略微宽敞的道路甚至摩肩接踵，比市中心的步行街还要热闹。越是这种地方，张放藏身的可能性越小，所以严喆有意挑选偏僻的小路。按照手机地图的指示，他已经把整个城中村穿插了几遍，只是还有许多农民房之间的窄路没有走过，也许张放就是从这样的小路逃走的。

又绕了一会儿，钟小飞打来电话，告诉他牧莹家的取样结果出来了，厨房和卫生间的下水道里都发现了烤肉的颗粒，同时还有酒精，应该是最近几天吃过的食物残渣。

“牧莹跟我说，她老公邓离经常喝酒吃烧烤，把胃吃坏也不奇怪。”严喆从一条小巷里转出来，突然闻到一股臭水沟的腐臭味，用手捂着鼻子继续说，“可是我在他家里却没看到邓离吃药的药瓶。”

“你说话怎么瓮声瓮气的？你在哪儿？是不是让我们加班，结果你自己跑出去浪了？”钟小飞第一时间发现不对。

“哪儿的事，我在城中村转一晚上了，这里臭烘烘的，我捂着鼻子跟你说话呢。”严喆说完突然停下脚步，扭头看向路边一栋无人居住的房屋，没想到寸土寸金的地方竟然还有空房子，他让钟小飞等会儿，自己先去看看。

严喆把手机的手电筒打开，先是看见地面上还印着几个新鲜的鞋印，进出的方向都有，不过却只有一个人。他跟着鞋印往前查看，一眼就看到窗台上滴着的暗红色血迹，看样子还流了不少。

他小心地绕开血迹，微微探头朝屋子里看去，同时举高手机，尽量照得更亮一些。

嗞……

严喆倒吸了一口气，只见房间地上横七竖八地放了不少钢筋和木板，墙角的位置流了一摊血迹，地上散落着一个背包、几瓶矿泉水和几袋面包，好像还有一个钱包落在不远的地上。

发生了什么？难道有人在这里遇害了？

严喆不敢贸然进去，万一破坏现场就麻烦了。他马上打电话给吕阳，让队里安排警力过来，尤其是刑事技术科多派几个人。

很快刑警大队的同事们就赶到了城中村，前两天他们刚来过，以为很容易就能找到，没想到在村里绕了快半个小时还没到地方，最后只好让村干部带路才跟严喆会合。

“怎么回事，再晚来一会儿老鼠把物证都啃光了。”严喆板着脸道，“抓紧时间，先确定身份。”

钟小飞扛着工具箱一阵小跑地从后面赶过来，满头大汗道：“这家伙也真会选地方，比游击队还难找。老严，你是怎么找到这里的？咦，怎么一股臭味，哪来的？”

严喆没理他，而是被吕阳拉到了一旁小声说话。

“邓离的邮箱我查了，基本已经搞明白来龙去脉。”吕阳压低声音说，“邓离委托张放调查自己老婆，张放跟踪了一个多月也没抓到证据，但是邓离不相信，把他从网上找到的奇谈怪论拿出来当证据，还怀疑孩子不是自己的，要求张放继续调查下去。”

“这就能说通了，他们俩肯定是调查牧莹的期间发生了意外，邓离心脏病发作，张放去转移尸体。”严喆点点头，“不过谁会让他做这种事呢？而且又有什么必要这样干呢？”

“也许是牧莹的情夫？”吕阳推测道，“假设那晚牧莹和那个男人去开房被邓离和张放发现，以邓离的脾气必然会发生冲突，这时候邓离突发心梗猝死，张放就会被牧莹和她情夫要挟了。”

“为什么会被要挟呢？”严喆思索道，“遇到这种事不应该立刻报警吗？大晚上的还要冒雨转移尸体，这可比捉奸的罪过大多了吧。除非……”

“除非，邓离猝死的责任在张放身上！”吕阳接过话头，“张放以为邓离只是单纯的猝死，以为会追究自己的责任，所以才想转移尸体制造意外的假象。”

“还是不对，这个理由不够充分。而且，牧莹这么聪明的女人不会不通事理，她老公死在自己面前还能无动于衷地让人转移尸体？”严喆百思不得其解，“就算是她和情夫合谋害死邓离，也应该等人死后打120，而不是让一个愣头青背着尸体乱跑，这样只会让自己更被动，嫌疑也更大。”

“是啊，我就是这点想不通。”吕阳也头疼不已，“难道邓离真是因为张放而死的？这中间又发生了什么呢？”

“那个男人身份查出来没？”严喆问道。

“查出来了，叫李浩，和牧莹是一个学校的，还是恋人关系，不过一毕业就分手了。他们不同专业，李浩是学医的，毕业后没做医生而是去了医药公司当销售。”吕阳意味深长地说，“邓离怀疑孩子不是自己的，就是指这个李浩污染了他儿子的基因。”

正说着，钟小飞拿着一个物证袋从屋子里出来，朝严喆挥手喊他过去。两人不再讨论，一起走到钟小飞面前，后者正举着物证袋邀功似的对严喆说：“猜猜这是谁的？”

“张放的？”严喆直接回道。

“没错，就是张放的钱包。不止钱包，地上那些东西都是他的，包里还有一个已经摔碎的手机，开不了机，得拿回去修一下才行。”钟小飞乐呵呵地说，“这小子受伤不轻，应该是黑咕隆咚地瞎走，踩到地上的老鼠夹子，他也真够倒霉的，只怕得受点罪了。”

“人呢？往哪儿跑了？”严喆眼睛一亮，郁闷了这么些天终于有点好消息，心情自然不错。

哪知钟小飞却摇摇头：“人没跑多远就摔倒了，在路边，但是后面就没影了。”

“没影了？什么叫没影了？”严喆皱眉。

“就是突然不见了，找不到他离开的痕迹了。”钟小飞说，“要么飞走了，要么被人抬走了，反正就是不见了。”

严喆突然觉得一阵蛋疼，好不容易燃起希望之火，结果被钟小飞一泡尿给浇灭了，这比刚才没消息的时候还郁闷。

“接下来咋办？”吕阳无奈地耸耸肩，“说好的海底捞还没吃呢，要不咱们边吃边研究？”

“行，把大家都叫上，勘查完了一块儿去吃火锅。”严喆气得太阳穴直突突，不过他也明白破案是个细致活儿，心急吃不了热豆腐，总得让大家休息一下才行。

因为现场比想象的简单很多，大家很快完成工作，收拾好东西一起离开。走的时候所有人都在抱怨空气里那股臊乎乎的臭味，比他们给腐烂尸体做解剖还恶心。

严喆同样一阵恶心，心想城中村的环境确实太恶劣了，有关部门也不想想办法管理起来，总这么臭气熏天的还有什么生活质量可言。

大家伙先回单位，吕阳安排协查工作，让全市急诊和外科都留意一个被铁夹子扎伤的病人，另外还通知李浩家所在的派出所，让他们安排便衣在李浩家外围蹲守，留意他的动向。安排好工作，一群人浩浩荡荡朝火锅店走去。

严喆、吕阳和钟小飞坐在一起，他们点了三盘羊肉、两盘肥牛，还有牛百叶、鸭舌头、鸡脆骨之类的，满满当当摆了一桌，每人还要了半打啤酒，连续干了这么多天终于可以休息一下，所有人心情都很愉快，有些人甚至还没吃就靠着椅背睡着了。

严喆也不由自主地打个哈欠，他已经不记得自己多久没回家了，记忆里每天要么睡在办公室的折叠床上，要么睡在汽车里，连洗澡也是匆匆忙忙地冲一下就出来，甚至连国内发生了什么大事都不知道，幸亏自己还是单身，要是有家庭的话，怕是连孩子都认不出他这个爸爸了。

“钟胖子，你少吃点肉，亏你还是搞法医的，自己怎么就不知道保养一下身体。”吕阳看着钟小飞一勺一勺地把锅里的肥肉全部捞走，气得不行，“要不你自己坐一边儿去，别跟我们抢食。”

“滚，你懂个屁，吃肉是最好的减肥方式，米面蔬菜这种碳水化合物吃了就噌噌长膘，我绝对要控制住自己，不能碰那些不健康的食品。”钟小飞理直气壮地夹了一碗羊肉，一边蘸酱一边塞进嘴里。

“别贫嘴了，赶紧吃。”严喆用筷子夹了一点儿辣酱放在舌头上慢慢品着，“我有一种预感，这个案子不会顺利的，以后还得出幺蛾子。”

“就你乌鸦嘴，辣椒还堵不住啊！”吕阳不屑道，“不用你预感，谁都知道这案子透着古怪，不是案情有多复杂，而是牵扯到人心，人心难测啊！”

“哪有你们说得那么夸张，我看就很简单嘛。”钟小飞口齿不清地说，“人要么是牧莹和她情夫害的，要么是自己倒霉死的，张放就是初入社会没经验的愣头青，被人利用了。”

“证据呢？”吕阳反问，“这些都是咱们的推测，跟瞎猜差不多，牧莹这个女人不是省油的灯，你看她把家里收拾的，老公刚死，屋里就看不出他生活的痕迹了，丫就是个现代潘金莲。”

“你别说，还真像，都是端着碗药给老公喝。”钟小飞哈哈大笑，端起一碗芝麻酱送到吕阳面前，认真道，“大郎，你把这碗药喝了吧！”

严喆也忍不住笑起来，心里却忍不住思考，如果那晚江边夜跑的黑影就是李浩，那说明他们在邓离死前就已经有了联系，就是不知道下手的是哪个，还是说他们两人都有份。

李浩，你和牧莹在学校不是一对儿吗？为什么分手后又要勾搭在一起？早知如此，何必当初呢？

张放醒过来时，并没有睁开眼睛，因为他听见不远处传来说话的声音，而且还不止一个人。

“姐姐，今天我们吃什么？”

“红薯粥，这个最有营养了。”

“可是我不想喝粥，我想吃肉。”

“嗯，有肉的，一边喝粥一边吃肉。”

“好呀，我想吃鸡腿。”

“有鸡腿，阿贵叔叔去给你们买鸡腿。”

……

这是什么地方？医院？还是阴曹地府？

自己不是受伤了吗，还晕倒在城中村的巷子里面，怎么到这里了？

张放的意识渐渐清晰，手也越来越疼，让他忍不住闷哼一声。

“你醒了？”一个略带关切的声音响起，正是刚才被叫作姐姐的人。

张放睁开眼睛，首先看见的竟是一堆摞得高高的废品，从屋子地上摞到了房顶。然后他转过头，看见一个斜靠在破旧的浅绿色沙发上的女人。她看起来年纪并不算大，最多不超过 30 岁，脸色有些苍白，整个人瘦得过分，病恹恹的，但她的眼睛却特别明亮，竟让张放有种自惭形秽的感觉。

“这是哪里？”张放一张口发觉自己的嗓子嘶哑得厉害，喉咙火辣辣地疼。

“这是我家，这两个是我妹妹，大的叫永华，小的叫马楠。”女人微笑着说，“她们都是阿贵捡回来的，原本在外面流浪。”

张放从床上坐起来，但觉得浑身上下一点儿力气都没有，眼前天旋地转，于是又躺倒在床上。

“永华，去帮这个哥哥倒碗水。小心点，别烫着自己。”那个女人用手指了指不远处的桌子，然后又充满歉意地朝张放笑笑，“我身体不太好，只能让永华帮忙了。”

张放头晕得厉害，想要说话却没有力气。过了一会儿，那个叫永华的女孩儿捧着碗来到他面前，让他喝水。张放强撑着身体，把嘴凑到碗边，努力吸了几口便又躺倒在床上，好像已经用尽了全身力气一样。

永华大概十五六岁，把碗放回桌上，坐在沙发旁好奇地打量张放。

“你应该是发烧了，再睡一会儿吧。”女人的声音听起来有些遥远，张放迷迷糊糊的，好像听见了又好像没听到。

不知过了多久，张放觉得有人在摇晃自己，他想继续睡，可摇晃他的人还没有停手的意思，他只得睁开眼。

“张放，你醒了？”一个熟悉的声音在耳边响起。

“杨凌？”张放惊讶地看着凑在身边的那张脸，自己是在做梦吗？

“你什么时候来的？竟然能找到我。”杨凌的脸上带着一点儿兴奋，“这里可不好找了，从大路过来要绕好久才能到，我都记不住路，尤其是进来的第二个路口，如果往左转就走到废品收购站……”

杨凌还是那副前言不搭后语的老样子，不过话好像变得更多了，张放知道这是她心情好的表现，看起来她在这儿待得还算开心。不过，这到底是什么地方？怎么屋子里堆满了垃圾呢？

他慢慢坐起来，右手还是痛得要命，而且不只是手指，连整个手掌都又疼又肿，应该是伤口感染导致的。屋里有些昏暗，不过墙壁上到处都是窟窿，光线顺着砖头缝透进屋里，看起来像是无数柄利剑刺进来一样。他躺的地方是一块木板支起来的简易床铺，旁边层层叠叠堆满了破旧的冰箱、洗衣机，房顶还搭了一个木架子，上面也塞满各种废旧物品，具体是什么他看不太清。

正对着床的位置摆着一张浅绿色旧沙发，之前那个女人就坐在这里，不过现在是空的。旁边摆了一张折叠方桌，上面放着热水瓶和几个瓷碗，地上还有两个小板凳，也都旧得看不出颜色，地面铺着粗糙的水泥，看起来倒像是个杂物房。

“杨凌，这是哪里？你怎么会在这儿的？”张放睡了一觉，精神好了一些，问道，“他们有没有伤害你？”

“我觉得这里还是不够亮，我打算让阿姨在屋顶安个灯泡，那边再摆个电视，这样就能看《猫和老鼠》了。”杨凌自顾自地说道，“张放，你以后会住在这里吗？”

张放摇摇头：“我还有事要做，不能住在这儿。”

杨凌听了没什么反应，而是继续说：“我觉得这里除了无聊，还算不错，就是马楠不太懂事，我帮她洗衣服她都不说谢谢，听说她以前在家里就是这样，她爸妈没少因为这事揍她，有一次把她从三楼扔下去了。还有永华也比较懒，我告诉你，她有一条腿是假的，那是她爸喝醉酒打断的……”

张放惊讶，原来永华是残疾人，还有马楠，长相也有些古怪，看样子她们都是些残障孩子，而且在家还遭受过虐待。那个病恹恹的女人又是谁呢？难道这些孩子都是她搜罗来的？她想要干什么？不会是犯罪集团控制残疾儿童乞讨犯罪吧？

张放越想越觉得有这种可能，听说这些人专门把孩子的腿脚打折，逼他们上街乞讨，给团伙头目赚钱。自己已经是成年人了，还被他们捡回来，看样子是瞄准自己的心肝脾胃肾准备倒卖也说不定。一想到自己即将被大卸八块的模样，他就有种不寒而栗的感觉。

就在张放胡思乱想的时候，吱呀一声，房门被推开，一股酸臭的味道冲进屋里，然后那个在黑网吧见过几次的流浪汉走进来。

“是你？”张放彻底懵了，怎么这家伙也来了？他想起自己晕倒前闻到的那股臭味，明白过来，敢情是这位把自己带到这里。女人说的阿贵应该就是他了。

阿贵站在门口，手里端着一个铝盆，上面冒着白烟。

“臭死了，我快喘不上气了。”杨凌捏住鼻子，大声抱怨，“阿贵，你能不能走开点，我都快被熏死了。把粥放在桌上就行了。”

阿贵听到后也不说话，将手里的铝盆放在桌子上，然后转身离开屋子。

“杨凌，你先回答我的问题。”张放严肃道，“他到底是什么人，好人还是坏人？”

杨凌这次罕见地没有跑题，而是动脑子想了想说：“阿贵还凑合，不好也不坏，他听王丹阿姨的。”

“王丹，原来那个女人叫王丹。”张放突然愣住，“什么？你说听谁的？”

“阿贵除了臭，其他的还算不错。”杨凌的回答很让人抓狂，“阿贵在网上认识我，问我想不想来这里住，我正好不想在家住了，就搬过来了。”

“我问你那个女人是叫王丹吗？”张放记得很清楚，李浩那个失踪了几个月的老婆不就叫王丹吗？难道自己误打误撞地在这儿遇见了？世界这么小了吗？

“快告诉我，那个阿姨是不是叫王丹？”张放催促道，不过杨凌根本没听他说什么，转身去盛粥，自己一碗，张放一碗。

张放一只手接过碗，看见里面有红薯和小米，闻起来很是香甜，早已饥肠辘辘的他也顾不上有没有下药，一口气喝个精光。然后又让杨凌给他盛满，一连喝了三碗才觉得舒服。

“杨凌，你知道王丹阿姨是做什么的不？”张放旁敲侧击地打听，他感觉直接提问是得不到想要的答案了。

“是啊，这里王丹阿姨排第一，我排第二，阿贵排第三，永华排第四，马楠排第五。”杨凌回答，“王丹是我们的队长。”

“她平时有没有让你们上街乞讨？”张放问。

“乞讨就是找人要钱吗？”杨凌莫名其妙，“我们每天都玩追人游戏，还有搬东西游戏，阿贵搬东西最厉害，不管多重的东西他都能搬起来。不过我们没有玩过乞讨游戏，下次你带我们去好不好？”

“哦，这样啊。”张放稍微放心一点儿，小声问，“杨凌，你知不知道出去的路，能悄悄带我离开这儿吗？哥哥有很重要的事情做。”

“好，我去问问王丹阿姨。”杨凌说着就要出去，张放急忙拦住她，“别跟其他人说，尤其是王丹阿姨和阿贵，我想悄悄地走。好不好？”

“你是要玩躲猫猫的游戏吗？”杨凌眨眨眼，有些兴奋。

张放连忙点头：“没错，我要跟你们玩躲猫猫。”

“好啊，那我带你藏起来，保准谁也找不到。”说到玩，杨凌高兴坏了，扶张放下了床，喝完米粥张放感觉体力恢复不少，就是伤口痛得要命，只能慢慢往门外走。哪知刚一出门就看见阿贵站在那儿，正冷冰冰地瞪着自己。

“完了，被发现了。”杨凌一脸丧气，好像游戏已经输了似的。

张放脸色一变，他不知道这个阿贵脑子是不是好使，别突然发起疯来把自己宰了。

“你去哪儿?”阿贵的声音没什么感情，隐隐地带着一丝敌意。

“他想走就让他走吧。”王丹的声音从隔壁屋隐隐传出，随后房门打开，永华扶着王丹缓缓地从屋里走出来。

张放有点尴尬，不知该说什么。

王丹却看着他说：“别紧张，我们不是坏人，这几个孩子都是自己离开家的，包括我也是，幸亏阿贵收留了我们。没有人被强迫，大家随时可以离开，只是出去以后请不要四处宣扬就好。我们在这里比在家幸福。”

张放看向杨凌：“你愿意一直留在这里吗？不去读书?”

杨凌说：“我喜欢住在这里，我害怕回家和去学校。”

永华和马楠同样点头，张放这才发现永华的左腿果然是假肢，而马楠则五官有些扭曲，鼻子、嘴巴和眼睛都挤在一起似的，以普通人的标准看好像有些畸形。

“可她们不可能一直这样住下去，警察会找到她们的，到时候还不是要回家?”张放看着王丹，“而且你这样子能保护好她们吗?”

“这不是我能力范围以内的事情。”王丹摇头，“我们都是被收留的，如果没有阿贵，我们只能在街头流浪，遇到的危险只会比现在更多。如果家庭能给我们温暖，我们怎么会离开?”

“我活不了多久，她们将来怎么样我也没能力管，路是自己选的，咬着牙也得走下去。不过你想清楚了再决定，杨凌是在这里快乐还是回家幸福。”王丹说完静静地看着张放。

张放则看看站在一旁的阿贵，似乎没有阻拦自己的意思，他突然对王丹有些好奇：“她们都是孩子，你已经是大人了，为什么也不回家?”

王丹笑了笑说：“嫁错了人，生不如死。对有些人来说，家是港湾；对另外一些人来说，家就是地狱。”

说完，她在永华的搀扶下转身回屋。

出来的路上，张放终于看清楚自己在什么地方，原来这是郊区的垃圾处理厂，全市的垃圾都会被集中在这里，整片区域的中心是一座几十米高的垃圾山，周围全是各种回收废旧物品的低矮平房，许多打工者聚居在这一带靠回收废品赚钱。阿贵就是其中一员，他的房子就在垃圾山旁边。怪不得这家伙身上一股浓烈的臭味，原来是这个原因。

张放穿过一排排废品回收房，终于来到马路边上，他现在身无分文而且手上受伤，按理说算是山穷水尽的状态。不过，他似乎心情不错，顺着马路走了很远终于看到路边的小卖部。

“老板，借你的电话用一下。”张放进了小卖部，对看店的老板招呼道，“我的东西被偷了，得打电话让家人来接我，多谢你了。”

小卖部老板狐疑地看了看张放：“现在治安这么好，还有人偷东西？”

“是啊，运气不好。”张放接过老板的手机道了声谢，拨号、接通：“李哥，是我，你先别急着挂电话，我就说一句，我知道你老婆在哪儿！想知道的话就拿你家里的视频监控来换。”

“你说什么？”对面的李浩大吃一惊，“你说你找到我妻子了？她在哪里？我给你视频，只要你告诉我她在哪里。”

“行，那你在明珠公园门口等我。”张放挂了电话，长出一口气，他想谢谢老天爷，让他绝境逢生，终于有了谈判的筹码。

六

案发当日

珠江市区一座写字楼里，百达盛世文化传媒有限公司的员工们正在紧张忙碌地工作，他们经过三年多的努力从一家新媒体工作室发展到目前年营业额过亿的影视动漫公司，在业内也小有名气，而且即将迎来首轮融资。虽然工作比以前更加忙碌，但每个人都难掩内心的激动，因为他们作为公司的元老即将实现人生财富的阶层跨越，而这一切都是他们的女神老板牧莹一手打造的。

公司会议室里，牧莹刚结束一场重要会议，几个下属把她围在当中讨论某个项目的执行情况。这时，牧莹的手机响了，是她处理个人事情的私人手机，她很讨厌工作的时候被人打断，尤其是她看见电话显示着“邓离”这个名字的时候，让她的心情瞬间跌入谷底。

“喂，什么事？”牧莹走进办公室，关上门，尽量压低声音。

“你之前跟我说的事情，我考虑清楚了。”电话里邓离的声音有些嘶哑，但还算平静，“既然你已经不爱我了，那我也没必要强求，不就是离婚吗，没什么大不了的。”

牧莹有些惊讶，还以为自己得费不少工夫才能解决，没想到邓离竟然轻而易举地同意了。

“你能这么想我很高兴，我正在开会，晚上回去我们商量细节，然后签离婚协议。”牧莹的心情变得轻松，长久以来压在心里的石头终于落地了。

哪知道邓离却没有挂电话的意思：“慢点，有件事我必须说清楚，离婚可以，但你的公司必须给我，还有儿子也必须给我。你同意了，我就签协议。”

“什么？你是在说胡话吧！”牧莹的心瞬间跌到了谷底，“公司是我一手建立的，跟你有什么关系？还有孩子，绝对不可能给你。”

“那就没什么好谈了。”邓离冷笑道，“说到底你就是为了钱，当初跟你男朋友分手也是因为看上我家的条件吧？怎么，你忘了你的公司刚创业时是谁给你拉的客户？如果不是我爸出面，你的影视项目能做成？还有给你赚了大钱的那部动画，是谁帮你拉到投资的？现在要做大了，就把我们家丢到九霄云外了是吗？”

“邓离，你说的这些是我欠你爸的情，但不是欠你的。欠你爸的情我已经还清了，他生病住院的那阵子是谁跑前跑后联系专家教授给他治病，住院的时候谁在旁边照顾？你这个儿子做的还不如我一个媳妇。”牧莹冷声道，“公司从成立到现在，你没有出过一份力，所以我绝对不会让你染指一丁点儿！”

“好啊，那咱们就看看我能不能拿到公司。”邓离阴阳怪气地说，“夫妻共同财产的法律我就不跟你废话了，还有公司目前的股东构成，你仔细琢磨琢磨有多少是我的人，最后能分到你名下的股份又有多少。对了，我不妨告诉你，儿子我也要定了，你这个做妈妈的一年陪他的时间还没有我一个月陪的时间多，咱们到法院你也赢不了。”

牧莹死死攥着手机，脸色有些发青：“邓离，你不要欺人太甚。”

“我欺人太甚？到底是你欺人太甚还是我欺人太甚？你别忘了，究竟是谁背着我每天往外跑，你真以为我不知道你打的小算盘吗？”邓离突然大声咆哮起来，暴怒的吼声隔着电话都震得人耳朵疼，“还有，别以为我不知道孩子的事，不过我实话告诉你，老子不在乎，我就是要把这个小杂种放在我身边，只要让你不好过，我就很开心！哈哈哈哈……”

“神经病！你是个疯子！”牧莹浑身发抖，一个字都说不出来。

挂掉电话，她趴在桌上哭了起来，整个上午都没有再出办公室，公司里上上下下都不知道发生了什么，连她的助理敲门想进去看看情况都被她赶了出去。

到了中午，牧莹没吃午饭，连口水都没有喝，只是呆坐在椅子上，眼睛肿得像两个核桃。这时，她的私人手机振动了一下，收到短信。

牧莹没有理会，继续坐在椅子上，又过了很久，她才拿起手机，看到一个陌生号码：“你好，牧莹，我是李浩，这是我的新号码，不知为什么突然很想你，想知道你过得怎么样，有没有人惹你生气。我想见你！今晚在你公司附近的花堂酒吧，不见不散。”

与此同时，张放和邓离在上次见面的快餐店对面而坐，张放将一个新买的电话卡插进手机，然后递给邓离：“给李浩的短信还是你来发吧，你比较熟悉你老婆，用她的口吻约李浩出来。”

邓离看着手机，半天没动静，张放也不催他，而是靠在椅背上不紧不慢地喝着可乐。

“妈的，没想到我还得帮我老婆约她的奸夫，解放以后都没人干过这种事吧。”邓离又把手机递回给张放，咬牙道，“我说，你来写。”

张放耸耸肩，开始按照邓离说的输入：“浩，晚上8点，花堂酒吧，关于王丹，莹。”

“你说他俩会上钩吗？”邓离看着张放将短信发出去，狐疑道，“如果他把电话拨回来怎么办？接还是不接？”

张放却干脆利落地把手机卡又取出来，直接掰断：“现在没人能拨回来了。”

“你放心，如果他们心里还有对方，这条短信足以让他们赴约了。如果他们不去，那今晚的计划也没必要进行下去，因为不可能成功。”张放安慰邓离道，“比起他们，我反而更担心你，晚上如果有什么情况，你确定能忍得住？”

邓离脸色一阵白一阵黑，深吸口气，狠声说：“为了抓住这对狗男女，不能忍我也得忍，不过到时候你得帮我，不能让他们真上床，咱们必须既拿到证据又不能让那个王八蛋得逞！”

张放皱了皱眉，犹豫了一会儿问：“邓哥，有句话我不知该不该问，不过还是得问清楚才放心办事。”

“说。”

“我想知道，如果你拿到你老婆出轨的证据，然后会怎么办？离婚？还是揍李浩一顿，让他们身败名裂？”张放斟酌着字句，“其实，这样的结果对谁都没好处，很多人因为一时气愤追着对方不放，到最后却发现自己也骑虎难下，没法收场。所以，在做事之前，我必须提醒你一下，先想好自己想要的结果，捉奸不是目的，而是争取利益最大化的手段。”

“嗯。知道我为什么愿意付钱给你吗？”邓离眯着眼盯着张放，“因为你这人很冷静，不是头脑一热不计后果的那种人，让你办事我很放心。做好你该做的，其他的我心里有数。”

张放知道邓离还有其他盘算，自己只是他实现目的的工具，不过这又有什么关系？自己为了求财，至于别人怎么打算和他有什么关系。

两人坐了半天，窗外的天空越来越阴沉，路两旁的树枝摇得越来越激烈，台风“戈坦”终于要登陆了。张放把早已调查好的李浩家小区情况和进出路线跟邓离讲清楚，晚上他们很有可能要跟踪李浩回家，这些都是一个职业捉奸人的基本能力。他还跟邓离讲了捉奸时哪些事情可以做、哪些事情不能做，否则奸夫没损失，他这个受害者却犯了法。

“那个李浩，他妻子叫王丹，已经离家几个月了。为了找人，李浩连工作都辞了，还去派出所登记了失踪人口，日子过得一团糟。我想，他见到牧莹很可能会倾诉自己的遭遇，搞不好两人互相安慰一下就能发生点什么。”张放给邓离仔细分析两个人的心态，以他的从业经验，牧莹在心情郁闷的情况下很可能会对李浩产生怜悯之心，两个人不一定会真的上床，但很可能会喝醉一起回家，这就是他和邓离的机会。只要拍到他们俩同处一室的照片，最好还有些衣衫不整、酒气熏天的镜头，那这个奸情就算砸实了。

邓离点头认可，这就是他想要的效果，只要牧莹有把柄被自己抓住，那她以后还不是任自己拿捏？然后他再顺理成章地介入公司管理，到时候什么都是自己的，如果牧莹敢说个“不”字，那他就让牧莹身败名裂！

张放自然不清楚邓离的盘算。到了晚上，他俩一起离开快餐店，打了辆出租车前往花堂酒吧。邓离给了出租车司机1000块钱，把车包了一晚上，就停在酒吧门口不远，随时观察动静。

果然，晚上8点刚过，牧莹从一辆黑色宝马上下来，径直走进酒吧。邓离在出租车上看得清楚，牧莹穿着黑色连衣裙，脖子上戴着她最喜欢的钻石项链，将整个人衬托得如同盛放的鲜花一样。

“真是淫娃荡妇，还说自己没做过对不起我的事，看这个骚浪的样子，简直恨不得马上找那个奸夫滚床单吧。”邓离看着牧莹婀娜摇曳的身姿消失在酒吧入口，恨得牙根痒痒，“骚货，贱人！”

张放坐在副驾驶位，隔着窗户仔细看着周围，生怕错过李浩的身影。车外的雨越下越大，风也越刮越猛，他心里暗叹：今晚可真不是个约会的好天气。

时间一分一秒地过去，从牧莹进入酒吧，已经过了快半个小时。邓离早已等得不耐烦，不断催问张放是不是计划出了什么意外。

“放心吧，牧莹已经来了，李浩不可能不来的。”张放一开始还不断地安慰邓离，但随着时间的推移，他也逐渐没了底气。

难道李浩真的不为所动？他对牧莹一点儿感情都不念吗？

就在张放也开始怀疑自己是不是要无功而返时，一个高大挺拔的身影从远处的人行道上走了过来。

“这么大雨，怎么他连把伞都不打？”邓离皱眉看着不远处稳步前行的李浩，有些疑惑，“不是来见老相好吗，怎么把自己整得这么狼狈呢？”

张放也有点摸不着头脑：“他好像是坐公交车来的。晚上的雨太大，公交车可能堵车延误了。”

“妈的，穷鬼一个！”邓离愤恨不已，李浩的无所谓和穷哈哈的模样深深地刺痛了他的内心，牧莹啊牧莹，一个这样的穷鬼有什么值得你惦记的，除了长得高了点、白了点，其他的哪能比得过我。

看见李浩到场，张放悬着的心放了下来。说实话，他压根儿不关心牧莹到底喜不喜欢李浩，他只是想早点儿把钱拿到手，有了钱才有爱情，才能孝敬父母，所以只要李浩出现，他的计划就成功了一半，到时候邓离怎么也得给他五万元辛苦费吧。

两个人各怀心事，坐在出租车里看着李浩慢悠悠地走进酒吧，门口的服务生都有点懵，怎么这位淋着雨就来了，难道还想凭这副尊容吸引美女吗？

李浩特意在门口站了一下，把身上的雨水抖了抖，这才走进酒吧。

花堂酒吧很大，因为台风今晚的客人并不算多。李浩一进去就看见牧莹，牧莹一个人安静地喝着冰酒，目不斜视地看着舞台上正在唱歌的女歌手。

“来了。”李浩的到来，让附近几个早已对牧莹垂涎三尺的男人直翻白眼：这位打扮得这么另类的家伙是哪儿冒出来的，怎么淋得跟落汤鸡似的就进来了？那个美女似乎对他并不反感，难道这是今天台风天气的特别装扮？

牧莹放下酒杯，冲李浩点点头："你怎么才到？"

"派出所临时找我，说有了王丹的线索，我过去确认一下，有些耽搁了。"李浩的声音不高，却很有穿透力，"你老公忍不住了？"

"唉，他这种人哪里沉得住气呢。"牧莹叹了口气，然后睁大眼睛盯着李浩，"你知道他想干什么吧？"

"总不会是看上我这个穷酸鬼了。"李浩笑了笑，招手叫服务生点了一杯威士忌，"他是盯上你的公司了，想抓到把柄好要挟你，对吗？"

牧莹点点头，不置可否："如果他亮明刀枪地跟我争，我还会把他当成男人，可惜他太让我失望了。"

"今晚你打算怎么办？"李浩端起酒杯一饮而尽，"男人其实都很小气，尤其是对待自己在意的女人，就像小孩子保护自己的玩具一样，幼稚得很。"

"你呢？你老婆丢了，你不也幼稚得很？"牧莹盯着李浩。

李浩拿酒杯的手顿在空气中，脸色也变得不太好看，过了半晌才缓缓说："是啊，只是我的玩具已经不见了。"

然后他又叫服务生上酒，而且把牧莹面前的冰酒也端到自己面前咕咚咕咚喝个干净："别喝这个，我知道你的酒量，既然要做戏就放开演一次，好久没这样喝酒了。"

牧莹捂着嘴笑了，昏暗的酒吧里她的笑像黑夜里绽放的光明之花，让周围所有女人都黯然失色。不少男人都忍不住扭头望着她，纯粹是向美丽的致敬。

然而，牧莹的光彩在李浩眼里却如同不存在一样，他浑身湿漉漉的，头发也一团蓬乱，下巴上的胡茬儿让整个人显得沧桑而疲惫，眼神偶尔从牧莹身上扫过却毫不停留，似乎对面的人在他眼里和一张桌子、一把椅子没有任何区别。

聪慧如牧莹一般的女子怎会不明白李浩的意思？她的眼底闪过一丝黯然，却很快被一股决绝替代。

“敬我们混蛋的人生。”牧莹端起新换的酒杯，举到眼前，大声道。

“敬混蛋的人生！”李浩附和。

两人一饮而尽。

随后，两人不再说话，只是一杯杯地喝酒，间歇听一会儿歌手的演唱。他们脚下的酒瓶也越来越多，直到时间指向晚上 11 点。

“差不多了，走吧。”李浩放下酒杯，他的眼睛已经红得吓人，身上的衣服也被滚烫的身体蒸干，整个人好像从蒸笼里出来一样，浑身上下散发着淡淡的水汽。

牧莹也喝得俏脸通红，但眼睛仍旧清澈明亮。她略微点头，伸手扶住李浩的手臂，站起身来并且顺势靠在他的肩膀上。

李浩皱了下眉，但并没有说什么，而是扶着牧莹朝酒吧外走去。

酒吧外路边的出租车里，张放和邓离已经坐了足足三个多小时，连出租车司机都有些受不了，不断调整着酸麻的身体，但看在钱的分儿上还是忍住没有说话。

邓离已经急得如同热锅上的蚂蚁，要不是张放死死拦住，他早就冲进酒吧看个究竟了。

“你说，他们会不会直接在酒吧里面开房了？”

“酒吧是不是还有后门？对，哪个酒吧会没有后门，他们肯定从后门溜走了。”

“就算他们没走，那也可能去洗手间吧，电影里很多狗男女都是在洗手间里面乱搞，我看他们一定也这么干了！”

……

邓离已经快急疯了，但张放却坚信李浩和牧莹不会那么不堪，所以他死死拽住邓离，让他继续等待，决不能进去干扰两人，否则就会前功尽弃。

争执了好久，眼看邓离就快拉不住了，张放突然看到从酒吧走出来的两人。

“快，他们出来了！”张放指着酒吧门口，让邓离看。

“是，没错，是他们!”邓离终于冷静下来，激动地拉住张放的胳膊，“兄弟，还是你说的对，我差点就误事了！我们接下来怎么办?”

“司机，发动汽车，我们跟上那两个人的车，千万不能跟丢了!”张放对出租车司机下达指令，后者早就憋了一晚上，闻言立刻精神起来，心想以后再也不接这种活儿了，给再多钱也不干，太憋得慌了。

李浩和牧莹从酒吧出来，牧莹整个娇躯都靠在李浩的怀里。李浩知道她是故意这样，所以也不点破，一只手搂着牧莹，另一只手撑着伞。两人先是走到马路上稍远的地方，然后才上了出租车离开。

张放和邓离也赶紧跟上，车距保持得不远不近。张放还特意要求司机每隔一会儿改变一下车道，或者和前车间隔两到三辆其他车，防止被对方发现。

“没错，是去他家了。”张放早就把李浩家的地址研究透彻，跟了一会儿就判定两人是要一起去李浩家。

“王八蛋！我要宰了这对狗男女!”邓离眼神冷厉地盯着前面，拳头攥得死死的，一副要吃人的模样。

“冷静，一会儿不要冲动，一切听我指挥。”张放不断安慰邓离，心里却乐开了花，事情进展到这一步基本上已经没有了悬念，十万块钱马上就要到手了。他心里已经开始琢磨这钱该怎么花了，先给父母准备八万元，让他们好好治病并且把欠的债还清。剩下的两万元留一万元备用，拿一万元出来跟小雅去旅游，让她好好高兴一下。

正胡思乱想呢，前面的出租车已经靠边停下了。张放赶紧让司机不要减速，径直驶过李浩的车，然后从侧门直接开进小区，这样就能躲过门卫的摄像头。

“快点，他们已经进去了。”邓离越来越烦躁，之前硬压下去的怒火已经无法遏制地燃烧起来，恨不得立刻冲进李浩家把两人揪起来痛扁一顿。

张放反复劝他冷静一点儿，一只手死死拽着邓离，让他按照自己设计的路线在小区行进，哪怕绕了很多弯路也要保证不被监控拍到。就这样，两人像做贼一样兜兜转转，终于来到李浩家楼下。

这是一栋20多年的楼房，一共12层，电梯只有一部，每层楼都有一个比较大的平台，还有类似老房子那样的公共楼梯。张放和邓离从楼梯上到十楼，这是李浩家所在的楼层，他家在最里面，旁边就是消防通道，大门也是老式的防盗门。

两人悄悄地来到门口，竟然发现里面的木门没有关严，只关了外面绿色的防盗门。

看来他们俩不是喝多了就是太心急了，连门都没关就急吼吼地进屋了。张放有些好笑，之前牧莹表现得像个女强人一样，没想到喝完酒也和其他女人没什么不同。

“快点，把门弄开！”邓离急不可耐地想要伸手拽门，却被张放拦住。

“别急，先听一下。”张放把耳朵贴近门边，听见里面传来一阵流水的声音，难道是在洗澡？不对，水声很快停止，李浩的声音响起：

“这边是热水，你先洗洗脸。晚上喝得太多了，真是不好意思。”

“没事儿，我也好久没这么放松了。”牧莹的声音透着慵懒，“你老婆不在家这么久，你还留着她的东西呀？”

“是，哪天她回来了，还要用的。”李浩淡淡道。

“如果她永远不回来呢？”牧莹靠近李浩的身体，轻声道，“你难道永远这样等下去吗？”

“我相信她会回来，这是她的家。”李浩认真地说，“虽然我没有带给她幸福，但这里是她的依靠，这一点永远都不会变。”

“我能看看她留下的东西吗？也许从女人的角度，能发现一些新线索。”牧莹说，“我一直很好奇她是个什么样的人，为什么要不声不响地离开你。”

“进来吧，这是我们的房间……”

张放和邓离在门口听得真切，见两人进了卧室，邓离再也按捺不住，让张放马上开门。张放还想再等等，可他看见邓离那双噬人的眼睛又改变了主意。反正自己钱赚到手就行，其他的何必较真儿呢？

他从背包拿出早就准备好的开锁工具，这是他专门针对李浩家的防盗门准备的，本来他连里面的木门都研究过了，没想到只有防盗门要开。这种老式防盗门没什么难度，稍有开锁经验的人就能轻而易举地打开。张放虽然不是专业开锁的，但他研究试验过几次，技术还算马马虎虎，用了不到十分钟，咔嗒一声，防盗门被打开。

按照之前商量好的，张放掏出手机打开录像模式，和邓离一起冲进屋里，只要拍到牧莹在李浩卧室里床上的场面就算完成任务。张放原本想多给两人一些时间，这样才能拍到想要的画面，可惜邓离太着急，门一打开就急不可耐地冲了进去。张放只好跟在邓离身后，举高手机，一起往里冲。

“贱人，我看你还怎么狡辩！”邓离已经气得失去理智，捂着胸口狂奔几步，哐当一脚就把卧室门踹开。

张放干这行以来见过不少捉奸的场面，他知道当事人再生气也只是暂时的，情绪总会过去，等冷静下来后要谈的利益分配才是真刀真枪的战斗。所以他的任务有且只有一个，那就是把证据拍下来，最好拍到两人赤身裸体躺在床上的场面，那样将来当事人谈判时才能让客户对自己满意。

他尽量举高手机，不让邓离的背影遮住镜头，邓离一进卧室，他就马上绕到侧面，好方便拍摄。只是，等他们进屋以后，却发现床上根本没人，枕头被子放得整整齐齐，连人坐过的痕迹都没有。

“人呢？”邓离气急败坏地围着床转了两圈，甚至连床底下都看了，结果一个人影都没见着。

这是怎么回事？张放也懵了，难道李浩家还有暗道、密室之类的？两人偷个情而已，至于搞成特务接头吗？

“牧莹，你这个贱人，还想藏到什么时候？”邓离吼道，“我已经看见你们做的丑事了，马上给我滚出来！”

张放看着空荡荡的卧室，心里也逐渐冷静下来，突然意识到事情似乎变得不太对劲儿。再仔细看了看，发现这间屋子除了中间摆的一张大床外，其他什么家具都没有摆，四周墙壁也是光秃秃的，根本看不见任何装饰。

“不对，我们中计了。”张放一拍大腿，赶紧拉住邓离想要离开，“邓哥，快走，这里是陷阱。”

这时，外面传来咣当一声，张放马上跑到客厅，只见防盗门已经被关上，而且还被铁链从外面锁住。站在门口的正是李浩。

“李浩，你个王八蛋！”邓离看见李浩，两眼通红地冲了上去，抓着门上的铁栅拼命摇晃，想要把门推开，可惜外面拇指粗的铁链已经把门死死锁住，以邓离的力气根本不可能晃动分毫。

“你们非法入侵民宅，可以去坐牢了。”门外的李浩冷冷地看了邓离一眼，不再多说一句话，转身离开。

邓离发疯一样冲着李浩的背影狂吼不止，但他再怎么吼叫也改变不了自己被困的事实。可以想见，李浩马上就会报警，到时候邓离和张放都要被抓进派出所，原本的计划泡汤不说，还要把自己搭进去，一想到这些邓离就气得眼冒金星。

“不行，我绝对不能坐牢，我还要把公司和孩子抢到手，你赶紧想办法开门让我出去！”邓离推不开门转身向张放求救，“快点，趁警察还没来，赶紧把门打开，快啊！”

张放也傻了，头一次遇见捉奸反被捉的。他放下手机，上前检查了一下铁门，外面的铁链缠了好几圈，被一把硕大的钢锁锁死，从里面根本摸不着，更别提开锁了。他想尝试把门卸掉，但固定门轴的位置嵌在墙壁里面，没有专用工具想都别想。

“窗户，看看窗户能不能爬出去。”张放灵机一动，赶紧回房间，结果却发现不管是阳台还是房间窗户都安装了防盗网，根本爬不出去。而且李浩家在十楼，就算能爬出去怕是也很难逃走，除非他俩不要命了。

怎么办？警察很快就到，留给他的时间不多了！

张放攥着手机，眼睛四处打量，李浩家空空荡荡，除了几样必需的家具，连个多余的东西都没有，想撞门都没办法。

“快点，赶紧想办法啊！”邓离抓着张放拼命喊着，张放被他掐得生疼，心里的火气也爆发出来。

“你喊什么？刚才是谁傻瓜似的往里冲，我怎么拉都拉不住，你怎么不想办法？”

“混蛋，我怎么知道他们设套骗我！”

两个人吵急了眼，邓离一把揪住张放的衣领想要动手。这时候，张放灵机一动，想起来前天邓离犯病的样子，急忙给邓离使眼色，并且用只有对方听见的声音说：“装病，装死，快点！”

邓离一愣，顿时明白了张放的意思，于是顺水推舟作势要打张放。后者则奋力反击，两个人扭打在一起，从客厅滚到门口，又从门口滚到客厅，正闹得不可开交，突然邓离脸色变得刷白，嘴角不停地哆嗦，话也说不出来了。张放见状赶紧松手，嘴里大声喊着：“你别装死，我刚才可没碰着你！”

他一边喊一边往后退，可邓离却在地上不断抽搐，再也爬不起来。

张放心说，看不出来这家伙的演技这么在线，装得跟真的一样，自己都差点被他骗了。于是他跑到门口拼命拍打铁门呼救，他相信李浩肯定躲在附近，无论如何不会让邓离死在自己家里，否则他也跑不掉。

“李浩，快点开门，邓离心脏病犯了。”张放把吃奶的劲儿都使出来了，“快点叫救护车，不然人死在你家你也跟着倒霉！”

没多久，李浩沉着脸从楼梯间里出来，站在防盗门外冷冷地看着张放。

“快点，邓离犯病了！”张放拍得更起劲儿了。

李浩瞟了一眼躺在客厅的邓离，厌恶道：“我怎么知道你们是不是假装的？”

张放眼珠子都要瞪出来了，大声道：“他有没有病你们最清楚，要是死在你家，你还不开门，那你就是故意杀人。”说着，他举起手机，对着李浩继续录像。

“我的手机就是证据，到时候你们两个都跑不了。”

李浩脸色变得异常阴冷，他知道张放说的没错，如果人死在他家里，而自己又见死不救肯定逃不掉责任，不管是真是假，他都不能冒险，所以只能把门打开。

哗啦啦……

铁链被拉开，张放刚想往外跑却被李浩一脚踹在肚子上，整个人滚进了客厅，手机也脱手而出，摔在地上。

李浩眼神冷酷地盯着躺在地上不断抽搐的邓离，脸色阴晴不定。张放想爬起来但几次都没成功，李浩下手很重，他五脏六腑都被踹得错了位，翻江倒海般难受。看向李浩的眼神多了一丝恐惧，想不到对方一脚的力气竟这么大，就算加上邓离，他们俩也不是对手。

妈的，老子来这儿是赚钱的，可不是为了挨揍的，事情都是邓离惹出来的，关自己屁事啊！

想到这，张放冲李浩求饶道：“李哥，咱们之间可能有点误会，我就是帮客户来拍拍照、取取证。你看这样行不，我把手机留下，什么证据都不带走，你先放我走吧。”

“滚一边儿去。”李浩阴着脸用手指了指客厅角落，显然没有让他离开的意思。

张放一点点挪到李浩指的地方，眼睛偷偷观察，发现李浩站的位置正好挡住大门，除非他让开，否则谁都跑不出去。

“邓离，别装了，你要是个男人就利利索索站起来。”李浩不屑地看着躺在地上的邓离，丝毫不掩饰对他的鄙视。

邓离好像没听见似的，仍旧抽着四肢，眼珠上翻，表情痛苦地在地板上挣扎。不仅如此，张放发现邓离的嘴唇都被咬出血来，五官也扭曲得变了形，这假装得也太逼真了吧。

李浩指了指张放：“你，过去看看。”

张放心里暗骂这家伙狡猾，但也不敢违抗，用手推了推邓离，发现他一点儿反应都没有，而且看见他嘴里不断吐出的白沫，裤裆里发出臊臭，竟然已经小便失禁了。

这下张放慌了神儿，敢情邓离没有演戏，他是真犯病了。

“快，他不是装的。”

李浩皱了皱眉，也走到邓离身边，用脚踢了踢邓离，后者毫无反应。

“真犯病了？”李浩蹲下来，伸手翻开邓离的眼皮，正要观察。没想到邓离突然睁大眼睛，两只手掐住李浩的脖子，一边吐着白沫一边死死掐住。

李浩又惊又怒，想要掰开邓离的手，可邓离把全身的力气都使出来了，岂是那么容易掰开的。他又用拳朝邓离心窝打，他力气很大，后者只挨了两下便松开了手，捂着胸口栽倒在地，两条腿胡乱蹬了几下便不动了。

“王八蛋，想阴我！”李浩骂了一句转身去关房门，同时牧莹也跟着进了屋。

张放见邓离一动不动，赶紧扑过去叫他，却发现邓离的呼吸微弱得几乎消失。

坏事了！

张放手忙脚乱地给他做心脏按压，忙得大汗淋漓，但邓离的反应却越来越弱，直至彻底没了呼吸。

“快点，赶紧叫救护车！”张放冲李浩大喊。

哪知牧莹却摇了摇头：“来不及了，你看他这个样子，救护车来了也不会改变什么。”

张放不可置信地盯着牧莹，地上躺着的可是你丈夫，这种话竟然也说得出口？

李浩掏出手机，想要拨打120，不想也被牧莹按住：“你现在打电话又能怎么样？你忘了他刚冲进来时的样子，如果不是我们早做了准备，那么他会怎样对我呢？又会怎样对付你？”

“李浩，别忘了你妻子还不知流落在什么地方，你打电话救了他，他会对你感恩戴德吗？”牧莹瞪着她那双美丽的大眼睛直勾勾地看着对方，“到时候他只会倒打一耙，想方设法把你送进监狱，别忘了，在他眼里我们早就是奸夫淫妇了。你好好想想，到底要不要救他。”

“可他快死了啊!”张放一边按压一边大吼,“你们这是故意杀人!”

“我们不是。”牧莹缓缓摇头,“刚才和他打架的是你,不是我们,杀人的也是你!”

“啊!不是我,打死邓离的是李浩。”张放拼命按压邓离的胸口,一下、两下、三下……

渐渐地,张放没了力气,地上的邓离早已没了动静,他的眼睛睁得很大,还有混浊的液体流出,不知是眼泪还是什么,嘴巴也咧得很开,好像在控诉着自己的不甘。

死了。

邓离死了。

张放瘫坐在地上,呆呆地看着逐渐冷却的邓离,一个活生生的人在他眼前消逝,这种事怎么会发生在自己身上呢?张放彻底傻掉,连恐惧和惊慌都忘得一干二净,他的脑子里一片空白。

“他是死于心脏病发作,诱因是和你的扭打。”李浩冷冷地看着张放,“他犯病前在和你厮打,监控都录下来了。不信你可以看看自己的手机,而且捉奸的主意是你出的,我劝你还是赶紧去派出所自首,争取宽大处理吧。”

“不是我,刚才是你打了他的胸口,他才死的。”张放气愤地指着李浩,“你也逃不掉关系!”

李浩走到旁边,从地上捡起张放的手机交给他:“这是你的手机,刚才你全程录像,你可以看一下回放,看看他什么时候倒下的。”

张放傻傻地看着已经摔碎的手机,里面的视频从他被李浩踹倒就停了,后面邓离和李浩扭打的那段根本没有录到。果然像李浩说的那样,他说的话没人会相信。

“不可能的!”张放看向牧莹,像抓住救命稻草一样喊道,“邓离是你老公,你可以帮我做证,不是我打了他。”

“那晚跟踪我的就是你吧?是他雇你来的吗?”哪知牧莹看了张放一眼说,“你最好马上把人带走,扔到哪儿都行,我可以当作什么都没看见。否则回头警察调查，我会说是你杀了他。”

张放傻眼。

李浩一把薅住张放的衣领，猛地摇晃了几下：“你听见她说的没？赶紧把人带走，别逼我现在就报警！”

张放大脑一片混乱，把邓离背在身上，出了李浩家，避过小区监控按原路返回。快到小区门口的时候，他有些不知如何是好，进来的时候他们是坐在出租车上，摄像头拍不到，但出去的话就绕不开了。就在这时候，一辆英菲尼迪开过来在他身边停下。

“上车。”车窗降下，露出李浩的脸。

张放不知道这家伙想干什么，站着没动。李浩却下车打开后备厢，示意张放把邓离放进去。

“你不是赶我走吗？怎么自己又下来了？”张放疑惑道。

“你出不了小区还不是得来找我。”李浩冷哼道，“我把你送到人少的地方，你再下车。”

张放没有反对，按照李浩说的把邓离塞进后备厢，然后自己坐进车里，发现牧莹也在，不觉有些奇怪。

什么时候抛尸这种事大家都不避讳了，不是应该躲得远远的才对吗？

李浩一边开车一边说：“我不是帮你，而是我有自己的苦衷，我妻子离家出走几个月了，我必须把她找回来，所以这事儿我不想掺和。”

牧莹也说：“我的公司马上要融资，一群人跟着我吃饭，我得对他们的生计负责。虽然他是我丈夫，但他的所作所为连个男人都算不上。我希望你能把这件事处理好，至少不要牵连别人。”

李浩点头：“不会的，我在家里装了摄像头，他们从进屋开始发生的一切都有证据，整件事赖不到我们头上。”

张放一言不发地坐在车里，像个木偶一样，直到车在一片郊区公园外停下，他才回过神儿。

“好了，你就在这儿下车吧。”李浩掀开后备厢，“你想报警也行，想去医院也行，或者直接走人也没问题。总之，证据在我们手上，该做什么、不该做什么你比我们清楚。就这样吧！”

张放背着邓离，目送李浩的汽车离开，眼神呆滞又迷茫，天上的雨淅淅沥沥打在脸上、身上，风仍在刮，突然一道闪电划过夜空，雷声紧随而至，让雨中的张放打了个寒战。

晚上的一切好像放电影似的在他脑海中重新闪过，张放的思绪潮水般涌入大脑，他突然觉得身上很沉，邓离的尸体压得他直不起腰、喘不过气。

他抬头看了看黑云滚滚的天空，只见大雨未歇、狂风四起，然后转身向公园走去。

七

“李哥，是我，你先别急着挂电话，我就说一句，我知道你老婆在哪儿！想知道的话就拿你家里的视频监控来换。”

“你说什么？”李浩腾地从床上站起来，惊道，“你说你找到我妻子了？她在哪里？我给你视频，只要你告诉我她在哪里。”

“行，那你在明珠公园门口等我。”张放说完就挂了电话。

李浩毫不犹豫，立刻走出家门。

“老严，刚才辖区派出所来电话，李浩出门了。”吕阳兴冲冲地跑进办公室，“咱们布控的人已经跟上去了。”

严喆正在办公桌前研究资料，闻言笑了笑：“让人跟紧了，看看他去干什么。”

吕阳听后有些奇怪：“咱们不去看看？你以前不是最爱凑热闹吗，今天怎么转性了？”

“滚！”严喆瞪了他一眼，“李浩的资料你看了吧，这人有点意思啊。”

“看了，跟牧莹一个学校毕业，不过他学口腔，毕业后在医药公司卖药，他老婆是他公司同事，前几个月失踪了，他为了找老婆连工作都辞了。是挺专情的。”吕阳说道，“不知道他老婆为什么要离家出走，这么好的老公都不要。”

“别扯淡，好好说话。”严喆递了根烟给吕阳，“你觉得他什么问题？”

“嘿嘿，就知道瞒不过你。”吕阳点着烟深吸了一口道，“这家伙表面看起来很在意他老婆，可我感觉像是做样子给外人看的，比如他老婆走了快一个星期他才报案，而且还不愿意提供具体细节和线索，就是每隔几天往派出所跑一趟而已。最重要的是，他老婆去年发现得了渐冻症，无药可医，而他根本不在乎，连陪他老婆看一次病都没有过，这种人要说有多爱他老婆我是根本不信的。”

“所以，我怀疑他跟牧莹早就预谋算计邓离了。”严喆把手里的资料转过去推到吕阳面前，“你看这儿，李浩是学医的，工作是医药公司的销售代表。他对药物的了解应该不比专业医生差吧？”

“没错，我也怀疑邓离吃的奥美拉唑是他出的主意。”吕阳一拍大腿，“还有，我登录邓离的邮箱从已删除的邮件里恢复了一封张放发给他的调查报告，是关于牧莹最近一个月行踪的，其中提到一句，牧莹整天在公司加班很少离开，唯一一次是去医院买药。我找人查了那家医院的挂号记录，发现她挂的是内科，病历记录也是慢性胃炎，开的药里面就有奥美拉唑。”

“想不到竟然是牧莹去买的药，真成潘金莲了啊。”严喆奇怪道，“不过这还是没法证明牧莹有意害死邓离，她完全可以说药是自己吃的，和邓离无关。”

“要我说，咱们去申请搜查令，突击搜查牧莹的公司和家里，也许能找到证据。”吕阳建议，“否则拖久了，证据就会被清理掉。”

“先别急，我们现在什么证据都没有，法制部门不会批准的。先等一等，让他们自己露出破绽。”严喆说，“让人把李浩和牧莹盯紧了，他们肯定还会再见面。”

“张放的手机修得怎么样了？”吕阳问，“那里面肯定有料。”

“钟小飞他们已经加班在弄了，用不了多久就能拿到。”严喆点点头，“我倒是好奇，究竟是谁把张放弄走了？”

李浩开着自己那辆英菲尼迪出了小区，路上他掏出手机按了回拨键，电话响了几声就被接通，听筒里传来一个中年妇女的声音："哪位，找谁?"

"你好，刚才我朋友借您的电话联系我，我现在正过去找他，请问你这里是什么位置?"李浩态度和蔼道。

"我这里呀，离市郊的垃圾处理厂不远，沿着主干道一直走，看见路边的大广告牌就到了，阿芳百货。"小卖部的老板娘爽朗道，"不过你朋友打完电话就走了，他没说让你来接他啊。"

"哦，这样啊，那多谢你了。"李浩道了声谢，眼睛微微眯起。

30 分钟后，一辆黑色英菲尼迪轿车沿着国道缓缓驶过，在它的前方不远就是珠江市垃圾处理厂。国道在这附近有个路口，一辆辆巨大的垃圾运输车从国道拐上一条新修的宽阔马路，然后便咆哮着飞驰起来。这条路是专为垃圾运输车修建的，除了垃圾车外很难看见社会车辆，于是垃圾运输车一到这条路上便将速度提到最高，发动机也发出巨大的轰鸣。

英菲尼迪不紧不慢地拐上这条专用道路，空气里弥漫着一股令人作呕的酸臭味，每当一辆垃圾车从旁边驶过，这股臭味便更加浓厚几分。前方隐约出现了一座山，山脚下则是一座造型奇特的工厂，几个高高耸立的烟囱正慢吞吞地向外吐着白色烟雾。这是新建成的珠江市垃圾焚烧厂，目前全市 60% 的垃圾都在这儿被处理，产生的废气经过几道过滤处理，达到排放标准后被排进大气。

李浩也是第一次来这个地方，他探着脑袋看着前面高大的垃圾山，心里有些感叹。没想到一座小小的城市竟然生产了如此规模的垃圾，那些国际大都市一天又会产生多少垃圾? 整个地球上的人类又能产生多少呢?

"也许人类就是自然界生产的垃圾吧。"李浩自言自语地说。

快到垃圾处理厂时，前方出现了一个岔路，不是正规路面，更像是走的人多了自然形成的。李浩把车停在路边，跳下车仔细打量了一下岔路，发现泥泞的路面上留下许多车辙，看样子这里经常有人进出。

他往前看了看，这条路似乎通向焚烧厂后面更远的垃圾山，浓烈的臭味正是从那里飘来的。李浩掏出纸巾捂住鼻子，皱着眉继续前进。十几分钟后，汽车开过一排红砖盖的平房前，李浩降下车窗，仔细观察了一下，发现每间房子前后都有一个大院子，里面堆满了回收的废品和垃圾，有金属元器件，还有废旧纸皮之类的，有些堆放得比较整齐，有些则杂乱无章。

李浩将车停在一间房子后面，自己下车步行，越向前走越被眼前的景象所震惊：一排排平房沿着道路两旁不断延伸，有些人的院子里废品堆得比房子还高，不少人开着农用三轮车拉着满满的废品进进出出，热闹得像个集市。

想不到收垃圾的竟然还能聚集起这么庞大的规模，看样子这里住了不下数百人，要是藏一个人在里面一时半会儿还真不太可能找得到。李浩一边转悠一边琢磨，他了解妻子的性格和身体，不太可能藏在这种乱糟糟的地方，她的病已经十分严重，几个月前行走都很困难，现在恐怕已经离不开人照顾了。

在这里逛了半天，李浩把所有平房都走了一遍，没发现妻子的踪迹。难道自己判断错了？不可能，张放现在已经是丧家之犬，他打电话的地方一定是他藏身或者经过的地方，而他发现王丹的踪迹以后肯定会第一时间联系自己，否则也不会急着要做交易。

妻子一定藏在附近，只是自己没找对地方。李浩暗暗告诉自己，一定是错过了什么。然后他从第一间平房再次开始，仔细地观察起来，很快他就发现还有一条小路从一间平房后面延伸出去，如果不注意的话很难发现。

“老乡，这条路是通到哪儿的?”李浩拦住一个开三轮的汉子，指着那条分岔的小路问道。

“这条啊，是去垃圾山后面的，能回收的废品在山前都被捡拾光了，扔到山后面的都是没用的垃圾，臭气熏天还没什么价值。”那汉子大声回道。

“那边有人住吗?”李浩仍不死心。

“哦，倒是仇贵住那边。”汉子说，“不过那人脑子不好使，一般没人招惹他。”

“好的，多谢了。”李浩连声道谢，嘴里念叨着“仇贵”这个名字，迈步朝那条小路走去。大概又走了十几分钟，他远远地看见几间泥砖垒就的平房，周围则用木栅围起来，院子里同样堆满了各种废品。院子外面还停着一辆破旧的电动三轮车，隐约听见院子里传出孩子的吵闹声。

应该就是这里。李浩放慢脚步，警惕地打量了一下四周，周围一个人都没有，只有更加浓郁的酸臭味弥漫在空气中。他绕到院子后面，往屋里看去，只见昏暗的房间里一个人半卧在床上，因为光线原因只能看到那人的轮廓。可即便如此，李浩的呼吸也骤然变得粗重起来。那个影子他实在太熟悉了，不是他的妻子王丹又会是谁。

这时候，房间里还有一个黑影来回走动着，但他并没有说话，只是有些急躁地在屋子里走来走去。过了一会儿，那个影子推门出了房子，李浩看见那是一个穿着破破烂烂的男人，脸色黑黢黢的，头发乱得如同鸟巢，和街头乞丐没什么两样。

李浩不自觉地攥紧了拳头，牙齿咬得咯吱作响，原来离家出走几个月的妻子竟然跟一个叫花子住在垃圾堆里。敢情自己在妻子眼里连一个要饭的傻子都比不过啊！

仇贵在院子里翻找了一会儿，从一堆杂物下面捡出两个空的水桶，骑上电动三轮车朝外面去了。李浩正想借机进屋，不知从哪儿跑出来两个女孩子，一个长得有些畸形，另一个则嘴里滔滔不绝地自言自语，她们一前一后地跑进屋里，李浩则站住脚步在屋外静静地听着。

“张放走了，他肯定会把我们住的地方告诉其他人。”那个喋喋不休的女孩儿说道，“我们最好赶紧搬家，不能让他带坏人找到我们。”

“没用的，我们哪儿也不去，找到就找到吧。”王丹的声音听起来有些急促，“我已经走不动了，等警察来了你们就跟警察走吧。”

“不行，我才不回家呢。我妈天天发疯，我害怕她和她的男朋友，他们一不高兴就骂我。”

“我也不回去，我爸再把我从楼上扔下去怎么办？我好害怕。”

“那我们让阿贵再找个地方，我们去那里躲起来吧。”杨凌提议，“到时候我们用三轮车把队长拉过去就行。”

“对，就这样办。”

几个声音叽叽喳喳地讨论了半天，李浩在外面听得心烦，原来妻子在这儿还养了一群傻子，应该是那个叫花子给他们提供了住处。

想了一会儿，李浩放弃了进屋的打算，悄悄地退了出去，原路返回自己的车里。

他点着一支烟，坐在车里安静地抽着，眼睛盯着远处的垃圾焚烧厂，脸色阴晴不定，白色的烟雾慢悠悠地飘到空中，把呛人的酸臭味冲淡了一些。

这时，一辆电动三轮车从李浩车前驶过，正是仇贵。他目不斜视地看着前方，神情焦急，三轮车在颠簸泥泞的土路上开得快要飞起来，两个水桶已经装满了水，正在车上来回滚着，发出轰隆轰隆的声响，而仇贵则压根儿没注意到停在路边的黑色英菲尼迪。

李浩本来犹豫的脸色在见到仇贵后突然变得狠戾起来，这次他看得更清楚了，仇贵年纪比王丹大了不少，看样子 40 岁以上，满面沧桑、胡子拉碴的样子给王丹当爹都够了，更别提他那一身邋里邋遢的穷酸模样了。

嘭！

李浩的手狠狠地砸在方向盘上，汽车发出一声哀鸣，引得周围人纷纷驻足打量。

此时此刻，李浩突然想起邓离在自己面前那状若疯癫的模样来，心里对他竟泛起了一丝同情。

妈的，因果报应吗？老子才不信这个邪。

李浩狠狠地骂了一声，发动汽车离开。不过他将车停在远处别人看不到的地方后，又返回了垃圾山，手里还多了一包东西。这次，他尽量绕开人多的地方专挑偏僻的小路，重新回到仇贵住的地方。

这里的房子都是私人搭盖的，自然没有通水通电，每家用电全靠柴油发电机，有些还在房顶安装了太阳能板，喝水则要拎着水桶去外面垃圾处理厂的水管接水。有些人怕水质不卫生，还专门从城里拉桶装水来喝，只有生活用水才去接。

以仇贵的条件自然不可能去买桶装纯净水喝，只能定时去垃圾处理厂接水，刚才他就是去接水了。李浩远远看见他的电动三轮车停在院子外面，两桶水已经少了一桶，只有一桶还留在车上。

李浩观察了一会儿，见院子里没人，应该都在屋子里，于是他飞快地从袋子里拿出几包粉末，上面写着“聚乙二醇电解质口服溶液”，这是一种肠镜检查前的准备用药，可以帮人排清宿便，基本上喝完没多久就会拼命往茅房跑了。李浩辞职前正好代理过这款药，所以车上备不少，现在正好派上用场。

仇贵的水桶自然没有封口，李浩拧开盖子就将药粉全倒进去，等他们喝完屋里的第一桶水，再喝这桶水的时候自然就会中招。到时候每个人都会拉到爬不起来，想跑都迈不开腿。而且这些清肠药对身体也没什么副作用，连投毒都算不上。李浩干这事儿一点儿心理负担都没有。

下完药，李浩迅速离开，他心里已经想出一个计划，把张放和仇贵一次性解决的完美方案。

“老严，前方打电话过来，李浩这小子跑去城郊的垃圾处理厂了。”吕阳跑进办公室，气喘吁吁道，“我们也过去吧，这家伙肯定憋着坏主意呢。”

严喆正和钟小飞对着电脑研究视频，闻言抬头说：“你过来看看，这是张放手机里恢复的视频。”

吕阳一听顿时来了兴致，三个人凑在一起认真研究起来。

“你看，这是他们刚进屋的时候，张放这小子还挺有经验，叮嘱邓离一定不能动手打人，更不能提赔钱的事，只要问清楚对方身份并让他们把勾搭成奸的经过说明白就行。”钟小飞操纵鼠标，将视频拖到最开始的位置，“你看，他故意把手机举高，就是为了拍到全景，而且构图和光线的把握十分到位，将来是可以传上网吸引流量的。”

“滚蛋吧，捉个奸而已，又不是拍婚纱照，至于吗！”吕阳不屑地撇撇嘴，“我看他这么专业也没什么用嘛，床上空空如也，连个苍蝇都没拍着。”

“嗯，李浩和牧莹已经发现了，所以压根儿没上当。”严喆点头说道，“应该想要将计就计，给邓离一个教训。”

“你看，他们也发现不对了，外面锁门的就是李浩。”吕阳指着屏幕叫道，“这家伙真鬼，如果报警还真能定个非法入侵住宅呢。”

“打起来了，精彩的部分在这儿呢。”钟小飞兴奋道，“邓离就是在这儿发病的，你看他跟张放打得还挺凶。从门口滚到地上，又滚回了客厅。”

张放和邓离纠缠的时候手机一直攥在手里，而且手机背后的贴环就挂在手指上，所以他来不及取下。整个画面随着张放的动作不断旋转、晃动，看得人头晕。

“别看了，晃得我头晕。”钟小飞第一个受不了了，索性闭上眼睛，等镜头再次稳定的时候才睁开，这时候邓离已经躺在客厅地板上抽搐了，而张放正在拼命拍打防盗门呼救。随后李浩从楼梯间走出来，张放让他开门否则人死在他家里他也逃不掉。李浩犹豫了一下，打开了门锁，张放想趁机跑出去，却被李浩一脚踹在身上，手机从他手里飞出跌落在地，画面结束。

“你们怎么看？”严喆揉了揉眼睛，“邓离是跟张放打斗时发病的，那张放就有不可推卸的责任，算是故意伤害？”

“我觉得不算故意伤害，他们只是拉扯，谁也没打谁，算不上故意伤害。”吕阳分析道，“不过画面太晃了，而且拍摄角度不对，看不清整个过程，也许拉扯过程中张放打了邓离也说不定。”

“不管怎么说，有这个视频我们至少可以抓人了。”严喆说，“之前对张放只能传唤，现在马上开始追逃，抓到人就能把事情搞清楚。”

“这个李浩挺厉害啊，这一脚踹得够狠的。”钟小飞嘟囔道，“你看张放被踹飞的样子，从门口直接滚进了客厅，那么重的大活人得多大力量才能踹这么远。”

“这小子肯定经常锻炼，体力很好而且知道怎么用力。”严喆点头，“让前方的兄弟们小心点，这家伙可能很危险。”

严喆交代完，看向钟小飞道：“钟胖子，你回去再好好把视频看一下，尤其是天旋地转那一段，不要有遗漏，一帧一帧地看啊！”

“我勒个去，你自己咋不看！”钟小飞跳起来喊道，“老子晕车，看不了。”

“去医务室开两片晕车药给他送过去。”严喆对吕阳说道，“记得多开点。”

“放心，药管够。”吕阳点点头，去医务室开药顺便出去安排任务。

严喆则伸个懒腰，从桌上抓起车钥匙，准备去垃圾处理厂走一趟。可他刚坐上车，手机就响了起来，他一看是个陌生号码：“喂？”

“你好，请问你是调查杨凌失踪案的警官吗？”

……

李浩刚回到市区就接到张放打来的电话，跟他约定半小时后在明珠公园门口见面交易，让他务必准备好家里视频监控的完整录像。李浩自然满口答应，告诉张放监控视频就在他身上，随时可以交易，但前提是张放到时必须亲自带路去找王丹。张放犹豫了一下答应下来。

20 分钟后，李浩来到明珠公园门口，他把车停在路边，一个人靠着车身抽烟，脑海里想着的却是仇贵他们几个什么时候会喝下他准备的水，然后他有些懊恼，觉得自己还是考虑欠周，应该把药撒在他们吃饭的锅里，如果那桶水放一个星期也不喝的话，自己岂不是白忙活了。

正懊恼着，一个跟他身高差不多的男人从路对面走了过来。

“兄弟，有人打电话给你。”男人手里拿着手机，直接递给李浩。

李浩愣了一下，然后反应过来，上下打量了对方一下笑道：“张放变聪明了。”

“喂，你心眼儿不少啊。”李浩接过电话道，“不怕我转身就走吗？”

“除非你不要老婆了，她的身体情况很不好。”张放的声音透着虚弱，“你如果想知道你老婆在哪里，就按照约定把视频监控交给你面前的男人，我立刻把地址告诉你。”

“哼，你当我傻吗？”李浩冷哼一声，“你连面都不敢露，我凭什么相信你呢？视频交给他我还怎么跟你谈条件？”

“既然这样，那我们也没有交易的必要了。”张放深吸口气，“愿不愿意冒险就看你老婆在你心里有多少分量了。”

李浩把烟头扔在地上，一脚踏上去用力碾了碾道：“我不可能就这样把视频给你，谁知道你设计了多少诡计在后面等我。既然我们没法互相信任，我看交易取消也罢。”

“哼，我就说，你这种人怎么可能愿意为了老婆冒险呢？你无非是装成好男人的模样给外人看而已。”张放有气无力地说，“而且我怀疑你根本就没有所谓的视频，一切都是骗我替你们抛尸背锅。”

“我看你是不想活了。”李浩的脸色阴沉得可怕，“信不信我马上告诉警察，你后半辈子只能在牢里过了。”

“我是没希望了，不过你也好不到哪儿去，哈哈。”张放嘿嘿笑道，“你老婆就要死了，你那个情人也不是个省油的灯，你敢跟一个把老公算计死的女人一起生活吗？何况她还跟邓离生了孩子，你永远都是个失败者，连一个傻子都比你强。”

“混蛋，你再说一遍！”李浩立刻想到仇贵那个乞丐和王丹在一起的场面，顿时火冒三丈，“我会让你后悔一辈子，视频就在我手机上，不信我现在就给你的人看。”

说罢，他掏出自己手机，打开视频，确认对面男人没有翻拍后播给他看。视频的角度和张放手机里的视频角度完全不同，它是从房顶俯瞰的，整个客厅尽收眼底。从邓离和张放进入房间开始，一直到两人撕扯起来滚倒在地，然后邓离开始发病，随后张放跑出镜头到门口呼救，紧跟着被踹飞到客厅角落，李浩走近邓离却被他突然掐住脖子，之后李浩一拳打在邓离胸口，邓离倒地，慢慢不再动弹。后面牧莹阻拦李浩报警，张放扑过去想要抢救，连续按压心脏，但最后仍回天乏术。

整个过程清清楚楚，完整呈现了邓离从发病到死亡的经过。

“怎么样，你跟你老板说一下吧。”李浩把手机递回给那个男人。

“没错，视频是完整的。”男人倒是很干脆。

“怎么样，现在你相信视频是真的了吧？”李浩冷笑道，“相信我，只要这段视频毁掉的话，你就只能在监狱里养老了。”

“你想怎样才能把视频给我？”张放激动起来，“我告诉你王丹在哪里，你把视频交给我的人。”

“你忘了我刚才的要求了？”李浩恢复了平静，“我要你带我过去，必须你本人带路。对了，最后提醒你一句，视频文件我只留了一份，就在我手机里，我随时可以剪掉后半截然后彻底删除。”

“好。”张放咬牙道，“你开车往西走一公里，城中村路口有一家快餐店，我在那里等你。”

李浩点头，把手机交还给那个男人，然后钻进汽车朝张放说的地点驶去。

待李浩走远，那个男人才举起电话说道：“张放，人过去你那儿了，你先拖住他，我一会儿就到。”

放下电话，那人走回马路对面，在一辆破哈弗前停了下来，车上副驾驶位坐着一个小平头，正是吕阳。他正对着一台笔记本电脑飞快地敲着键盘，头也不抬道：“图像很清晰，一点儿没漏都录下来了。”

严喆取下藏在外套领口的针孔摄像机，钻进汽车，老哈弗一个漂亮的甩尾，退到马路中间：“这个张放还算有点心眼儿，拖延一下对方应该问题不大，通知队里，准备收网。”

八

市郊宽阔的马路上，严喆开着车一路向前，隔着老远他就看见路口茶餐厅的招牌。

“奇怪，李浩的车呢？”吕阳瞪大眼睛，路口一辆车都没有，快餐店里也空荡荡的。他走进快餐店抓住一个服务员打听刚才有没有看见一个右手受伤的人。服务员说一分钟前还在，不过他上了一辆黑色轿车走了。

“坏了，张放跟李浩走了！”吕阳赶紧跑到车前冲严喆招手，“他们刚走，赶紧追！”

严喆正在给指挥中心打电话，让他们追查李浩的那辆黑色英菲尼迪：“什么？这片的监控还没修好？妈的，那帮人干什么吃的，台风都刮到西伯利亚了，这边的监控还没好？”

指挥中心表示他们也很无奈，全城已经抢修了两天，大多数交通监控都恢复了，只有明珠公园这片还剩一点儿，因为是郊区车流量不大，所以抢修安排得比较靠后。严喆听得直跺脚，再打电话给张放，没想到竟然已经关机了。

怎么办？

吕阳摊摊手道：“他打电话给你的时候没说王丹在哪儿？”

“我问了，他说交易完就告诉我。”严喆一边开车一边说，“他说先让我看过证据，等我相信他的话了再告诉我。”

“其他组不是盯着李浩吗？问问他们。”吕阳话音刚落，严喆的手机就响了，同事反馈说李浩开车上了出城的国道，方向应该是城郊垃圾处理厂。

“垃圾处理厂那么大，怎么确定具体位置？”严喆问。

“这个没办法，那边荒郊野岭的手机信号都没覆盖全，下了国道就是野地，一旦跟丢了再想找就难了。”同事回答。

“我问问钟胖子，他们经常出现场，那一带他应该去过。”吕阳拿起电话打给钟小飞，“喂，胖子，你知道城郊的垃圾处理厂吗？

去过？太好了，赶紧跟着队里一起过去，我们正往那边赶，咱们在那儿会合。”

“上次李浩去垃圾处理厂的时候走的什么路线？把地方都标出来发到我手机上。”严喆安排妥当，一脚油门将车速提到最高，老哈弗顿时有些支撑不住，车身到处都在响，窗户缝里呼呼往里兜风，吹得吕阳连眼睛都睁不开。

即便这样，老哈弗的速度也没到“80”，两人看着笔直宽阔又安静的大马路急得哈喇子都流下来了，可就是提不起速。严喆心里那个窝囊，发誓等案子结束一定找单位申请换一台好车，否则这速度连摩托车都追不上，到时候丢脸的可是整个公安队伍。

就这样吭哧吭哧地赶了40多分钟，总算到了国道分叉的路口，同事发来的线路显示上次李浩就是从这里拐的小路，然后进了一片收废品的平房区。严喆开车跟着拐上岔路，没多久就看见远处高耸的垃圾山以及前面一排排堆满废品的平房。

刚到近前，他们就看见李浩的车停在路边，人却不见了踪影。

“挨家找！”

严喆和吕阳分头行动，挨家挨户地询问，力求在最短时间内把人找到，但这片平房实在太多，一家家走完少说也得半个小时。而他们问了半天，也没有一个人见过李浩和张放，难道他们钻进地里了？两个大活人怎么会不见呢？

就在这时，远处垃圾山附近突然冒起了黑烟。

已经筋疲力尽的张放几乎是被李浩拖着站在仇贵家的院子外面，他耷拉着脑袋，连呼救的力气都没有了，只能眯着眼尽量不让自己睡过去。

仇贵家的院子还是那么乱，令人作呕的臭味呛得人几乎喘不上气，屋子里静悄悄的，往日里天天追逐打闹的杨凌她们竟然没了声息。李浩见状心里暗喜，看来自己运气不错，他们都喝了自己动过手脚的水，也许这会儿正在床上瘫着呢。

想到这，他拎着张放进了院子，一把推开房门，却见屋子里一个人都没有，只是屋子正中间摆了一张方桌，上面放着一口大锅，里面是吃剩的炖菜。桌子上摆着几副碗筷，里面还有没吃完的米饭和肥肉，看得出来刚才他们正在吃饭，不知道什么原因吃到一半就离开了。

“你通知他们了?”李浩怒不可遏，揪住张放的衣领吼道，“说，他们去哪儿了?”

张放抬了抬眼皮，虚弱地说：“他们连手机都没有，我怎么通知?”

李浩想了一下觉得张放说的没错，可人怎么都不见了呢?

他拖着张放出了屋，看见旁边还有个小屋，便推门进去，正好看见王丹坐在屋子中间那个绿色的沙发上，永华、马楠面露痛苦地靠在她身前两侧，身体下面流了一地粪水，屋子里臭气熏天，三个人都虚弱得说不出话了。

“王丹。”李浩站在妻子面前，神情复杂地看着她，却不知道接下来该说什么。

坐在沙发上的王丹比之前又瘦了一些，连眼睛的光彩都黯淡了不少，她有些吃力地抬头看了看李浩，轻声说：“你还是找来了。”

“为什么?”李浩松开手，张放跌坐在地上，略显歉意地看了眼王丹，又有些诧异地看了看靠在沙发边的永华和马楠，她们两个怎么回事?杨凌和阿贵去哪儿了?

“没有为什么，我不想和你生活了。这就是理由。”王丹平静地说，“我跟你说过无数次，我不想和你一起生活了。”

“不可能，一定是有原因的。”李浩大声道，“我哪一点对你不好，我挣了钱，也给你好的生活，你为什么还要离开我?”

王丹嘴角微微扬了扬：“这个世界哪有那么多为什么，不想而已。你不理解我，我无法理解你，这还不够吗?”

“不够！当然不够，这算什么理由！”李浩情绪激动起来，“你小时候被父母遗弃，是谁给了你爱，是我！你为什么就不知足呢?你这是发神经，你知道不知道!”

“可是我没有尊严啊！你觉得我是贪心不足，但你给我的爱里没有尊重！”王丹叹息，“我没法选择怎么出生、怎么长大，总得让我按自己的意愿去死吧？难道我连怎么死都不能决定？就像现在，我已经成了残疾，可在你面前还是没有任何尊严可言，我只想找到做人的感觉，你懂吗？”

“我给你的尊严还不够吗？你知不知道我这几个月是怎么过的？我一直想啊想啊，想你为什么要走，可我想不明白，我工作不要了，事业不要了，每天从早到晚都在想，你为什么要离开我。”李浩越说越激动，“我一天想不明白，你就一天不能离开我，更不能死。”

这时，外面院子传来动静，但声音又有些奇怪。李浩转身看过去，发现仇贵弓着腰拽着一个人一步一顿地走了进来。他的眼睛立刻变得一片血红，就是这个捡垃圾的流浪汉、叫花子带走了王丹，他恨不得把这个人剁成肉泥喂狗。

仇贵却像没看见李浩一样，拽着奄奄一息的杨凌进了屋。

扑通……

杨凌摔倒在地，痛苦得蜷缩成一团，只剩下大口喘息的声音。

仇贵则一屁股坐在木板搭的床铺上，整个人歪倒在一旁，房间里的臭味更重了，除了呼哧呼哧的喘息声，谁都没有说话。

“杨凌，你怎么了？”张放强撑着爬到杨凌身边，用手推了推她，可杨凌睁大了眼睛，里面满是惊恐和痛苦，还有不断流淌的眼泪，她张了张嘴却发不出一点儿声音。

“李浩，你到底做了什么？”张放把杨凌抱在自己怀里，坐直身体仰头瞪着李浩。

“我什么都没做。”李浩神色显得格外阴狠，“这个贱女人背叛我，我让你们全不得好死！”

这时，斜靠在床上的仇贵张口了，却是对着王丹说的：“我把她带回来，咱们一起死。”

张放顿时吓得面无血色，怀里的杨凌身体抖得更厉害了，眼泪唰唰地流个不停。

只听仇贵继续说：“中午吃的饭里加了老鼠药，我特意放了很多辣椒，你们都吃了很多，我吃得更多，反正这个世界也没什么可留恋的，与其这样痛苦地活，还不如干脆地死。”

“你混蛋，你怎么下得了手!”张放又惊又怒，从身上掏出手机想要报警，却被李浩一把抢去。

“哈哈，正好，这药下得比我还猛。”李浩很是激动，自己本想整死仇贵再嫁祸张放的，现在更好，他们自己下毒自杀，到时候把责任一股脑儿全推到张放身上，那就更完美了。想到这里，他转身出了房间，到隔壁把盛菜的锅端了过来，走到张放身边缓缓蹲下。

“张放，没想到这里连饭都给你做好了，来，吃两口吧!”

说着挖了一勺菜硬塞进张放嘴里，后者拼命挣扎，但他发着高烧又饿了这么久，根本没力气反抗，只能眼睁睁看着李浩把菜塞进自己口中，然后又用菜汤硬灌进嘴里，呛得他不得不咽进肚里。

“好了!”李浩灌完饭菜，面目狰狞地拍拍手，满意地看了一圈躺在地上的人，最后又来到王丹身前，俯下身在她额头上亲吻了一下。

“老婆，这下你满意了？我是无法理解你，你这种从小没人关心、没人疼爱的人，也许一辈子都不懂得什么是爱。不过，在死的时候能有这么多人陪着你，想一想也不错了，你说对吧？

“我一没动手打过你，二没有逼着你做你不愿做的事，而且我为了你还拒绝了那么多优秀的女孩儿，你不觉得你欠我很多吗？为什么你这么不知足呢？就算生了病，你还是对什么都不满意，好像我做什么都是错的，只有你才是对的。我实话跟你说，这样的日子我也受够了，但是我宁可这样忍着，也不离开你，你说，像我这样的好丈夫这个社会哪里还有？

“可你不懂得珍惜啊！非要什么所谓的尊严，那我偏不如你的意。你想安静地去死，我就只能让你热闹地活；你想把爱分给其他人，我就偏偏让他们因你而死。怎么样，老婆，我够爱你吧？

“你以为离家出走就能摆脱我？笑话，你永远都是我的一条狗，拴在你脖子上的那根绳子不管长短，始终都握在我的手里。”

王丹不可思议地瞪大眼睛，像看魔鬼一样瞪着李浩，眼泪也像断线的珠子似的流下来。

“好了，就这样吧，等你们都死了，我会告诉警察，下毒的是张放，他还想把我骗进来害死我，可惜我命大没有中计。至于警察信不信，你放心，我会让警察相信的。”说完，李浩掏出手机，当着张放的面把里面的监控视频彻底删除，“警察只会认为你杀了邓离，抛尸后为了灭口而毒死了所有人，然后却被我发现了真相，于是你畏罪自杀。”

“不可能，警察不会相信你的。”张放捂着脖子咳嗽道，“这个借口傻子都不会相信。”

“是吗？可证据就是这样告诉警察的啊。”李浩哈哈大笑起来，脸上因为激动而变得扭曲，“视频足以证明邓离是因你而死的，而杨凌又是被你骗到这里的，仇贵这种又穷又丑的老光棍把主意打到这群傻子女孩儿身上也顺理成章，不是吗？最后你们的丑行被我揭穿，所以才要杀人灭口，这个解释实在太完美了。还有你逃亡的时候为什么躲在这里？不正说明你们是一伙的吗？”

“哈哈，我不跟你废话了，警察也该来了。”李浩在屋里又转了一圈，确认自己没留下破绽，最后再次看向妻子王丹，“最后一步，就是送你上路，老婆，你放心，路上不会寂寞的，他们很快就来陪你。”

李浩走上前去，想将锅里剩下的菜全部灌进王丹嘴里。就在这时，原本靠在床上的仇贵却猛地扑了上来，李浩毫无防备竟被他一下扑倒在地，但他反应很快，刚一着地就滚到一旁，顺手从一摞废品中抽出一根铁钎朝仇贵扎去。

仇贵中毒在身根本没力气躲避，眼看铁钎就要扎进胸口，紧挨着他的王丹却不知哪里来的力气，竟用尽全身力气挡在了仇贵身前。

噗！

李浩握着铁钎的手僵在空中，不可思议地瞪大眼睛，只见王丹一点点从仇贵胸前滑倒在地，左肋下面插着那根铁钎。

“王丹，你他妈的想害死我啊！”李浩气急败坏地吼道，“你要死就死，为什么要害我！”

王丹用尽最后一点儿力气，看着自己的丈夫，那个阴狠如魔鬼一样的男人，凄然一笑："你说的，没人比你更爱我。所以，你……得陪我！"

李浩第一反应是把张放拽过来，将铁钎塞进他的手里，然后他自言自语地在屋子里来回转圈，嘴里嘟嘟囔囔地演练着怎样向警察解释。之前他本想毒死王丹，再用保护妻子、正当防卫的理由对仇贵下手，可现在被扎死的却是王丹，他想好的借口全都没用了，怎么解释都有破绽，这让他简直快要抓狂。

"妈的，一不做二不休，反正你们都活不了，我就不信把你们烧成焦炭，警察还查得出来！"

李浩面目狰狞地看着小屋里的所有人大吼："一群垃圾，全都去死吧！"

说完，他转身出了屋子，把门关上，又用铁锁反锁起来，然后从厨房找来一根木棍洒上食用油直接点燃，丢进屋里。仇贵的屋子本身就是用木板砖头垒砌起来的，里面堆满了各种废品杂物，遇火就着，连油都不用泼就能烧个精光。

李浩跑出院子，回头再看整个屋子已经冒起了黑烟，里面的人想要逃根本不可能。他终于长出了一口气，所有的问题都解决了，明天睡醒还是崭新的一天！

滚滚黑烟终于引起远处人们的注意，严喆他们最先发现异常，第一时间冲到现场。他首先看到的是一个浑身焦黑的男人，正冲严喆他们不断挥手大喊："警察同志，快救救我老婆，她被关在屋子里了！"

"把人控制住，其他人跟我救火。"严喆大喝一声，头也不回地冲进院子，这时着火的小屋已经被浓烟彻底笼罩，严喆发现地上还有半桶没喝完的水，他立刻从旁边扯下一块盖废品的帆布，披在身上，身后的吕阳举起水桶一股脑儿淋下去，然后自己同样披了一块帆布，两人一前一后奋不顾身地冲进浓烟。

严喆刚冲到门前却发现房门竟然被上了锁，浓烟熏得他睁不开眼，只能一把抓住滚烫的门鼻向外拉，却发现门锁竟然在门的外面。

妈的，屋里的人是被反锁在里面的！

严喆顾不上多想，拼命地向外拉门，吕阳也赶过来帮忙，幸亏这只是间杂物房，仇贵装门的时候只是为了遮掩，两人拉了几下，门就倒在地上。严喆冲进屋里，眼睛被熏得生疼，根本什么也看不见。

“老驴，趴下，用手摸！”严喆在火里大吼道。

“我找到一个！”吕阳碰到一个人，立刻拼尽全力往外拖。

严喆这边也摸到一条腿，他也玩了命地往外拽。

后面的同事们也陆续赶来，所有人都不要命地冲进屋里救人。短短三分钟不到，屋里被困的六个人已经全被拖到了安全地带。

“严队，里面有人受伤，胸口被刺穿。”

“老严，快点来，他们好像都不太对劲儿。”

“快叫救护车！”

……

李浩站在旁边，眼睁睁地看着严喆和同伴们冲进滚滚黑烟的屋里把人拖出来，神情又惊又怕，嘴里喃喃道：“不可能，他们怎么敢冲进去？他们不怕死吗？这怎么可能！”

6 月 18 日，原本是牧莹的公司签约融资的好日子，可当天一大早，一辆警车停在公司楼下，牧莹在众目睽睽之下被警察带走。和她一起被拘押的还有李浩，他是在火灾当天被警方带走的。因为严喆翻拍的视频显示，李浩击打在邓离胸口的两拳很可能是加剧对方死亡的诱因，同时牧莹在邓离心脏病发作时阻止别人救治，而且有证据证明导致邓离心梗复发的药物奥美拉唑正是牧莹按照李浩的建议去购买并让丈夫服用，所以他们均因涉嫌故意杀人而被逮捕。

6 月底的一天晚上，城中村的“大红门烤肉”摊前，几个男人正围坐在小方桌前撸串。

一辆出租车停在不远的路边，严喆打开车门，抱了一箱啤酒晃晃悠悠地走到地摊前放下。

吕阳举着一串羊肉，斜眼看着严喆没有起身的意思："怎么，又拿铁观音忽悠兄弟啊？"

"扯淡，这是正宗的新疆夺命大乌苏，快递刚寄到我这儿就给搬来了，爱喝不喝！"严喆翻个白眼，自己先拿出一瓶打开盖子咕咚咕咚灌进嘴里，然后打了个饱嗝，心满意足地靠在椅子上，"今天不开车，咱们不醉不归！"

"老严，你说下毒的到底是王丹还是仇贵？"吕阳赶紧给大家分啤酒，一边喝一边说，"王丹没有行动能力，很可能是她出的主意，仇贵执行。可她为什么连三个孩子也不放过呢？"

"也许是仇贵自作主张也不一定，他明知道饭里有毒还吃了那么多，可见他是一心求死，而且下了那么多药，为了遮掩味道还放了辣椒，明显就是不想活了。"一旁的钟小飞说，"要是他完全听王丹的话，不应该只是自己吃那么多，还会让孩子们也吃够量的。可他却没有逼孩子们吃，这说明他只想自己去死。"

"可惜仇贵没抢救过来。"严喆叹了口气，"他的身份查到没？"

"无父无母，连户口都没有，彻底的黑户加孤儿，没人知道他小时候遇到过什么，总之也是个可怜人。"吕阳说道，"王丹也差不多，小时候被寄养在别人家，天天挨揍，所以长大以后总忘不了童年的阴影。"

"有句话怎么说的：幸福的童年治愈一生，不幸的童年一生治愈！"

"还好其他人没事，那三个孩子大难不死，以后的生活也会好起来的。"严喆感慨道，"不过咱们还得感谢李浩弄的那桶泻药，如果不是孩子们吃了辣椒又咸又渴，全都跑去喝水，结果一个个腹泻不止，恐怕真是凶多吉少了。"

"是啊，真是人算不如天算。"钟小飞感叹不已，"你看他们俩在看守所里互相揭发的样子没？李浩说牧莹控制欲太强，为了不让他出国设计陷害他背了处分；牧莹说李浩自私自利，为了觊觎她的公司引诱她害死邓离。电视剧都不敢这么拍。"

“真是狗咬狗一嘴毛啊!”吕阳仰头干了一杯,“最可怜的还是牧莹的小孩儿,我说老实话,这个孩子算是毁了,长大以后可千万别走歪路啊。”

“亲子鉴定出来了,孩子是邓离亲生的。天下本无事,庸人自扰之!”严喆也端起酒杯一饮而尽,“张放差不多该放出来了吧?”

说着,他抬起头看了一眼对面的农民房,四楼张放的房间没有亮灯,显得有些孤单。

“应该出来了。”吕阳道,“我得跟他聊一下,这家伙脑袋到底怎么想的,说好了拖住李浩,怎么直接就上车跑了,妈的,十拿九稳的事差点被他搞砸了。”

“我问了,他说自己突然想起来那天是星期六,他本来约了去见女朋友的,结果女朋友跟别的男生相亲去了。所以他就想跟着李浩去看看王丹,他想知道他们之间到底发生了什么,为什么结婚的人还会出轨、背叛。”严喆吐了个烟圈,“问世间情为何物,直教人相爱相杀!”

钟小飞举起酒杯道:“冥冥中自有安排,要不是他跟着去了,怕是那三个孩子也救不回来。来吧,平安是福,干杯!”

“干杯!”

所有人正喝得兴高采烈的时候,吕阳的手机突然振了一下,他拿起来划开屏幕,瞄了一眼,突然坐直身体,对严喆招手道:“我靠!老严,今天真是个好日子啊!猜猜谁发的信息?”

“有屁快放!”

“任千安的短信,九哥的线索查到了!”

第三章
这里曾有人来过(上)

咔咔!

严喆拉动套筒，子弹上膛，然后单手持枪，平举身前，没有犹豫，连续扣动扳机。

砰砰、砰砰……

枪声响起，震得钟小飞耳朵嗡嗡直响。

“1号靶，98环。”头顶上方的显示屏显示出结果，“2号靶，62环。”

“没天理啊!”钟小飞放下枪，不可置信地看着自己62环的成绩，连连叹气。

严喆板着脸道：“术业有专攻，你是化验子弹的，我是发射子弹的，专业不一样。”

“都给你吧，我不打了。”钟小飞沮丧地把剩下的三个弹匣递给严喆，“我天生不喜欢打打杀杀，一拿起枪眼睛看见的不是靶子而是死者身上的各种枪伤，真倒胃口。”

严喆接过弹匣，继续砰砰砰地练起来，不到一分钟就把剩下的子弹都打完了。

“帮我问问还有没有不想打的，弹匣都给我。”严喆麻利地验完枪，拿起旁边的工具开始擦。

“我去问问。”钟小飞担忧地看了严喆一眼，摇着脑袋去找其他人借弹匣了。

不一会儿，他捧着十几个弹匣走回来，放在严喆身前：“一共13个，打完别乱扔啊。”

“13个？”严喆皱皱眉，“这个数不太吉利，你去再给我找3个，凑成16个。”

“我……”钟小飞无语，小声嘟囔道，“你这货什么时候也搞起封建迷信了，我给你凑个888算了。”

“你说啥？”严喆放下油乎乎的擦枪布，开始装弹匣，不等钟小飞回答就又砰砰砰地打了起来。

钟小飞知道这家伙心情不好，懒得跟他一般见识，惹不起你还躲不起吗，干脆去射击馆外面抽根烟缓解缓解。

严喆机械地装弹匣、上膛、开枪，连续不停的枪声让其他训练的人纷纷停下，朝严喆这边张望。

“行了，别打了，再打前面的靶子就被你打死了。”吕阳从隔壁场地走过来，把没打完的弹匣一股脑儿拿走，“我问你个事。”

“说。”严喆面无表情，退掉已经打空的弹匣，又开始擦枪。

“我表舅明明已经把线索发回局里了，怎么这么久也没有领导找咱们呢？”

“我怎么知道？我找了几次领导，碰了一鼻子灰。”严喆放下手里的枪，深吸一口气道，“妈的，早知道不往上报就好了，现在那边的消息根本不让咱知道，防贼一样。”

“是啊，我还指望年内能把这案子结了，我表舅也能减减刑。”吕阳皱眉道，“要不你问问关猛？他现在被抽调到指挥中心，知道的肯定比咱多。”

“别提了，这小子现在忙得找不到人，打了几次电话都没接，我就差打 110 找他了。”严喆把枪收拾妥当，开始数弹匣，“再不给个说法我就去市局闹，这案子可是老子千辛万苦挖来的，被人截了和可就傻了。”

“对，你赶紧去问问。”吕阳拼命点头，“我也没想到任千安是我远房表舅，我妈时不时念叨，小时候村里穷全靠任千安往家里寄钱才读了大学。虽然他现在判三缓二，但早点儿破案给他争取个戴罪立功，也好有个交代。”

“你们说啥呢？谁是你表舅？”钟小飞拿着可乐凑过来，“这才打了几枪就崩出来个表舅，回头让你用机关枪不得整一支队干爹出来啊。”

“滚一边儿去，狗嘴里吐不出象牙。”吕阳气急，“我说任千安是我表舅，咋了？”

正说着呢，分局政委朝这边走过来，指了指严喆：“你们三个，赶紧去市局，局长找你们开会。”

严喆和吕阳对视一眼，兴奋的火花噼啪乱溅。

珠江市公安局指挥中心会议室，局长庄旭穿着白色的警监制服，身形笔挺地坐在会议桌正中间，正聚精会神地看手里的文件。

严喆、关猛、吕阳和钟小飞四个人穿着浅蓝色长袖制式衬衣，打着领带，神情严肃地坐在庄旭对面，目不斜视地看着前方。

许久之后，庄旭将手中的笔放下，抬头看着这四个人，沉声道：“叫你们过来，都知道什么事吧？”

严喆眼睛里闪过一丝兴奋，大声道：“报告局长，任千安从外省传来消息，找到九哥的线索了。您应该是安排我们四个人成立专案组，把这个枪案给办了。”

其他三人纷纷点头，一副跃跃欲试的样子。

“胡扯！”

哪知庄旭脸色一凛，指着严喆道：“你以为别人都是吃干饭的，就你们几个能耐？还专案组，不知所谓！”

“呃……”严喆一口气儿噎在嗓子里，憋得老脸通红，心说你堂堂的局长大人才是不知所谓，大老远地把我们几个叫回来，不是为了办案难道只是想我们了？

但这种怨念只能在心里说，表面上还是一副严肃认真的模样。

“唉，你们几个，真不叫人省心。”庄旭叹了口气，“我这次找你们谈话是因为我省对口支援贵省，我们珠江市公安局和贵省的广成市公安局也结成对口支援的兄弟单位，应对方需求，我准备安排你们几个去广成市公安局支援工作。这也是一个很好的锻炼提高的机会，你们几个要安下心来认真协助广成公安开展工作，把你们在工作中积累的好经验、好做法，毫无保留地分享给兄弟单位。明白没有？”

“……”严喆几个你看看我、我看看你，谁都不说话。

啪！

庄旭气得一拍桌子，怒道：“明白没有？”

“明白！”四个人大吼。

“王八蛋，这是哪个混蛋要害老子？我根本没报名，怎么会把我给推荐出去？”

出了会议室，吕阳气得直踢墙，发出啪啪的响声，引得指挥中心的人纷纷侧目。

“别瞎猜了，肯定是局长点的名。”钟小飞拧着眉道，“去年我们科有人去支援了一年，回来瘦得我都不认识了，那里可是穷山恶水出刁民的地方，赶紧想办法吧，不然有命去没命回啊！”

关猛正抽调指挥中心工作，径直回了自己办公室：“我刚接到省厅的电话，有个警务信息项目要抽调我去半年，估计局长还不知道，我应该是不能陪你们了。”

“你现找的吧？哪有那么巧的事儿？”严喆瞥了关猛一眼，“我看见你刚才发信息了，是不是找人了？”

关猛耸耸肩，没搭理他。

“赶紧帮我也找个项目呗，不然就你一个当逃兵显得太突兀。”吕阳把手搭在关猛肩上，亲热道，“他们俩没心没肺的，到哪儿都能活，咱们可是技术人才，放到山里也发挥不了特长不是?”

“又不是一个警种，我找的人你用不上。”关猛抖了抖肩膀，把吕阳的手甩到一旁，“别弄脏我衣服。”

“哎，我说你这人真不讲义气。”吕阳愤愤不平，“我咋这么想抽你呢。”

“谁认识你啊!”关猛冲严喆点点头，直接坐回座位开始工作，态度比以前更高冷了。

“他怎么这样，写材料写傻了吧!”吕阳气急。

“废话，大家都是冲着案子来的，没想到是这么个事儿，心情能好才怪。”严喆强压着怒火，“回去收拾东西吧，刚才老庄的话没听见吗？吃过午饭就出发。”

“唉，连跟老婆告别的时间都不给。”钟小飞也叹口气。

“你啥时候结的婚?”吕阳诧异道。

“是啊，你看，连结婚的时间都不给。”钟小飞再次叹息。

广成市在贵省西南，云贵高原山区，位置偏僻、经济落后，贫困人口集中，是远近闻名的贫困地区。珠江市公安局每年都要派员到这里支援工作，把先进技术和工作经验带到这里，应该说效果非常显著。只是派来的民警得克服水土不服、条件艰苦以及和家人长期分离等困难，所以支援工作还是很考验人的。

严喆对支援落后地区倒不排斥，只是任千安传回来的线索不允许他追查，这让他又失望又气愤，这个“九哥”肯定是条大鱼，只能看不能尝的滋味实在太不好受，可惜庄旭偏偏不给他机会。

办公室里常备出差行李，拎起来就能走，广成地处山区，海拔也不低，山里面常年积雪，所以他又把棉袄装进行李箱，这样就齐活了。这时，钟小飞也扛着行李到了他办公室，探头问：“那个任千安传回来啥消息？局长为啥不让咱们跟呢?”

严喆摇头：“不知道，他给的线索走的是特殊渠道，只有老庄有权看。他不给，咱们谁都看不到。”

“这就奇怪了，任千安那种性格的人，轻易不会跟旁人合作，这事是你撮合的，不让你出面说不通啊！难道因为吕阳跟他是亲戚？不能啊，任千安已经判了，正急着立功减刑呢。”钟小飞自言自语，“我觉得这事儿有古怪，支援工作而已，犯不上庄旭亲自跟我们交代。”

“算了，别琢磨了，赶紧吃饭去，到了山里想吃好的可没那么容易。”严喆摆摆手，不去想这些烦心事儿，等会儿他们得开车去贵省，中间隔着 1000 多公里呢。

三个人没去饭堂，找了单位旁边一家挺有名的粤菜餐厅，好好吃了一顿，颇有点“此去经年无回路”的感觉。不少同事都闻讯赶来，老董、梁峰、小白尤其依依不舍，大家伙眼含热泪吃了各种生猛海鲜、飞禽走兽，把严喆他们感动得心脏病都快犯了，心里暗骂：这到底是给谁送行？都吃得走不动道儿了还舍不得放筷子。

大家吃饱喝足，三人带上行李去车队领车。单位派给他们的是一辆随时都可能报废的五菱宏光，车顶的警灯都不亮，车门一关还带反弹的那种。车队队长十分郑重地把钥匙交到严喆手上，嘱咐道：“小严啊，别看这车不够洋气，但性能那是杠杠的，尤其在山区野外最能发挥它的特长——耐造！”

严喆点点头，坐进驾驶位发动汽车，一连拧了三四下还没打着火，他看看车队队长：“这算正常吗？”

“正常，它跟你第一次见面，还不太习惯你的风格，你温柔点就好了。”

严喆强忍住一脚踹他脸上的冲动，又拧了两下，终于打着了火。他懒得跟车队队长道别，一脚油门，小五菱嗖一声蹿了出去。

经过十多个小时的艰苦跋涉，严喆他们终于在第二天上午 9 点准时赶到广成市。

在市公安局门口，他们三人出示介绍信和证件，一个姓方的科长热情地把他们迎接进去，介绍道：“早知道你们要来，没想到这么快就到了，你们也不提前说一声，我们好安排人去机场或者高铁站接你们。”

严喆尴尬道：“不用了，我们开车来的，在这里长驻，有辆车方便点。”

“那倒也是，正好我们欧局长在家，我先带你们去他办公室坐坐吧。”

三人跟着方科长走进大楼，这座楼已经有不少年头了，许多墙皮都脱落下来，墙上东补一块西补一块的，跟长了牛皮癣似的。

来到局长办公室门口，欧局长大步流星地走出办公室，紧紧握住严喆的手说：“感谢珠江市公安系统的同志们又来支援我们工作。你们前期来的15名干部已经住进我们市中心小学的宿舍，暂时没有多余的宿舍了。所以这两个月你们先将就一下，住在我们市局招待所，等下面的事确定了，再给你们安排新驻地。”

严喆连忙致谢，借机询问欧局长工作怎么安排。欧局长请大家坐下，然后简要介绍说，因为事情比较突然，之前有需要的岗位已经有同志进驻了，所以根据严喆三人的工作经历，市局决定让他们暂时在刑警支队三大队工作，主要处理大案要案，希望他们把先进地区的办案经验带给广成。

吕阳和钟小飞一听顿时心花怒放起来，大要案啊，这可是每个刑警都喜欢干的工作，在珠江市的时候他们也只是个分局刑警队的小民警，没想到一来广成竟然就到了市局刑警支队的大要案部门，说不激动那是假的。

然而，当方科长领着他们三个到了刑警支队，他们才知道什么叫希望越大失望越大。

敢情这个三大队压根儿就是个空壳子，一间办公室破破烂烂，里面坐了个黄毛丫头正在填报表。

“这怎么回事？”钟小飞脸色难看地问。

“各位领导好！”那个黄毛丫头见来了这么多人慢吞吞地站起来无精打采道，“三大队就是支队的内勤部门，主要负责整理材料、写讲话稿、跑跑报账手续什么的。我是支队的辅警连睿，大家叫我阿睿就行。”

“不是大要案吗？怎么改内勤了？”吕阳拍拍额头，强迫自己冷静下来。

“是这样的，我们广成市人口分散，经济落后，好多年没发生大要案了。”阿睿一副兴致寥寥的模样，“最多发生个打架斗殴，也捅不死几个人，一大队和二大队都抢着干完了，所以轮不到咱们三大队。”

“阿睿是吧。”严喆感觉这姑娘情绪不对，忍不住问道，“请问一般捅死几个才算大要案？”

“都捅死才好呢。”没想到阿睿语气生猛，“这帮臭男人，没一个好东西，全死光了才好。对了，顺便说一句，三大队目前就我一个人，各位领导来了工作就交给你们了！”

这丫头吃枪药了吧，谁得罪她了还是怎么着。严喆不惯她毛病，不再说话。

钟小飞却笑容满面地凑过来，胸脯拍得啪啪响：“行，没问题。我们是珠江市公安局的，我叫钟小飞，这位是吕阳，他是严喆。我们名义上是来支援工作的，实际上是被领导逼来的，以后多交流。”

几个人算是认识了，然后一起动手整理办公室，清出来三张办公桌，严喆他们一人一张桌子，然后就无所事事地坐到下班。

这期间，钟小飞没话找话问阿睿，为啥支队里这么清静，连个说话的都看不着？

阿睿说，这里气温低，稻子 8 月收割，现在正是乡下收稻子的时候，犯罪分子都回家收庄稼去了，顾不上违法犯罪，所以这段时间公安局最清闲，尤其是刑警支队，基本上三五天没有一起刑事案件。

“还能这样啊？”吕阳感叹一声，“要是一年收个几回稻子，那岂不是天下太平了？”

“是啊，仓廪实而知礼节嘛！”钟小飞赞同道，“阿睿，你带我去食堂转转吧，让我们也‘实’一下子。”

说到吃，几个人有了精神，浩浩荡荡杀向食堂，钟小飞走得最快，他想看看贵省的饭菜是不是比珠江市差好多。一进饭堂，他就看傻眼了，偌大的食堂里摆着几十张实木圆桌，每张圆桌上摆着脸盆大小的菜碗，来吃饭的先去打米饭，然后一起围着圆桌吃。

严喆看着餐桌上四个硕大无比的陶瓷盆，一盆酸菜扣肉、一盆苦瓜炒鸡蛋、一盆油炸水库鱼和一盆肉末豆腐，全是下饭的硬菜。没想到人家一个山城公安局的饭堂竟然搞出了农家乐的感觉，这生活也太滋润了吧！

几个人长途奔波，早就饿得前心贴后背，甩开腮帮子吃得那叫一个痛快，比在珠江市的那顿送别宴还香。

"谁说过来支援工作瘦得没人样？我就吃成胖子回去给他们瞧瞧。"钟小飞满嘴流油地说。

"你本来就是胖子。"吕阳夹了块鱼肉塞进嘴里，"这鱼是本地养的吧，真好吃啊！"

"下午我们上街转转？在办公室坐一上午了。"严喆道，"顺便了解一下城区。"

"行，我带你们去几个地方买点东西。"阿睿点头。

广成市四面都是大山，城区面积很小，人口主要分散在下辖的各个乡镇中。严喆他们吃过午饭先去招待所放行李，然后就在市区转悠。虽然经济比不上珠江市，但市中心还是很繁华，大城市有的商场超市这里一应俱全，路边到处都是外卖小哥和快递员的身影，买东西也全是扫码支付，除了高层建筑少一些、气温低一些外，似乎跟珠江市没什么区别。

"你们有没有觉得喘气有点费劲儿啊？"钟小飞走了没一会儿就气喘吁吁的，有点跟不上趟儿，"难道我有高原反应了？"

"这里海拔不高，2000 米左右。"阿睿说，"是你太胖了，得减减肥才行。"

"我咋还觉得有点冷呢？"钟小飞紧了紧外面的褂子，这才 8 月底，怎么就入冬了？

"我们这里已经入秋了，早晚温差大，而且这两天有冷空气过境，你们没带够衣服的赶紧买两件，否则晚上冷得睡不着。"阿睿提醒道，“招待所没空调，晚上都用电热毯或者电暖器，你们干脆也一起买了吧。”

几个人点头说好，严喆让阿睿先回单位，别耽误工作，他们自己买东西就行。钟小飞也有点疲累，让严喆帮他买个大号电暖器，跟着阿睿先回办公室了。

吕阳对钟胖子鄙视不已，认为他肯定是找借口打阿睿的主意，气鼓鼓地问严喆接下来去哪儿逛。

“找个本地市场转转，去商场看不出东西。”

“你职业病又犯了吧，阿睿不是说了，现在是收稻子的时候，犯罪分子都在田里干活儿呢。”

“去逛逛总没坏处，还能买点便宜东西，走吧！”

随着太阳西斜，气温也迅速下降，两人按照导航来到一个叫“光明市场”的地方，已经有些瑟瑟发抖了。

“妈的，这得快到零度了吧，刚才还 12 度呢，怎么说降温就降温啊。”吕阳一边搓手一边抱怨，“我得去买件棉袄，你要不要？”

严喆点点头，他也有点冷，嘴里叼着烟都暖和不起来，两只手插在袖筒里直哆嗦。

小风刮得呼呼的，路上的行人都缩着脖子朝他们张望：这俩人一看就是外地来的，这么冷的天就穿个单褂子，也不知道找个背风的地方，真傻！

幸好市场里卖什么的都有，吕阳看见一家卖军工服装的小店，门口挂着狗皮帽子、军大衣，走上去赶紧买了两套，然后披在身上。严喆也穿上军大衣，戴上棉帽子，总算暖和不少。

“老板，多少钱？”吕阳冲店里吆喝。

店老板是个中年妇女，胖乎乎的长得很亲切：“这是今年最流行的款式，志愿军抗美援朝就穿的这，可暖和了，两百一件。”

“啥？抗美援朝的大衣还是流行款？两百太贵了，一百吧，我买两件。”吕阳讨价还价。

“成交！”老板娘痛快得不像话，让吕阳感觉自己好像上当了一样。

“老严，我是不是被坑了？”吕阳一边扫码付钱一边嘟囔，“咋感觉这么不托底呢。”

“别废话了，先暖和暖和再说吧，就当扶贫了。”严喆呼着哈气跺着脚，感觉跟泡在冰水里一样，“你先付钱，我去那边买点吃的，暖暖身子。”

吕阳不情不愿地付了钱，又在门口的小摊上看起了手套、袜子之类的小商品。

“来，趁热吃。”严喆拎着两个快餐盒走回来，“刚出锅的地沟油炒面，分量可足了。”

吕阳接过面条，两人呼噜呼噜地吃起来，模样有些狼狈。

就在这时，卖手套的小伙子张头张脑地冲卖军大衣的大婶说：“婶儿，傻三儿那帮人没来吧？我这个月管理费还没交，估摸着这几天该上门儿了。”

“你这买卖一天能挣几个钱，还交管理费？”严喆放下炒面，奇怪道。

“没办法，谁让这个市场归人家管呢，不交的话连这俩钱也挣不到了。”小年轻叹口气，“我们这儿可不像商场里面，人家卖的是正品，傻三儿这种混混儿不敢去。”

正说着，远处走过来两个社会青年，黑皮衣、蛤蟆镜，脖子上挂着亮闪闪的金链子，两边商户们整整齐齐全体起立，从兜里掏钱上交，然后还得握个手，一套流程下来跟领导视察似的。

“靠，点儿真背，还没开张就撞枪口上了。”小年轻吐口唾沫，愤愤不平地从腰包里点了 80 块钱。

严喆斜眼看着，不知在想什么。

“兄弟，大冷天的没生意，能不能缓两天？”一个穿着红色花棉袄、腰里系着厚围裙的大姐干笑道，身后还有个八九岁的小姑娘，脸冻得通红。

“谁不冷？80，赶紧的！”两个小青年懒得废话，一只脚踩在大姐面前的摊子上，把指甲刀、头发绳之类的小商品搅得稀烂。

“兄弟，你行行好，俺们真没这么多钱啊！”大姐慌忙拦住那些要掉下来的商品，眼睛已经红了。

“妈、妈……”身后的小姑娘吓得紧紧抓住大姐衣袖，惊恐地看着两个凶神恶煞。

“豹子，李姐家啥情况你也知道，她们娘儿俩挺不容易，给她们缓缓吧。”卖军大衣的大婶儿于心不忍，劝解道。

“去去去，滚一边儿去！”叫豹子的家伙被人叫出小名，觉得很没面子，“这是市场，不是敬老院，在这儿做生意就得交管理费，80 块钱，拿不出来你这摊子和货就别要了。”

说罢，一脚跺在摊子上，这种小摊底盘本来就不稳，这小子腿劲儿也大，嘭的一声整个摊位就被踏翻在地，各种小商品撒了一地。

李姐眼泪唰地流下来，周围也没人敢上前帮忙，眼看着一堆商品被踩烂，怕是卖不出去了。

严喆和吕阳离他们不远，整个过程看得一清二楚。

“唉，今天怕是躲不过了。”小伙子攥紧手里的钱，“希望能给点儿优惠就好了。”

“这小子哪儿的？没人管吗？”严喆抽着烟，脸色不太好看。

小伙子以为严喆也被吓到了，叹了口气道：“他是傻三儿的人，整片市场都归他们管，老规矩，不交钱就砸摊子，平头百姓谁敢得罪这些人啊！”

话音刚落，严喆两手插着军大衣口袋，大摇大摆地走过去。

“哎，哥，你去干啥？快回来！”小伙子急忙阻拦，但吕阳笑着拉住他，小伙子疑惑地看着吕阳，心里七上八下的。

“欺负女人孩子，你俩挺能啊！”严喆叼着烟站在对方面前不屑道。

“靠，你他妈哪儿冒出来的？”豹子哥正得意扬扬地踩着地摊儿自拍呢，冷不丁看见一个大高个儿站在自己面前，把光线都挡住了，不禁骂道，“赶紧滚蛋，别碍事儿。”

“把钱赔上，认错。”严喆把烟头儿吐在地上，一脚踩上去来回碾了碾。

“找死是不?”豹子哥梗着脖子走上来，伸手去抓严喆脖领子。

啪!

一记响亮的耳光，豹子哥还不知道发生了什么，整个人腾空而起，飞出去三米多，一脑袋撞在台阶上，疼得嗷嗷直叫。

“干你娘!”豹子哥的跟班儿立马不干了，噌一下子蹿出老远，浑身戒备地盯着严喆。

“把钱赔上，赶紧认错。”严喆原地不动，手还插在兜里，跟没事儿人一样。

“行，你有种!”豹子哥撂了句狠话扭头就走，“这事儿没完，敢跟老子叫板，必须得请三哥出马了。”

严喆咧嘴一笑，露出两排寒光闪闪的大白牙，豹子哥还没走两步呢就觉得脑袋一蒙，整个人飞到空中，再次重重摔在地上。

嗷!

豹子哥疼得眼泪都下来了，他就不明白了，对方怎么光揍自己。

严喆收回大脚丫子，冷哼道:“我数三个数，赔钱认错。”

豹子哥吓得屁都不敢放，从跟班儿兜里往外掏钱，每户 80 元，刚才交的管理费全退了。

严喆走过去，照着豹子哥脑袋就是一巴掌。

啪!

啊!

“哥，我知道错了，饶命吧!”豹子哥一把鼻涕一把泪地哭起来，这次是真遇上硬茬儿了，让他狐假虎威欺负老百姓还行，今天这场面明显不是他能应付的。

“赔钱，认错!”严喆脸如寒霜，还是那句话。

“好、好，我赔钱!”豹子哥屁滚尿流地从身上掏出钱包，凑了不到 500 块钱，一股脑儿地塞给李姐。

“兄弟，这钱我不能拿啊!”李姐都看傻了，手里拿着钱不知如何是好。

“拿着吧，这是赔你摊位的钱。”吕阳冲李姐笑笑，让她把钱收起来。

“赶紧滚，跟你们老大说，以后这个市场我罩了。”严喆瞪了豹子哥一眼，吓得对方一哆嗦，拉上同伙一瘸一拐地跑得没了影儿。

“哥，你捅了马蜂窝，赶紧跑吧！”卖手套的小伙子一脸担忧说，“这帮人可凶了，一会儿就得找你报仇。”

“你们怎么不报警？”吕阳问道，“市区里就敢这么猖狂？”

小伙子叹了口气：“这事儿说起来就复杂了，光明市场的地归一家国企，后来企业倒闭了，政府接管改建成市场，傻三儿他们承包过来管理，我们都得给他交管理费。但他们根本没有服务过商户，就知道收钱还乱涨价。所以报警也只能调解，还耽误我们做生意。”

“这样啊。”吕阳看了严喆一眼，“又是历史问题，确实难办。”

“还是没钱闹的。”严喆裹了裹身上的军大衣，整个人在寒风中显得很挺拔，但却给人一种忧郁又孤独的感觉。

与此同时，市场不远处的“发到家土菜馆”里，晃晃悠悠出来一帮人，为首的家伙又矮又胖，穿了一身闪闪发亮的貂皮大衣，跟个刚出笼的小鸡儿似的，手里拎着一个高仿 LV 手包，脖子上的大金链子有小手指头那么粗，一副社会大哥的派头。

貂皮哥一边走路一边打嗝：“晚上安排好地方，有个西边来的大老板，我打算引进外资，搞个全球五百强的大企业，记得叫几个漂亮妹子一起嗨皮嗨皮！”

“好嘞！三哥放心，包我身上了。不过，咱好像还没结账呢！”身后一个家伙同样喝得五迷三道，舌头都捋不直了。

“结账个毛，在咱哥们儿地盘，吃饭，还用给钱吗？是吧！”一身貂皮的傻三儿霸气无比，“老子不找他们要钱就算开恩了，懂不！”

“巴适（四川方言，很好、舒服）！”那家伙连连点头。

傻三儿举起手，身后立马有小弟把烟塞到手里，殷勤地点上，傻三儿嘿嘿一笑，一口浓痰吐在地上，大摇大摆地朝一辆黑色捷达走过去。

“爸爸，来电话啦……”

一阵儿刺耳的铃声在皮革包里响起，傻三儿一屁股坐进车里，掏出电话：“喂！”

“哥，快点过来，光明市场有人不给您面子，煽动商户拒交管理费，还把我给打了。”豹子哥哭丧一样在电话里汇报情况。

嘭！傻三儿一拳砸在方向盘上，汽车喇叭哔哔地叫个不停。

市场里，严喆抽完烟，有些烦躁，跟吕阳逛了一圈儿，买了两个电暖器、三条电热毯，顺便给钟小飞也买了件军大衣。

两人正打算走呢，就听见市场外面汽车喇叭响个不停，好多商户纷纷低头收拾东西，准备逃难一样。

“怎么回事儿?”严喆皱眉。

“可能是那个什么傻三儿来了。”吕阳笑道，“人家是地头蛇，小弟被你欺负了现在来找场子了。”

“那正好，一块儿收拾了，省得以后麻烦。”严喆拎起东西大步朝市场门口走去。

吕阳跟在后面问：“要不要给阿睿说一声，咱刚来就惹事儿，影响不好啊。”

“我巴不得犯点错误让老庄调回去呢，你来不来?”严喆扭头瞥了吕阳一眼，“到时候哥哥一个人回去，你别跟在后面埋怨我啊。”

“我就说你怎么吃错药似的，敢情在这儿埋伏呢。”吕阳眼睛一亮，把手里东西一股脑儿塞到严喆手里，“一边凉快去，这次该我了！”

两人一前一后来到市场外面，看见远处一辆破捷达歪歪扭扭地停在路边，傻三儿带着几个人刚下车，正朝市场走来。

“三哥，要不要再叫点儿人?”傻三儿的手下心里不太踏实，听说对方长得高大威猛，战斗力爆表。

“叫个屁，我啥身份，在这儿一站就是千军万马！”傻三儿脸上的肥肉上下乱晃，红扑扑的，跟烤乳鸽似的。

说着话就到了严喆近前，商户们吓得噤若寒蝉，担心地看着严喆，一个个摇头叹息。

“你混哪儿的？知道这是谁的地头吗？拜码头了没？上供了没？”傻三儿站在严喆面前王霸之气显露无遗，“拜码头三千，医药费两万，扰乱市场秩序罚款三万，一共五万五！”

“赶紧的，三哥时间很紧张。”身后的跟班儿们立刻附和。

严喆吸溜下鼻涕，瞟了一眼傻三儿：“不对啊？拜码头三千，医药费两万，扰乱市场秩序三万，加起来才五万三，多的两千哪来的？”

傻三儿小眼睛一瞪：“犟嘴！老子千里迢迢过来收费，不算加班费啊！”

“哦，那行！”严喆也不废话，俩手指头捏住鼻子狠狠地一擤，青黄色的大鼻涕粘了一手，“三哥是吧，来，我把钱给你，接稳当喽！”

说着，一只手薅住傻三儿的貂皮大衣，另一只手上粘着让人作呕的大鼻涕啪地一下拍在傻三儿肥嘟嘟的脸蛋子上，还故意抹了两下，粘得甭提多瓷实了。

“我×你妈……”傻三儿反应过来已经晚了，火烧屁股似的哀号一声，直接从包里掏出一把大卡簧刀，咔吧，刀子弹出来，冲着严喆肚子捅了一刀。

“嘭！”

严喆没动，旁边的吕阳一巴掌拍在傻三儿手腕子上，刀子飞出去掉在地上。

“找死！”

傻三儿也不白给，抬脚冲严喆下身猛踹，但他喝多了，重心不稳，还没挨上边儿就被严喆一巴掌扇得找不着北了。

“哎哟！”

傻三儿晕晕乎乎地原地转了两圈，一屁股坐在地上，捂着脸彻底蒙了。

什么情况？自己被人扇了耳光！

奇耻大辱啊！

“妈的，给我上，往死里打，医药费我包了，每天两百误工费，晚上酒吧一条街随便玩儿！”傻三儿快被气疯了，开出一堆条件，手下的跟班儿们立刻像打了鸡血一样嗷嗷往上冲。可这群混混儿街头打架还行，遇上严喆、吕阳这种专业选手简直就是送分题。没五分钟，一个个就被削得哭爹喊娘，看向两人的目光已经全是畏惧和惊吓了。

傻三儿坐在地上，手捂着脸，快要吓尿了：面前这俩好汉从哪儿冒出来的？广成这么小的地方从来没听过有这么一号人物啊。

严喆活动活动手腕子，嘿嘿笑着走近傻三儿。

傻三儿吓得不住后退，嘴里喊道：“别过来，别过来，再过来我就报警了！”

“报警？”吕阳表情古怪地看看严喆，“你还懂报警？你们刚才算敲诈勒索懂不懂？警察来了看是先抓你还是先抓我。”

“好，你有种就让我打个电话！”傻三儿看严喆没阻止，赶紧掏出手机拨了个110，哭号道，“喂，110吗？我被人打了，就在光明市场门口，快点派人来救我啊！”

吕阳捅了捅严喆，低声道：“一会儿什么安排？”

“闹大点，不闹到老庄耳朵里咱调不回去。”严喆摸摸下巴，“只要他们敢违法违纪，咱就不怕。”

“妥了！”

哔哔……

过了几分钟，几声高音喇叭响起，一辆警车缓缓开过来，一男一女两个警察下车。

“怎么回事儿？谁报的警？”带队的男警官五十出头，板着脸，语气不善。

“我，我打的110。”傻三儿马上举手，胖滚滚的身体还坐在地上，看起来委屈又可怜。

“张所，你看……”站在后面的女警惊呼一声，指着地上的大卡簧刀，“有人动刀子。”

严喆看了一眼说话的女警，发现是个见习生，脸蛋子白里透红，粉嫩粉嫩的，配上英挺的身姿，散发出一股娇憨的可爱劲儿，比阿睿还漂亮。

“嗯，看见了。”张所鼻子里哼了一声，明显有些不满。

女警呆萌地吐了吐舌头，不再说话。

“有没有人受伤?”张所四处看看，发现没人受伤，最多就是挨了几拳，被踢了几脚，于是烦躁地摆摆手，“所有人都铐上，带回所里!”

吕阳看看严喆，他可不想自己戴手铐的样子被人看见。

“警官，没必要上手铐吧，我们跟你回去就是了。”严喆皱眉道，“再说这么多人，你车里也坐不下。”

“阿 Sir，就是他动手打的我，必须把他抓起来!”傻三儿指着严喆大喊，周围商户一阵议论。

张所瞪了他一眼：“就你事儿多，给他铐上，其他人不用了。”

“啊？凭什么铐我啊！我可是受害者!”傻三儿顿时傻眼，被女警咔嚓戴上了手铐，哼哼唧唧地上了警车。

“你也上车，其他人排好队，跟在车后面去所里。”张所板着脸冲严喆指了指。

严喆没说话，从另一边上了警车，他跟傻三儿一起坐在后排，张所开车，女警在后面跟着其他人，一群人浩浩荡荡回了派出所。

傻三儿明显认识张所，在车里一个劲儿地想套近乎，可是张所没搭理他，他只好闭上嘴。

严喆观察了一下张所，感觉这人跟傻三儿应该没什么勾搭，心里不觉有点失望，他倒是盼着张所是个保护伞什么的，他好把事儿再闹大点，正好出一出憋在心里的怨气。可惜，人家没给他这个机会。

到了所里，傻三儿他们一字排开，靠墙坐在椅子上，严喆和吕阳则被带进办公室。傻三儿看得清楚，一脸得意地冲小弟们解释：“看见没，现在讯问室都有监控，不能动手了。把他们带办公室里面才方便修理!”

一个小弟钦佩地看着傻三儿：“三哥，还是你牛，派出所警察都听你指挥。”

“废话，没看见我刚才在警车上坐的啥位置？那可是贵宾位，张所都得给我当司机，对我可客气了。”傻三儿得意扬扬道，“让你们多读点书，你们一个个都他妈不听，细节决定成败，长着一对狗眼多观察，知道不？”

“哎，我们又没读过几年书，哪知道啥叫贵宾位？”另一个小弟叹息道，“以后三哥多教教我们吧。”

“废话，我不是说了吗，晚上要谈笔大买卖，以后拿不到大专文凭谁也不能进公司。”

“三哥，别介啊，我们赶紧学习还不行吗？”

……

一进屋，张所就不客气地瞪了严喆和吕阳一眼：“同行是吧？说说吧，怎么跑我这儿除暴安良来了？”

严喆见被人识破，笑呵呵地给张所递了根烟：“刚到广成，这不是衣服不够穿去市场买两件，赶上这小子来收管理费，鼻子不是鼻子眼不是眼的，还掀人摊子，这不就教训了一下。”

“哼，说得轻巧。”张所脸色稍霁，叹了口气道，“那片市场都是本地下岗工人开的，企业倒闭这么多年也没处理妥当，都成老大难了。”

“傻三儿是什么人？”吕阳问道，“别是涉黑团伙吧？”

张所说：“涉黑？你们也看见他这帮人的战斗力了，一群不学无术的浑小子罢了，都是这片长大的孩子，小时候不好好读书，大了没工作，就靠歪门邪道赚钱。街道给他们安排了管理市场的工作，结果被他们搞得乌烟瘴气，大错不犯小错不断，又够不上判刑的条件，谁也没办法。”

“那这 80 块钱管理费呢？我看他收得挺带劲儿啊。”严喆冷笑一声，“别跟我说这是物价局批准的。”

“80？不是 60 吗？”张所一愣，随后马上明白过来，气得一拍桌子，“这帮王八羔子，又敢私自抬价。看我怎么收拾他们！”

说着，张所怒气冲冲地出了办公室，朝傻三儿走过去。后者正给小弟们吹牛呢，见张所过来赶紧笑脸相迎："张叔，快给我解开吧，我手腕子都快断了。"

"我解你奶奶个爪！"张所一巴掌拍在傻三儿头上，疼得他眼泪鼻涕哗哗往下流，号叫道，"叔，咋的了，有话好好说，别动手啊，叔！"

"说，你是不是给市场加价了？多收的 20 跑哪儿去了？"张所气得一连拍了傻三儿好几巴掌，周围的小弟们都看呆了，自己老大今天被扇了多少次了，不会真给揍傻了吧。

"叔，我就涨了 10 块钱，没敢涨 20 啊！"傻三儿委屈的眼泪吧嗒吧嗒掉个不停，苦苦求饶道，"别打了，叔，我再也不涨价了。"

"商户怎么说收了 80，你他妈还不说实话是吧？"张所又是一巴掌上去。

"叔，我真没收 80，我跟手下说收 70 的。"傻三儿一手抱头，拼命解释，"哎哟，别打了，肯定是豹子干的，他自己又加了 10 块！"

"妈的，马上叫豹子过来，把多收的钱都退回去，听见没！"张所暴跳如雷，要不是严喆拉住他，恐怕傻三儿的脑袋就别想要了。

"我马上叫豹子过来退钱。"傻三儿也顾不上疼了，赶紧打电话叫豹子来派出所，顺道又把豹子臭骂一顿。

严喆心说，这算什么事儿啊，派出所成过家家的地方了，顿时有点意兴阑珊，冲吕阳使了个眼色，跟张所打个招呼就回招待所去了。

傻三儿见严喆他们说走就走，顿时不淡定了，拉着张所告状道："叔，这家伙打了人，怎么说走就走了？你得抓他啊！"

"我抓个屁，你私自加收管理费，这是敲诈勒索知道不？够你判刑坐牢的，人家没搭理你那是放你一马，我早跟你说多读点书，学学法，哪天自己都不知道咋回事就被人卖了！真他妈的是没救了！"

"啊，那他打我就白打啦？"傻三儿很不甘心。

"我揍死你，你说你爸英明一世，怎么生出你这么个东西！"张所气得又是一顿猛捶，派出所里顿时响起鬼哭狼嚎的惨叫。

严喆都走到马路上了，还能听见傻三儿的惨叫，有点哭笑不得。

“老严，你说这叫刑讯逼供不？”吕阳挠挠脑袋，“还有多收的钱，也算敲诈勒索吧，就这么算了？”

“你没看出来吗？这帮小子都是这片长大的，那个张所长估计是他们长辈。小地方就是这样，人情社会，教育基本靠揍，你真把他们抓起来判个三五年的，反而把他们一辈子给耽误了。算了，希望这帮小子能悬崖勒马，别再往前迈了。”严喆叹口气道，“现在知道为啥没人愿意来支援工作了吧，这里做任何事都不仅考虑规矩，还得顾着人情，复杂得很。”

“你哪儿这么多感慨，刚才你是揍过瘾了，老子买的东西呢？你放哪儿了？”吕阳气道。

严喆一拍脑门儿：“对啊，刚才咱买的东西呢？”

这么一折腾，天已经快黑了，外面冷风飕飕的，要是没有电暖器和电褥子，只怕他们仨得互相抱着睡觉了。

广成市有条著名的酒吧一条街，一到晚上，这里就人声鼎沸，全市的年轻人都喜欢跑来这里喝酒聊天。其中最火的酒吧名叫“夜宴”。

晚上 11 点多，傻三儿脑瓜顶上缠着绷带，和一群小弟坐在“夜宴”酒吧最大的卡座里，众人围着一个身穿夹克衫的精瘦男人，众星捧月一般频频敬酒。傻三儿喝得尤其高兴，端着酒杯冲那人道：“早就听说威哥的大名，您可是咱们广成道上的传奇，这次难得威哥百忙当中有机会回老家一趟，我代表咱们广成的兄弟敬威哥一杯！”

大家轰然叫好，一起举杯……

第二天正好是周末，严喆他们昨晚盖着棉被和军大衣还冷得直哆嗦，白天买的东西因为打架不知扔哪儿去了，等他们回去找的时候市场已经关门下班了。山里的城市和沿海地区不同，晚上 6 点一过，店铺全都关门打烊，想买东西都没地方去。

三个人一商量决定挤在一个屋里凑合一晚，结果还是冻得不行，尤其钟小飞睡觉不老实，呼噜打得能把房顶掀起来。严喆和吕阳两人一大早就顶着两个黑眼圈直奔光明市场，他们决定赶紧买完电暖器回房间补觉。

哪知道冤家路窄，严喆他们刚进市场，就看见傻三儿带着一帮人山大王似的正在市场里面转悠，商户们一个个大气都不敢出，全都乖乖站在两旁等着跟傻三儿握手。严喆眉头微皱，心里盘算着要不要再揍这小子一顿，暖和一下身子。

傻三儿也看见严喆了，吓得一缩脖子，他现在知道这位是个大神，不是他能招惹的，想要绕着走。哪知严喆却冲他招招手，看意思是叫他过去。

这还不让人躲了，太欺负人了吧！傻三儿心里暗骂，但又不敢不过去，只能扭扭捏捏地往前挪了几步。

“三哥是吧？”严喆个子比傻三儿高不少，居高临下地看着对方，“今天又来收管理费了？”

“不是，绝对不是！”傻三儿连连摆手，脑袋摇得跟拨浪鼓似的，“我们来考察市场，研究一下光明市场发展的长远规划。”

“规划？”吕阳没绷住，哈哈大笑起来，指着傻三儿说，“现在不是挺好吗？吃喝都有，日用百货也不缺，还想咋规划？”

“是，我们就是研究研究。”傻三儿嘿嘿傻笑，心说你们这俩没文化的傻瓜，跟你们说了能听懂吗？爷爷要建的可是世界五百强。

严喆一眼就看出这小子心里的怨念，饶有兴趣道：“看不出啊，不知道三哥有什么打算，是准备开赌场呢，还是准备开妓院啊？”

“大哥说笑了，怎么能干违法乱纪的事情呢！”傻三儿赔笑道，“我们的想法可是百分之百合法的，绝对不碰黄赌毒。绝对不碰！”

“哦，那我倒是有点兴趣了。”严喆好奇道，“能不能给我透露一点儿，让我也开开眼。”

“放心，我们绝对不外传。”吕阳也帮腔。

“这个，我打算开个酒楼，专门做原生态的山货。”傻三儿有点不好意思地说，“我们广成周围都是大山，里面不少好吃的，我打算利用起来，肯定火。”

“对，我们从小就喜欢吃山里的鸡、捞河里的鱼，还有山里长的菌子，都好吃得不得了。”傻三儿的跟班儿肯定道，他们都是本地人，对自己家乡的物产自然最熟悉不过。

严喆和吕阳对视一眼，没想到这个游手好闲的小子竟然还有这种想法，看来也不是一无是处嘛。

“行，那祝你成功啊！”严喆决定今天不揍这家伙了，让他继续嘚瑟两天再看表现，“对了，不打不相识，留个电话吧。”

傻三儿没想到严喆竟然这么轻易放过他，有些受宠若惊，赶紧拿出手机：“我先加大哥的微信，我扫您，电话马上发过去。不过我下午要飞海南，去三亚参加个企业家年会，这几天就不能陪您了，等我回来一定好好摆一桌，到时候大哥一定要给个面子。”

“呦，三哥都是企业家了！真是失敬失敬。”吕阳打趣道。

“哪里哪里，我们就是小打小闹。”傻三儿满脸堆笑，心说，老子惹不起还躲不起吗？这几天我就躲在家里哪儿也不去，总不能再找老子麻烦了吧。

互留完联系方式，严喆和吕阳继续去买东西，傻三儿一群人也不敢再那么张扬了，装模作样地绕了两圈赶紧溜之大吉。

吕阳笑道：“我怎么感觉这家伙跟钟小飞一个德行，没脸没皮还好吃懒做，唯一的区别就是钟小飞念了大学，就是不知道开饭店的主意是不是瞎胡吹的。”

“也不一定，别看人家文化不高，要是能踏实做事搞不好将来比咱们牛。”严喆也挺感慨。

两人买好东西回到招待所，钟小飞刚起床，正在兴致勃勃地梳洗打扮。

“呦，今天太阳从西边出来了。钟胖子也知道梳头了！”吕阳像发现大熊猫似的围着钟小飞转了两圈，奇怪道，“事出反常必有妖，赶紧坦白，你打算背着我俩干什么见不得人的勾当？”

哪知钟小飞竟然难得地扭捏起来，不好意思地说，他昨天跟阿睿约好了，今天去逛逛街。

“可以啊！”严喆和吕阳真被惊着了，“钟胖子你什么时候勾搭上人家小姑娘的？这才认识不到一天吧，就约会了？”

钟小飞嘿嘿直笑，决定不搭理这俩人，梳洗完毕后扭着水桶腰就去赴约了。

严喆跟吕阳在屋里感慨了半天，最后还是决定不去跟踪钟胖子，老老实实补觉算了。

两人这几天基本没睡觉，早就疲乏不堪，一睁眼已经是晚上9点了。等他们醒过来的时候，钟胖子已经回来了，灯也不开，一个人坐在沙发上盯着墙壁发呆。

“靠，吓唬人不带你这样的啊！”吕阳刚睁开眼就看见一个人影坐在床头盯着自己，吓得一激灵，赶紧、开灯，“你不是跟美人约会去了吗？在这儿发什么呆？”

“约个屁会！”钟小飞咬牙切齿道，“老子被耍了，被那丫头当成了备胎，气死我了！”

“怎么回事儿？”严喆也从床上坐起来，等着听八卦。

“那个连睿被男朋友甩了，今天约我去跟男朋友谈判，妈的，我从头到尾就看这俩孩子吵架了，走又不能走，饿得前心贴后背，气死我了！”

“哦，我就说嘛，才来半天咋就有人看上你了，这明显不科学嘛！”吕阳长出一口气，感觉心理平衡多了。

“那最后呢？谈判结果怎么样？”严喆好奇道。

“还能怎么样，谈崩了呗。”钟小飞没好气儿道，“小丫头没见过世面，哭得伤心欲绝，非要拉着我去喝酒，我这个人你们是了解的，酒量不行，喝一瓶啤酒头就晕了，所以又去吃了个蛋炒饭，然后就回来了。”

“你是说，你自己回来了？”吕阳张大嘴巴，像看怪物一样盯着钟小飞。

钟小飞点点头：“废话，不回来难道我一直在酒吧里坐下去吗？”

严喆和吕阳对视一眼，不约而同道：“钟胖子，你这辈子就打光棍吧！”

“咋的了？”钟小飞见严喆和吕阳飞快地起身穿衣服，莫名其妙道，“她一个成年人一个人喝点酒有啥大不了的，至于这么紧张吗？”

“滚，以后别让我看见你！”严喆骂道，“你们在哪个酒吧喝的酒？”

“不记得了，反正那名字和吃饭有关，我开始还以为是吃饭的地方呢，没想到里面全是喝酒的，连个炒米饭都没有。”钟小飞无辜道，“你们去哪儿，等等我啊！”

广成市酒吧一条街，“夜宴”酒吧，阿睿一个人坐在角落，面前摆着两瓶红酒，还有一个水晶高脚杯。

舒缓的钢琴曲仿佛少女轻柔的手臂在每个客人的耳畔拂过，阿睿一手端着酒杯，眼神迷离地看着酒吧中心正在弹琴的乐师，脸上的红霞已经浓得化不开，单薄的身影让人怜惜。

一个穿着深色夹克衫、身形精瘦的男人从进门就开始关注她，看到她一杯杯地独自喝酒，拒绝了一个个想要搭讪的男人，如今终于沦陷在酒精之中。

他觉得，机会来了。

“你好，有个男生说是你前男友，让我过来陪陪你。”精瘦男人提着一瓶洋酒走到阿睿身边，语气温和地说道，“他说不希望看到你伤心又孤单的样子。”

说着，他很自然地坐在阿睿身旁，和她的距离不远不近，既不显得唐突，又可以隐约感受到阿睿的气息。

阿睿眼神迷离，略显无助地扫了男人一眼，酒精的作用让她对外界的反应慢了半拍，本想拒绝的话在脑海里不断打转儿，却说不出口。

“如果不介意的话，我想请您喝一杯。”男子绅士地微微欠身，目光恰到好处地停留在阿睿线条分明的上身，一触即收，昏暗而暧昧。

阿睿伸手举起酒杯，在手中轻轻摇了摇，深红色的酒汁在重力作用下旋转、回荡，就像阿睿此刻的心情。

绝望吗？当然，男朋友的残忍拒绝让她感到整个世界都塌了。

不甘吗？是的，自己明明也不差啊，为什么他会去找其他女孩儿呢？

可这些又算得了什么？人生还很长很长，自己以后的生活一定会更精彩。这就像一个匆匆赶路的旅人，出发的时候怀揣着对未知的渴望，但路走得越来越长、越来越远，当初催他前行的初衷成了虚无缥缈的情怀，能抓到手的只有脚下不断后退的路。

而一旦他停下脚步，环视四周，才会惊觉：原来自己已经来到陌生的地界，这是自己想要的吗？

阿睿的思维已经飘到了天际，脑子里各种念头如同蝴蝶飞啊飞啊，让她觉得自己虽然还在呼吸，却已经远离了自己的人生！

叮！

一声清脆的撞击。

男人手里也多了一只酒杯，和阿睿手中的酒杯轻轻碰撞。

两人一饮而尽。

阿睿不在乎身边的人是谁、和自己碰杯的人又是谁，管他呢，反正一切没有意义，放纵一下又有什么关系。

酒杯中被倒入金黄色的液体，不是干红，而是男人手中的威士忌，金黄如阳光，烈焰焚烧！

一股辛辣和灼痛沿着喉咙一路向下，呛得阿睿剧烈咳嗽起来。

男人温暖而体贴地靠近，伸手在她的后背轻轻拍抚，动作亲密而又暧昧。

世界在飞速旋转，阿睿觉得自己的意识离体而去，飘在天上，身体的反应痛苦而热烈，本能地发出一声轻吟。

美妙如幽兰！

男人的手渐渐换成轻柔的触探，令人沉沦……

“靠！”严喆狠狠地咒骂一声，一脚踹在路边的电线杆上，留下深深的脚印。

“你快点想，到底是哪个酒吧！”吕阳抓着钟小飞的脖领子怒道，“光知道吃，连个大活人都看不住。”

“我真不知道她会有危险啊，她已经是大人了，喝完酒自然就回家了啊。”钟小飞都快哭了，他们三个出来找了一个多小时，阿睿的电话也早已关机，根本不知道人在哪里。

“不行就跟单位说，让他们联系一下家属，或者多派点人一起找。”吕阳皱着眉建议道，“说不定她已经回家了。”

“那个，她不是本地人。”钟小飞说，“白天她跟男朋友谈判的时候说，她是大学毕业后跟着男朋友来的这里，被甩了以后就搬出来自己租房住了。”

“那就麻烦了。”严喆恨不得揍钟胖子一顿，“只能打电话给单位。”

吕阳马上打电话给支队，支队领导一听顿时坐不住了，赶紧安排在家的同事一起去找，还跟各派出所打了招呼，安排巡逻的警力挨个酒吧排查。

“现在咋办？”吕阳有点沮丧。

严喆掏出手机翻了翻，发现广成市自己只认识一个本地人，就是傻三儿。他不太确定傻三儿会不会帮自己大半夜找人。

但是，希望再小，也得试试。

电话响了几声，被按掉。

严喆连拨两次，总算接通。

傻三儿已经喝得六亲不认，周围是震天的音乐和撕心裂肺的干号。

“你大爷的，不知道你哥在工作吗？打、打什么打！”傻三儿大着舌头，颠三倒四地骂道。

“傻三儿，挺硬气啊！”严喆心情顿时不好了，“你不是在三亚出席企业家峰会吗？怎么旁边都是说广成话的？开老乡会啊！”

傻三儿一愣，脑袋立马清醒了几分，一看手机来电，吓得差点没尿了，赶紧捂着电话大喊：“都赶紧闭嘴，电视给我关喽！”

周围的小弟们全玩嗨了，谁也没听见老大招呼，一个个又蹦又跳的，完全没反应。

傻三儿脑袋当时就大了，电话那头的主儿可得罪不起，赶紧推门出了包厢，找个安静地方恭敬道："哥，我当是谁呢，我这不是白天开会开累了吗，晚上和新认识的企业家朋友们放松一下子。劳逸结合，劳逸结合！"

"行啊，我看你也挺放松的，连我电话都敢挂，去趟南方长能耐了呗？"严喆语气不善道。

"没有的事儿，看哥说的，咋能呢！"傻三儿一脑门子全是汗，赶紧鞠躬，"哥，您这么晚找我有事儿？"

"嗯，单位一个小姑娘不见了，让你手下小兄弟们出来找找。"严喆没工夫跟他闲扯，直接下达命令，"人肯定在广成市的酒吧里，就是不知道在哪一家，必须给我把人找出来！"

"啊？哥，这大晚上的，哪个小姑娘我都不知道，去哪儿找人啊！"傻三儿傻眼了，低声下气道，"而且外面这么冷，谁不是躲在被窝里睡觉呢，我这也摇不出来人啊！"

"呦，你丫不是在三亚呢吗，家乡马路上的事儿都这么清楚，那说明我没找错人。小姑娘叫连睿，是我们单位的辅警，照片发你微信了。"严喆冷笑一声，"给你半个小时，广成的酒吧夜总会给我筛一圈儿，超时的话，每多一分钟我扇你一巴掌，童叟无欺！"

"哎哟，我的娘！"傻三儿被严喆整得彻底没招儿了，"哥，别介，我马上安排，广成的酒吧大部分都在一条街上，我现在就叫人过去，成不成我可不敢保证啊！"

"赶紧的，别废话！"严喆挂了电话，转头问钟小飞，"广成有条酒吧街？"

"好像有，阿睿拉我去喝酒的地方就叫酒吧街。"

吕阳恨铁不成钢地指了指钟胖子，他们刚才被误导了，总以为酒吧在吃饭的餐厅边儿上，方向上就没找对。

夜宴的楼上就是一间快捷酒店，吃喝玩乐结束后自然有对应的服务，洗浴、桑拿、酒店一条龙，方便得很。

阿睿的思维已经停滞，记忆不再连贯，而是一个片段一个片段地跳跃着、闪回着。

她不清楚自己在哪里，只感觉有个人扶着自己跌跌撞撞地走在没有尽头的长廊。

脚下的地毯散发出桂花的幽香，踩上去软软的，很舒服。

她想躺下，因为身体里仿佛有团火在烧，把自己烤得说不出地难受。

她也希望有人能一直这样陪着自己，是谁并不重要，她只是不想孤单！

咔嚓，酒店房门被推开，两个人影撞入其中。

“到家了吗？”

阿睿眼神迷离地看着陌生的空间，疑惑地说。

“宝贝，我们到家了！”男人的声音不再温暖，急切中带着几分嘶涩，饥渴的目光也不再掩饰，贪婪地游走在猎物身上。

时间是个很奇怪的存在，有时漫长得让人绝望，有时却又短暂得让人来不及回眸一望。

严喆他们争分夺秒地一家家酒吧寻找，厚厚的军大衣已经被汗水打湿，但他们不敢松懈。此时此刻，也许连睿正独自坐在某个酒吧的角落安静喝酒，也许跟晚上认识的某个男人回家，无论怎样严喆都不敢冒险。不怕一万就怕万一，尤其这事还是钟小飞惹出来的，他就必须帮钟胖子把人找到，否则一旦出了意外，谁都担不起这个责任。

冷月悬空，破碎的冰影在窗间摇晃。

阿睿滚烫的身体被紧紧包裹，让她压抑得无法呼吸，胸口仿佛蕴藏着一团烈火，将她彻底燃烧。

男人已经褪去上衣，一双手紧紧搂着神志不清的阿睿。

阿睿醉得太沉，已经丧失意识，突然，身体中的那团烈火猛地炸开，一团积在体内的残酒翻江倒海般涌上喉咙。

呕……

很少饮酒的她呕吐不止。

酒水混着胃液喷在男人身上，刺鼻的味道让对方停了下来。

“哼，怎么，不喜欢我了?”原本温和的声音如今变得阴沉而狰狞，“你以为这点东西就能让我放弃?”

说完，男人一把将阿睿横抱起来，走向洗手间，随着嘭的一声门响，洗手间里传来哗哗的水流和撕扯。

酒吧一条街遥遥在望的时候，严喆的手机响起。

“哥，我是傻三儿!”

“说!”严喆脚下不停，飞快地向酒吧街冲去。

“下面有个小兄弟看见一个很像阿睿的女孩儿一个人喝酒，后来跟一个男人走了。”傻三儿义愤填膺地说，“那女人喝了不少酒，走的时候明显已经醉了。”

“地点!”严喆声音极度冰冷，如同这个漆黑的夜。

“夜宴酒吧，上面有家连锁酒店!”傻三儿激动地说，“已经上楼快半个小时了!”

“靠!”严喆怒骂一声，停下脚步。

“怎么了?”吕阳表情严肃地看着严喆，钟小飞气喘吁吁地跟在后面，他也意识到了问题的严重性，神情紧张地盯着两人。

“阿睿喝醉了，被一个男的带去酒店开房。”严喆的脸色阴沉得吓人，“马上给单位打电话，让巡逻民警过去查房，挨个房间搜!”

“哥，来不及了!”傻三儿喷着酒气，他脑子里想起微信上阿睿的照片，心里一阵可惜，“一夜情而已，看开点儿，这年头谁没有心情不好的时候哇!”

严喆皱着眉，眼中射出两道精光，看着远处闪烁着霓虹灯的酒吧街。

吕阳已经把电话打到了指挥中心，酒吧街晚上年轻人多，辖区派出所每天都安排警力值守就是为了应付突发情况，只要一个指令就能马上赶到现场。但事情会不会变成最糟的那样，就只能听天由命了。

酒店客房，水从洗手间逐渐溢出。房间的桌面上，最新款的“爱疯”手机在不断振动。

良久之后，洗手间的门被突然拉开。

一个赤裸上身的男人浑身是水地从里面走了出来，他呼吸有些粗重，胸口不断起伏，很是不耐烦地拿起台面的电话，看了看还是按下接听键。

“你在哪里?”电话里传来一个严厉的声音。

“这两天跑了不少地方，我出来放松一下!”赤裸的男人语气有些心虚。

“你忘了我说的话了？回家办完事儿马上回来，不要节外生枝。”对面的人语气又冷了两分，“这才几天，你就管不住下半身了？小心死在女人身上!”

“今天这个不一样，你情我愿的，不会出事儿。”男人解释了一句，他觉得老大小心得过了头。

“蠢货!”对方骂了一句，“明天一早必须回来!”

“行!”男人挂断电话，扭头看向洗手间，脸上浮现出狰狞而邪恶的笑容。

阿睿吐了一阵，胃里翻江倒海的感觉渐渐平息，又被热水淋湿了身体，意识逐渐清明。

但她浑身上下一点儿力气也没有，只能眼睁睁看着那个满脸淫邪的男人一点点走近自己，却毫无反抗的力气。

此时此刻，她很渴望去死!

花洒的水还在喷射，洗手间的下水管道被堵，水流渐渐漫过脚面，蒸汽在浴室里升腾。

阿睿挣扎着，扶着马桶艰难地爬起来，伸手抓向洗手台的牙刷和香皂……

没多久，房间外人影晃动，那个男人放下电话后返回洗手间，顺手将门关上，锁死!

“嘿嘿，哥哥会好好疼你的!”男人深陷的眼窝因为激动而变得更加乌黑，高耸的颧骨让他的脸看上去犹如干尸。

之前在酒吧里那副温煦的面具已经彻底摘下，此时此刻，他化身为一头欲望的野兽，扑向自己的猎物！

吱……

一声刺耳的刹车声响起！

“快，就是这儿！”几个警察从巡逻车上跳下来，一刻不停地冲进酒店的大门。

前台值班的一男一女被吓得待在原地，张大嘴巴。

“半小时前是不是有一男一女过来开房？”带队的警察气喘吁吁地问道。

“阿 Sir，我们这里开房的都是一男一女啊！”前台的小妹像看傻子一样看着这几个警察。

“少废话，这一个小时开房的房号全部给我找出来，房卡也拿给我！”警察大怒，吼道，“马上！”

酒店六层，一个警察拿着房卡小心翼翼地靠近一间客房，他已经打开了三个房间，无一例外，里面全是年轻男女，没有一个是阿睿，现在只剩下六楼的两间客房。

611，房卡在门锁上轻轻滑过，发出电子提示的声音，警察推开房门，首先映入眼帘的是满地水渍，洗手间的门紧紧关着，警察先探身看向屋内，床上有些凌乱，地板上有一摊呕吐物，房间里充斥着酒精和臭味，但没有人。

他推了推洗手间的门，好像被什么东西顶住了。

脚下的水越流越多，而且颜色泛红。

“警察，开门！”

警察叫了两声，洗手间里没有回应。

嘭！

没有犹豫，民警一脚将门踹开。

首先映入眼帘的是地面四溢的血水，一个上身赤裸的男子面部朝下，趴伏在地上一动不动。

浴室里，一个裹着浴巾的女孩儿缩在墙角，目光呆滞，任由天花板上的花洒喷出的热水淋在身上。

正是阿睿。

什么情况？不是找人吗，怎么还出人命了！

民警马上向指挥中心报告，同时让酒店服务员从外面关掉水闸，保护现场。

大批警察向酒吧一条街聚拢。

周悦被张所从温暖的被窝里叫起来，说辖区的酒吧一条街出了命案，让她赶紧过来。周悦不敢耽搁，冒着严寒赶到现场，脸上还带着几分震惊，广成市治安良好，都多少年没出过命案了，怎么突然就死人了呢？

她刚到酒吧门口就看到了站在路边的严喆三人。

"你们怎么在这儿？"周悦对这家伙印象深刻，"这里刚出命案，别去凑热闹了！"

"连睿在里面。"严喆语气平淡，听不出情绪。

"什么？连睿怎么会在这里？"周悦认识连睿，刑警支队的内勤经常会跟派出所联系，所以她听到后也是一脸震惊，这时候，张所走过来，看见严喆皱了皱眉。

周悦赶紧问："张所，里面什么情况？"

"很复杂。"张所穿着冬执勤服，脑袋缩在衣服里，抽了口烟，"阿睿跟一男的开房，结果两人在洗手间发生意外，男的死了。"

"什么？阿睿怎么可能做这种事！"周悦大惊，几乎要跳了起来，"她一定是被强迫的！"

"这谁说得清楚。"张所摇摇头，"这都不是事儿，麻烦的是，酒店下水道堵了，洗手间的水流了整个屋子。"

周悦脑袋有点不转弯，奇怪道："下水道堵了？这跟咱们有啥关系，让他们找物业啊！"

张所笑了笑："找什么物业，知道怎么堵的不？肉堵的！"

"啊！"周悦是警校毕业的，当然明白张所这话是什么意思，"那是麻烦了，什么情况啊？"

“不知道，剁烂了，等着技术科分析吧！”张所掐灭烟，“走吧，你安慰一下阿睿，一会儿刑警支队的到了配合他们做笔录，问一下她有没有被强奸，到时候让法医取证。”

“是！”周悦跟在张所身后，神色复杂地看了看这栋20世纪建造的七层建筑，因为外墙翻新过，看起来灯红酒绿很是气派，楼顶外檐还挂着装修完的塑料包装，仿佛一道道未干的泪痕。

现场已经被保护起来，阿睿被临时安排在隔壁的房间。

“阿睿，你没事吧？”周悦一脸关切地走进房间，见阿睿抱膝坐在床上，身上只裹了条浴巾，神情漠然，不知在想什么。

周悦拉过被子给她盖在身上。

“阿睿，到底怎么回事儿？你先告诉我！”周悦急切地问，“那家伙有没有侵犯你？”

阿睿转头看看周悦，微笑道：“放心吧，没事儿。”

周悦疑惑地看了阿睿一眼，总感觉她的样子有些不对劲儿，但哪里不对劲儿又说不上来。

“那到底发生了什么？”周悦不好深究，只能问起另一个问题。

“我也记不太清了，他当时出去接了个电话，把我关在洗手间，我拿了牙刷攥在手里，但根本没用，不过他在扑向我的时候滑倒了，摔在地上。”阿睿回忆道，“周悦，那个人……死了吗？”

周悦犹豫一下，还是点了点头，安慰道：“你放心吧，这种人死有余辜，而且还意图强奸和非法拘禁，你不会有事的！”

阿睿一愣，随即似乎想到了什么，突然变得激动起来：“周悦，我好害怕！我看见一只手，从下水道里伸出来抓住那人的脚！”

“啊？”周悦吓得花容失色……

“死者中间接过电话？”张所坐在汽车里，咖啡被放在中控台上，腾出两只手翻着初步的情况报告。

“可我们到达现场后，根本没看到死者有任何通信工具啊。”旁边的民警奇怪道，“会不会是阿睿醉得太厉害，脑子里出现了幻觉？”

张所点点头：“有这个可能，刑警支队的人来了吗？咱们全力做好配合！”

酒店门口，被疏散出来的客人们三三两两地聚集在一起，冻得瑟瑟发抖。

凌晨1点，正是气温最低的时候，而这帮年轻人不管睡着的还是没睡的，基本上都光着屁股，胡乱披了两件外套就被赶下了楼，谁知道一站就是一个多小时。

男的还能坚持，女的可就惨了，已经有几个被冻得晕过去，引得路面上一片骂声。

警方已经要求酒店方面临时安排住所，但被酒店以经费不足为由拒绝了，最后实在没办法，指挥中心经过协调，决定用救护车把人全拉去医院，至少那里有暖气，冻不死人。

然而，救护车运力有限，每次只能运送一小部分人先走，还有不少滞留在路面，大家抱在一起，一边骂一边传着各种版本的小道消息。

“哥，看见没，出事儿的就是咱们那层，有个房间死了人。”一个贼眉鼠眼的家伙抱着膀子一边跳一边和旁边的胖子唠嗑。

胖子冻得浑身肥肉颤个不停，大清鼻涕挂在嘴边，都冻成了冰碴子，闻言哆嗦道：“不是说有炸弹吗，怎么变成杀人了？”

“你还不知道吧，不是炸弹，是杀人分尸，先把肉剔下来，再剁成肉馅包饺子！”

“你开玩笑吧，酒店里还能剁肉馅？他从哪儿找的砧板？”

“这谁知道，反正人是宰了，血流了一地，整个房间都是血！”

这时，旁边一个穿着军大衣的高个子好奇地探过脑袋：“兄弟，你看见杀人了吗？男的女的？”

说话的正是严喆。

贼眉鼠眼的家伙打量一眼严喆身上的军大衣，鄙视道：“是个男的，警察往外抬人的时候我看见了，光着屁股，一看就是正分尸分到一半，还没切完呢！”

“真的？谁这么大胆子啊！”严喆感叹道。

“嘿嘿，你就是想破脑袋也想不到的！”那小子得意扬扬地瞄了一眼众人，“是个女的，还挺漂亮呢！”

“啊？”

人群一阵喧哗，大家都表示不信。

“你们别不信啊，我亲眼看见的，那个女的围着浴巾，身材简直没得说，太顺溜了，还有那脸蛋儿，什么叫天使的脸孔，这就是啊！”

“对对，我也看见了，我要是能跟她发生点什么，把我剁成馅儿也认了！”另一个家伙色眯眯地说，“那女的全身湿漉漉的，就围着条浴巾，我猜她里面肯定什么都没穿！”

“真这么刺激？”另一个家伙口水都快滴下来了，“在哪儿？在哪儿？我也要去看看。”

人群中爆发出一阵猥琐的笑声。

没人注意，刚才说话的严喆已经悄悄离开众人，向外面走去。

“怎么样？”吕阳凑上来问。

“阿睿情况不清楚，反正那个男的是死了。”严喆皱着眉琢磨了一会儿，“这样，你跟胖子找支队领导，先进现场看看，争取让胖子一起勘查现场，这是他的老本行应该没问题。我先在下边溜达一下，也许能发现点什么。”

“你小心。”吕阳点头，跟着钟小飞一块儿去找市局的人了。

严喆围着酒店外面转了两圈，心里大概有数了。

这条街上全是20世纪盖的老楼，一般在七层左右，少数超过十层，都有不少年头。快捷酒店所在这栋也有七层高，一楼和二楼被改建成酒吧，楼上则是快捷酒店，楼下有电梯直接进入酒店，而楼后面也有消防通道可以离开。

严喆站在酒店背后，仰头向楼上张望，发现酒店和隔壁的楼房很近，距离不超过两米，而且两栋楼外墙都安装了排水管道，每隔一米多就有一个嵌进墙里的固定螺栓，正适合攀爬。

楼下已经拉上警戒线，还安排了专人看守。

严喆走上去亮明身份，然后来到排水管下方，尝试着拽了拽水管，发现管道十分牢固，然后他顺着管道向上爬了两层，发现很适合攀爬。

“你们什么时候封的现场？”严喆问守在楼下的民警，“有没有看见人从这儿出去？”

“刚封的。”民警一边搓手一边回答，“开始大家都进楼里查房了，发现出事儿以后才下来拉警戒带。没看见有人从这儿跑。”

严喆回到正门，进了酒店，刑警支队的领导都到了，之前迎接他们的方科长也在，正好给严喆介绍：“这位是支队刘政委，副支队长陈全才，支队长去省厅集中学习，最近不在广成。”

严喆跟刘政委握手，提出想去现场看看，刘政委当然欢迎，他们正需要严喆他们支援工作，钟小飞已经跟着技术科的人上去勘查现场了。

严喆点头，不过他没坐电梯，而是从楼梯间直接上了楼顶。这里没人看守，严喆一上来就看到许多从地面伸出的管道，每一个都是敞口向天，而且散发着明显的粪臭味。

20 世纪的房子大多是这样：每家每户的下水道都是直通到底，排入地下污水管道，房顶上则会留下下水道的口，而且为了保证管道通畅，一般都不封口直接暴露在空气中。这家酒店就是在居民楼的基础上改造而来，所以每间客房的下水道也是这样，在房顶能找到对应的管子。

严喆转了一圈没发现什么异常，便顺着楼梯下楼。

刚到七楼，他就听见一声轻微的响动，似乎是从某个房间里传出来的。这时候，警察大部分都在六楼勘查现场，只有一个辅警守在楼梯口。严喆循着刚才的声音方向走去，发现是一间酒店服务员放工具的杂物房。

严喆俯身在门上听了一会儿，再没听到任何声音。他轻轻转动把手，推开门，闪身进入房间，可他刚一进去，身上的汗毛就竖了起来，直觉告诉他，这里不对劲儿！

呼……

恶风扑面，黑暗里一把铁锤迎面砸下，力量十足，竟是直接下了死手!

严喆赶紧低头，身体向后疾退，铁锤的边沿几乎擦着严喆的鼻尖抡下去，差一点儿就击中头部。

严喆心里一阵后怕，好险!

他身体在躲避的同时，条件反射地向前踢出一脚，正好踹在对方小腹。

黑暗里传出一声闷哼，一个影子从眼前晃过，杂物房的窗户被推开，那人跳窗跑了。

严喆冲到窗边，探身朝外看，哪里还有对方的影子?

这么快?

没有犹豫，严喆同样一跃而出，正好落在窗户外一条狭窄的通道上，这是酒店装修的时候在外墙加装的临时通道，用来安装广告牌时使用。

刚才那家伙就是沿着它逃走的。

严喆脚下不停，沿着通道一路追去。

酒吧街的楼房一栋连一栋，全是苏联的样式，跟火柴盒一样。一年前，市政府为了升级市容市貌，专门对酒吧街两侧的建筑进行修整。外立面统一设计了广告牌，楼顶安装五颜六色的彩灯和展板，风格和酒吧街保持一致。这样一来，每栋楼房的房顶外面都加建了临时通道，供工人们维护和更换广告牌用。

严喆跳出窗户就沿着曲里拐弯的临时通道紧追不舍，可那个黑影上蹿下跳，跑得更快，而且对方熟悉地形，专挑拐弯和障碍物多的路跑。相比之下，严喆一米八几的个头儿十分吃亏，不时被突然冒出来的钢筋挡住去路，再加上通道本身狭窄不平，追了一会儿，距离也越拉越大，眼看就不见人影了。

严喆心里着急，不能让这家伙跑了，他看得清楚，对方戴个摩托车头盔，正常人谁会大晚上戴这玩意儿乱跑?十有八九就是凶手。

可是，再着急也没用，人还是跑没影了。

严喆又追了一阵，最终不得不放弃。

妈的！

严喆一拳捶在广告牌后面的钢管上，发出咣的一声。

“老严，我们在七楼的杂物房发现可疑物！”吕阳打来电话，“钟胖子带人正在拆。”

“杂物房藏了人，从窗户跑了，我没追上。”严喆说，“赶紧跟支队汇报，人是从房顶广告牌后面的通道跑掉的。”

“明白。”吕阳应道。

严喆从通道返回的时候，杂物房已经灯火通明，许多穿着浅蓝色防护服的勘验人员正在小心地提取物证。

地板上，一个半米高的油纸包用绳子扎得严严实实，外表沾着大片黑色污渍，看不出是什么东西。

严喆怕破坏现场，没有进屋，绕到隔壁房间返回酒店。吕阳正在走廊等他：“已经派人去追了，不过希望不大，人已经跑掉了。”

“嗯，这人是本地的，对路线很熟悉，身高一米七左右，体型偏瘦，戴了个摩托车头盔。”严喆把自己看到的嫌疑人特征告诉吕阳，然后下楼去找阿睿了解情况。

屋子里，钟小飞正拿着剪刀小心翼翼地剪开绳子，谁知刚剪断一根，整个油纸包便轰然散开，里面的东西滚落一地。

大家还是头一次遇见这种情形，谁都不敢乱动，生怕一不小心破坏物证，但紧接着，屋子里传来不少人的惊呼。

一块块散碎的肉块滚到每个人脚下，这些人体组织已经发黑，因为低温的缘故没有血液流出，只有满地碎渣，还能看到半片耳朵、一节手指。

空气中弥漫着淡淡的腐臭，钟胖子一动不动，仍旧蹲在散开的纸包前面，全神贯注地轻轻掀开覆盖在表面的油纸，然后露出半张女人的脸来。

碎尸！

广成市多少年没发生过这种恶性案件了，不少民警都没见过这种场面，一个个浑身僵硬、紧咬嘴唇，一动都不敢动。

“怎么样？里面什么情况？”吕阳在门外问。

“老驴，现在屋里满地冰冻人肉，谁都不敢乱动!”钟小飞的声音稳定地传出来，“初步判断，被害人 20 至 25 岁之间，女性，死亡时间超过一周，让法医那边多派点人来，一会儿大家一起捡肉拼尸体!”

阿睿刚做完笔录，在周悦的陪伴下一起下楼。

两人一前一后，谁也没说话，旁边不时有警察匆匆路过，大多会同情地打量阿睿几眼。

大家想不明白，阿睿怎么会跑到这种地方，还和陌生人开房。

周悦横眉立目地瞪着每一个经过的同事，仿佛对方多看一眼都是自己的仇人。

你别说，这招还真管用，不少人被周悦虎视眈眈的目光吓得远远绕开。

“没事的。”阿睿神情淡然地看着一辆辆闪着警灯的警车，突然问，“我会坐牢吗?”

“听你的描述应该不会，你也是受害者。”周悦犹豫一下道，“但关键还是看技术那边的结论，尤其是尸检结果。”

这时，严喆从楼上下来：“你怎么样?”

“我没事，给你们添麻烦了。”阿睿充满歉意地说。

“嗯。”严喆点点头，“方便的话我问你几个问题。”

“去车上吧，这里怪冷的。”

在周悦的建议下，几人上了警车。

“你仔细回忆一下，那个男人是怎么死的?”严喆开门见山，“想到什么说什么，不要有顾虑。”

阿睿想了想说：“我那时候喝了很多酒，已经什么都不记得了，只记得我吐得厉害，他把我抱进浴室，用水往我身上冲，还脱掉我衣服。我当时很害怕，以为自己完了，可外面手机响，他就出去接了个电话，我听不到他说什么，只想着怎么保护自己，所以从洗手台上抓起一只牙刷。后来他进来，见我抓着牙刷反而笑我不自量力，就把我手里的牙刷打掉了，还把洗手间的门反锁上。再然后他想扑过来，却不知道怎么绊了一下，我那会儿吓坏了，只看见地板上积满了水，有一只手从下水道里伸出来，紧紧抓着那个男人的脚。他被绊倒后就撞在洗手台上，然后头又磕到墙上的水龙头，最后摔倒在地上不动了。我一点儿力气都没有，想站都站不起来，不知道过了多长时间，洗手间的门被人踢开，警察就冲进来了。”

“你是说地板上有一只手抓住他的脚脖子，把他绊倒了？”严喆皱皱眉，“你确定是从下水道里伸出来的？”

阿睿点点头：“我记得就是这样，虽然不太可能，但我看见的就是这样。”

“好，你看见什么就说什么，不管多不可思议都没事。”严喆安慰道，“你先好好休息，破案的事情就交给我们，不是说三大队从来没业务吗？这不就来了个大活儿。”

阿睿破涕为笑，不好意思道：“对不起，严警官，这两天我态度不好。”

“没事儿，失恋了嘛，过去就好了。”严喆笑了笑，叮嘱周悦照顾好阿睿，然后下车离开。

“严警官。”

严喆刚走出去没两步，周悦也从车上跑下来，到他面前站定道：“楼上什么情况？怎么听说有人跑了？”

“这个……”严喆犹豫要不要把情况告诉她，“回头你就知道了，现在我也不知道该不该说。”

“哼，不说就不说，谁稀罕听啊！”周悦一跺脚又跑回车里。

一晚无眠，支队会议室里，刘政委召集三个大队分析案情，钟小飞还在技术科忙着检验各种物证，严喆和吕阳参加会议。副支队长陈全才通报案情，阿睿的笔录和现场勘查的结论基本一致，除了最关键的一点：死者究竟是怎么被绊倒从而先撞在洗手台，然后磕到水龙头上导致的死亡。阿睿说他看见下水道里伸出一只手抓住死者的脚脖子，但从现场勘查来看，洗手间的下水道在洗手池下方，里面覆盖着金属滤网，而且宽度根本不可能容许人的手掌通过。可以肯定的是，阿睿应该看错了，但即便如此也无法解释死者到底遇到了什么。

另外，阿睿说死者中途接过一次电话，但现场并没有发现死者的手机。警察进入房间后发现洗手间的门被死者尸体顶住无法从外面打开，也就是说，如果有外人进入房间袭击了死者，又偷走死者的手机，那他是如何做到杀人后让尸体从里面把门顶住的呢？

而且，阿睿清楚地记得死者接完电话再次进入洗手间时将门反锁了，这种情况下，外人又是怎么进入洗手间而不被死者发现呢？

说完六楼再来看七楼的碎尸案，逃走的人目前还在搜寻，应该是在本地长期生活的人，男性，身高一米七，戴摩托车头盔。从现场来看，嫌疑人是从酒店楼顶的下水管道向里面扔尸块，没想到尸块堵塞了下水道，导致611房的下水道反流，这也解释了为什么阿睿所在的浴室水流无法排走。

“目前就掌握这么多情况，大家讨论一下吧。”陈全才拿起水杯喝了口水。

“有没有可能是这个抛尸的嫌疑人下楼查看堵塞情况，正好看到死者想要侵犯阿睿，一时气愤就把人给杀了？”吕阳第一个发言。

“这个可能性很大，但是也有说不通的地方，比如嫌犯是怎么做到的，除非他是这个酒店的员工，否则怎么能随意进出酒店房间呢？”一大队队长周建道，“我们昨晚已经排查过了，酒店员工没有符合嫌犯特征的人，而且昨晚要么在岗上班，要么在宿舍休息，都有人做证。”

“酒店房卡呢？是不是偷来的或者酒店的人偷偷流出去的？”另一个同事问。

“这个暂时还没查到，据酒店负责人讲，他们的房卡管理得很严格，能开本层楼所有房间的房卡都由值班经理保管，没有外流的可能。”

“也许根本不是这个抛尸的家伙干的，会不会另有他人？”

“房门锁着，洗手间也反锁着，谁有这么大本事连开两道门还不惊动屋里的人？”二大队队长谢明说，“我说这话大家别不爱听，阿睿虽然是咱们的同事，但这个可能性才是最大的。”

“你是说，人是阿睿杀的?”吕阳问道。

“不然呢？难道真有鬼啊?”谢明点了根烟，“她说看见下水道里伸出一只手，这话只能骗骗无知小孩儿，正常人都知道不可能。”

“你觉得她当时那个状态，怎么杀得了一个成年男人?”吕阳脸色不太好看，“而且别忘了，现场没有搏斗痕迹，说明死者是在没有防备的情况下撞在洗手台上的。”

“男人嘛，这时候肯定没什么防备的。”谢明嗤笑一声，“我不是针对阿睿，只是说这种可能性还是很大的，咱们要破案就不能先入为主，对吧?”

会场因为谢明的话陷入尴尬，阿睿是支队里的一员，虽然是辅警但也是朝夕相处的熟人，没人愿意发生这种事。有些跟阿睿关系不错的民警脸色已经很难看了，但谢明的话也不是完全没有道理。

“碎尸受害者的身份确定没有?”严喆突然张口，把话题转到另一个方向。

“没有，只有半张脸，以我们市的技术水平估计短时间内确认不了。”一大队队长周建说，“就算省厅都不一定很快查得到。”

“行了，下面最紧迫的几件事，大家分一下工。”刘政委拍板道，“我们破案一切都要讲证据，捕风捉影的事不要理会，一大队负责阿睿的案子，尽快确定死者身份，同时查清案发过程，一定要细之又细，不能放过任何一个疑点。

“二大队，你们负责碎尸案，加大追查力度，一定要把嫌疑人抓捕归案，另外安排专人确定死者身份，这两件事是头等大事。

“三大队目前人手不足，严队暂时负责，但因为你们刚到广成，情况还不太熟悉，我给你们调一个熟悉情况的人协助，你们主要负责指导协调，尤其是我们局比较薄弱的方面，最好能争取到珠江市局的技术支持，现在钟小飞同志就发挥了骨干作用，这也是我们最缺乏的。”

会议结束，严喆和吕阳走回办公室，路上两人谁都不说话，看得出来情绪不太高。

“什么叫指导协调？还不就是把咱们晾到一边儿了。”吕阳抱怨道，“这回钟小飞算是瞎猫撞上了死耗子，支援工作还能遇上碎尸案。”

“不然咋办？难道让咱俩负责破案？我是刘政委也不会这样安排。”严喆倒是想开了，“摆正心态，咱们该干吗干吗，明眼人都知道，人不可能是阿睿杀的，其他的还重要吗？”

吕阳惊讶地看看严喆：“你的意思是？”

“这种乘人之危的人渣死了不是更好？”严喆翻个白眼，“反正我是不急着给他平冤昭雪，反倒是那个碎尸的家伙，这个才有意思。”

吕阳恍然大悟，顿时心情好了不少。

两个人回到办公室，刚进门就听见一个清脆的声音：“领导好，我是调来协助工作的新警，周悦！”

“你怎么来了？”严喆愕然地看着周悦，“你不是在派出所吗？”

“我今天一早接到通知，临时抽调到三大队协助工作。”周悦神气地说，“严队，你给我通报一下案情吧。”

严喆愣了愣神儿，一指吕阳道：“我不是队长，这位驴队长才是你领导，让他给你介绍介绍吧。”说完一扭头就出去了，也不管吕阳的咒骂，反正他是不会带个拖油瓶干活儿的，这种烦心事儿就该吕阳操心才对。

严喆出了办公室直奔技术科，可是钟小飞不在，一打听才知道，这小子去殡仪馆拼尸体了。看来这家伙还真找到归属感了，这么快就融入了新集体。

他也不能闲着，决定再去现场走一下，也许能找到新的线索。想到这，他直奔停车场，单位那辆破五菱还停在那儿没动呢，有个代步工具总比没有好。

严喆坐进车里，掏出钥匙足足拧了五分钟，总算把车打着了，可刚开到市局门口就看见吕阳和周悦站在路边朝自己招手。

吱……

小五菱一个急刹，严喆降下车窗：“你俩在这儿干啥呢？”

“等你啊。”吕阳不由分说拉开车门，冲周悦道，“别愣着，赶紧上车。”

两人钻进车里，哐当一下关上门：“开车吧。”

严喆无奈，小五菱晃晃悠悠地朝酒吧街驶去。

白天的酒吧街显得有些冷清，因为昨晚的命案，所有店铺都受到了影响，大街上除了孤零零的警戒线在寒风中飘摇没有一丝人气。

夜宴酒吧门口停着一辆警车，但没见人影。

严喆、吕阳和周悦站在街口，看着被查封的酒店大门，有些感慨。

“想好从哪儿开始没？”吕阳问道，“六楼还是七楼？”

严喆想了想：“六楼吧。”

三人进了酒店，直接上到六楼，进入611房间。

“就是这里！”吕阳指着洗手间道，只见地面墙根儿处一摊深色的印迹，下水道的地漏已经被警方撬开，露出黢黑的洞口，一股刺鼻的恶臭从里面散发出来。

严喆看了一眼，没进去反而往屋里面走。

“你找啥呢？”吕阳奇怪道。

严喆从卫生间走到屋里，又从屋里走回卫生间，反复走了几趟，然后开始仔细查看房间里每一张桌子。

吕阳像看怪物似的盯着严喆：“你确定像警犬一样闻一遍就能把人找出来？”

“不带你这样骂人的啊。”严喆猫着腰还在观察，“刚参加工作的时候，我师父告诉我，想杀一个人是很难的。”

“废话！”吕阳没好气儿道，“还用你说。”

“所以，阿睿当时的状态想杀那个色狼，你觉得可能吗？”严喆仔细地看了一遍房间，这才抬起头。

周悦摇摇脑袋：“她肯定办不到，不是说了那个色狼是自己绊倒撞在洗手台然后又撞到水龙头才死的吗？”

“洗手间的结构你也看到了，洗手台在进门的右手边，而水龙头就在马桶旁边还低一些的位置，应该是方便服务员打扫卫生设计的。”严喆站起来回到卫生间门口，指着里面道，“但它旁边就是马桶，一个成年人如果突然摔倒，两只手肯定会本能地保护自己，哪有傻乎乎直接撞上去的？而且成年男性的颅骨硬度可不是撞一下就能碎的。”

吕阳点点头：“所以谢明才没有完全相信阿睿的话，连我也觉得有点巧。”

“当时房间里肯定还有第三个人！”严喆道，“而且那个家伙不仅杀了色狼，还拿走了他的手机。”

周悦皱眉道：“可你这样闻一遍就能找到凶手了？”

严喆没说话，脑海里却出现一幅画面：洗手间里，那个色狼正用两只手紧紧抱着阿睿，他当时反锁了洗手间的门，所以对身后完全没有警惕，这时候，一个人悄无声息地打开洗手间门，从后面袭击了色狼。

严喆突然想起昨天晚上在杂物房，那个黑影用铁锤偷袭自己，当时那个冰冷的铁家伙贴着自己鼻尖擦过，他当时还惊出了一身冷汗。现在想想，黑影手里拿的也许不是锤子，而是酒店备用的水龙头。

凶手用水龙头砸在色狼头部，然后色狼栽倒在洗手台上，随后摔在地上，而碰巧墙壁上也有一个水龙头，角度正好和伤口吻合。这样就能解释得通了。

严喆把推测跟吕阳和周悦说了，随后蹲下身子，看着黑洞洞的下水道口：“昨天出事的时候，下水道还是堵塞的，这说明那家伙来不及疏通就跑了。”

“那阿睿看到下水道里的手是怎么回事？”周悦问，“阿睿说她清清楚楚地看到了。”

“这样，我们来做个实验。”严喆突然发现，这两人跟着自己也不是一点儿用没有，“你们两个复原一下现场。”

“我就知道他脑子里没好主意。”吕阳郁闷地看看周悦，“你怎么样？”

“我没问题。”周悦也很爽快。

两个人摆好位置，周悦缩在马桶旁的墙角，吕阳摆出一个拥抱的姿势，严喆在后面指挥：“老驴，你再往前点，把你想象成色狼。”

“我去，有本事你来啊！”吕阳弓着腰，站了一会儿就腰酸背痛得不行，没好气儿道，“周悦你别躲啊，不抱住你怎么复原现场？”

“你、你还真抱啊！”周悦结结巴巴道，“我，我不想试验了。”

“都别动！”严喆在后面突然大喝一声，“保持住，我拍张照。”

“滚！”吕阳闻言大吼，“你拍个毛啊拍。”

“你们看。”严喆把手机递给他俩，表情严肃道，“这个位置，你觉得阿睿看到的是下水道吗？”

吕阳赶紧起身，周悦的小脸已经红到了脖子根，偷偷地看了两人一眼，见他们都在认真地看手机，心里才松了口气。

“你看，阿睿的身高跟周悦差不多，两个人缩在墙角的时候，根本看不到你的脚。”严喆指着手机照片道，“阿睿当时的情况和周悦差不多，她们的头要么向上仰，要么看到侧面，就是这个位置。”

说着，严喆顺着周悦的视线用脚在地上划了一下：“就是这里。”

吕阳和周悦对望一眼：“是门口！”

“没错，而且正好在下水道的前面。”严喆凝视着厕所门打开的位置，“如果门被悄悄打开一个缝隙，有人从外面伸手进来，从周悦的角度看过去就像下水道里伸出一只手。”

“看来，这个人就是抛尸的家伙无疑了。”吕阳点头，“他本来是想把下水道弄通，没想到看见阿睿正在被色狼欺负，所以他改变了主意，进来杀了色狼！”

“没错，他从楼顶的下水道管子往下扔尸块，这种老房子的下水道都是直通城市的下水系统的，只要肉够碎，丢进去跟玩儿似的，根本发现不了。”严喆站起身来，“只是这间屋子不知道为什么突然堵了，所以那小子偷偷下来，想要疏通一下。没想到正好撞见了色狼。”

“可是他怎么进的房间呢？”周悦想不明白。

“别着急，我再确认一下。”说着，他走到洗手间外，一把将洗手间的门拉上，周悦一个人留在里面，顿时吓得哇哇大叫：“严队长，你把我关在里面干什么！”

“你把门反锁一下！”严喆在门口说道。

“我好害怕！”周悦嘴上喊害怕，但还是把门反锁上了。

然后，严喆轻轻转动门外的把手。

咔嚓！

洗手间的门不出意外地被打开。

“锁是坏的。”吕阳站在门口也拧了两下，“只要这家伙有门卡，卫生间的门根本挡不住他。”

“是这样了。”严喆点头，“而且这家伙藏在杂物间，说明对酒店很熟悉。”

周悦惊魂未定道：“赶紧问一下酒店的人，搞不好就是这里的员工。”

“谢明他们昨晚已经查过了，酒店员工都有不在场的证据，而且这些楼之间都是相通的，他不一定在酒店上班。”严喆掏出手机，拨了个电话。

“三哥，是我啊。”

“哥，这话怎么说的，您是我哥！”傻三儿恭恭敬敬地对着手机鞠了个躬，“严队，我都听说了，昨晚夜宴出了大事儿。”

“嗯，知道就好。”严喆故作神秘道，“那你知道我找你啥事吧？”

“啊？这我哪儿知道啊！”傻三儿觉得脊背发凉，“严哥，您就别逗我了，有什么指示直接讲吧，保证落实到位。”

“这样，你帮我打听打听，酒吧街这边的户外广告牌维护是谁负责的，都是哪些人在这儿干活儿。”严喆说，“问清楚是谁就行，直接告诉我。”

“行，这点任务那都不叫事儿。”傻三儿满口答应，心想赶紧应付过去回头就换号码。

严喆本想挂电话，但刚找人办事马上就挂显得不太礼貌，于是顺口问了一句：“你的市场规划做得咋样了？什么时候开业，我们去捧场。”

哪知傻三儿叹了口气：“别提了，哥。我之前拉的大老板不吭不响地走了，本来还想谈合作呢，现在没戏了。”

“哦？什么老板，别是骗子吧？”话说到这儿了，严喆也不好意思挂电话，只能顺着往下聊。

“不是骗子，他家就是广成下面的三溪村的，从小就出去闯荡，生意做得可大了。”傻三儿提起威哥，又变得兴奋起来，“威哥肯定是公司有事儿，等忙完了还得回来。”

“威哥？”严喆念叨了一句没再多问，叮嘱傻三儿多费点心，尽快给他消息，随后挂掉电话。

吕阳好奇道：“你觉得凶手是装广告牌的？”

“不好说，昨晚他跑的时候对路线太熟了，我怀疑只有天天在这上面干活儿的人才能大晚上的戴个头盔还跑得这么快。”严喆说，“上去看看。”

三个人又来到七楼那间杂物房，里面的碎尸块已经连夜清理干净了，技术科还有人在勘查，所以他们没进去而是到隔壁客房，推开窗户，跳到临时通道上。

“就是这儿，昨晚那家伙就是从这儿跳出去跑掉的。”严喆指了指杂物房的窗户，“那会儿可是凌晨，天黑得厉害，这小子戴个头盔还能如履平地，可见他平时肯定没少来。”

周悦踩了踩脚下的木板，发现都是活动的：“要是踩错地方至少也得绊一跤，搞不好就掉下去了。”

三人顺着通道正往前走，对面谢明带着人也走了过来。他们负责碎尸案，追捕嫌疑人就成了头等大事。

“谢队，你们也来了。”严喆冲对方打了个招呼。

“你们来干什么？”谢明却板着脸冷冷地哼了一声，双方在狭小的通道迎面遇上，只能有一方退后才能让另一方通过，谢明显然没打算后退。

严喆眼睛微微眯起，笑道：“昨晚追嫌犯从这儿路过，今天再过来看看。”

“看一下就行，别乱碰东西，回头影响取证就麻烦了。”谢明说着就往前走过来。

严喆本想给对方让路，但见这个姓谢的说话夹枪带棒，顿时也有点不爽，站在原地一动不动，也不说话。

谢明被挡住去路，皱眉瞪着严喆：“让开。”

严喆还是没说话，眼神平静地看着对方。

“我说话你没听见？”谢明怒道。

“谢队长请把话说明白点，刚才你说的我还真没听明白。”严喆冷笑道。

身后的周悦偷偷拉了拉吕阳，那意思是让他劝劝严喆，可吕阳没反应，仍然笑呵呵地看着两人。

“我让你别多管闲事。”谢明怒道，“这案子二大队负责，你们在一边儿看着就行。”

“这我就更不明白了，我们三大队才是负责大要案的部门，昨晚我是唯一见过嫌疑人的，怎么就不能管了？”严喆一字一句道，“更何况阿睿是我们三大队的，我这个代理队长更没理由旁观了不是？”

“哼，要不是你们几个，阿睿会一个人跑去酒吧喝酒吗？”谢明彻底控制不住，冲严喆大吼道，“别以为我们不知道，你那个同事跟着阿睿一块儿去的酒吧，喝了半截自己跑了，把阿睿一个人丢在那儿！”

这话一出，所有人都大吃一惊，连周悦都不可思议地看着严喆和吕阳，有种被欺骗的感觉。

严喆心里把钟小飞都骂上天了，怪不得谢明对自己没好脸色呢，敢情原因在这儿啊。不过这事确实是钟小飞做得不地道，他也得跟着认㞞。

“钟小飞会去向阿睿道歉。”说罢，严喆转身后退，给谢明他们让路，没办法，谁让自己理亏呢，想硬气也硬不起来啊！

谢明狠狠瞪了严喆一眼，仰着头走了过去。

“德行！”吕阳小声嘀咕。

“行了，这事换谁都来气。”严喆脸色也不好看，“想办法赶紧破案，否则以后在广成都抬不起头了。”

“那个，刚才谢队说的是真的吗？”周悦小声问。

“嗯，昨天钟胖子兴冲冲地去跟阿睿约会，没想到阿睿带他是去跟前男友谈判的，结果谈崩了，阿睿哭哭啼啼跑去酒吧喝酒，钟胖子肚子饿，傻乎乎的就先走了。”吕阳一股脑儿把事情经过说出来，“事儿就是这么个事儿，钟胖子是做得不地道，我们也认了。你要嫌弃我们，就赶紧回派出所去，以后井水不犯河水。”

周悦没想到还有这么一出，捂着嘴道：“怪不得谢队生那么大气，他儿子不就是阿睿男朋友吗？”

“啥？”严喆也愣了，“你是说谢队是阿睿的前公公？”

“什么叫前公公，多难听！”周悦道，“是前男友的爸爸。”

“怪不得，我要是摊上这么个老公爹，也得跟男朋友分手。”吕阳恍然大悟道，“有其父必有其子，古人诚不欺我。”

“别扯淡了，有那时间赶紧想想怎么抓人。”严喆摆摆手，“老谢他们过来查看，估计也想到装修工了，就是不知道谁能先把人找到。”

“严队，我觉得这事儿也不能全怪你们同事，我还是想跟着你们办案。”周悦坚定道，“我能想办法找到装修队。”

“你还有这本事？”吕阳惊讶地看着周悦，“那怎么不早说？”

“我也不确定行不行，所以不好意思说。”周悦说完就去一边打电话了，没几分钟她就接到对方的回复，然后兴冲冲地跑回来道，“找到了，整条街的广告牌都是一个公司接的，维护也是他们。”

“问到工人们在哪儿住没？”严喆道，“要找到具体干活儿的才行。”

“问到了，地方我知道。”周悦肯定地说，“离这儿不远，开车五分钟。”

“周悦，我问你个事儿。”吕阳贼乎乎地凑过去道，“你爸是不是大领导？”

“什么意思？”周悦警惕地看着吕阳。

“你看啊，你一派出所的见习警，说来刑警支队马上就能来，还一晚上不到就把事儿办成了。想找施工队，一个电话，不到两分钟就拿到想要的信息。这办事效率很难不让我怀疑你家大人是广成市的大领导啊！”吕阳越分析越觉得自己说的有道理，看向周悦的目光都有点不一样了。

“胡说八道，我爸才不是领导呢。”周悦一副嫌弃的样子，“说了你也不信，我本来就是刑警支队的新警，去派出所是见习锻炼。至于这个施工队，你别忘了酒吧街就在我们辖区，我只要问一下管消防验收的同事不就全知道了？”

“哦，原来这样啊！”吕阳恍然大悟，再看周悦又变回一个普通女孩儿了，“嗯，我就说嘛，大领导的孩子才不会到基层派出所受罪呢。看来咱们还是同一个战壕的阶级弟兄！”

“谁跟你是阶级弟兄，你这种投机分子最好离我远点。”周悦一边说一边从后排钻到了前排副驾驶位，“严队，前边减速，那个路口转进去再开 50 米就到了。”

五菱是手动挡的，而且离合器位置有点高，速度慢下来就会顿挫特别明显，三个人坐在车里一晃一晃地挪到地方，脑袋都有点蒙。

下了车，严喆发现这片都是老房子，一栋栋的全是筒子楼，要不是周悦带路他们还真不一定能找到。

周悦指了指一栋三层老楼道：“就是这里。”

严喆抬头看看，房子的红砖经过几十年的风霜已经变成灰色，看起来很是老旧。三个人一起进了楼梯，走道里光线昏暗，只能借手机的光照明。上到三楼，吕阳按照房号敲了敲一扇绿色的铁闸门。

“谁啊？”一个二十出头的小伙子打开房间门，透过铁栅栏看向外面，一副没睡醒的样子。

严喆站在后面示意周悦出马。

“你好，我是来找人的。”

果然，里面的小伙子看见周悦马上眼睛一亮，顿时来了精神：

“哦，美女你找谁?”

“是这样的，我哥前两天经过酒吧街，被上面掉下来的东西砸了，现在还在医院躺着呢。听说是你们负责维护的。”周悦的瞎话张口就来，听得严喆和吕阳都佩服不已。

对方果然上当，马上变脸道：“不可能，我们施工都装防护网，就算掉东西也不可能砸到人。你们是想找事儿吗?”

说着小伙子警惕地看着严喆和吕阳，把他俩当成周悦的打手了。

“你们怎么施工我不管，反正我哥就是被广告牌上的东西砸伤的，派出所张所长已经知道这事儿了，让你们所有工程都停掉，不赔钱就别想开工。”周悦一副理直气壮的模样，不知道的还真以为她哥被砸了呢。

“怎么能这样？我们还指着干活儿挣钱呢!”屋里的小伙子立马不干了，嚷嚷起来，“你们太不讲理了，凭什么不让我们干活儿，你们调查清楚了吗？是哪块广告牌掉的东西，你们直接找负责的工人赔，不能让我们跟着受牵连。”

“我哥就在夜宴酒吧楼下被砸的，那条街的广告牌都是连着的，谁知道是哪个负责。”周悦争辩道，“反正我不管，你们就得赔钱。”

“夜宴楼上的广告牌又不是我们做的，那是蒋小风他们几个负责的。”小伙子嚷道，“那边整条街都是他们几个做的，跟我没一点儿关系，我们做的是路对面的，八竿子打不着，凭什么赔钱?”

“谁是蒋小风，让他出来。”

“他不住这里，他在隔壁。”说着指了指旁边那间屋，“不过好几天没见到人了，他们屋的人都不知道他去哪儿了。”

“那怎么办?”周悦的小脸立刻垮了下来，泫然欲泣道，“我哥还在医院躺着呢，找不到人我拿什么交医药费。”

小伙儿哪顶得住这个杀伤力，立马慌了神儿，手足无措道：“我们也不知道啊，蒋小风这人本来就怪，平时也不怎么跟人说话，我们这里就没有跟他熟的。”

严喆插话道：“这人戴头盔吗？摩托车头盔。”

“对，他去哪儿都拿着个摩托车头盔，不光骑电动车的时候戴，回屋都拿着，说是自己怕冷。”小伙儿说，“我们都觉得他不太正常，所以也不怎么跟他交流。”

“他电动车什么样的？”严喆问。

“挺普通，没什么特别，跟马路上那些载客的摩托车差不多，不过是电动的。”小伙儿认真想了想，“好像他有一次叫外卖，我见他掏钱的时候钱包里全是零钱，当时我心里还挺奇怪，这年头都是手机支付，谁还带那么多零钱，感觉他跟路边的拉客仔没什么区别。”

严喆示意周悦下楼。

“要不要进屋看一下？”吕阳低声问。

“先不用，你没见他们都是几个人住一起吗？”严喆想了想道，“集体宿舍至少不会是杀人分尸的现场。留给老谢他们查吧，咱们想办法找到蒋小凤。”

周悦看着路上往来不绝的车流：“这里骑电动车的人这么多，想找也没法找啊！”

严喆却问道：“广成这里摩的多不多？一般集中在哪里？”

“火车站那片最多，汽车站也在那里，外地人下了车一般都坐摩的回家。”周悦想了想，“其他地方就不好说了，这里山多，大家出门都骑摩托车或者电动车，所以其他地方反而看不到摩的。”

“那咱们就去火车站。”严喆说道，“你没听刚才那小伙子说吗，他身上全是散钱，我觉得他做摩的拉客的概率很大。”

“火车站那么大，你又不知道他长什么样，怎么找？”吕阳听得直皱眉，“还是等照片出来再说吧。”

严喆却摇摇头：“这样，你先回支队，跟领导汇报我们查到的线索，同时把那个死者还有蒋小凤的资料拿到手。我和周悦去火车站转转，先熟悉一下地形。”

吕阳点头答应，开着五菱先回市局。

严喆和周悦则打了辆出租车直奔火车站。

广成市火车站广场，三个其貌不扬的男人风尘仆仆地下了车，为首的一个头发挺长几乎盖住了脖子，还戴着一副圆形平底眼镜，让他脸形显得稍微没那么冷峻。

“九哥，阿威就是在这儿出事儿的。”旁边一个黄脸汉子低声道，“昨晚通过电话以后就再也联系不上了。”

长发男人没有说话，反而叹了口气：“十几年了，还是那个老样子啊！”

身边的两人不知道他说的是阿威还是这座城市。

三个人很快消失在人流当中。

“你已经在这儿转好几圈了，真有用吗？”

虽然天气寒冷，但周悦额头的刘海已经被汗水浸湿，打成绺贴在额头上，小脸红扑扑的，鼻息喷到空气中化成一股股白烟。

“我不知道。”严喆和周悦沿着马路牙子，深一脚浅一脚地往前走去，火车站周围烟尘滚滚，地面满是黑色淤泥，两个人的腿上沾了不少泥水，脚趾都冻得没了知觉。

“他会不会已经跑了呢？”周悦问道，“咱们总不能在这儿一直逛下去吧？”

严喆却道：“这种人跟常人不一样，不能用正常思维去推测。他越是紧张反而越会去自己熟悉的地方。”

“这么有把握？”周悦怀疑地打量他一眼，“我咋觉得不靠谱呢？”

严喆笑笑：“我一直在想，他抛尸的时候，有那么多房间，为什么偏偏挑了阿睿这间呢？这里面真的只是巧合吗？”

“你啥意思？”周悦愣了一下，“难道他是故意的？”

“你说，他进屋以后看见阿睿被欺负，为什么要出手砸死那个色狼？”严喆自顾自地分析道，“一个杀人犯，肢解尸体、剁成肉渣，这样的人会见义勇为？”

“你说得越来越邪乎了。”周悦脸色有点不好看，“我还是个少女好吧，能不能直接说结论，别总拿这些玩意儿恶心人！”

严喆有点惊讶地看着周悦，怎么吕阳一走，这姑娘就跟变了个人似的，说话也越来越彪悍了。

“抱歉哈。”严喆笑了笑，“我有种预感，这家伙似乎对滚床单这事儿有点偏好，否则没理由这么巧合地闯进他们屋子，还冒着暴露自己的风险进屋杀人。”

“也不能这么说，那个酒店的房间都在滚床单好吧。”周悦不以为然道，“阿睿这里反而没滚成。要我说，他应该是个偷窥狂，最喜欢看别人啪啪，然后突然冲上去把人宰了，剁成肉馅！”

严喆一脑门子黑线，很无语地看着这个自称纯洁少女的家伙：“少女，拜托你脑袋别这么污好吗？”

周悦很不屑地转过头，小脸变得更红了。

“你想过没有，被他杀死的人是什么身份？”严喆继续道，“他杀色狼的手法虽然不算高明，但很果断，这说明什么？”

“他喜欢杀男人！”周悦两眼放光地说，“还是光屁股的男人。哦，我知道了，这家伙喜欢男人！”

严喆叹了口气，觉得自己刚才都白说了：“少女，请收起你那颗纯洁无瑕、洁白如纸的幼稚心灵，我想说的是，这家伙内心很厌恶这种行为，所以才毫不犹豫地动手。”

“啊？”周悦顿时觉得很不好意思，扭扭捏捏道，“你别介意哈，我也是顺着你的思路推理的！”

“我是这思路吗？”严喆彻底无语，“我们刚才转了几圈，有几个地方可能性最高，你跟我来，一会儿听我命令知道不？”

周悦哼了一声表示同意。

两人路过一个小胡同，严喆一拐弯，钻了进去。

火车站旁边的胡同都差不多，里面就两种人：拉人住店和拉人睡觉。

胡同里污水横流、垃圾遍地，两个人捏着鼻子往里面走了不到50米，两边出现了各种旅馆的招牌，其中还有好些粉红色的洗头房，几个睡眼惺忪的大妈坐在店里一边看电视一边烤着“小太阳”，一看就是生活很和谐。

严喆一眼扫过去，挑了一间最不起眼的小店，推门进去。

“哎哟，帅哥，你来啦!”一个又矮又肥的阿姨看见严喆的身材，脸上乐得跟开花一样，站起身来热情得不行。

然而，当她看见严喆身后跟着的周悦时，脸上闪过一丝惊讶：“帅哥，有什么能帮你的啊?”

严喆笑笑，一指周悦道：“我女朋友，想找兼职挣点儿钱!”

周悦和阿姨同时瞪大眼睛，盯着严喆，屋里安静极了。

严喆突然觉得无数把刀子插进自己的皮肉，手背都快被周悦掐出血了，不用问周悦的眼神正化为利刃将自己大卸八块呢。

“哎呀，这么漂亮的小妹妹找兼职，肯定好找啊!”阿姨已经乐得合不拢嘴了，“姐姐这儿正缺人呢!”

“姐，我女朋友有要求，你先等我们说完再给安排行不?”严喆笑呵呵道。

“行，小姑娘嘛，有点儿要求是正常的!”阿姨善解人意地拖了把椅子过来，“坐下聊，喝点啥?可乐还是雪碧?保证干净的，没下过药!”

“谢啦姐!”严喆一脸感激地说，“我女朋友第一次出来找工作，比较害羞，所以想要客人们都把脸挡上点儿，你看中不?或者戴个头盔也行，这样不尴尬。”

“啊?”阿姨一愣，她从业这么多年，还是头一次听到这种要求，不禁仔细打量了一下周悦，这小妞太漂亮了，比电影里的明星还水灵，估计客人们也不会计较，于是点点头，“这个问题不大，不过收入上可能会受点儿影响。”

严喆摆摆手，装出一副傻乎乎的模样：“她年纪小，没经验，收入低点也没关系。”

周悦的指甲已经掐进他肉里了，疼得严喆嘶嘶地吸凉气。

“那就没问题了，现在的年轻人肯吃苦的不多了!”阿姨开心地笑道，“一会儿我请你们出去吃饭，下午岗前培训，今晚就上班!”

“嗯，那谢谢姐啦!”严喆笑呵呵道，“我想多问一句，这附近的客户都是哪儿的啊?本地人多吗?别遇见熟人了就不好了。”

“放心吧，兄弟，我们这儿离火车站这么近，客户当然是来自全国各地的啦!”阿姨拍着大胸脯保证道,“最多有几个在周边工作的,大多数都是出差、旅游的,搞不好遇见个大老板,小妹妹可就发财了呢!”

“还有本地工作的啊!”严喆露出犹豫的表情,“他们不会认出我们吧?”

“怎么会呢?都是些开摩托车、扛大包的,怎么会认识你们这些高才生呢!”阿姨安慰道,“而且,开摩托车的才合适,他们上下班都戴着头盔,不正符合我妹妹的要求吗!”

“哦,对,对!”严喆好像放下心来,连连点头,“我还以为他们戴烦了,不上班的时候都摘下来呢。”

“正常的肯定都不戴,但是有几个特别喜欢戴的,我到时候优先介绍他们。”阿姨心情很好,自己拧开一瓶可乐,咕咚咕咚灌了一大口,正想深入聊点儿业务问题,突然觉得脖子一凉,吓得花容失色。

“啊!”

严喆不知什么时候从桌上抓起一把水果刀,寒光闪烁的刀锋上还沾着几片苹果皮,紧紧贴在阿姨又粗又短的脖子上。

“帅哥,求求你,别杀我啊!”阿姨吓得话都说不利索了,严喆这时候的脸上哪里还有半点儿刚才的模样,冰冷残酷的表情比那些杀人不眨眼的变态还要狰狞……

几分钟后,两人从洗头房里出来,还没说话呢,周悦一脚朝严喆胯下踹了过来。

“靠,你想让我绝后啊!”严喆大惊,连忙向后一跳躲过周悦的夺命脚。

“王八蛋,我踢不死你!”周悦脸色铁青,一副拼命的架势朝严喆冲过来,看那样子不把严喆揍个下半辈子生活不能自理,绝对不会罢休。

“哎哟,停!”严喆捂着屁股上蹿下跳,口里大叫道,“你还想不想破案!”

“废了半天话,这家伙不就是在过街天桥下面拉活儿吗?你直接动刀子问不就行了？为啥非要埋汰我！”周悦怒吼连连，一路朝严喆追杀下去。

两个人打打闹闹地从胡同出来，朝火车站站前广场走去。

广成火车站年头很长，新中国成立前就有，后来经过几次扩建发展成现在的规模，是周边几个地区的交通枢纽。

火车站四四方方，中间有个高高的钟楼，上面巨大的钟表很多年前就不转了，一直停在5点20分的位置，让人一看就想下班。

车站前面是一片开阔的广场，广场上除了公交车、出租车外，到处是举着小牌子拉客的小贩儿，以前乞讨的、卖艺的也占了很大一片，但前些年搞了几次清理，这方面的问题好了许多。

严喆和周悦穿过马路，来到广场前的一座过街天桥下边，这里位置绝佳，出站的旅客都喜欢从这儿离开，所以聚集了许多摩托车拉客仔和黑出租。刚才那个胖女人说的几个喜欢戴头盔的家伙常年在这片拉活儿，尤其有一个年轻人，三伏天都戴头盔，和蒋小风十分相似。

两人顺着人流走近天桥，严喆眼睛锐利如鹰，一遍遍在人群中扫过。这时，他电话响起，一看是吕阳打来的。

“老严，我跟刘政委汇报了，他们让谢明带队去找你们了。”吕阳声音急切，“我看谢明那家伙眼珠子都红了，你等会儿小心点啊。”

“知道了。”严喆挂断电话，回头看了看，没发现市局的人，决定先不去想这事儿。

他没注意到的是，在身后不远处，一个穿着黑色夹克衫的年轻人坐在一辆安装了顶棚的电动三轮上不紧不慢地跟在后面，时不时冲竖起来的夹克领子嘀咕几句：

“头儿，目标停下来了。”

马路对面的一辆金杯面包车里，谢明拿着对讲机，看着远处人群里的严喆道：“等一等，看他们要干什么。”

黑夹克点头，冲身后打个手势，又有四五个穿着随意的年轻人从四周缓缓围过去！

谢明看向车外，眼神深邃，不知在想什么。

严喆这会儿正靠在路边的护栏上，眼睛在一群骑着摩托车的拉客仔身上来回扫着，完全没意识到自己已经成为别人的目标。

这群拉客仔人数接近一百，每个人都戴着头盔，车把上套着厚厚的棉手筒，腿部前面有厚厚的皮帘子，保证他们在行驶时不受寒风影响。

“这么多人，怎么找啊？”周悦眼中闪过一丝忧虑。

“他骑的是电动车，和摩托车不一样，我们分头找，电话联系！”说完，他上了天桥，站在高处视野更开阔一些。

“头儿，目标分开了，上了天桥！”对讲机里传来便衣的声音。

谢明手里拿着望远镜遥遥地观察：“两个人跟着周悦，其他人盯紧严喆。”

便衣们立刻兵分两路，除了两个跟着周悦，其他人从不同方向朝严喆靠拢。

严喆正瞪大眼睛在人群里划拉呢，突然身上汗毛竖起，心头警兆一闪：被人盯上了！

严喆表面上没有任何异常，仍旧静静地看着脚下的人流，但眼角余光已经扫过那几个慢慢跟过来的便衣，心里难免有些恼怒：这是抓嫌疑人吗？怎么看都是在抓老子啊！

与此同时，他还发现远处的胡同口，走出好几个剃着小平头、挂着粗金链的彪形大汉，在胡同阿姨的带领下，雄赳赳气昂昂地往自己这边走。

以前就听说干这行的都跟黑恶势力有勾连，现在一看果然不假。

阿姨阅人无数，一眼就认出站在天桥上的严喆，用手一指：“就是这小子，他还有个漂亮小妞儿，一会儿都给我带回来！”

身后那帮大汉一个个跃跃欲试，闻言分开人群朝严喆冲了过去。

路边的搭客仔们也发现事情不对，他们在这片混迹多年，对这些恶势力的人马早就一清二楚，见他们凶神恶煞地走过来，立马就知道有人要倒霉了。

不少人担心安危，悄悄发动摩托车朝远处驶离，路面上的人群顷刻散开。

一个戴着头盔、身材单薄的家伙也跟在众人身后向远处溜去，但他骑的电动车马力不足，有些跟不上。

和其他人不同，这家伙的电动车上没有安装棉筒子，他只戴了双白色的棉手套，瘦削的身材在人群里显得很不起眼。

蒋小风！

严喆确认了没错，四下打量一圈，发现便衣和彪形大汉们已经到了附近，心里冷笑一声，掉头就走。

“头儿，目标动了！”对讲机里，黑夹克略显焦急地说，“怎么办？”

谢明透过望远镜将严喆脸上的表情看得一清二楚，心里突然有种不好的预感，但他又不知道这种感觉从何而来：“别急，跟上去看看他要干什么！”

黑夹克闻言马上下令：“跟上去！”

话音刚落，四周的人群里突然冲出七八个黑衣大汉，各个吃得油满肠肥，脖子上一层层的全是褶子肉，寒冷的天气竟然都穿着黑色单裤、黑色T恤，比电影里的黑社会还有范儿。

几个便衣有点傻眼，哪儿冒出来一群砸场子的？看样子像是黑吃黑啊！

上面的动静立刻吸引了人群的注意，蒋小风抬头望向天桥，眼神一凝，正好看见严喆。

虽然这家伙戴着头盔，但严喆有种感觉，这个人就是他要找的蒋小风。

于是，严喆一脚踏在天桥护栏上，身体向空中高高跃起。

黑衣人们和便衣们全都愣了，没想到这小子胆子这么大，竟然说跳就跳，要知道，天桥下面可全是来往的汽车，稍有不慎就会被碾成渣子。

两拨人你看我我看你，马上转身下桥朝严喆追去。

严喆人在空中一个漂亮的空翻，稳稳落在地上，身后传来尖锐的刹车声，几辆轿车因为刹车不及撞在一起，马路上乱成一团。

蒋小风见状把动力加到最大，发疯一样钻进人群，严喆在后面紧追不舍，再后面则是一群便衣，还有举着棍棒的黑衣人……

人群大乱，摩托车四散奔逃，蒋小风也混迹其中，眼看又要跑了。

嘭！

严喆一脚踹翻一个追上来的黑衣人，从他手里抢过一根木棒，冲向马路中央。

眼前人头攒动，骑摩托车的、拖箱子的、吓得乱跑的，看得人眼花缭乱，而蒋小风已经跑出去了几十米，混在人群里几乎看不到身影。

“王八蛋，我让你跑！”严喆往地上吐口唾沫，抡起手里一尺来长的木棍，眼睛瞄着远处不断闪动的身影，突然猛地一抡，只见木棍化成一道闪电，打着转儿瞬间穿越两人间的距离。

蒋小风正左拐右拐地往前跑，突然听见身后“呼”的一声，他拼命向左一打方向，木棍贴着他头顶飞了过去，正好砸在前面一个骑摩托车的家伙手臂上。

哎哟！

哐当……

木棍掉在地上弹了两下。

被击中的那位身子一歪，连人带车摔倒在地，却正好挡住蒋小风逃跑的路。

人群微微一颤，如石块入水溅起的水花和涟漪，向周围退让。

趁这个机会，严喆已经冲到近前，正好看见蒋小风丢下电动车钻进人群。

“站住！”严喆大喝一声，拔腿就追。

这时，周围一群便衣冲了出来，把严喆团团围住：“不许动！”

严喆痛骂一声，眼睁睁看着蒋小风身子一扭一扭地消失在人群。

“严喆！”谢明冲进人群，指着严喆吼道，“你看看你都做了什么！”

“怎么哪儿都有你？”严喆很不爽地冲他翻个白眼儿，“赶紧叫你的人把那个逃走的家伙弄回来，他就是嫌犯！”

“放心，他跑不掉的。”谢明怒极反笑，“你先担心你自己吧。”

“带走！”谢明一摆手，便衣们一拥而上，严喆被带走。

“谢队，刚才逃跑的家伙进了棚户区。”不大一会儿，一个民警跑到谢明身前，“周悦一直追在后边！”

“用无人机，一定不能跟丢了！”谢明喝道，“赶紧叫救护车，抢救伤员。”

因为刚才严喆的危险行为，天桥下面有三辆私家车发生追尾，所幸没有人受伤。只有被木棍打到手臂的那名路人需要救治，但万幸的是当时他车速不快，摔倒时只擦破了皮。

即便如此，严喆的行为也已经十分恶劣，哪有警察在公共场合乱扔木棍砸伤无辜群众的。所以谢明第一时间把严喆控制起来，甭管这次能不能抓到嫌犯，严喆都要倒霉了。

广成市火车站西面住了不少群众，都是几十年的平房，很多住户还用塑料布临时搭起帐篷，往往一间平房周围能搭建出十几个棚屋，再低价租给外来打工人员。

这样的棚户区，规模惊人。

此时，蒋小风正在棚户区里左突右奔，疯狂逃窜，周悦则在后面紧追不舍。棚户区里通道狭窄，杂物堆积，周悦仗着身材娇小灵活，竟然死死咬住了目标，但跟在后面的两个便衣则吃足了苦头，不是撞翻了水桶就是绊到了砖头，很快失去周悦的踪迹。

严喆被带到金杯面包车里，一个二大队的同事负责看守，因为是同事，所以也没人为难他。但严喆却眉头紧皱，心里有种不祥的预感。

“老驴，你在哪儿呢?”

“听说你大闹火车站，我跟刘政委正往那儿赶呢。”吕阳头一次声音里带着紧张，“你怎么这么冲动?”

“先别说我的事，我担心这家伙狗急跳墙。你到了以后马上去找周悦，她知道嫌犯的特征。”严喆叮嘱道，“记得，这家伙不是正常人，千万不能大意。”

“行，我知道了。”吕阳放下电话，看看旁边的刘政委道，“政委，老严他这个人就是比较冲动，认准了的事儿就什么也不顾了，您看……”

“唉，希望那个受伤的群众别太难缠就好啊!”刘政委深深地叹了口气。

严喆放下电话，心里的不安越来越重，他看向那个同事：“兄弟，能不能让我出去？抓到嫌犯我马上回来。”

对方露出无能为力的表情。

严喆又打给周悦，可电话通了却没人接听。

一切都失控了。

严喆像头被困住的野兽，焦躁地在面包车里来回乱撞。

这时，一辆警用SUV停在面包车后方，车门打开，一个红脸膛的汉子从车上下来，冲一个戴眼镜的小青年一招手：“干活儿!”

车里又跳下几个人立刻拉开后备厢盖，从里面搬出一个黑色的大箱子，在地上摊开，露出一架乌黑瓦亮的无人机。

严喆隔着车窗玻璃看得清楚，只见戴眼镜的小年轻从另一个小箱子拿出遥控器，还冲严喆晃了晃，贼兮兮地说：“让你开开眼喽!”

说罢，通体乌黑的无人机轻轻一颤，缓缓升空，然后猛地加速朝棚户区上空飞去。

通过设在车里的监视器，眼前这片棚户区尽收眼底。

红脸汉子眼睛一眨不眨地盯着监视器，手里拿着对讲机和前方联系，指挥无人机飞向周悦最后出现的地点。

“把地图打开!”红脸膛的汉子命令道。

身边的人赶紧打开电脑，这片地区的地图出现在屏幕上。

“刚才目标消失的地方在这里，我们按照地图上的方向往前搜索!”

很快，无人机进入预定位置，在空中转了一圈，然后快速向前，不一会儿，监视器里出现了周悦跑过的身影。

找到了!

周悦的模样有点狼狈，身上沾着不少泥水，应该是刚才跑得急摔倒了，原本白皙的脸上也花了，但还在拼命向前追赶。

无人机加速，在前方不远处看到蒋小风的影子。

红脸汉子马上通过对讲机向谢明报告，所有警力开始向蒋小风逃窜的方向集结，并且在前方设置了拦截点，这家伙就是长了翅膀也逃不掉了。

严喆在面包车里听到外面的情况，总算松了口气，但他心里还是有种隐隐的不安，难道是自己紧张过头了?

蒋小风跑了很久，速度渐渐慢了下来。他戴着头盔，没有注意到高空中的无人机，还以为自己已经甩掉了警察。于是他停下脚步，转身朝另一个方向走去，这一切都没有逃过无人机的眼睛，但棚户区的塑料棚实在太多，蒋小风一旦不再奔跑，反而失去了他的踪迹。

红脸汉子的眉头也微微皱起：“降低高度，找仔细点。”

蒋小风就像钻进水里的泥鳅，明知道他就在这片区域，但偏偏找不到他的踪迹。

距离他最近的周悦也放慢了速度，她气喘吁吁地跟着蒋小风跑到这里，也失去了对方的踪影，但她毕竟离得近，稍微打听就知道那个戴头盔的怪人往哪里走了，所以她还坚持着跟在后面。

不知走了多久，周悦发现前面没路了，狭窄的通道尽头是一间铁皮房，除了一个门外，连扇窗户都没有。

周悦突然觉得有点不对劲儿，抬头看看头顶，发现这一带被雨棚遮得严严实实，根本分辨不清方向。

她赶紧躲在一个废汽油桶后面，掏出手机发现有十几个未接来电，全是严喆打来的。

“喂，严队。”周悦拨通电话，小声道，“我在棚户区里面，不知道具体位置。”

“周悦！”严喆接到电话腾地从座位上站起来，但脑袋哐当一下撞在车顶上，疼得他龇牙咧嘴，“你听我说，不要追了，马上退回来。”

周悦小声道：“这里头顶全是雨棚，前面有个没窗的铁皮房……啊！”

电话里突然传来周悦的尖叫声，然后通话被掐断。

“周悦！”严喆大吼一声，再拨打回去发现电话已经关机了。

“快点救人！周悦被抓了。”严喆拉开车窗，冲外面大喊道，“她在一个没有窗的铁皮屋前面，头顶全是雨棚！”

所有人都慌了神，那个红脸汉子的额头也全是汗水，他还在控制无人机仔细搜寻，但下面的棚子实在太多，到处都是雨棚，根本没办法分辨具体位置。

“赶紧向上级报告，派人进去找，快！”严喆隔着窗户大声喊道，“那个家伙很危险，必须马上找到周悦！”

刘政委的车此时也到了现场，谢明带着人从远处气喘吁吁地跑过来，向他汇报情况。

“什么？”刘政委听说周悦被嫌犯抓了，大吃一惊，“怎么回事？你们这么多人都干什么吃的，怎么让一个小姑娘冲上去了！”

谢明低着脑袋，恨不得挖个坑钻进去，总不能说他把警力都安排盯着严喆了吧。

“马上派人进去搜，一寸都不要放过。”刘政委立刻下令，“调集人手，挖地三尺也要把人找出来。”

“严喆，严喆呢？”

“到！”严喆的声音从面包车里传出来。

“你在车上干什么，马上下来！”

政委发话，没人敢再拦着他，严喆三步两蹿地来到刘政委面前，说道：“周悦手机关机了，对方有反侦查意识，得找熟悉的人带路才行。”

“谢明，马上去找居委会，安排社区干部带路。”刘政委立刻下令，“严喆你也带上装备，一起进去找。”

“是！”

严喆大吼一声，马上从面包车里拿了支枪，防弹背心都顾不上穿，直接冲进棚户区，边跑边朝后面喊道：“老驴，把地图和最后位置发给我。”

吕阳应了一声，掏出手机跑向无人机那边，冲红脸汉子道：“兄弟，加个微信呗！”

耳边的风呼呼吹过，严喆的眼睛里带着些许湿意，心里不停地默念着周悦的名字，希望这个刚毕业的小姑娘平安无事。

棚户区的路蜿蜒曲折，各种垃圾、杂物胡乱堆放在地上，严格来说根本算不上路。

严喆卷起一阵狂风，所过之处一片狼藉。

谁家坐在火炉上的生锈铁锅被撞翻在地，洒了满地米汤；哪个大婶晾在屋棚下的胸罩、裤衩被人带掉，落在黑色的泥水里飘摇；还有人攒了许久才堆了半人高的煤球，这是他们全家赖以过冬的凭仗，却被一脚踩塌，成了一堆黑色的烂泥……

严喆每隔一会儿就看一下手机，上面有他的实时位置和周悦最后消失地点的路线，他脑海里反复重演着蒋小风的每一次出现，还有他行为的特点，从他动手杀死色狼到他在杂物房对自己偷袭，从他在楼顶逃跑到刚才他逃窜的过程，严喆在心里盘算着这个疯子下一步会有怎样的行动。

有一点他很肯定，这个家伙只要决定杀人，下手就毫不犹豫，而且决不会留下活口。

但是，他有点想不明白，为什么被他杀死分尸的是女性，而他那晚又放过了阿睿呢？

周悦已经记不清自己是怎么被抓的，她只知道那个戴着头盔的家伙不知什么时候出现在自己身后，来不及反应便被掐住脖子。

她拼命挣扎，哪怕告诉严喆自己被抓了也好，但她很快就没了力气，脑子里开始变得浑浑噩噩，感觉自己被拖向无尽的深渊。

周悦再次醒来的时候身体已经被绑成了一个粽子，嘴被堵住，周围一片漆黑，寒冷和孤单潮水般将她淹没：这是哪里？救命！

哗啦啦……

头顶传来沙土掩埋的声音，空气里瞬间飘满灰尘，呛得周悦不住咳嗽，几乎窒息。过了一会儿，沙土掩埋的声音逐渐停止，只留下一个通气的小孔。

周悦想要挪动身体，但很快就发现两边几乎没有空间，自己竟然被埋在了地下，一旦头顶那个通气的小孔被堵住，自己就会被活埋。

啊！

撕心裂肺的喊声只能在心里回荡，哪怕流下再多眼泪也无济于事，周悦害怕极了，她怕自己就这样死掉，也许别人连她的尸体都找不到。

我不想死，严喆，快来救我！

十几分钟后，严喆来到周悦最后出现的位置，这里是几条通道交会的地方，如同十字路口一样。平房在这里已经看不出原本的样子，周围全是临时搭建的棚子，甚至还有一个旱茅房。

严喆仔细看了一圈，发现了不下四条小路，根本不知道该走哪一条。

"老驴，能看到周悦在哪个方向吗？"严喆看着手机地图，上面有无人机从高空俯瞰的实时画面，但地面上密布的雨棚遮住了视线，无人机也只能漫无目的地四处飞掠，根本没有目标。

"没办法。"手机里传来吕阳的叹气声，"你随便选一条追吧，碰碰运气。"

严喆眉头紧皱，四处打量，想找人打听一下，但今天不知怎么回事，四周竟连一个人影都看不到。

“别找了，这里都是违建，警察每次一来，居民就躲在屋里不出门，生怕是来拆房子的。”谢明的声音响起，“只能碰碰运气，随便选一条，我们的人很快就到，到时候分头追就是了。”

严喆心想只能如此了，但他还不死心，眼睛仍在不断打量。

这时，他看见前面一间低矮的平房里有人影闪过，于是冲了过去。门没有锁，严喆直接进屋，正好看见一个留着长发、穿着土气的男人站在门口，两人四目相对，有片刻的凝固。

“你好，请问你有没有看到一个年轻姑娘走过去，或者一个戴头盔的男人？他们往哪个方向走了？”严喆愣了一下，觉得面前的男人有点奇怪，但哪里不对劲儿又说不上来。他顾不得多想，直接问道。

那人伸手扶了下眼镜，想了想，用手指了指对面最窄的那条小路。

“谢了！”严喆不确定对方是不是忽悠自己，但他没有别的选择，于是毫不犹豫地一头扎了进去。

严喆离开后，屋子里响起说话的声音：“九哥，为啥不指条错路给他呢？咱们才好去找人。”

九哥摇摇头：“好人抓坏蛋，我们当然要帮好人，这是做人的基本道理啊！”

“那咱们怎么办？阿威的手机还在那个变态手里。”

“手机会拿回来的，阿威也会瞑目的。”九哥看着严喆消失的方向，淡淡地说。

严喆追了一会儿，发现前面的路越来越窄，头顶的雨棚也越来越厚，最后整条路到了尽头，目光所及正是一间密不透风的铁皮房。

铁皮房虽然破旧，但却非常结实，门框上镶嵌了十多枚锚栓，铁门一旦关上，用电锯一时半会儿都切不开。

“老驴，找到了，你看到我的位置没？”严喆不敢轻举妄动，现在不是逞能的时候，“铁皮房很牢固，需要专业切割设备。”

“收到，我们马上就到！”吕阳放下手机，无人机已经飞到严喆头顶上空，但下面视线仍被雨棚阻挡，除了一片花花绿绿的塑料布什么都看不见。

“我们的人到哪儿了？”刘政委问，“联系消防，带专业设备过来。另外，赶紧协调街道，清理出一条路，至少保证设备第一时间送进去。”

“政委，我们的人已经到了，正跟严喆商量方案。”谢明收起对讲机，说道，“他们身上有枪，可以考虑用枪把门轰开。”

“不到万不得已，不要用枪。”刘政委眉头紧锁，“能确定周悦的位置吗？”

“红外成像设备还没到，没办法确定。”

“快点，告诉严喆，想办法跟嫌犯说话，拖延时间。”

“是！”

严喆和最先赶到的同事简单研究了一下，同事建议先清理通道，把头顶的雨棚撕开，最好把铁皮房包围起来。严喆却不同意，他不想刺激蒋小风，而且周悦的位置不明，万一人不在里面，这样做反而会造成危险。

时间紧迫，严喆决定自己上前去尝试沟通。他慢慢靠近铁皮房，走到门口时先侧耳听了听，里面没有响动，于是他伸手在门上敲了敲：“蒋小风？”

铁皮房里仍旧没有任何声音，严喆再次敲门：“蒋小风，我知道你有自己的原则，咱们聊两句？”

还是没有回应。

严喆嘴巴不停，一边仔细观察铁皮房的构造一边念叨：“说实话，我心里其实挺感谢你的。你知道为什么吧？昨晚在酒店里面的那个女孩儿是我同事，她还是个小姑娘，刚刚被男朋友抛弃了，所以一个人傻乎乎地跑去酒吧喝酒。

“你知道夜宴那种地方都是些什么人，她刚喝几杯就被人盯上了，这家伙是个老手，一直等了很久，直到我同事快要不省人事了才过去搭讪。她就算再不愿意也没办法，谁让她喝了那么多酒呢！是吧？

“不过，幸好你出现及时，没让小姑娘受欺负，所以，我和我几个同事都特别感谢你，真心的！”

严喆说着话，用手在门缝处挨着摸索，发现铁门的门框已经被焊死，整扇门被打造得固若金汤，看来蒋小风早就为这一天做好准备。不过，门虽然坚固，但房子的铁皮却没那么牢固，严喆用手贴在上面轻轻按压，铁皮因为变形发出“嘭”的一声，吓得在场众人一个激灵，有些握着枪的民警差点扣了扳机。

“严喆，小心点！”谢明也带人赶到了，一同来的还有刘政委和吕阳他们。

“什么情况？”刘政委问道。

“铁皮房很坚固，严喆正在跟里面说话，不过没有回应。”之前到场的民警汇报道，“我们之前想拆掉雨棚，清理道路，把房子包围，不过严喆不同意。”

“为什么？”刘政委奇怪道。

“严喆说人质位置不确定，不能贸然行动，怕引起别的风险。”

“先按严喆说的做，不过门口的路要清理一下，一会儿消防队的设备得运进来。”

“是！”

几个人开始动手清理道路，把两边堆积的杂物搬出去，可还没动手呢旁边房子里就有群众不干了，他们嚷嚷着不准警察动自己的东西，有些人还拿出手机开始拍摄，一边拍一边喊：“警察抢老百姓东西啦！”一时间鸡飞狗跳，乱成一团。

民警们气得头顶冒烟，但对老百姓又不好来硬的，只得又跑回来请示，刘政委眼睛一瞪：“马上清理，不仅清理杂物，把附近群众也疏散出去，周围布警戒带，谁敢瞎吵吵全都带走！”

民警们有了底气，这次不再手软，三下五除二就把道路拓宽不少，当地居委会的干部也来了，大家一起劝说疏散群众，周围终于清静下来。

“设备到了！”谢明一边讲电话一边指挥，一套红外成像仪终于运到现场，消防队的战士们也带着设备紧随其后。

这时候，严喆还站在铁皮房门口劝说，他刚才似乎听见屋里发出呼吸的声音，但外面太吵，他又有些不太确定。

“我那个同事也挺可怜，家也不在这里，大学毕业为了爱情傻乎乎地跟着男朋友跑到广成，做辅警也挣不了几个钱，但她还是干得很开心。不过，前两天男朋友喜欢上别的女生，跟她提了分手。你知道她有多伤心，还是个小姑娘，人生地不熟的，你让她怎么办？

“所以，我们都挺感谢你救了她，不然恐怕她后半辈子都会有阴影。”严喆顿了顿又道，“刚才跟着你的那个女警察也是我们同事，严格来说她只是见习，还不是正式民警，比你昨天救的那个女孩儿还小一岁，可能比你还小。她也是父母的掌上明珠，在家里躺着什么不干也有吃有喝，多舒服啊。为什么要粘着一身泥，跟你在这儿捉迷藏啊？

“你好好想想是不是这个理儿，跟你无冤无仇的，你一个大老爷们儿下得去手吗？”

啪嗒……

铁皮房里传出一声轻响，好像什么东西翻倒在地。

严喆脸色一喜，看来对方被自己的话触动了。这时，身后有人轻轻拽他，扭头一看原来是吕阳。

“怎么样？”吕阳小声问。

“有反应了。”严喆比画一个手势。

吕阳掏出手机，飞快地在屏幕上敲了几个字：“红外热像来了。”

严喆见状慢慢后退，回到刘政委这里：“政委，红外热像仪到了？里面什么情况？”

“只有一个人，你自己看。”说着，他把监视器的镜头转向严喆。

怎么回事？

严喆深吸一口气，没想到红外监控器上显示铁皮房里只有一个人，而且这人抱着膝盖，将身体蜷缩在房子角落，脑袋深埋在胳膊里面，一点儿也没有绑匪的气质。

“是周悦吗？”严喆说完自己却摇摇头，否定了这个推测。

“不是，身高不对。”吕阳在一旁道，“应该就是嫌犯，难道犯病了？”

“里面只有一个人，那直接破门吧？”严喆提议，“他肯定把周悦藏起来了。”

“消防那边准备得怎么样了？”

“准备好了。”

“破门。”

消防队员们从一栋平房里拉出电线，将切割工具连上电源，然后开始沿着门边切割。

刺耳的轰鸣声震得人头痛欲裂，火花溅得到处都是，空气里飘浮着一股刺鼻的焦煳味儿。严喆他们盯着监视器，发现屋里的人将头埋得更低了，似乎很害怕的样子。

很快，消防队员在铁门旁边切开一个高 1.6 米、宽 0.7 米的门洞，正好可以让一个人进出。早有持枪待命的特警把守住门洞两边，随时可以进入铁皮房。

嘭！

随着一声巨响，门洞彻底打开，特警们第一时间冲进屋内，专用照明灯将房子里照得纤毫毕现。

“报告，屋内发现一名男性，没有人质。”

“报告，房间里发现刀具，还有疑似人体遗骸。”

接连不断的消息从屋里传出，外面的人却越听心越沉：周悦不在房子里！

“让我进去。”严喆走到门口，却被谢明挡住。

“你进去干什么？破坏现场吗？”谢明板着脸道。

“让他进去吧。”刘政委冲谢明摆摆手，“救人要紧。”

谢明还想说什么，但严喆已经钻进了铁皮房。

里面没有窗户，空气里弥漫着一股让人作呕的气味，两个特警正站在蒋小风身前用枪指着他，另外两个特警一人警戒、一人站在角落里举着照明灯。

地面上散落着各种杂物，屋子靠墙的位置摆了一张长条桌，上面覆盖着一层厚厚的黑色污垢，恶臭就是从那里散发出来的。严喆扫了一眼，把目光转向蒋小风，只见他戴着一个深红色的摩托车头盔，整个人蜷缩在铁皮房的角落，两手紧紧抱着膝盖，硕大的头盔放在手臂上。

“蒋小风，周悦在哪里?”严喆走到他身前，缓缓蹲下问，“你在害怕什么?”

蒋小风仍旧一言不发，要不是他的胸口在微微起伏，严喆甚至怀疑他已经死了。

几分钟过去，任凭严喆怎么问，蒋小风始终没有反应。外面的人也没了耐心，刘政委让严喆退出来，换谢明进去。严喆也没什么好办法，只能在一边看着。

谢明可没严喆那么客气，直接命令特警把人铐起来，扒掉头盔，他倒要看看这个杀人分尸的变态究竟长什么样。

特警不由分说把蒋小风牢牢按在地上，脱下他的头盔，双手反铐，然后仔细搜身。众人这才看清蒋小风的模样，他大概二十出头，浓眉大眼，脸上有种病态的苍白，而且眼睛不敢看人，总是不自觉地四处乱转。

“说，你把人藏在哪里了?”谢明一把揪住蒋小风的衣领，怒吼道，“你自己死也别拉无辜的人给你陪葬，快点说!”

蒋小风眼睛半闭，对谢明的怒吼完全没有反应，在场的都是干了许多年的刑警，他们能感觉到面前的家伙不是伪装，而是真的不把谢明的怒吼放在心上。这样的人要么心理素质极其过硬，要么就是精神有问题的病人。

“看样子不好办啊。”刘政委皱眉道，“真是怕什么来什么。”

吕阳眉头紧锁：“咱们广成市有没有谈判专家？懂心理的精神科医生也行。”

旁边操控无人机的红脸汉子闻言摇头：“广成这种小地方哪里来的谈判专家，精神科的专家就更别想了。”

“这怎么办?”吕阳焦急道，“已经过了不短时间，再找不到周悦就麻烦了。”

“蒋小风的资料，谁有?”严喆突然问道，“把他的身世找出来，还有他的家属，父母、亲戚、老婆，哪怕是小时候的暗恋对象都找出来，越全越好!”

刘政委看看严喆：“小严说的没错，马上去找，越快越好!”

“老驴，你也一起去，你知道我要什么。”严喆突然转向吕阳，眼神里带着一股坚决，“我相信你能找到。”

灰尘渐渐落定，四周的空气总算没有那么呛人了。

周悦努力睁大眼睛，渐渐地适应了一些黑暗，也看到一些周围的轮廓。她发现自己躺在一个土坑当中，四周都是泥土，只有上面盖着板子。而刚才那些泥土就是被人撒在木板上的，看样子对方是想将自己活埋。只是不知道为什么，还给自己留下个通风的小洞。

周围异常安静，看样子那个人把自己丢在这里就走了。周悦心里一片悲凉，虽然还怀着一丝希望，但她更清楚自己面临着什么样的处境。

只要这个通气的小孔还在，她就能坚持下去，唯一的麻烦是她的嘴被堵住，想呼救都发不出声音。

这时，她似乎听见外面隐隐传来人声，好像还夹杂着吵闹。难道是同事们来救自己了？周悦一想到这儿，心里又燃起了求生的火焰。她使劲儿扭动身体，可绳子捆得实在太紧，根本没办法挣脱。这时候，头顶不远处有人走过，好像还有挪动重物的声音，周悦想大声呼救，只要她能发出声音，外面的人一定可以听见。但无论她怎么努力，也只能发出呜呜的声响，连自己都听不到，更不用说外面的人了。

没过多久，周悦感觉眼前的光线彻底暗下来，上方的通气孔被什么东西压住，狭小的空间瞬间变成令人绝望的坟墓。周悦眼角泛着泪花，拼命挣扎，但却无济于事。

不仅如此，一束细细的沙土从上方掉落，正落在她的脖子上。

原本还在挣扎的周悦突然顿住，眼睛不可置信地睁大，只见上面有几处缝隙开始哗哗地向下漏沙土。

一定是上面的重物把土压下来了！

周悦惊恐万分地看着细细的沙土一点点落下，身体上方的木板好像也在一点点向下滑落，一旦木板支撑不住，上面的泥土就会彻底把她掩埋。

完了！

周悦心里发出绝望的尖叫……

咯吱……

谢明脚踩在铁皮房的地板上发出尖锐的声响，他从里面出来，吐了个烟圈，冲站在门口的刘政委摇摇头："这家伙是个彻底的疯子！"

欧局长也带人赶到了，领导们站在铁皮房外面，小声地交流着意见。

严喆有些不耐烦，走到刘政委面前道："再晚就来不及了，必须马上拿到口供！"

"大家商议了一下，又定了几套方案。"刘政委看着严喆说，"不行就带回市局继续审。"

"不行！"严喆斩钉截铁道，"绝对不能带走，那样时间来不及，而且更不可能让他开口。你们没看到吗？他刚才的姿势，他在害怕！"严喆指着铁皮屋道，"他为什么把自己关在里面，不是要逃跑，而是在害怕！越是这种情况，越不能把他带出去，否则只会事与愿违。"

"你有什么好主意？"欧局长走过来问道。

"我没好主意。"严喆说，"要么给他下药，让他意识混乱也许会说出答案，先不说是否违法的问题，万一药量把握不好，人可能就彻底废了。还有一个办法就是把他内心的想法挖出来，让他主动交代。"

这时，同事从外面跑过来，手里还拿着一沓资料："局长，蒋小风的家庭情况找到了。”

“没时间看了，直接说吧！”欧局长大手一挥，所有人都围了上来。

“蒋小风，户籍在广成市三溪镇坑寨村，家里没有其他人，只有自己。最近几年一直在市区的建筑工地打工，去年跟着施工队做了酒吧街的外墙整治，后来就负责广告牌维护。”

“没了？”刘政委问道。

“没了。能找到的资料只有这些。”民警小声道。

“他的成长经历呢？他父母是谁，是死是活？”严喆追问了几句，但看见民警尴尬的模样还是闭上了嘴。

“信息太少，不够。”欧局长皱眉，“有没有其他办法，找全一点儿？”

民警摇摇头：“系统里能查到的就这么多了。”

这时，严喆手机响了，他接通后劈头盖脸道：“老驴，别说你也啥都没查到。”

“找到一点儿，蒋小风不是真名，这个人真名叫孙开胡，他母亲姓蒋，他自己改跟母姓的。”吕阳的声音有点急促，“我查了他母亲，十几年前就死了，他杀。你问一下刑警队的老人，他们可能清楚。”

“孙开胡，这家伙真名叫孙开胡。”严喆捂住手机大声问道，“他妈妈姓蒋，十几年前被杀，谁认识这个人？”

“什么？孙开胡？”欧局长和刘政委同时一愣，看了对方一眼道，“不会是那个人的孩子吧？”

“是他的儿子。”谢明神情复杂地点点头。

“怎么回事，我怎么听不明白。”严喆急道，“别打哑谜了。”

没想到欧局长叹了口气道：“这可是广成市有名的案子！

“十几年前，那时候广成市还不像现在，整个城市跟大农村差不了多少。市区最繁华的地方是火车站，那一带也是远近闻名的犯罪高发区。当时管理没现在规范，加上整个地区都很穷，不少妇女为了挣钱出来做三陪，还有不少小偷小摸甚至抢劫。

“当时，火车站对面有一家小旅店，就出了一件大案。一个在这里当三陪的女人被人砍死在房间，尸体被大卸八块，凶手就是她的丈夫，一个沉迷赌博靠骑摩托车拉客为生的男人。案发后，公安局马上行动，很快就抓到了凶手，而他也痛快地承认犯罪，是在吸毒后做出的杀人行为。没过多久，男人被判死刑，这起沸沸扬扬的凶杀案就此结案。

“不过，这对夫妻还有个孩子，就叫孙开胡。”欧局长陷入了沉思，“那时候我刚参加工作没几年，还在派出所打杂。有一次扫黄，所里抓回来几个失足妇女，其中就有孙开胡的妈妈，之所以对她印象深刻，是因为她和别人不一样，接客的时候总是带着自己的孩子。”

“接客的时候带着孩子？”严喆瞪大眼睛，脸色变得很难看。

“没错，那个年代，做这行的本来就跟过街老鼠似的，这女人竟然还次次将孩子带在旁边，简直是闻所未闻。”欧局长道，“听所里的前辈说，她每次有生意的时候就把摩托车头盔戴在孩子头上，自己在床上和不同的男人交易，让只有几岁的孩子坐在一边，你能想象那幅场景吗？”

“妈的！这女人怎么狠得下心，还当着自己孩子的面做这种事！”旁边的民警们也震惊了。

“你们想错了，她不是不爱孩子。”刘政委叹了口气，“经过调查我们才知道，她这样做是怕她那个嗜赌成性的老公把孩子卖掉！”

“这……”众人一阵无语，然后又明白过来，“这么说，她后来被老公用斧头砍死的时候，她孩子也在旁边？”

欧局长点点头，叹了口气：“后来政府安排这个孩子去了外地的福利院，此后就没了消息。”

“孙开胡！”刘政委念叨了一句，“当时把他送走也是想让他离开这个环境，重新开始自己的人生。”

在场的人听到孙开胡的身世，全都陷入沉默。

“那现在怎么办？”严喆突然发声道，“他现在又回来了，明显还是没走出童年的阴影，或者他根本就走不出来了。”

“谁有和精神病人打交道的经验？得想办法让他张口才行。”欧局长说，“想办法，什么办法都可以。”

“他的头盔呢？”严喆突然问道，“头盔去哪儿了？”

“你有办法？”欧局长看向严喆。

“我想试试。”严喆点点头，“他内心非常恐惧，让他戴上头盔，他才有安全感。我想这样办……”

严喆说完自己的计划，其他人大眼瞪小眼，觉得他简直疯了，这种主意正常人哪能想得出来！

“试试吧。”欧局长最后拍板，“死马当活马医，多拖延一分钟，周悦生还的希望就少一分。”

这样一来，其他人都不再反对。

很快，按照严喆的方案，几样道具全部找齐。其中还有胡同里那个洗头房的阿姨，这胖女人正在屋里骂严喆呢，没想到一群特警突然从天而降，不容分说就把她给押到了这里。胖女人已经吓得站不直了，全身的肥肉都在哆嗦。

“别紧张，找你帮个忙。”严喆一边脱衣服一边跟她说话，吓得阿姨脸色大变。

“好汉，光天化日，还当着警察的面，你不会是想……”

“想个屁，把你们平时怎么跟客人交易的都给我说一遍，每一句都给我说清楚，不然把你丢到那个狗笼子里去。”严喆开始换衣服，指了指前面的铁皮屋，“里面有个变态杀人狂，你不想进去就按我说的做。”

“好、好，我说，我什么都说……”胖阿姨结结巴巴地说。

哗哗哗……

头顶的土越落越多、越来越快，周悦的身体已经被埋了小半，她努力地扭动几下，让堆在身上的土朝下方滚去。但这样明显不是办法，用不了多久，泥土就会把她彻底掩埋。

“死严喆，老娘要是不跟着你查案也不会遇到这事儿，都怨你！都怨你！”周悦已经没力气哭了，只能在心里不停地骂严喆，仿佛这样做能让自己好受一点儿，起码死的时候也没那么痛苦吧。

铁皮房外，一切准备就绪。

严喆换上一套明艳动人的廉价旗袍，上面点缀着银光闪闪的金属片，被阳光一照闪烁着耀眼的光芒。

“你确定要这样做?”刘政委有些担忧地看着严喆，“还可以想其他办法!”

谢明同样皱着眉:“他可是个疯子，我们可以用更保险的办法。”

严喆摇摇头:“没时间了，周悦耗不起了。”

在场的民警纷纷看向严喆，不管之前是怎么想的，此时心里都对他有了几分敬佩。

严喆整理了一下裙子，直接进了铁皮房，按照计划，屋里的特警已经撤出，切开的门洞也会在严喆进去后重新关闭。也就是说，严喆将独自面对孙开胡。

“严喆!”谢明在身后不放心地叫道，“嫌疑人真的不用上锁?”

严喆摇摇头:“必须放开他，让他在自由的环境里才会吐露心声!”

嘎吱、嘎吱……

门洞从外面重新关闭，铁皮房内的光线迅速变暗。

严喆个子很高，穿上裙子显得不伦不类，但在光线严重不足的屋子里却并不算事儿，反而因为身上闪闪发亮的金属片而显得颇具神秘感。

孙开胡戴着头盔缩在房子角落里，只能隐约看见一个轮廓。

严喆深吸一口气，走向孙开胡。

两人谁都没有说话，只有均匀的呼吸声在屋子里不断响起。

世界安静下来，严喆静静地打量孙开胡。

严喆的手从孙开胡的头盔上掠过。

孙开胡抬起头，看见面前这个穿着亮闪旗袍的“女人”。

渐渐安静，孙开胡的呼吸逐渐放松。

“老板，要服务吗?”严喆却没有让这份安静保持太久。

门外的人通过耳机听得清清楚楚，所有人都屏气凝神，不敢发出一点儿声音。

严喆不等孙开胡回答，直接解开旗袍扣子，露出半个肩膀，继续道："老板喜欢什么样的？老板很害羞啊，要不我们先聊聊天，加深一下了解！"

严喆开始很无耻地挑逗对方，从越来越重的呼吸声，他知道对方不是心动，而是愤怒！

"他这样行吗？"谢明快要听不下去了，脸色变得十分难看。

"别急，再给他点儿时间！"欧局长说道。

众人表情各异，心想，要是这招没成功的话，严喆的脸算是丢到姥姥家了。

严喆却根本不管外面，一心一意撩拨孙开胡。

他确信，自己越无耻，对方就越反感。

只要生气，就好办了！

严喆的动作越来越大，话也越来越露骨，对面的孙开胡却一动不动，只有不断起伏的胸口和呼哧呼哧的喘息声出卖了他的内心。

屋里的空气充满了诡异。

严喆还嫌不够，最后直接把手搭在孙开胡的肩上，还轻轻地摸了两下。

"够了！"一声暴喝，孙开胡终于抬起头，双目赤红地盯着严喆，声音沙哑而干涩，好像有人用砂纸包住他的声带似的，"妈，别说了！"

外面的人听得清清楚楚，谁能想到，这个孙开胡竟然真把严喆当成自己妈妈了！

欧局长脸上露出微笑：终于有突破了！

万事开头难，孙开胡张口就好办，但这也意味着接下来的交流更加充满挑战，稍有不慎就会前功尽弃。

刘政委脸上喜忧参半，不知道严喆能不能应付接下来的局面。

"好，我不说了，咱们直接开始，怎么样？"严喆表现得放荡而妖媚，他的面孔在黑暗中看不太清，但一直慢慢摇晃的身躯在昏暗的光线里却闪着点点光泽。

孙开胡握了握拳，他有些疑惑，自己为什么会回到这个纠缠他一生的噩梦当中，这个他奋其一生拼命想摆脱的梦魇！

“啊、啊、啊！”屋子里毫无征兆地响起撕心裂肺的哀号，声音里充满了绝望，仿佛来自灵魂深处的呐喊，让人不寒而栗。

屋外的气氛一下凝重起来，谁也不知道这个疯子接下来会干什么。

特警们守在门口严阵以待，随时准备冲进去支援。

“不要慌！”欧局长抬起手，眼神锐利地盯着铁皮房。

刘政委沉声道：“应该没事儿。”

果然，屋子里面，严喆仍旧站在原地，而孙开胡却已泣不成声，像个无助的孩子一样蹲在地上，双手拼命地敲打头盔。

“为什么，为什么？这么多年，你还不肯放过我！”他声嘶力竭地吼道，“你以为用这个东西就能挡住我的眼睛？那我的耳朵呢？我的鼻子呢？你堵得住吗？堵得住吗！”

“你是我的，你是我的！”

孙开胡突然像疯子一样蹿向严喆，两只手朝他的脖子掐去，嘴里疯狂地大叫：“我要你永远和我在一起！”

咯、咯……

孙开胡个子没有严喆高，但常年打工让他两只手的力量出奇地大。

严喆梗着脖子，额头青筋暴现，两只眼睛几乎瞪出了眼眶，看上去无比吓人。

他死咬着牙关，硬是用脖颈处的肌肉抵挡住对方的双手，这种情况下，呼吸根本不可能，不被掐断喉骨就谢天谢地了！

屋子外面，所有人的心都提到了嗓子眼。

“局长，冲进去吧！”谢明急得满头大汗，“再晚就被掐死啦！”

所有人都不知道该如何是好。

欧局长也咬紧牙关，他在等严喆的信号。按照约定，一旦严喆有危险，他会用手指敲打藏在身上的麦克风。

可严喆始终没有发出求救信号。

手表嘀嗒嘀嗒，艰难地度过每一秒。

刘政委也觉得自己快要窒息了：被一个疯子这样掐住脖子，就算是受过专业训练的人恐怕也坚持不了太久吧！

孙开胡好像陷入了虚幻和现实纠缠的状态，死死掐住严喆的脖子，直到他感受到一只温暖的手轻轻抚过他的后背，这才慢慢清醒过来，两只手也缓缓松开。

“你死了吗？妈妈。”

“傻孩子，你才多大，哪有力气掐死妈妈？”严喆声音如常，带着一丝宠溺笑道，“妈妈知道这样不好，但是我得养你啊！”

“妈妈，我可以挣钱，我可以出去捡菜叶，我们饿不死的！”孙开胡突然激动起来，挥舞着手臂大喊大叫，“我不要你这样啊！”

“傻孩子，妈妈答应你，好吗？”严喆声音温柔，如同一个母亲充满爱意地呵护着自己的孩子。

“我带你离开这里，好不好？”

“好，好！咱们马上就走，不然他就回来了。”孙开胡彻底陷入癫狂，围着房间飞快地转圈、奔跑，似乎他已经和妈妈走在逃亡的路上。

“孩子，别怕，妈妈不会让人伤害你！”这时候，严喆的双眼紧紧盯着对方，似乎下定了某种决心，缓缓道，“就算你爸爸杀了我，我也一定会保护你！”

“啊！”嫌疑人似乎听到了世间最恐怖的声音，突然停下奔跑的脚步，双手抱头猛地撞在铁皮屋的墙上，嘴里发出凄厉的惨叫！

孙开胡再次睁开眼的时候，环境已然大变。

窗外明媚的阳光洒在屋子里，整个世界都亮堂堂的，很美好，就像小时候那段无忧无虑的时光。

房间并不算大，家具十分简单而且都是十几年前的样式，只有那台 14 寸的黑白电视和那张一米多宽的木床与尘封的记忆渐渐重合，让他确认自己不是在做梦。

门外传来一阵脚步声，一个女人的声音热情中透着妩媚：“老板，马上就到，一会儿就说是我朋友！”

“妈！”孙开胡瞪大了眼睛，充满希冀地喊了一声。

“哎，乖儿子，叫叔叔好！”女人亲热地搂过孙开胡，在他额头上狠狠亲了一口。

孙开胡目光警惕地盯着门口那个大腹便便的胖子，从他尴尬的脸上看出一丝厌恶。

“儿子，我和叔叔谈点事儿，你乖乖吃糖，在这儿看动画片啊！”

说着，女人往他手里塞了一把糖，并且打开柜子上那台只有雪花闪烁的黑白电视，将音量调到最大，于是整个屋子便被震耳欲聋的沙沙声占据。

紧接着，和往常一样，孙开胡的头被一个硕大的带着汗臭味的头盔扣上，他觉得喉咙有些发堵，胃里一阵翻江倒海，但他从昨天中午到现在只喝了一碗豆浆，除了一股酸水涌到嘴里，什么也吐不出来。

即便如此，孙开胡还是强忍着将嘴里的酸水又咽回肚里，他知道，妈妈谈工作的时候不能打扰。

孙开胡不知道为什么，心里越来越烦躁，他摘下头盔，想去看看妈妈。

“滚开！”那个大腹便便的男人一脚踹在孙开胡的胸口，瘦小的他根本不知道发生了什么，便撞在墙上。他捂着胸口缩在墙角，难受至极，不仅无法呼吸，而且疼得连站都站不起来，只能无比怨毒地盯着对方。

严喆眼神复杂地看着跪在地上的孙开胡。

从头到尾，孙开胡都紧闭双眼，但眼皮却在飞速地震颤，显示他的眼球在高速运动。

“这些年，你是怎么活过来的？”

严喆幽幽的声音在黑暗中响起，把孙开胡拉进另一个世界。

场景再变！

昏暗的酒店走廊里，黑色的人影拉得老长。

一个浓妆艳抹的女人跌跌撞撞地独自行走，涂成粉色的嘴唇不断蠕动，不知是在自言自语还是强忍着呕吐。

就在她快要坚持不住的时候，一只满是褐色油污的手从旁边探出，扶住即将摔倒的女人。

“谢、谢谢……”女人扬起脸，断断续续地向帮忙的人道谢。

透过浓浓的脂粉，能看出这是个很年轻的女孩儿，虽然眼角溢出的是满满的风尘气，但略薄的嘴唇、光洁的额头仍让人感受到她的年轻与活力。

孙开胡略显笨拙地搀扶着女孩儿向楼梯间走去，女孩儿似乎很放心，因为她看到了一张干净的脸，那上面没有邪恶和欲望……

“妈，你看，我这样不是很好吗？”

孙开胡闭着眼，抬头望向黑暗，咧着嘴很开心地笑了。

咳咳！

周悦被土埋住的嘴巴不住地呛咳，她的头部周围已经几乎被土填满，再过一会儿，泥土就会彻底将她掩埋。

孤独、绝望、恐惧……

她很累，她知道，自己坚持不下去了！

活着，也许是件无比辛苦的事。但死去，迎来的并不一定是解脱。

人们唯一确定的，是在穿越生死时面对的残酷。这是一种永恒的孤独和绝望，让人生出无比的恐惧。面对这种恐惧，谁还能继续咬紧牙关、挺起胸膛，无所畏惧地坚持战斗？

从警这些年，严喆见惯了生死。孙开胡也早已对生命麻木，唯一能触动他的，不是死亡，而是活着！

“你为什么不杀她？”

黑暗中，严喆问出第一个问题。

跪在地上的孙开胡身形一震，眼皮剧烈跳动，似乎看见了什么令他难忘的场景：快捷酒店。

他顶着寒风，在楼顶穿梭，时不时俯下身子，将耳朵贴在冰冷的下水管道上。

透过这一个个黢黑的铁管，他可以听到整个屋子的响动。

这是他很早就发现的秘密，只有在20世纪的老房子里才能找到这样的管道，既可以让他处理尸块，又能帮他寻找目标。

所以，他喜欢在这里徜徉。

酒吧上的快捷酒店总是千篇一律的声音，这让孙开胡有些失望，也更刺激他寻找不同的声音，就像小时候透过黑色的头盔观看这个世界。

今晚，他的运气不错，在听到第三个管道时有了让他兴奋的发现。

从声音判断，这是一个醉酒的女人被带进房间，她在挣扎、反抗！

真的，孙开胡感觉到那颗跳动的心脏有着和自己相同的韵律。

所以，他急不可耐地将尸块丢进下水道，可能是因为太过兴奋，他塞得有些多，里面竟然被堵住了。

孙开胡开始害怕，于是他从杂物房抓起一个铁家伙，悄悄走向611房，用偷来的员工房卡打开门，他听到洗手间里哗哗的水声和绝望的叫喊。这一刻，他全身每一根汗毛都兴奋起来，让他不由自主地推开洗手间的门，他看见下水道里正汩汩地向外冒水，嘴角露出一抹微笑。

然后，他抬头，看见阿睿正被男人抱住，两只手在无助地摇晃，想要抓住掉在地上的牙刷。

一只牙刷而已，抓到手里又能如何？

孙开胡突然愣住，他想起小时候自己冲过去找妈妈的样子，那会儿他手里不也攥着一把糖果！

嗷！

孙开胡的脑子里仿佛炸开一样，许多事情在一瞬间塞满整个脑海，他攥紧手里的水龙头狠狠地砸向那个男人的后脑。

噗……

对方无力地摔倒，脑袋撞在洗手台上，然后翻倒在地。

这时候，屋里的电话响了，孙开胡突然清醒过来，他一把抓起电话拼命逃回杂物房，拿起自己的头盔戴在头上，然后在角落里躲了起来。不知过了多久，杂物房的门被推开，一个人悄悄走了进来，孙开胡火冒三丈，他最厌恶别人闯进他的领地，没有犹豫，他冲上去抡着水龙头再次砸向对方。

“孙开胡？”严喆轻轻叫了一声。

孙开胡跪在地上，微微抬头。

严喆继续道：“我知道你在听，回答我刚才的问题：为什么没杀她？”

孙开胡头抬得更高了，虽然什么也看不见，但他还是面朝严喆的方向轻轻偏了偏脑袋。

屋子里安静得几乎能听到心跳。

然后孙开胡无力地跪坐在地上，身体微微颤抖，先是肩膀，然后是整个上身，颤抖的幅度越来越大。

虽然无声，严喆却从深红色的头盔下看到泪水滑落而出。

“我错了！”孙开胡的声音很低，饱蘸着苦涩的味道。

冰冷的铁皮房、惨白的脸、通红的眼……

啜泣声从低不可闻到渐渐升高，越来越响，直至号啕大哭。

这么多年，那个蜷缩在房间角落、戴着头盔的孩子终于哭出了声！

还是那间狭小的房子，透过头盔，如同现在，孙开胡再次看见了躺在床上的母亲，还有那些一闪而过、数不清的男人的脸。

他从一开始就错了，他要的不是和妈妈永远在一起，而是赶走那些丑陋的男人！

所以，他一直以来寻找的，不是占有，而是捍卫！

直到昨天，他看到了阿睿，看到了那个如同记忆中无数张面孔之一的男人，他才明白：他痛恨了一辈子的，不是妈妈，而是一次次丧失尊严的顺从！

当他推开洗手间的门，看见了阿睿的挣扎，看见了她用尽最后一点儿可怜的力气想要抓住牙刷，刺向色魔，孙开胡的心如同被闪电击中。

他并不清楚自己为什么第一次生出这样的感觉，仿佛拼命挣扎的不是阿睿、不是妈妈，而是他自己，那个蜷缩在墙角无力抗争的孩子！

此时此刻，他才第一次觉得生命圆满起来，童年失去的东西被找回、填满。

第一次，他看得清清楚楚，自己应该杀的人到底是谁！

屋里密不透风，孙开胡的哭泣在狭小的空间反复回荡，仿佛一个充满了绝望的世界。

许久之后，严喆缓缓道："现在，告诉我！周悦在哪里？"

孙开胡茫然抬头，隔着厚厚的头盔，他只能看到严喆的轮廓，断断续续地说："在……"

严喆终于长出了一口气，脸上的表情如释重负："谢谢。"

嘎吱……

铁皮房的大门终于从里面打开，严喆晃了晃有些昏沉的脑袋，冲着欧局长一行人道："在孙芳家的雨棚下面！"

警察、消防员、街道干部，所有人一起冲了过去。

周悦满脸泥土地被抬上救护车，她闭着眼睛，神情安详。

"死了没？"严喆穿着旗袍站在车门口，往里面打量。

扑哧！

周悦再也憋不住，哈哈大笑起来，指着严喆笑个不停，可笑着笑着，她就开始哇哇大哭，眼泪混着泥水从脸蛋儿两边滚下来，淌出两道泪痕。

严喆的鼻子也有些发酸，回想起来他的心还会咚咚直跳，就差几秒钟，再晚几秒钟，眼前的周悦将变成一具冰冷的尸体，想想就后怕。

孙开胡被特警押出铁皮房，他终于摘下了头盔，露出苍白的脸，经过救护车时，他表情平静地望向严喆。严喆走过去，没说什么煽情的总结，只说了一句："好好交代，坦白从宽、抗拒从严，法律会给你公正的审判。"

在别人忙碌的时候，钟小飞带着人也赶来了，他穿着防护服，从头武装到脚，只留两只眼睛，要不是他胖乎乎的身体太显眼，严喆都认不出来是他。

"钟胖子，你怎么才来？"严喆拦住他，让其他穿防护服的同事先进去勘查现场。

"我刚从殡仪馆回来，妈的，卖猪肉都没我这么辛苦。"钟小飞的声音瓮声瓮气的，听起来有点搞笑，"一块二两的肉得拼多久才能拼成一个100多斤的人，你知道吗？"

"好吧，你赶紧继续拼吧。"严喆发现，钟胖子只要一开始工作就变得霸道而且不讲理，自己吵架还真不一定吵得过他。

钟胖子冷哼一声，拎着箱子进了铁皮屋。

救护车开走，领导们也返回市局，严喆突然感觉有点无聊，好像又有点什么事儿在脑子里转悠，偏偏想不起来。他裹着军大衣，慢悠悠地从棚户区往外走，路过之前问路的那个路口，突然想起那个给他指路的长发男人来。

现在想想，多亏对方帮忙，否则自己一旦选错路，周悦就必死无疑了。

得去感谢一下才行啊。严喆走到平房门前，敲了敲门，时间不长，一个老太太把门打开。

"大妈，请问下午您家里的那个兄弟还在吗？"严喆客气地问。

"啊？你找谁？"大妈努力睁大混浊的眼睛，看着严喆，"我家就我自己。"

"下午在您家里那个男人呢？"严喆奇怪道，再看看外面确定自己没找错房子。

"家里就我一个人，没有其他人啊。"大妈肯定地说，"下午我去医院看病，也不在家。"

这……

严喆彻底糊涂了，那个长头发男人明明就在屋里站着，怎么会不是这家人呢？他仔细回想了一下，好像对方穿着很普通，如果说哪里印象深刻的话，只能是他扶眼镜的那一下，让他有种不一样的感觉。

这个人到底是干什么的？

孙开胡的同伙？不可能啊！

那又会是谁呢？

这时候，他的手机响起，是钟小飞打来的。

“老严，支队领导说孙开胡偷走了色狼的手机，可我在现场没看到啊，是不是你给装走了？”

“手机？”严喆突然反应过来，那个被杀死的家伙是有一部手机不见了，阿睿还证明说色狼中途出去接了一个电话才返回洗手间。如果是孙开胡拿走的话，应该就在他身上或者铁皮屋里，可现在手机竟然不见了。

到底怎么回事！

“钟胖子，马上封锁现场，有人进去偷走了物证！”严喆对着手机大喊，“那个死掉的家伙有问题！”

严喆刚挂掉电话准备返回现场，手机再次响起，这次打来的是吕阳。

“老严，快点回来，你下午在火车站惹麻烦了，人家摔成了半身不遂，来市局闹事儿了！”吕阳的声音中透着焦急，“还有钟胖子，这次阿睿的事情已经通报回单位，老庄狠狠发了一通火，咱仨都要倒霉了！”

第四章
这里曾有人来过（下）

寒冬腊月，贵省西南部的大山里寒风呼啸，刀子般割在人的脸上。

八岁的陈大妹拉着六岁的妹妹和四岁的弟弟艰难地行走在曲折的山路上，早几天一场冬雨毫无征兆地降临，山上的土路成了泥水塘，每踩一脚下去整只鞋都会陷入泥坑。陈大妹满是窟窿的破球鞋早已灌满泥汤，冰冷刺骨的泥水在脚面来回冲刷，痛得她眼泪直流。

啪……

弟弟的脚陷在泥里拔不出来，小小的身子被绊倒在泥坑里，浑身上下都是泥水，冻得没了知觉的手脚连爬起来的力气都没有。陈大妹和妹妹赶紧去扶弟弟，两个人费了好大劲才把他拉起来。

“姐，我、好、冷……好、饿!”弟弟已经成了一个“泥人”，身上的单衣完全被泥水浸透，寒风打在上面瞬间就将孩子冻僵，瘦小的身体剧烈颤抖，连话都说不清了。陈大妹赶紧和妹妹一起把弟弟搂在怀里，给他取暖，三个瘦小的身躯在寒风里显得无助又渺小。

“饿……”过了好久，弟弟无力地抬起头，看看陈大妹，希望自己摔得这一跤能换来两块饼干。

陈大妹听到“饿”这个词，本能地吞了口唾沫，无奈道：“不是说好了走到学校再吃吗？赶紧走吧!”

弟弟委屈地低下头，泪珠在眼眶里打转，不再吭声。姐弟三人深一脚浅一脚地继续往前走，越走越慢，越靠越近。最后实在走不动了，陈大妹只好和弟弟妹妹抱在一起躲在一棵大树后面背风休息。

“姐，妈妈什么时候回来看我?”弟弟缩在陈大妹身旁，全身哆嗦成一团，瘦小的身子隔着单衣让她感受到了清晰的轮廓。

“妈妈在外面打工，等赚到钱就回来给我们买好吃的。”陈大妹牙齿打战道，“她走的时候答应的。”

“妈妈不回来了，爸爸说的。”妹妹说，“她跑到山外面去了，再也不会回来了。”

呜呜呜……

三个孩子一起低下头哭起来，声音小得如同猫叫。

这时，山路上走来两个村民打扮的男人，前面那人留着长发，戴一副圆形平底镜，脚踩在泥泞的山路上发出啪叽啪叽的声音。

陈大妹发现有人过来，仰起头看了看，发现不是村里的大人。她有些畏惧，不觉搂紧了弟弟妹妹。

“你们饿不饿?”九哥一张口就是纯正的染溪方言，“有没有吃饭?”

陈大妹诧异地看着他，没想到这个生面孔竟然是本地人，心里的畏惧也少了几分，摇了摇头：“没吃。”

九哥看了看身边的阿火，后者从包里掏出一袋面包，还有几罐牛奶。

陈大妹毫不犹豫地接过面包，马上撕开包装塞给弟弟妹妹，自己也大嚼起来，狼吞虎咽的样子让人心疼不已。

“老大，这是最后一户了。”阿火皱眉看着三个浑身是泥的孩子，“他们吃东西的样子真像山里面的狼崽子。”

“不像。”九哥摇头道，“人要是没了精神头儿，连狼崽子都不如。”

陈大妹一口气吃了两个面包喝了一罐牛奶，等她觉得没那么饿的时候，抬起头却发现眼前已经空无一人了。

广成市公安局刑警支队三大队办公室里，严喆、吕阳、钟小飞正唉声叹气地冲着台面上一张薄薄的文件发呆，周悦和阿睿也坐在一边同情地看着他们三个。

“别发愁了，不就是个处分吗，又不是第一次了。”周悦劝说道，“你们要往好的地方想，至少没被开除不是，留得青山在，不怕没柴烧。”

“还说呢，关我屁事啊，怎么给我也来了个诫勉谈话?”吕阳愤愤不平，“火车站我又没去，泡酒吧我也没参与，这算是误伤群众吗?”

阿睿有点尴尬，低声道：“不好意思，都是我惹的祸。”

钟小飞不乐意了，用手指敲了敲桌子：“你咋说话呢，什么叫泡吧不带你？你出去打架的事儿咋不提呢?”

“行了，别吵吵了。”严喆烦躁道，“处分没啥，关键是看老庄什么意见，要是给我调回去还能因祸得福呢。”

“狗屁因祸得福，要回去你回，我觉得这里食堂的菜好吃，我不回。”钟小飞瞪眼道，“而且跟着你准没好事儿，我算看清楚了，想要进步必须跟你划清界限。”

“得了吧你，还饭堂呢，我看你是舍不得连睿。”吕阳冲钟小飞挤眉弄眼道，“不知道是谁每天一大早爬起来梳洗打扮，香皂都用了两块。”

阿睿顿时脸红得不行，低下头不敢看他们几个。反而周悦美目盯着严喆道：“你就这么想回去？”

严喆突然也有点不知怎么接话，干笑几声转移话题：“老驴，手机的事儿查得怎么样了？”

“哼！”周悦把头转向一边，不想搭理这家伙。

吕阳看看两人，说：“闹了半天，敢情最倒霉的是我啊！你俩背个处分但是赚了个老婆，合着就我啥也没捞着！”

“滚蛋！”周悦气得狠狠踩了吕阳一脚，疼得吕阳龇牙咧嘴，“行了行了，我不说了，你们自己谈情说爱吧，我走还不行吗。”

“你皮痒痒了是吧？”周悦扬了扬粉拳道。

正闹腾呢，刘政委黑着脸从外面进来，几个人赶紧站起来打招呼。

“坐。”刘政委表情严肃，坐在沙发上看着严喆几个人，半天没说话。

“政委，什么情况，你这一句话不说光盯着我们看，都给我们整毛了。”严喆笑着说，“是死是活反正就是一刀，给句痛快话呗。”

“唉，你们市局的庄旭局长刚才打电话给欧局了。”刘政委左看右看，好像想把他们仨看透一样，“庄局长说了，你们三个在广成市闹出这么大乱子，尤其是扰乱公共秩序，还误伤人民群众，必须要严肃批评，所以呢……”

“所以什么？”五个人一起瞪大眼睛。

“所以，两边局领导经过商量，决定让你们三个下基层锤炼一下。”

“下基层？”大家面面相觑。

钟小飞长出了口气：“下基层好啊，我们就是基层来的，最不怕下基层。说吧，是去分局还是派出所？”

刘政委摇摇头道：“都不是，广成市下面的染溪镇染溪村，这可是国家级贫困村，现在党中央正在全国部署扶贫工作，你们三个就去这里。”

“啊？”严喆腾一下从座位上跳了起来，“扶贫？老庄疯了吧？”

吕阳和钟小飞也懵了，不可置信道：“政委，你没听错吧，真的是让我们去扶贫吗？”

刘政委点点头，同情地看着他们：“你们准备一下，明天上午9点准时出发，支队也没什么能支持你们的，我到时候给染溪镇派出所的王所长打个电话，他是我警校同学，到时候有什么困难可以跟他联系。”

严喆跟着刘政委出了办公室，试探道：“还有回旋的余地不？”

“你想怎么回旋？那几个追尾的车主现在还天天去交警队投诉你呢，楼下马路对面举牌子的那个看见没，是被你用木头棍子从摩托车上砸下来的。”刘政委叹了口气，“小严啊，做人呢要懂得识时务，去村里修修桥、补补路，做点善事不是挺好吗？”

“政委，你的意思是我得多积点儿德呗？”严喆斜眼看着刘政委，神情很欠揍。

刘政委转过身面向严喆，表情严肃地说：“严喆，我就是这个意思，组织上觉得你们业务能力很强，但是思想认识还有待提高，让你们去扶贫就是要解决好思想上的问题，这是庄局长的意思，也是市局党委的意见，清楚了吗？”

“清楚！”严喆只好点头，“那手机被偷的事儿，您看……”

“看什么看，这事儿不用你们操心了！谢明会负责追查到底的。”

刘政委摇着头离开了三大队，直接去了欧局长办公室。欧局长正在看文件，见刘政委进来，给他倒了杯茶，笑道：“工作布置了？他们什么反应？”

“唉，还能什么反应，惊掉了一地下巴。”刘政委叹口气，“我也觉得把他们扔下去扶贫有点草率。这几个家伙刚受了处分就下派到村里，面对基层那么复杂的情况，不会再捅什么娄子吧？”

“这还用怀疑？他们几个肯定得捅娄子啊。”欧局长说，“不过，这事情没那么简单，庄局长安排他们来广成市有他的考虑，这点咱们不用瞎琢磨，反正就当锻炼队伍了。我看咱们广成市的公安队伍就缺乏他们这样敢干事、不怕事的民警。在山里待久了，思想不自觉地就保守起来，做事情也没了精气神，尤其是染溪村那种地方，水浅王八多，必须得扔几条猛龙进去搅一搅才好办事。”

“行，我给镇派出所的王清打个电话，尽量配合严喆开展工作。”刘政委点头道，“另外还有件事儿，孙开胡家丢失的那部手机，我打算让谢明负责调查。可以证实，当天确实有外人穿了防护服混进去了，趁钟小飞和严喆说话的工夫进入铁皮房偷走了手机。”

“那个死者身份查清楚没？”欧局长问道。

“身份证上显示是染溪镇坑寨村人，名叫管威，社会上都叫他威哥。今年36岁，不到20岁就离开家出去混社会，听说在云省那边做买卖，生意挺大。前几天回来是给他父母修坟来了，在广成市住了两天，前天也去过夜宴酒吧，跟本地一帮小年轻喝了场酒。”刘政委介绍，“不过还需要进一步核实，应该和咱们本地没太多牵扯，很可能是有人不想让他的手机落在咱们手里。”

欧局长点点头：“行，我知道了。既然跟咱们本地牵扯不大，你也不要给谢明他们太大压力，面上查一下就行，别牵扯他们太多精力。你还是多盯着点严喆他们，虽说是锻炼他们，但扶贫工作是党和国家未来一段时期的重要工作，我们可不能当儿戏，让他们下去先把情况摸清楚，然后有针对性地制订方案，三年时间，每年做什么、每个月做什么，具体怎么做，都要规划得清清楚楚，需要多少资金支持，一点儿都不能含糊，方案做好以后要上党委会研究。”

“明白！我肯定不会做甩手掌柜，以后经常会下去督促检查。”刘政委正色道。

出了局长办公室，刘政委脑子里还回想着欧局长关于调查手机被盗案的指示，心里疑惑不已：局长从来都不是对工作敷衍塞责的人，怎么这次明显反常起来了？管威这个人的来历神秘，身上除了一张身份证外找不到任何可以证明身份的东西。而且他手机里到底藏了什么见不得人的秘密，竟然让对方甘愿冒险在警方眼皮子底下偷东西？更奇怪的是，这么恶劣的行径，竟然还被局长压了下去，难道是想大事化小、小事化了吗？这背后还有什么自己不知道的安排？刘政委百思不得其解。

严喆他们用了半天时间了解染溪镇染溪村的基本情况，不看不知道，看完心更糟了。

“这哪里还用扶贫，直接每户发十万块钱得了。”钟小飞翻着手里的贫困村认定材料，连连抱怨，“全是老弱病残，一个年轻劳动力都看不见，除了政府养起来根本没别的办法。”

吕阳对着电脑也在查染溪村的资料，嘴里不住发出啧啧的声音：“真穷啊，还是革命老区，难怪当年在这儿打游击，除了山就是山，连块平地都没有，我觉得已经没有抢救的必要了。”

“那怎么办？把全村都消灭了呗？按这个逻辑全国的贫困村一夜之间都能消灭干净。”严喆跷着二郎腿，靠在沙发上，脑子里琢磨着丢手机的事儿，“钟胖子，你再好好回忆回忆，偷手机那人长啥样？”

钟小飞没好气儿道：“你打开网页搜索‘防护服’三个字，蹦出来的照片就是那个人的样子，全世界穿防护服的都这个样！先管管怎么扶贫吧，你现在已经不是刑警了，你是扶贫工作队队长！”

“你们从殡仪馆赶过来，一刻不停地进了现场，中间不可能有混进去的可能，唯一可能的地方就是那个贼提前躲在棚户区里面守株待兔，这说明他们早就做好准备，而且一直守在现场附近。”严喆嘴里念念有词，“我们都费了九牛二虎之力才找到那里，这个贼是怎么找到地方的呢？”

想到这，他脑海里突然出现那个一头长发、戴着眼镜的男人，会是他吗？

忙忙碌碌的一天很快过去，第二天一大早，严喆他们把行李装进小五菱，带着对前路的未知，挥手告别广成市公安局和三大队的两位美女，奔向染溪村。

绵延不绝的盘山路上，三个人张头缩脑地挤在破五菱里，随着坑坑洼洼的山道上下蹦跳，每个人都一脸蛋疼地盯着对面的山坡，那里隐约现出一排排房子正是他们此行的目的地——染溪镇。

“老严，能开稳当点儿不？我骨头都颠散架了。”小五菱刚从一个两米宽的土坑上方跃过，躺在后排的钟胖子揉着脑门儿大声叫道。

严喆坐在驾驶位上，一只手夹着烟伸出窗外，另一只手把着方向盘，时不时还要换一下挡，惬意地吐个烟圈儿：“兄弟们再忍忍，前面就是染溪镇了，到了镇上路就平了。”

“老严，求你，我估计到不了镇上兄弟这条小命就交待了，咱能开慢点儿不?”吕阳死死抓着车门框上的把手，眼含热泪地哀求，“要不换我开，这总行了吧?”

“别啰唆，马上就到。”严喆弹弹烟灰，小五菱转了个 180 度的大弯后，视线尽头出现了一片村镇，他终于把脚踩到刹车上，“有工夫瞎扯淡还不如赶紧查查附近的旅游景点，规划一下路线，好不容易进趟山，咱哥儿几个一块儿游山玩水去。”

严喆眯起眼，幻想着等会儿吃顿农家菜，再喝点儿小酒，要是有个山间温泉就更完美了。听说都市女白领们一失恋就喜欢往祖国的西边跑，染溪镇在贵省也算最西边了，怎么说也能碰上几个吧。

“别扯淡了，连烟都是抽我的，你能买起门票了?”坐副驾驶的吕阳努力调整了下姿势，深吸一口气，“要去你自己去，这小车整得我下半身都没知觉了，必须休息休息。”

“到了。”

五菱停在一栋红砖盖的二层小楼前，严喆拉起手刹，伸了个懒腰，推门下车。

“染溪镇委、镇政府，”钟小飞指着红砖楼门口的牌子，惊讶道，“我还是第一次看见这样的镇政府，连个院子都没有啊。”

“不是没院子，而是院子在这边。”一个戴着黑框眼镜、长得挺精神的小伙子在小楼前面十几米的地方冲他们招手，“你们是广成市公安局扶贫工作队的吧？我是镇卫生院的院长孟燕明。”

“你好孟院长，让你久等了。山路不太好走，迟到了。”严喆走过去和孟燕明握手，“我是严喆，这是吕阳、钟小飞。”

“欢迎啊，欢迎你们来染溪镇，我们条件有限，辛苦你们了。”孟燕明客气地把三人引进镇政府大院，这时候严喆才看清为什么镇政府的院子和办公楼要分开，原来楼后面就是一个陡坡，院子只能修在旁边，否则人就掉山沟里面了。

“我先带你们去高书记那儿坐坐，王镇长也在，先跟大家见个面。”孟燕明很是热情，带着他们从后面上了二楼，最里面那间房就是镇委书记办公室，还没进去就听到里面传来大声说话的声音。

“高书记，王镇长，市公安局扶贫工作队的同志到了。”孟燕明进屋给大家介绍，严喆他们也进去和镇领导见面。高书记是个皮肤黝黑的中年人，说话嗓门很大，一张口整栋楼都跟着嗡嗡响。王镇长则斯文很多，脸上挂着微笑，给人的感觉十分亲切。

高书记性格直爽，让三人坐下，先给大家分烟，然后简单介绍了染溪镇的情况还有染溪村的现状，王镇长时不时做点补充，看得出两人配合十分默契。见面后，高书记大手一挥：“一起去染溪村看一下。”严喆看看表，时间已经是下午 3 点。他们上午 9 点出发，中间只在路边吃了碗面条，顺便给车加油，停车不超过半小时，就这样马不停蹄地赶路竟然还花了近六个小时才到镇上，可见这里的交通有多糟糕。

一行人下了楼，高书记指了指不远处一栋低矮的平房道：“那边是我们宿舍，已经腾了一间屋子出来，晚上就先委屈你们一下，住在这里吧。”

“不是住村里吗？”吕阳奇怪道，“这里到染溪村还有几公里山路吧？”

“行啊，待会儿去村里看一下，你们想住也可以住村里。”高书记哈哈一笑，大家上车前往染溪村。

汽车沿着省道向前行驶，孟燕明在车上给严喆他们介绍：“染溪镇算是广成市最小的镇，全镇人口不超过 3 万人，全部分散在大山之中，共有 8 个行政村，你们扶贫的染溪村在镇子最西边，隔壁就是云省，经济最落后，群众也最贫困，下面 12 个自然村总共不到 800 户，3000 多人口。

“别看染溪镇经济落后，但这里可是革命老区，抗日战争的时候咱们这里的染溪联队可是赫赫有名，1949 年的时候咱们这儿也是整个广成市第一个升起五星红旗的地方。

“现在咱们走过的这一段是整个染溪镇最热闹的地方，镇政府、卫生院、镇小学都在这里，全镇唯一的饭店也在这里，以后想吃饭的话来这里就行。旁边还有个不大的超市，基本日用品在这里也能买到。”孟燕明边说边指着窗外。

严喆几个人看着镇商业中心，有种想哭的冲动：两旁的商店大多是泥砖盖的房子，最高不过两层，所谓的饭店也就是珠江市郊区的路边摊儿水平，超市里的东西也只有些锅碗瓢盆之类的，可即便这样，所谓的镇商业中心路段也没超过 100 米。

随后，路两旁看到的便是老旧的民房、杂乱的草丛和山坡，时不时有些小孩儿沿着路边追逐嬉戏，他们身上的衣服也脏兮兮的，全是 20 世纪的款式。

严喆皱着眉：“村里怕是比镇上条件更差吧？”

“那是当然，染溪村可是我们镇最穷的村啊！”孟燕明感叹道，“慢慢地你们就知道了，这个村可不像你们想象的那样，他们 90 年代的时候可是风光得紧哩！”

“哦？难道不是一直很穷吗？”钟小飞好奇道，“他们还发过财？”

“是啊，那时候家家户户一天都能挣好几百块呢！”孟燕明神秘一笑，不再多说。

几个人看着车窗外绵延的山脉，一方面感叹祖国的大好山河，另一方面又发愁这个局面怎么扶贫。

20 分钟后，车子在一条弯曲的山路上停下，路边有几间土坯房，高书记率领众人走向中间那座房子，来到近前才给严喆介绍：“这里就是染溪村的村委会，以后咱们扶贫工作队就在这里办公，你们要是想住这里的话也行，反正房子就是这个情况，你们怎么住都行。”

吕阳吐了吐舌头，这种破房子在他印象里是给牲口住的，人怎么能住呢？

“你们别觉得条件差，还有比这个更差的房子呢!”高书记带着大家进了村委，里面一共三间房，中间的房子是办公场所，一进门正对面的墙上贴着党旗照片，两旁挂着各种政策宣传标语，一排桌子将房间隔成两部分，里面是村干部办公的位置，外面是群众办事的区域。两旁的房间则小了不少，一间里面摆着通铺，可供五六个成年人并排睡觉，另一间则是厨房和餐厅，工作人员用餐和做饭的地方。

“怎么样？找到扶贫的感觉没？”高书记带着严喆把村委里里外外转了一圈儿，正好碰见一位年纪稍大的老者，给双方介绍，“这位是村支书，你叫他财叔就好。”

又向财叔介绍了严喆他们。

然后大家一起坐在村委开了个短会，高书记说，染溪村如今的情况可以总结为“三多三少”：老人多、孩子多、病人多，收入少、劳力少、知识少。接下来的扶贫也要围绕解决问题开展工作，通过三年时间彻底改变染溪村的贫困面貌。

严喆几个人破案抓人还行，什么时候见过这种场面，一时间脑子都有些短路，感觉根本无从下手啊!

“高书记，王镇长，不怕你们笑话，扶贫这个事我们是昨天才接到命令。说实话，心里一点儿准备都没有，怎么也想不到这种只在电视新闻里见过的事会落在我们几个头上。”严喆硬着头皮发言道，“我们三个人都是业务部门出身，办办案子、抓抓犯罪分子可能还有点特长，但说起怎么帮老百姓脱贫致富、带领全村奔小康，我们心里可是一点儿底也没有。不过呢，我们几个也有个特点，就是从来不怕啃硬骨头，再难的事也总是人干出来的，所以我们既然来到染溪村，那就不能装装样子糊弄大家，能干多少成绩不敢说，但努力去干是错不了的。我在这里先表个态，我们一定尽最大努力把工作干好。也请各位领导和大家伙多帮助我们，给我们支持。”

见完面，天也差不多黑了，严喆他们觉得村委确实条件太差，而且刚到这里人生地不熟的，住在镇上可能更方便开展工作，所以商量了一下还是决定回镇上住，等情况都摸清楚以后再搬回村里。

就这样，一行人顺着山路又回到镇上，晚饭就在染溪镇唯一的饭店“阿灿大排档”解决，镇班子成员全都到场，大家冒着寒意围坐在圆桌前，一起煮了锅瘦肉红薯粥，饭店老板还特意烤了条山里的草鱼，大家就着米粥吃着烤鱼也算别有一番风情。

高书记一边吃一边说：“我们这儿的环境虽然不错，但条件确实太艰苦了，你们这些住惯了大城市房子的人怕是要适应一阵了。”

“是啊，没想到咱们染溪镇的经济这么落后。”吕阳说，“这么多年都没发展起来，高书记你觉得主要原因在哪儿呢?”

“这个可就说来话长了，不过最主要的还是思想，安于现状，不愿意奋斗。”高书记说，“别看这里位置偏僻、交通不便，但大山里可都是宝贝啊，只是这里的老百姓习惯了贫穷，宁可就这样饿着冻着也不想改变，几十年的思想也没有变化，怎么能过上好日子呢?”

王镇长点头道：“有点本事的年轻人全都离开村里，不再回来，没有人才的话怎么发展呢?”

大家纷纷摇头叹息。

回到宿舍，吕阳和钟小飞连衣服都没脱就躺倒在床上，一动不动。钟小飞说：“老严，我觉得咱仨被彻底流放了，搁在古代的时候脸上还得刺个字才行。”

“是啊，这日子可怎么熬啊!”吕阳生无可恋道，“你看见村里的样子了，这哪儿是扶贫啊，简直就是要命。四周全是山，去趟广成市都得六个小时，怎么扶? 我说句不好听的，就是拿着钱我都没地方花!”

“你们俩这思想很危险啊!”严喆关上房门，手里拿着破报纸往门缝里塞，“越是穷的地方越需要我们帮一把，不来这里你能想象得到，都 21 世纪了，咱们国家还有这么穷的地方?”

“别唠叨，赶紧睡觉，明天起来咱们就进村，先看看这村里到底有多穷。”严喆塞完门缝，也裹着大衣上了床。

咔嗒!

灯泡熄灭，三个人躺在床上沉沉睡去。

第二天一大早，孟燕明背着个双肩包，手里端着三碗热腾腾的红薯粥来敲门。严喆他们早已起床，正对着染溪村地图研究路线呢。

“呦，起得挺早啊！”孟燕明呼着哈气进来道，“快点趁热喝，山里没什么可吃的，回头给你们配个电饭煲，平时煮个面条、熬碗粥啥的也方便。”

严喆他们裹着大衣睡觉早起都被冻得直哆嗦，看见热粥就跟见到亲人一样，捧起来呼噜呼噜地喝个干净，然后一抹嘴道：“孟院长，今天有空儿吗？带我们进村转转吧。”

“行啊，高书记给我安排了任务，这两天别的啥也不干，就是陪着你们下村走访。”孟燕明笑道，“怎么样，咱们现在就出发吧。”

四个人说走就走，开上五菱直奔染溪村。路上，孟燕明对他们的小五菱赞不绝口，直夸珠江市局的领导有眼光，村里面的道路又窄又弯，一般的汽车根本过不去，只有摩托车和小面包能过，小五菱别看外观不上档次，但在山里绝对是王者级的存在。

严喆和吕阳对视一眼，心里暗暗吃惊，车队队长派这个破车给他们的时候难道已经知道他们要来染溪村？不然市局各种车辆都有，干吗非派辆要报废的破车给他们。这是巧合还是故意安排的？

几个人一路闲聊，很快便到了染溪村委会。孟燕明伸手一指：“往前走百十米，右手边有个岔路，从那儿开进去就行。”据他介绍，染溪村像一棵大树那样，沿着省道向两边的山里开枝散叶，村民也都像树枝上的叶子，零零散散地分布在山里各个角落。所以每去一户村民家都要沿着小路走一段距离，不知不觉就会进到大山深处。

“为啥不住在一起？这样分散着住多麻烦，出趟门都跋山涉水的。”钟小飞想不明白。

“这也是祖祖辈辈形成的格局，主要原因还是没有大块的土地，村民想聚集都没地方盖房子，只能零零散散地分开，每户门前有那么几分地，可以种点稻谷木薯之类的作物，勉强可以糊口。”

“我看资料，咱们村一共有贫困户150多户，占全部户数的六分之一，从今天开始就挨个去看一下吧。”严喆拿出染溪村地图，上面已经标识出要走的路线和贫困户的住址，密密麻麻的，一看就知道做了功课。

“可以啊，这么快就进入角色了。”孟燕明赞赏地看了严喆他们一眼，用手一指地图上最近的位置，“咱们就从这里开始吧。”

村里全是泥土路，小五菱一下省道就开始剧烈颠簸，随时都会散架的样子。他们第一个走访的贫困户是一个独居老人，名叫陈窝才，今年67岁，老伴儿走了好几年，两个女儿早已嫁人，从来没回过家，更别提往家寄钱赡养老人了。陈窝才身体不太好，高血压、冠心病这些就不说了，前两年上山收肉桂皮还不小心摔伤了腿，如今只能在家门口一带活动，种点木薯青菜养活自己。去年一年的经济收入不超过100块钱，幸好国家给村民提供了基本的退休补助，每月还有100多块钱，总算勉强能维持生存，但也只是保证他饿不死而已。平时生个病之类的都不舍得去医院，只能靠喝热水硬抗，一座老房子也早已破败不堪，四处漏风不说，墙壁上全是窟窿，说不定哪天就塌了。

见到严喆他们到来，陈窝才显得很高兴，嘴里不停地说话，看样子是很久没人陪他聊天了。孟燕明和严喆跟老人聊天，了解他的生活情况。吕阳负责记录，钟小飞负责拍照，这些都是要为贫困户建档立卡用的，上级规定了详细的格式要求，他们逐项做好记录，分析问题，以便将来对症扶贫。

从陈窝才家出来，几个人都有点沉默，这个老人过得太难了，等到再过几年老人不能动的时候，该怎么办呢？难道只能躺在床上等死？

“陈窝才算贫困户里比较好的，起码自己还能动，生活可以自理，咱们再往山里走，你们可得做好思想准备啊！”孟燕明提醒了一句，然后带着他们赶往第二户。

第二户的情况和陈窝才不一样，这家人丁兴旺，光孩子就有七个，六个女儿一个儿子，名字从招弟开始起，盼弟、来弟、有弟、引弟、喜弟一路下来，终于最小的儿子降生了。但这家人也已经家徒四壁，彻底没了活路。严喆他们到来的时候，老远就听见院子里一群孩子嬉闹的声音，他还以为这里开了个乡村幼儿园呢，没想到这群孩子全是一对夫妻生的。不仅如此，他们家还有两位卧床的老人，夫妻两个只能一人出去打工，另一人在家照顾全家。虽然男人在外面打工每月能寄 1000 多块回来，但两位老人、七个孩子再加上女人自己，一共十口人怎么也不够分的。更何况老人卧床还需要吃药，这点钱更是杯水车薪。

他们了解完情况继续前往第三家，这户已经远离省道，门前一条羊肠小路曲曲折折，不知道的还以为住在世外桃源呢，但严喆他们一进屋就傻了。不是假傻，是真傻了！

这家一共五口人，其中傻子就占了四个。原因也很简单，男人天生智障，父母为了让他成家，便从外村娶回来一个傻姑娘，两个人结婚之后一口气生了三个娃，其中两个是傻子，只有老大智力正常，如今已经 20 岁，常年在外打工，定期寄钱回家，父母和两个傻弟妹就全靠这不到 1000 块钱生活。平日里他们也会干点活儿，但种地忘了浇水，养鸡不知道喂食，生活的状况可想而知。四个人挤在一间危房里，从来不会打扫，屋里面的味道比厕所还臭。严喆他们想了解一下情况，可连聊天都调不到一个频道，只能登记完情况作罢。

随后，他们又一连走访了好几户，全都各有各的情况，有得重病没钱治病的，还有精神病人生活无法自理的，比较而言，最开始的陈窝才确实是他们当中条件最好的。

一天时间很快过去，孟燕明看看时间，对严喆说道，今天差不多了，我们去最后一家就收工回去了。他们一天都在山里，中午饭都没顾得上吃，早就饿得前胸贴后背。钟小飞甚至已经头晕眼花，低血糖发作了好几次。

小五菱早就被小路挡在了外面，他们只能靠脚步行跋涉。孟燕明鼓励大家说，前面还有一公里就到了，这也是这条路线的终点。

严喆他们咬紧牙关，心想最后一户应该没多大问题，白天见到的那些贫困户已经让他们大开眼界，这最后一家再差也差不到哪儿去了。

几个人又走了半个小时，终于到了大山深处的一块平地上。小路尽头是一座已经不能称为房子的“房子”，土坯的墙壁已经倒塌了三分之一，只剩下西北角的一块还勉强有个房屋的轮廓，墙壁上用竹子胡乱拼搭着撑起一块“屋顶”，上面盖着花花绿绿的塑料布，下面用草帘挡着算是“大门”，其他地方则一片狼藉，到处都是碎砖头、破瓦砾，连下脚的地方都没有。

“这是贫困户的家？”严喆三人已经彻底震惊了。

钟小飞惊呼一声，指着房屋后面一块用砖头垒起来的“灶台”，上面的铁锅已经穿了一个大洞，锅里的污垢足有一指厚：“猪圈都比这里强吧。”

这时候，草帘微动，一个小小的脑袋怯生生地从里面探出来，是个三四岁的小男孩儿。随后，又有两个女娃娃从里面出来，他们三个都很瘦，穿得破破烂烂，这么冷的天竟然都只穿着单衣。

“这怎么回事？”严喆眉头紧紧皱起，脸色变得十分难看。

“唉，这家真是说来话长啊。”孟燕明叹了口气，“这三个孩子的妈妈早几年跑了，再也没回来，他们现在跟着爸爸生活。”

“他们父亲有病？”吕阳问道。

孟燕明摇摇头：“健康人一个，身体好得很。”

“那怎么回事？”钟小飞奇怪道，“正常人还会让自己孩子穿成这样？”

“一言难尽。你们还记得我说过的，染溪村上世纪 90 年代曾经风光过。”孟燕明终于放下一直背在身后的双肩包，从里面拿出方便面和煮鸡蛋还有牛奶面包，三个孩子看见后眼睛瞬间亮了起来，陈大妹拉着弟弟妹妹立刻冲了过来，抢过面包撕开包装，和弟弟妹妹一起大嚼起来。

“染溪村东面的这座山里有金矿，上世纪政府管理没那么严格，当地村民就偷偷挖金，家家户户都一夜暴富，过了不到一年好日子。后来政府严格管理，盗采金矿的行为被制止，那些暴富的村民一夜之间从天堂跌回了地狱，因为钱来得容易，所以没人会攒钱，全都挥霍一空，后来有些人干脆养成了好吃懒做的习惯，即便日子过得穷困潦倒也不想劳动，整天想的还是一夜暴富，赚快钱。”

严喆听明白了，这三个孩子的父亲应该就是因为懒，所以老婆跑了，三个孩子才成了乞丐一样。

“他人呢?”吕阳语气不善道。

“没在家，应该下山赌博去了。”孟燕明叹口气道，“他要是在家的话，看见我来了肯定冲出来要钱。”

“孩子是无辜的，不能再这样下去了。”严喆斩钉截铁道，“带他们回镇里。”

“这可不行，陈意仁知道了肯定不会同意，他毕竟是孩子的父亲，监护权也在他手里。”孟燕明阻止道，“我们想过很多办法，给孩子们送衣服被子，结果转身就被陈意仁拿去卖掉，我们想接孩子到镇上的小学读书，可陈意仁死活不同意孩子住校，非逼着他们每天走几公里山路去上学，遇到刮风下雨，孩子根本走不出去。”

“哼，这种人渣不配为人父母。”严喆冷哼一声，“我们是扶贫工作队，不是扶懒扶赖工作队，这三个孩子我管定了!”

说罢，他和吕阳、钟小飞一起过去，让三个孩子收拾东西跟他们下山。

“我看谁敢动我孩子!”这时，身后的树林里传来一个懒趴趴的声音，“我自己的孩子，我想怎么养就怎么养，关外人屁事，都别多管闲事，知道吗?”

“多管闲事?你管这个叫多管闲事?”吕阳和钟小飞怒目而视瞪着陈意仁，“你自己烂泥扶不上墙，连孩子也要毁掉吗?”

“哼，孩子是我生的，怎么管他们是我的事，和外人无关。镇里领导都不能干涉，你们算什么东西，还敢管我?”陈意仁一招手，三个孩子顿时吓得面无血色，灰溜溜地想要回“屋”。

“都别动!”

一声大喝，所有人都被吓了一跳。

只见严喆两步来到陈意仁的“房子”前面，冷笑道：“你的家事我们当然无权干涉，我们是扶贫工作队的，这次来就是为了检查一下村里面贫困户的住房情况，这是我们责任范围内的事。”

说完，严喆抬起脚嘭地一下踹在泥坯墙上。

哗啦啦……

本来已经摇摇晃晃的破土墙哪里承受得了严喆的一脚，烟尘滚滚中整个塌了下去。

“你敢踹我家房子！我跟你拼了！”陈意仁大怒，从地上捡起石头朝严喆冲过去，可人还没靠近呢，就被吕阳一把扭住胳膊，石头也掉在了地上。

“救命啊，村干部打人啦，还扒人房子啊！”陈意仁扯着嗓子大喊。

“随便喊，反正荒山野岭的，也没人听。”严喆拍了拍手，把剩下的还没塌的墙壁也一一踹倒，直到整座屋子全都成了一堆砖头，这才满意。

陈意仁被吕阳死死按住，眼看着自己家变成了废墟，眼角终于流下眼泪，怨毒地盯着严喆，咬牙切齿道：“王八蛋，我跟你拼了！”

“现在知道难过了，早干吗去了？”吕阳废了老大劲儿才把陈意仁按住，“你还挺有劲儿啊，看来没饿过肚子，你看看孩子，他们都饿成什么样儿了！有你这样当爹的吗？还好意思喊，真不嫌丢人！”

“滚，王八蛋，我跟你们势不两立！”陈意仁喊得更起劲儿了，“我要报警，让警察把你们全都抓起来。”

“报警是吧？我们就是广成市公安局的，你的行为已经涉嫌虐待儿童，现在就带你回派出所，有什么不满随时说，法律会保护你的合法权益。”吕阳没带手铐，但钟小飞从废墟里拣出一根塑料绳，三下五除二把陈意仁两只手捆住，防止这家伙半路跑了。

严喆让陈大妹把家里重要的东西都带上，一行人浩浩荡荡从山里出来。路过其他村民房前的时候，很多人闻讯走出家门看热闹，大家都知道陈意仁的为人，对他被抓无不拍手叫好。很多人都在说，公安局派的扶贫干部能耐可大了，谁不听话就抓起来，严喆他们再次成为村里的焦点。

回到镇上，天已经彻底黑了，高书记他们在镇政府等着严喆一行，旁边还站着一个面容黝黑的汉子，穿着冬执勤服。严喆一眼认出，这就是刘政委跟他提过的镇派出所所长王清。见面后，高书记安排人先带孩子去食堂吃饭休息，然后大家伙坐在办公室里一边啃红薯一边商量事情，主要讨论怎么处理陈意仁的问题。

"这家伙不学无术、好吃懒做就算了，还把孩子折磨得这么惨，绝对够判刑的了。"吕阳忍不住道，"我们马上收集证据，移交检察院，孩子不能再让他养了，会害了他们一辈子。"

"对，我没见过这么没人性的家长。"钟小飞也义愤填膺，"不仅是虐待，他不是还经常赌博吗？我觉得这事儿也得查清楚，村里怎么会有赌场，是谁开的，都有哪些人参与，一个都不能放过。"

高书记轻咳一声，眼神瞟了下王所长，尴尬道："这些问题都是好多年积攒下来的，不是一时半会儿能彻底解决的，先不要着急。"

严喆微微眯着眼睛，打量了一下王所长："王所长，你的意见是……"

王清的脸很黑，不知道是天生如此还是心情不佳，神情严肃道："陈意仁的事儿我们都了解，这也不是一时半会儿能解决的问题。我当然明白严队长的意思，但是我问一句，以染溪村现在的条件，如果把陈意仁抓起来，三个孩子交给谁来养？咱们镇上是没有福利院的，送到县里面的话对方会收吗？这些都是问题。再说赌博的事儿，我不客气点说，越是贫困的地方陋习越严重，而且我们镇山多人稀，几个人找个山洞往里一钻，谁能知道？就派出所这三个人，怎么抓？不现实啊！"

"那王所长的意思就是不用管喽？"严喆嘿嘿一笑。

"我没说不管，而是得分轻重缓急，比如我这次出去办案，所里除了快退休的一个民警和一个辅警看家外哪里还有人手去抓赌？

街面上的巡逻能停吗？派出所的门能上锁吗？这些都得有人干才行啊。”王清抱怨道，“要么让市里再给派一个年轻民警过来，要么再多招一个辅警也行，否则我手里这点儿散兵游勇根本玩不转啊！”

“派出所的困难确实存在，但咱们镇上的条件有限，派出所已经是镇政府硬从牙缝儿里挤出来的经费才保持住现在的状况啊。”高书记指了指孟燕明道，“你们看看卫生院，除了两个护士外，就院长一个光杆司令，之前的医生没一个能待满半年的，这又向谁诉苦呢？还有小学，教学楼都成危房了，孩子们每天在里面上课我都不敢让他们大声念课文，生怕把房子震塌了，教学成绩常年稳定在全县倒数第一，主科老师都配不齐。”高书记叹了口气，“道理谁都懂，但咱们实在是无能为力啊！”

严喆看看吕阳和钟小飞，两人也眉头不展地看着他，三个人想起白天走访贫困户的样子，心里沉甸甸的，谁都说不出话了。

“房子已经塌了，人也带回来了，再没办法也得想出个办法。”一直没说话的王镇长张口道，“严队长做了我们一直想做但没有勇气做的事，我看这是件好事。陈意仁那个破房子随时都会倒，今天要是严队长不踹的话，说不定哪天刮大风房子就塌了，到时候三个孩子在里面，后果不堪设想！”王镇长提议道，“我想了想，要不先这样，让三个孩子住在镇上的小学老师宿舍，暂时由老师们照顾他们的饮食起居，伙食费就从镇政府食堂里支，只要咱们有口吃的就不能饿着孩子。这个大家没意见吧？”

其他人纷纷点头，顺利通过。

“至于陈意仁的问题，咱们先让他在派出所待两天，好好反省反省，趁着这两天时间在村里给他找个临时住处，抓起来判刑这事儿暂时还不现实，先解决燃眉之急吧。”

严喆把手里的红薯塞进嘴里，然后看着高书记道：“书记，今天我们初步走访了一些贫困户，内心很受触动。要说以前对扶贫工作真是没有一点儿概念，今天算是上了一课，觉得这项工作是件于国于民的大好事、大善事。我刚才初步想了一下，全村 157 户贫困户，我们争取用半个月全部走访完毕，然后整理个初步的想法和计划，到时候给镇上和市局报告，除了国家规定的任务百分之百完成外，还要想更多办法，改变村里的落后面貌。我们既然接受了任务，就一定要干出个样子来。”

吕阳和钟小飞想起白天的经历，也都重重点头，别的不说，就算是为了村里的下一代也得做点事出来才行啊。

回到屋里，三个人又继续商量。吕阳觉得现在村里最大的问题还是资金，没有钱现在想做什么都不可能，所以走访结束后第一件事情就是向上级申请经费，先把贫困户的基本生活保障住，再去争取更高目标。

“钱的事儿领导肯定想到了，虽然不知道有多少，但我觉得问题不大。”严喆琢磨道，“我们要做的主要是摸清情况，找出症结，然后提出一个详细的步骤计划，有了这个计划，再一步步实施，这样才能慢慢改变村里的状况。”

“那你说第一步是什么?”钟小飞揉揉脑袋道，“我觉得吃是第一位的，先吃饱肚子才有力气干活儿。”

“你就知道吃，你没看见好几户的房子都要塌了吗?”吕阳不屑道，“我觉得先改造危房吧，本来就穷，再砸出个好歹来岂不是更完蛋。”

“我同意胖子说的，先填饱肚子，人有了力气才有精神，有了精神才愿意干事。”严喆嘬着牙花子道，“怎么才能让大家都吃饱饭呢?”

“还是太穷啊!”吕阳叹了口气，第一个爬上床，他得抢占有利位置，不然半夜准被钟小飞的呼噜声吵醒。

严喆则睁着眼睛躺了很久才睡着，半夜还做了个奇怪的梦，他梦见自己成了山里的村民，一辈子都被困在大山里，怎么走都走不出来，吓得醒来后发现天色已经微亮。钟小飞不知什么时候滚进了吕阳的被子里，两人抱在一起睡得正香，严喆趁机给他们拍了张合影，留着将来“欣赏”。

穿上棉袄又裹上军大衣，严喆走到屋外洗漱，这时候正是一天里最冷的时候，窗户上已经落满白霜，山里的雾气将整个镇子笼罩，空气里的潮气让人不管穿了多厚的衣服也感觉不到一丝暖意。

严喆用冰冷刺骨的山泉水洗了把脸，瞬间精神许多。他紧了紧身上的军大衣，暗叹还是抗美援朝时期的产品质量过硬，庆幸这100块钱花得值。然后，他想起光明市场的商户们，不知道他们还有没有再被傻三儿欺负。想到这，严喆脑子里突然冒出一个想法，傻三儿不是要搞野味儿餐厅吗，这家伙人傻钱多，游手好闲，不利用一下岂不可惜。

他赶紧进屋找手机，直接拨了过去。

傻三儿昨晚睡得很晚，主要原因是他听说严喆一伙儿人下乡扶贫去了，高兴得大摆筵席，带着小弟们狠狠热闹了一场。直喝到快天亮才回家，这会儿刚躺下准备睡觉，电话就响了。

傻三儿拿起手机一瞧，吓得差点从床上滚下来，心说这位爷难道开了天眼，怎么自己背后刚骂完他，电话立马就打过来了？心里一万个不想接，但看着严队长的大名，又实在下不去手挂断，纠结了半天还是接了：“早啊，哥！”

“起床没？”严喆问。

“啊？哥，我这刚躺下，咋了，又要去酒吧找人吗？”傻三儿小心翼翼。

“不用，今天不找人。”严喆嘿嘿一笑。

“那就好，那就好。”傻三儿长出一口气，“哥，您有什么指示？”

“没指示，我就是想你了。抓紧时间，过来我这儿一趟。”严喆不容争辩道，“染溪镇政府，你用导航定位到这里，道路很顺畅。”

“啊？哥，您没开玩笑吧？这可远啊。”傻三儿腿都软了，结结巴巴道，“我白天，还要上班呢，再说，市场也离不开我……”

严喆眼珠子一瞪：“少啰唆，我一到镇政府，这里的书记、镇长都找我打听你，说广成市有个好兄弟，我问是谁，他们说是三哥你。我一拍大腿，敢情都是一家人，所以今天你必须过来一趟，高书记他们特别想念你。”

“哥，会不会是搞错了？”傻三儿抓抓脑袋，“我都没去过染溪镇，书记、镇长咋会知道我呢？”

“看你说的，我开始也不相信，结果他们都信誓旦旦地说广成市的傻三儿，大名鼎鼎，染溪镇的好汉们都知道。”严喆吹牛不打草稿，继续忽悠道，“尤其是现在全镇人民都在努力脱贫致富奔小康，他们守着宝山没有渠道，都盼着你过来给大伙解救一下子。我当时就表态了，说三儿你在广成市的光明大市场可是全市最牛的场子，只要你点头，他们的山货就相当于进入国际市场了。所以，全镇上下委托我邀请你来染溪镇考察考察，让他们也开开眼界，我是已经拍着胸脯打了包票的，今天中午前必须赶到！”

傻三儿还有点不相信：“哥，你说的都是真的？别忽悠我啊。”

“哪能呢，你带上小弟们过来就行，这可是镇政府，又不是盘丝洞，还怕我吃了你啊？我都奇了怪了，染溪镇的老百姓怎么就这么认可你呢？我的名头在这儿都没你响亮。”严喆说得跟真事儿似的，傻三儿听完还真信了。

“哥，啥也别说了，我想起来了，我知道染溪镇的人民群众为啥这么爱戴我了。”

“为啥？”

“因为我认识威哥啊！”

“伟哥？”严喆一愣，这事儿跟伟哥有啥关系？

“不是伟哥，是威哥！咱们西南路上赫赫有名的好汉，你没听说过？”傻三儿这下彻底明白了，“威哥老家就是染溪镇人，十几年前背井离乡去外面打天下，前两天回来给先人修坟，我还代表广成道上的兄弟请威哥在夜宴好好喝了一场，气氛相当热烈！”

“威哥，名字是不是叫管威？”严喆收起刚才嬉皮笑脸的表情，语气冷冽起来，“傻三儿，我要你现在马上开车来染溪镇，中午12点前，爬也得爬到我面前，懂了吗？”

“懂，懂了！”傻三儿隔着电话都能感受到对面嗖嗖的杀气，心说这是咋的了，别是要把我诓进山里宰了吧，不行，得多带点人才行啊！

上午，在严喆的要求下他们走访的路线做了调整，只在省道附近，没有深入大山，为的就是能及时赶回镇上。

中午11点45分，傻三儿带着七个小弟，开着两辆车浩浩荡荡赶到染溪镇，严喆他们还有孟燕明早已在镇政府门口等候。傻三儿从捷达里出来，腿麻得半天走不了路，还得让人搀着才走进镇政府大院。

“三儿，你来得正好，我们在镇上最好的酒楼安排了宴席，就等你了。”严喆笑着迎上来，拉起傻三儿朝“阿灿大排档”走去。一群人坐了两桌，每人一碗辣椒炒米粉，还上了一盘肉末青菜，算是荤素搭配。

傻三儿看得眼睛有点直，问道：“这不是镇上最高档的酒楼吗？怎么就这一个菜？”

“三儿，我呢也不忽悠你了，咱们不打不相识，我把你当我兄弟，今天跟你说句掏心窝子的话。”严喆端起茶杯，深情款款道，“染溪镇是个穷地方，这就是最好的饭菜，今天请你过来就是想把山里的好东西通过光明市场给推介出去，让咱们染溪镇的老老小小一起过上好日子。”

傻三儿脑袋有点转不过弯儿：“哥，这是啥意思，我咋不太理解呢？”

“你不用理解，只要记住哥这句话，听我的，我让你干啥你就干啥，然后你赚钱发财，我完成工作，两全其美！”

“哦，这我就明白了。合着是让我赚钱呗？”傻三儿笑道，“做生意我是专家，只要东西好，我们市场保证销路。”

“行。这事儿咱们就说定了，回头签个合同，在市场上给我留三个黄金位置的铺位，我这边负责供货，利润四六分成，你四我六，没问题吧？”

“那房租呢？”傻三儿也不是完全没脑子，一下子问到关键。

“威哥的面子，值不值三间铺租？”严喆一拍桌子，“你就说值不值吧？”

傻三儿脸色变了变，露出纠结之色，最后一咬牙道：“值了！”

“好，一言为定！”严喆冲吕阳一使眼色，后者赶紧把准备好的合同拿出来，双方签字按手印，这事儿就算定了。

旁边的孟燕明都看傻了，怎么感觉跟小孩儿过家家似的，一分钱不花就拿下广成市三间铺位？利润还能四六分成？自己一碗炒粉还没吃两口呢，合同就签完了，这也太轻松了吧。

说完正事，严喆拉着傻三儿坐到一旁的小桌上，低声问道："最近有没有威哥的消息？"

傻三儿摇摇脑袋："那天喝完酒威哥就走了，他说自己有其他事处理，让我们不用陪着，而且我也喝高了，后面就没他消息了。"

"哦，你知道威哥在外面做什么买卖不？"严喆打听道，"我现在在山里，也想拓展点业务，有钱一起赚。"

"我听说威哥是在西边边境上做买卖的，具体干啥还真不太清楚。"傻三儿皱眉道，"对了，喝酒那天晚上他还给我建议来着，让我把光明市场改建成特色餐饮的主意就是他给出的，还说现在有钱人最喜欢吃野味儿，越是山里的价钱越高。"

"你是怎么认识威哥的，你们之前有联系？"

"没，是威哥通过朋友找的我，我也不知道他怎么想起我的，可能我最近几年的名头也比较响亮吧。"

"行，那咱们染溪镇以后也靠三哥了，将来一提起广成市染溪镇，不光知道威哥，还知道咱三哥的大名。"严喆哈哈一笑，"好不容易来一趟，今天下午跟我们一起进山，咱们了解了解这边都有啥特产。"

"好嘞！"傻三儿很开心，他一直想做大事，让别人对自己刮目相看一回，现在这个梦想似乎离他越来越近了。

经过这段时间的走访，严喆发现这里家家户户都有喂鸡养鸭的习惯，因为山里不缺水，村里分布着大小溪流十几条，随便哪条小路边都有涓涓细流经过，所以鸭子都是成群结队地游来游去。他跟大伙一商量，觉得傻三儿既然已经免费提供了铺面，总不能空着不用，干脆先组织一车山货过去卖一卖，就算亏也亏不了几个钱。

说干就干，高书记从隔壁镇借了一辆货车，稍微改装一下，下层运鸡鸭，上层放山货，傻三儿派了两个小弟押车，应钟小飞的强烈要求，严喆安排他做记账员，一车满载全村希望的山货就这样出发了。

“哥，你说咱这车东西能卖出去吗?”傻三儿看着渐渐远去的货车，心里很是忐忑，“广成市旁边全是山，养鸡养鸭的人也不少，人家运一趟货可比咱这个便宜不少啊。”

严喆惊讶地看了他一眼，点头道：“没想到啊，你连这个问题都能看出来，果然是干大事儿的人，一眼就看到点子上了。”

“那我说对了?”傻三儿不可思议道，他从小到大办事从来没办到过点儿上，这还是第一次被人肯定。

“嗯哪，咱们路远，运费自然高出不少。”严喆点点头，“不过咱的优势也很大呀，比如房租不要钱，人工也免费，只要价格跟市场价保持一致，赚回来的就是净利润。”

“可铺位的租金和人工不都是我出的吗?那要是赚的利润分到我手上填不平成本，那我可就亏了啊!”傻三儿终于反应过来，脸色一变，看向严喆的眼神里满是畏惧，“哥，我们市场年底也有考核，要是亏了我明年就得滚蛋了。”

“放心，咱把眼光放长远点，开始可能亏一点儿，后面销路打开了，还怕赚不到钱?再说了，染溪村是市公安局的扶贫点，在你们市场里的铺位也可以挂上市公安局扶贫合作商户的招牌。你想想，全广成市哪个商场超市有你这个待遇?”严喆继续鼓动，“名利、名利，名为什么排在利前面?因为名声比利益重要，有了名声还怕没有利吗?放心，这一车货只是个开始，将来咱们染溪村要成为全广成最牛的村。”

傻三儿不觉连连点头，心里想象着光明市场门口挂上金灿灿的“广成市公安局扶贫合作点”招牌的样子，自己以后还不得横着走啊！心里甭提多美了。

山货送走之后，严喆和吕阳又继续走访，傻三儿闲得无聊，也跟着一块儿进山，权当旅游了。路上，严喆继续旁敲侧击地打听威哥的消息，但傻三儿也就是个“中二少年”的水平，吹吹牛皮还可以，真正有用的消息一点儿不掌握。

几个人走访了十几户之后，当天的任务基本完成，只剩最后一户。这家的户主叫萧偏弟，常年在外打工，只留下父母、妻子和两个孩子在家，房子也是破破烂烂没水没电的状态，不仅如此，萧偏弟的老婆还患有精神病，发作的时候没有理智甚至还会攻击他人，基本没有劳动能力。他们到达的时候，两个孩子在院里玩，两个老人颤巍巍地抬着水桶正在浇菜，萧偏弟老婆则躺在屋子里的床上不停地说着胡话。

孟燕明跟两个老人聊了会儿天，基本情况也问得差不多了，就跟严喆说可以回去了。但吕阳拿着手机四处拍照，进到萧偏弟老婆的屋里也给她拍了一张。那个女人似乎是感觉到屋里进了外人，转过身来瞪着眼睛盯着吕阳，抿着嘴角说道："救命、救命……"

吕阳一愣，他以为自己听错了，凑近一点儿后，听见女人还在喃喃地说："救命，救……命！"

这下由不得他不重视了，到底这个女人是精神病说胡话，还是有什么难言之隐，吕阳立刻警觉起来，拍完照片走到严喆耳边低声道："老严，屋里那个女人悄悄冲我喊救命。"

"确定吗？"严喆不动声色道，"你就说你是医生，帮她看看病。"

吕阳点头，拉着孟燕明跟两位老人介绍："这位是镇卫生院院长孟燕明，他可是广成市有名的专家，让他给你们儿媳妇看看病吧。"

老人点头说好，带着他们进了屋，孟燕明奇怪地看看吕阳："你咋知道我是精神科医生呢？"

"你是精神科医生？"这下轮到吕阳吃惊了，"瞎猫碰上死耗子，正好给她看看。"

女人住在偏房，屋子又小又阴，窗户上没装玻璃，只是用编织袋封住，外面的风一刮便发出哗啦啦的声音，听着就让人打哆嗦。靠墙的下面是用砖头和木板搭的床铺，上面的褥子已经黑得看不出原本的颜色，女人就蜷缩在床铺里面，头发乱糟糟的，脸色蜡黄，眼睛紧闭，只有嘴里在反复嘟囔着什么。

孟燕明走到床边，搬个凳子坐下，那女人歪着脑袋瞄了他一眼，嘴里含混着说："救命、救命。"

“这不是精神病发作啊！”孟燕明眉头紧皱，伸手摸了摸女人的脉搏，又翻开她的眼皮瞧了瞧，扭头对严喆道，“病得很厉害，得马上送医院才行。”

“知道什么问题吗？”严喆还以为这女的被下了毒，顿时紧张起来。

孟燕明掀开女人裹着的被子，一股尿臊味迎面而来，不过对他没有任何影响，而是抬起女人的裤腿露出已经肿胀发青的小腿。

“她的器官已经衰竭了。”孟燕明严肃地说，“这样下去坚持不了几天的。”

“是中毒吗？”严喆问。

“嗯，不仅是肾脏，肝脏也不对劲儿，黄疸太厉害了。”孟燕明点点头，转身问那两个老人，“阿伯，你们媳妇这样多久了？”

老人说，上个月开始就起不了床了，每天只能躺着。

“为什么不去医院？”吕阳问道。

“哪有钱啊，看病要好几十块呢！”老人似乎在说一件天经地义的事情，“农村人生病了在家躺躺就好了，不去医院。”

“几十块钱都掏不起吗？”吕阳不可置信地看看孟燕明，后者点点头。

“得送她去镇卫生院，可能还得送县医院才行。”孟燕明说，“现在送过去都不一定能救活。”

“不行，她不去医院。”老人听说要送人去医院，立刻连连摆手，“人死就死了，医院可不能去。”

“不用你们出钱，免费看病。”严喆丢下一句话，和吕阳一人抓着褥子的一头，将人抬了出去。因为小五菱停得比较远，几个人轮换着走了两里地才把人抬上车，然后一路加速赶回镇上。

严喆还是第一次来镇卫生院，之前听高书记介绍过卫生院的现状，知道条件比较艰苦，但没想到竟然艰苦到这种地步：一栋三层小楼，墙面已经满是裂缝，楼梯扶手甚至都塌掉了一半，楼下的诊室连个人影都没有，里面的桌椅已经积了厚厚的灰尘。二楼的病房更是可怜，房顶因为漏水墙皮已经脱落，露出里面红色的砖头，白色的病床不是缺胳膊就是少腿儿，没有一张能用，窗户上的缝隙能有半个手掌那么宽，关上门还嗖嗖地往里灌风，住在里面跟睡在马路上没多大区别。

“这就是病房？”严喆惊讶地看看孟燕明，心说这院长当得真是让人可怜，跟丐帮帮主没啥区别。

孟燕明点点头：“这是病房，旁边是员工宿舍，不过都差不多的条件。”

他走进去挑了张还算结实的病床，指挥严喆他们把人放下，然后又打电话叫护士上来。因为卫生院条件太差，镇里的人生了病基本都去县医院看，所以卫生院的护士经常不在岗，对此孟燕明挺理解的，因为他自己也不常在卫生院待着，真有事了打个电话也能赶回去。用他的话说，卫生院里死气沉沉的，待久了容易抑郁。

“这人还有救吗？”严喆看了看蜷缩在病床上的女人，她似乎病得更重了，连说话的力气都没了。

“我先联系县医院，他们肯接收的话也许还有希望。”孟燕明到外面去打电话，这时候一个胖胖的女护士来到病房，手里拿着血压计，看见严喆他们点了点头，开始给病人量血压。过了一会儿，护士量完血压，收起东西，就在一边站着。

“要不要抽血化验一下？”吕阳见护士一动不动跟个雕塑似的，忍不住提醒道。

哪知护士瞟了他一眼：“设备坏了，抽了也白抽。”

“那药呢？先给她输上葡萄糖生理盐水总行吧？”吕阳问。

“现在药房只有一种药，就是开塞露，你觉得她要是有需要我就给她用上。”护士翻了个白眼，“别瞪我，我也没办法。”

“她这都快饿死了，开塞露顶个屁用啊！”吕阳没好气儿道，“我去大排档打点粥过来。”

这时候孟燕明摇着脑袋进了屋，叹气道：“不行，县医院不收。因为她是精神病人，县医院没有特殊病房，所以不收治。”

“那精神病医院呢？”严喆问。

“不行，我以前就在广成市第三人民医院工作，也就是广成市精神病医院，距离太远不说，对这种器官衰竭的病人他们也没这个条件治疗。”孟燕明无奈道，“没办法啊。”

“那她只能等死了？”吕阳气道，“卫生院怎么连基本的药物都没有，这还叫哪门子卫生院啊。”

“真没办法，没有经费，没有人，哪里还会有药呢？”孟燕明苦笑，“现在只有一个办法，就是我去隔壁镇卫生院借药回来，剩下的就看她的造化了。”

孟燕明让护士给病人抽血，他会带着血样去隔壁镇做化验，再把需要的药品借回来给她用上，明天白天再去县医院借药，只能死马当活马医了。

“老孟，你一会儿化验的时候多验几项指标，看一下她到底是什么中毒。”严喆提醒了一句，然后和吕阳一起下楼买粥。一路上两个人都没说话，他们心里都沉甸甸的，实在没有心情。

“老驴，你说咱们能把扶贫干好吗？”严喆突然问了一句。

“不知道，太难了。”吕阳叹息道，“不过要是做成了，那真是功德无量啊！”

“功德这东西虚无缥缈，老百姓吃得饱、穿得暖、生活无忧才是实实在在的。以前我虽然知道有些地方很穷，党和国家要开展扶贫，但只是听听新闻，没什么切身体会。现在不一样了，我现在从心里想把这件事做好，这可能比我破多少件大案还更有成就感。”严喆感叹道，“我们回去就把这些天走访的资料整理出来，尽快拿方案，争取启动资金月底前到位。”

两人一边商量一边往回走，刚上楼梯就见孟燕明提着个袋子下来。他已经给病人抽过血，现在要去隔壁镇卫生院化验取药。严喆便把打的米粥交给护士，自己开车送孟燕明，吕阳回宿舍整理资料，大家分头行动，争分夺秒。

隔壁镇离染溪镇不算太远，只有十几公里，但晚上的山路光线不足，路况复杂，车速提不起来，等他们赶到时已经是夜里 11 点了，好在对方提前安排了人等着他们，连夜对血样进行化验。结果让孟燕明倒吸了一口凉气：“肝肾功能全部不正常，凝血功能严重降低，还有很严重的感染，情况不妙啊！”

“什么原因导致的？”严喆早就猜到是这个结果，所以并不意外。

“药物中毒。”孟燕明解释，“病人长期服用精神药物，本身就有副作用，但是她应该是为了省钱，没有按时吃药，而是有症状时加大药量，所以导致中毒。”

“这样啊。”严喆松了口气，至少不是人为投毒，但想到病人还是因为经济原因导致的中毒，心里还是沉甸甸的不是滋味，“有办法救吗？”

孟燕明叹口气：“情况不太好，按理说这个情况必须进 ICU，通过人工肝血浆置换和血液过滤的办法治疗，最好还能上呼吸机保证氧气供应。但咱们一样都做不到，只能多带点药回去，都给她用上，至于能不能活下来，看老天爷的吧。”

两人又连夜开车赶回染溪镇，回到病房，两个护士裹着厚厚的棉大衣在屋里来回走着，床上的病人还是目光呆滞地躺着一动不动。孟燕明看了看情况，连连摇头，因为病人有精神疾病，现在的反应他不确定是精神病发作还是器官衰竭引起了脑病。要是后者的话，这个病人生存的可能性就很低了。

严喆返回宿舍的时候，吕阳还在熬夜整理资料，见他回来连忙打听病人情况。严喆摇头说：“情况不妙，要是早点儿送到医院可能还不至于这样。”

“老严，我们已经把 157 户贫困户的资料整理出来，也都编辑好了。下面我们讨论一下该怎么办吧。”吕阳在笔记本电脑上打开一个文件夹，里面分门别类按照贫困户编号建立了对应的子文件夹，每户的情况材料、照片和证明材料都整理得井井有条。

“好，咱们先按重要性和紧急程度列个清单，把可以做的事情列一下。”严喆给他递了支烟，开始研究。时间过得飞快，等差不多敲定的时候天已经蒙蒙亮了。

“就这么定了，抓紧时间休息一会儿，一上班就去镇政府向高书记汇报，没问题就发回市局。”严喆伸了个懒腰，看着远处山脊上淡淡的朝霞，深深地吸了口气，“为有牺牲多壮志，敢教日月换新天!”

镇政府会议室。

高书记、王镇长和镇上的工作人员都在，大家拿着刚打印好的《染溪村扶贫工作规划方案（初稿）》仔细研究。良久之后，高书记放下方案看向旁边的王镇长道：“王镇长，你觉得严队长他们的提议怎么样?”

王镇长脸色挂着笑，点头道：“好是很好，如果能实现的话，我这个镇长都要跟着沾光了。”

“是啊!”高书记兴奋地一拍桌子，“严队他们的提议太有吸引力了，先从危房改造入手，一年时间完成全村所有贫困户的危房改造，同时设立大病基金和教育基金，解决贫困户的看病和教育问题，让他们没有后顾之忧，接下来重点发展村集体经济，投入300万元开展农村种养计划，引进外面的企业，共同打造染溪村的特色产业。”

“没错。”严喆点点头，“我们讨论了一晚上，觉得国家的扶贫资金和市局的扶贫投入只能先用于解决贫困户基本生活，真正改变村子贫困面貌还是要靠发展村集体经济，实现自我循环和造血功能，否则投入再多也有吃光花净的时候。”

“想法是很好，尤其是前面几项，都需要不少的投入，这个真的能做到吗?”王镇长提醒道，“按照国家的标准，贫困户的危房改造每户有1.5万元，咱们这里的贫困户条件太差，说是改造其实和重建差不多，往少说也得3万块，全村157户，至少需要资金230多万元。再加上教育基金、医疗基金，还有生活补助，少说也要三四百万元。如果再算上改善教育和医疗条件的投入，怕是要破千万了。”

“归根到底，这么大的投入，咱们市局能负担得了吗?”高书记直接说道，“计划我是赞同的，不过对于发展集体经济这块，我提一个问题，染溪镇下面这些村每年都在喊发展农村特色产业，要搞种植、养殖，结果却不尽如人意。一是咱们的自然条件限制，没有平坦的土地，种不了；二是人力不足，现在有点本事的年轻人几乎都外出打工了，留在村里的大部分是老弱病残，少部分年轻力壮的还不想干活儿，这种状况搞什么产业也发展不起来；三是咱们的技术不行，种植和养殖业是个专业性很强的行业，本来就有一定的风险，如果没有技术人员的指导，那风险就更大了，到时候一场鸡瘟猪瘟，一年的投入和辛苦全打了水漂，村民们才不会管你什么理由，他们只会追着政府要赔偿，到时候我们就被动了。这三个问题不解决，村集体经济就发展不好。”

“书记讲话就是有水平，一针见血就把问题指出来了。”严喆点点头，“我们昨晚也对这事儿商量了很久，最后发现这个事是无解的。为什么这么说呢？一是自然条件不是人力能改变的，大家只能因地制宜找到适合本地条件的作物种植；二是人的问题，人往高处走是自然规律，我们不可能阻挡，除非我们把村里经济搞好了，有钱了，到时候人自然就会被吸引来，否则年轻人一定是想往大城市走；三是技术问题，这个相对容易一些，我们可以多想办法，比如从广成市聘请一些技术人员来做顾问，也可以和企业合作，让他们提供技术支持。

“归根结底，在政府托底的基础上，必须先把思想观念转变过来，精神面貌好起来，人就会有干劲儿，从陈意仁这种好吃懒做的人入手，先啃硬骨头，给村民们树立榜样，以点带面，激发活力！”

方案经过讨论，做了细节上的修改，然后发回广成市局，刘政委那边确认收到后叮嘱严喆，让他务必规规矩矩扶贫，千万不要闯祸。

“政委，合着我在你眼里就是个惹祸精？”严喆不屑道，“以前那是打击犯罪，现在不一样，面对的是人民群众，我们一个个都是春风满面地到处送温暖，绝对不会惹事儿。只要你能尽快说服欧局，把钱给批下来，我保证染溪村的老百姓天天念咱们市公安局的好。”

“放心，这次扶贫攻坚从中央到地方都是要动真格的，只要花对地方，资金一点儿不差你的！”刘政委信誓旦旦地保证，“对了，我听说光明市场那里开了个广成市公安局定点扶贫商铺，听说是你们搞的。”

“嗯，没错，我让傻三儿拉了一车山货过去卖，钟小飞监督，先探探销路。”严喆大大咧咧道，“昨天刚拉走，没想到今天就挂牌了，动作挺快。”

“唉，傻三儿这孩子要是能跟你在扶贫村锻炼一下也是件好事，你多盯着他点。”刘政委嘱咐道，“他父亲当年是我们市局的民警，后来因公牺牲了，这些年他们孤儿寡母挺不容易，虽然这孩子有点胡来，但本性并不坏，一定不能让他走上歪路。”

严喆这才明白，怪不得张所对傻三儿他们那么关照，说：“傻三儿已经要往歪路上拐了，幸亏遇见我，让我一顿揍又回到正路了。不是我说你们，既然是英烈子女，组织就该多关心一下，这小子现在已经发展到在市场上敲诈勒索的地步，再往前一步就是万劫不复。”

“唉，你说的没错，确实是我们忽视了，我一会儿就向欧局长汇报一下这个事，现在像傻三儿这种情况的孩子不少，他们的父亲或者母亲为工作献身，我们就要成为孩子们的父亲、母亲，谢谢你提醒。”刘政委诚恳地说，“关爱民警和优抚工作都不能停留在口头上，必须像抓扶贫攻坚一样，动真格的。”

放下电话，严喆去找傻三儿，他和小弟们睡在镇小学的教师宿舍，这也是严喆第一次去小学。染溪镇小学的校园不大，操场铺着黑煤渣，上面用石灰粉画了跑道，旁边是一栋破破烂烂的四层楼，被中间的楼梯分为两半，左边是教学楼，右边是老师办公室和宿舍。

傻三儿他们昨晚睡在顶楼的一个房间，严喆上去的时候看见他正裹着被子坐在床上哆嗦。傻三儿说：“严队，这房子也太冷了，昨晚冻得我们一夜没睡，门窗就没有一处不漏风的。本来屋里还有个电炉子加加温，谁知道刚开五分钟就跳闸，然后一晚上连电都没有，这简直活受罪啊！”

严喆拍拍他身上厚厚的棉被，发出噗噗的闷响，笑道：“贫困地区不都这样嘛，不然还扶什么贫？起来吧，出去活动活动就暖和了。”

“哥，我今天还是回去吧，这里太苦了。”傻三儿苦着脸道，“放心，咱们达成的协议一直有效，只要按时发货过去就行。”

“你确定要走？”严喆翻了个白眼。

“哥，你就放过我吧，我这人只适合坐镇指挥，冲锋陷阵不是我强项啊！”

“那行，本来我今天找你是想让你带着你兄弟一起去打击犯罪的，既然你坚持要走我也不拦着了。”严喆装作要走的样子道，“这边山里有一伙人开赌场，金额不小，你要是带着人把他们端了，那威望至少再上升两个档次，这要是在古代的话，老百姓会给你立生祠的。”

“啥？哥，你说的是真的？”傻三儿一听顿时不淡定了，“真能让我在染溪镇扬名立万？”

“废话，哥哥我啥时候骗过你？”严喆眼睛一瞪，“不过你都要走了，那这事儿只能让给吕阳办了，上次还有好几个小姑娘撵着他加微信，说他有威望。没办法，现在的‘00后’就吃这一套。”

“哥，别说了，我不走了，今天就带我去，我也去看看怎么抓赌的。”傻三儿两眼放光道，“甭说抓赌了，打击卖淫嫖娼我也很在行，你说在哪儿吧，给我指明方向，我立马就拉着队伍过去！”

“行，那就妥了！”严喆快人快语，“穿上鞋，现在就跟我走。”

说罢，带着傻三儿出学校直奔派出所，路上吕阳也加入进来，但傻三儿像护食的老母鸡似的，看向吕阳的目光里充满了警惕，整得吕阳莫名其妙，不知道自己哪儿踩了傻三儿的尾巴了。

派出所里设有专门的区域关押嫌疑人，染溪镇也不例外，一个敞口房间外面用铁栏杆封住只留一个小门供人出入，陈意仁这两天就住在里面。严喆到的时候，他正抱着被子躺在铁床上睡觉。

所长王清介绍道：“这家伙就是个滚刀肉，问什么都说不知道，只会装傻充愣，我反正是没招儿了，剩下的就看你们的了。”

严喆几人从小铁门钻进去，在陈意仁对面坐下来，吕阳敲了敲床帮道："别睡了，起来。"

陈意仁翻了个身，慢吞吞地坐起来，然后来了个"葛优躺"，眼睛直勾勾盯着严喆。

"废话我不说了，就问你一个问题，赌博的场子在哪儿?"严喆跷起二郎腿，点了根烟，"我们时间紧张，别扯没用的。"

"我不知道警官在说什么，哪有赌场啊?"陈意仁漫不经心地说，"上次你踹倒我家房子的事儿，我还要向政府反映呢。"

严喆嘿嘿冷笑一声，冲吕阳摆摆手，后者掏出手机咔嚓给陈意仁照了张相，说："你老婆叫刘美凤没错吧?我们查了一下，已经找到她现在生活的地址了，她现在过得不错，重新找了个男人，对她很好……"

"别说了!"陈意仁双眼圆睁，吼道，"这个贱货，别再跟我提她!"

"提不提不是你说了算的。"严喆吐个烟圈儿道，"你们还没办离婚手续，法律上讲她还是你老婆，也是你三个孩子的妈。你现在什么情况你自己清楚，虐待儿童、参与赌博，这些都是刑事犯罪，按照规定必须通知家属。"

"没错，我们都是按规定办的，等会儿就把你的照片发给刘美凤，通知她过来接孩子。"吕阳点头，"我跟她联系过了，刘美凤同意把孩子带走，到时候你在离婚协议上签个字，把孩子的监护权交给你前妻，她说了，准备把孩子一接过去就给他们改名字，什么大妹、小妹的，难听得要命。陈姓也不好，太常见了，干脆跟她姓刘，以后入户、上学啥的也方便。"

陈意仁越听眼越红，脸上的肌肉拧成一团，腾一下子就朝吕阳冲了过来，抡起胳膊就要动手。

啪!

他还没碰着吕阳，就被严喆一巴掌扇在脸上，打得他原地转了两圈，扑通一声跌坐在地，右边半张脸已经肿起老高，看得傻三儿不由自主地缩了缩脖子，心想这位爷太生猛了，以后千万不能得罪。

“警察打人!”陈意仁恶狠狠地盯着严喆，扯着嗓子大喊。

“你还意图袭警呢。”吕阳晃了晃手机，“随便喊，我这儿都有录像，到时候一块儿发给你老婆，看看谁丢人。”

陈意仁闻言果然闭上嘴巴，只是眼神更加怨毒了。

“别拿这种眼神看我，不好使。”严喆笑得很欠揍，“实话告诉你，我们不是广成的公安，来这儿也是帮助工作，你们政府欢迎还来不及呢，别说扇你了，我就是每天揍你一顿也没人当回事儿。知道不?”

“你们仗势欺人，不得好死!”陈意仁骂道。

“还是那句话，把赌博地点告诉我们，我也让你在你老婆面前留点尊严。”吕阳说，“要是把庄家的名字说出来，我还可以再考虑一下不让你孩子改姓，你自己选吧。”

陈意仁低着头，想了半天终于张口：“我说，不过你们得放我出去，把孩子也给我。”

“陈意仁，你自己什么情况不知道吗? 孩子跟着你吃什么? 睡哪里?”严喆勃然大怒，“你要是个爷们儿就堂堂正正做人，自己把脸挣回来。别像个尿货一样，在外面没脸没皮，回家在孩子面前要威风，自欺欺人很好玩吗? 以后孩子长大了该怎么看你?”

陈意仁沉默不语。

“这样，孩子暂时住在学校，你自己找份能养活自己的工作，什么时候房子盖起来了，什么时候把孩子接回去。”严喆拍板道，“同意的话就说出赌博地点，不说我们就把孩子送给你老婆养，自己决定。”

说完，严喆他们从班房里出来，所长王清在外面等着，严喆找他商量让傻三儿一伙人参与抓赌的事。

“治安联防队?”王清皱眉，“镇上给拨钱吗? 所里可没有经费养他们。”

严喆不满道：“我说老王，你这个人也太小气了，镇里赌博你不管，说是人手不够，我给你找来了人，你又说没经费，要是啥都给你准备好，还要你这个所长干啥? 干脆犯罪分子都挨个来所里报到呗。”

王清挺没面子的，忍不住说：“严队长，你是大城市来的，不了解我们这地方的实际情况，你成立治安联防队没问题，但我这里确实经费紧张，没办法给他们开工资，总不能让我把钱变出来吧。”

“行，那既然这样，联防队的经费我去找镇里直接开支，不过派出所这里要支援装备，这个总不为难王所长吧？”严喆憋着火儿道，“你可别说连装备都没有。”

“这个自然是有的，警棍、头盔之类的管够。”王清点点头，“我多问一句，治安联防队主要负责什么？咱们这儿又不是交通要道，外人都很少来，联防队员能干什么？”

“打击犯罪，先从赌博开始抓。”严喆说，“另外，他们虽然是染溪村治安联防队，但赌博这东西不可能固定在一个地方等着你来抓，要是他们行动的话，可能范围不一定只在染溪村，这个先给王所长提前通个气儿。”

“没问题，只要在染溪镇派出所管辖范围，我这边都会尽力支持。”王清点点头，“只是他们行动的时候必须在严队长的指挥下才行，否则我怕闹出事儿。”

严喆点头答应，这时候所里的值班辅警过来报告，陈意仁要见严喆。

染溪村因溪水得名，是山上几条比较大的溪水流经交汇的地方，就连染溪镇也是因此得名。这几条溪水水量充沛，一年四季从不断流，也是村民的生活水源，重要性不言而喻。其中一条最大的溪流来自村子背面的鳌头山上，这座山也是整个染溪镇村民们埋葬先人的坟山，山上一片片的都是各家各户的祖坟，所以除了清明和七月十五祭祖节，平时没人上山。陈意仁说的地方就在鳌头山上一座巨大的墓前。

傻三儿和他的小弟们每人配发一套迷彩服，还有一个头盔和一根警棍，胳膊上戴着“治安联防”字样的红袖箍，看起来杀气腾腾的，挺像回事儿。

傻三儿从来没享受过这种待遇，一连两天每天带着队伍在村里到处转悠，看见谁家小孩儿跑到马路上就给拎着送回去，看见谁家门口乱丢垃圾也上去说一顿。原本还有村民不服管理，傻三儿他们呼啦一帮人围上去，吓得谁也不敢说什么，只得乖乖听指挥。一时间，村容村貌整洁不少，也算是面貌一新了。

按照陈意仁提供的信息，这天下午鳌头山上会有赌局。严喆、吕阳和傻三儿早就准备妥当，时间一到就带着队伍进山了。一路上严喆都在四处张望，吕阳问他找啥，严喆说山上风景不错，正好面对染溪镇，视野开阔，鸟语花香，要是将来在山上建个公园就好了。

吕阳说那不可能，这么多坟看鬼吗？除非把山上的坟都给迁走。严喆说等再过几年，村民生活好了，也许不用动员，自己就把坟迁走了。几个人走了没多久，就看到山路在前面不远处的树林里分岔。严喆让大家隐蔽起来，自己先去看看情况。

他顺着山路悄悄靠近了一点儿，果然看见山路分出一条小路通向树林，陈意仁说那个林子里有一座很大的墓，旁边还修了凉亭，那帮赌博的人就在亭子里玩诈金花。严喆顺着小路进去，没走几步就听见树林里传来隐约的人声，看样子还挺热闹。

没跑了！严喆悄悄退出来，冲跟在后面的吕阳和傻三儿招了招手，他们会意带着队伍悄悄靠近："怎么样？人在吗？"

"人不少，能听见打牌的声音。"严喆点头，"准备好没？记住喽，一个都不能放过，先包围再抓人。"

众人点头，傻三儿兴奋地搓搓手道："这可是咱们的第一场硬仗，都给我打起精神，亮出咱广成人民的革命精神和威武气魄。"队员们一起点头，跟在严喆后面围了上去。

他们进了树林，果然看见一座水泥垒砌的巨大坟墓，前面还修了半个篮球场大小的广场，两边各有一座凉亭，其中一个亭子里围着十几个人，正玩得热火朝天。严喆大手一挥，高喊道："警察，都别动！"然后一马当先冲了上去。

吕阳和傻三儿带着队员们紧随其后，那帮人还没反应过来就被团团包围。严喆他们往桌子上一看，全是五块十块的零钱，连张一百的都没见着。傻三儿不相信，让所有参赌人员把衣服口袋翻出来，又多了三五块零钱。严喆心里暗叹：这是真穷啊，连赌博都玩不到十块钱，还抓个屁赌。

清点完赌资，吕阳抓着一大把零钱冲严喆道：“一共一百二十六块八，怎么办？”

严喆有点泄气，冲坐庄的那人道：“就这么点儿钱，至于跑坟地里面吗？村里哪儿不能打牌！”

庄家是个老实巴交的农民，闻言说：“这里都是各家的祖坟，大家打牌不就是图个手气，还有比在爷爷奶奶坟前手气更好的地方吗？所以大家伙都喜欢来这儿玩儿。”

其他人听见了也都纷纷点头，直说这里是风水宝地，手气好。

“算了，以后你们记着，不允许到山里打牌，否则全部拘留。”严喆没好气儿道，“都回去吧，这次就算了，下不为例啊。赌资全部没收，交给小学食堂，就当给孩子们改善伙食了。”

村民们见赌资被没收，意见还挺大，可是看见傻三儿的队伍又不敢闹事，只能嘴里嘟囔几句，愤愤不平地散了。严喆他们最后离开，每个人都挺丧气，费了半天劲没想到才这么点儿收获，最多算是个牌局，连街头骗子都比这个玩得大。

“老严，我怎么觉得这事儿透着古怪呢。”吕阳低声道，“咱们想抓赌，结果这里就冒出个赌场，然后赌资还这么少，村里人要是都这么遵纪守法还能这么穷？”

“还真有点不对劲儿。”严喆摇摇头道，“难道咱们被人设计了？那又是谁走漏的消息？”

“会不会是王清？我早感觉这家伙不对劲儿，干点什么都推三阻四的。”吕阳眯起眼睛，“回头得查查他。”

“别瞎猜，陈意仁被抓走村里人都知道，开赌场的人不会傻到等着我们来抓。”严喆说，“咱们还是了解得不够深，心急吃不了热豆腐，让傻三儿他们继续巡逻。只要咱们把扶贫工作抓起来，赌博这种事儿就不敢冒头，早晚有一天会露馅儿的。”

刚回到镇上，高书记那边通知他们开会，他们报上去的扶贫计划已经通过了，广成市公安局先期拨款两百万元，加上国家的扶贫资金，足够他们大干一场的。严喆他们一听顿时高兴起来，之前的郁闷一扫而光，一起赶到镇政府。

高书记等人已经坐在会议室里，大家脸上都很兴奋，严喆一到，所有人一起鼓掌。严喆他们也不废话，提出先把村里面的小学改造好，给孩子们采购免费的早餐和午餐，同时从扶贫资金里拨出30万元交给镇卫生院，采购药品、更新设备，先把病人吸引过来，不要让镇里人一有病就往县里跑，节约大家的看病成本。同时，再分别拨款30万元，设立教育基金和医疗基金，让贫困户的孩子正常入学，让重病的病人看上病、吃上药。剩下的钱和国家扶贫款一起开展第一批危房改造，那些随时可能倒塌的危房立刻重建，一天都不耽搁。

会议结束后，整个染溪镇一片忙碌，几家施工队跃跃欲试，接下来的学校改造、危房改造会有大量的工程项目，这可是难得的机会，所有人都想分一杯羹。严喆他们早就想到这个问题，直接张贴公告，确定日期在镇政府公开招标，而且工程监理由广成市的专业公司担任，镇上施工队的小算盘都落了空，大家公平竞争，谁也别想走捷径。

一时间，镇上和村里一片热火朝天的景象，尤其是教育上，镇小学原本在染溪村设有教学点，可以教授一至五年级的课程，后来因为学校年久失修，学生流失严重，最后被迫停办。现在严喆提出重新建设染溪村小学的计划，解决本村100多名适龄儿童的上学问题，让他们不用每天翻山越岭走两个多小时山路去上学。工程队第一时间进驻，三个月内完成施工，务必赶上新学期开学。在此期间，镇小学饭堂重新装修，配了专人和专业设备，给贫困户的孩子们提供免费的早餐和午餐，其他学生只收取成本价，保证学生营养。

变化是惊人的，随着一系列工作的布置落实，村里的风气不知不觉发生了改变，过去死气沉沉的气氛不见了，人们脸上有了笑容，眼睛里也多了光彩，就连冬日里的阳光都温暖不少。

基本的民生工作稳步推进，严喆他们开始为接下来更重要的事情发愁。钟小飞打来电话，他们拉过去的山货除了前两天引起一点儿关注外，后面每天的销量都在下滑，一车山货到现在还剩三分之一没卖掉。按这样的销量测算，一个月赚的钱还不够铺租呢。虽然傻三儿已经免掉了铺租，他们账面上没有亏损，但这样下去肯定无法持续。

“胖子，咱们的东西比不过别人吗？怎么这么久都卖不掉？”吕阳问道，“是不是咱们价格贵？”

“都不是，咱们的东西在市场上质量算最好的了，价格方面确实比其他货稍贵一点儿，主要是运费成本太高，但品质也值这个价钱。”钟小飞周围乱糟糟的，他这两天都盯在市场里，快成专业做买卖的小老板了，“最根本的原因还是顾客图便宜，他们宁可买便宜质量差些的，也不愿意买咱们的东西，说白了还是穷。”

严喆他们陷入沉思，看来山货在广成市还没找对销路啊，来光明市场的都是周边老百姓，消费能力有限，除非他们能拿得出有价格优势的产品，否则很难打开销路。

“胖子，你这两天去了解一下大商场超市，咱们的东西好就应该进超市，把价格卖上去，不能跟普通商贩打价格战，我们这边再想想办法，看有没有更适合光明市场的消费层次的产品。”严喆嘱咐了两句，然后去找高书记他们商量，他就不信了，染溪镇守着这么大的山会找不到有竞争力的特产！

钟小飞点头答应，然后又悄声跟严喆汇报：“我这两天一直在私下打听，终于让我问到那个色狼的身份了，他叫管威，是染溪镇寨坑村人，年轻的时候外出闯荡，一直没回来过，直到 8 月份才回老家给他父母修坟，他家还有个姐姐叫管竹，嫁到咱们染溪村了，市局派人去调查过，但是没什么收获。不过，我又查了管竹的信息，你猜猜她嫁给了谁。”

“别卖乖，赶紧说。”严喆催促道。

“王清！”

“王所长？他相当于是管威的姐夫。”严喆眯起眼睛，意味深长地笑了笑，“看来咱们的扶贫工作越来越有意思了。”

通完电话，严喆找到吕阳，后者最近忙得脚不沾地，村里大大小小的工程同时启动，光准备材料这一项就能把人累趴下。幸亏吕阳是搞网络出身，能用信息化手段解决的事尽量用电脑搞定，总算勉强应付。

“老严，你赶紧向市局申请再派两个人增援吧，一个财务、一个资料员，我现在虽然能应付，但接下来的工作必须得有专业人员加入进来，否则肯定出事，涉及这么多钱，出一点儿娄子就是大事。”吕阳连熬了两个通宵，眼睛布满血丝，胡子都顾不上刮，外貌上已经跟贫困户没什么区别了。

“行，我一会儿就跟刘政委汇报。”严喆点头，“我来找你是另一件事，管威的身份胖子打听到了，他是染溪镇寨坑村的，外出多年，上次回来给父母修坟，他还有个姐姐叫管竹，嫁到咱染溪村了，老公就是王清。”

“啥？你确定？”吕阳一听眼睛瞪得老大，“这要是真的，一切就都能解释了，他小舅子在外面干的肯定不是好事儿，他要是有牵扯的话，肯定不愿意咱们往深了挖。我怀疑赌博的大庄家搞不好就是他呢！”

“先不要瞎猜，越是这时候我们越得稳住，装作什么都不知道。”严喆小声道，“回头打听一下他家住哪儿，找个机会过去套套话。”

吕阳点头：“这事儿交给我吧，我现在忙工程的事，每天都要去村里检查进度，找个理由去他家吃顿饭很正常。”

“行，这事儿就交给你了。”

严喆又把钟小飞在光明市场的困难跟吕阳说了一下，吕阳听了也摇头叹气：“老严，这事儿我是无能为力了，我把项目这块弄好，发展集体经济的事儿就交给你吧，你道德水平偏低，做事也没啥底线，比较适合干买卖。”

“少贫嘴，你有空儿多留意一下村里有什么量大不值钱的东西，最好是遍地都有但城里又没有的玩意儿，越是这种东西才越适合光明市场这种地方。”严喆认真道，“集体经济这事儿我来想办法，最好能引进一家企业，解决村里面贫困户的就业就好了。”

正说着话，孟燕明走过来找严喆，说高书记那边有急事，让他俩都过去。

两人不知道什么事这么急，一头雾水地去找高书记，还没进办公室就听见高书记爽朗的笑声，好像有什么大喜事一样。

进了屋，严喆看到高书记、王镇长都在，让他有点意外的是王清也在屋里坐着，一副深藏不露的样子。

“书记，找我们有事儿?”

“哈哈，你们来得正好，我这儿可是有件大好事!”高书记兴奋地一指王清道，“王所长这次可是立了大功，他从外地引进了一家大企业，要在咱们染溪村建工厂呢!”

“哦?”严喆和吕阳对视一眼，都从对方眼中看到了一丝惊讶。

“咱们这儿交通不便，连块平地都没有，什么企业愿意来这儿开厂呢?”吕阳奇怪地看看王清。

“王所长，你来给严队长介绍介绍，让他们也惊喜一下!”高书记眼睛都笑得睁不开了，兴奋道。

王清点点头，抿了口茶水说道：“是这样，我以前的同学，也是咱们染溪镇人，大学毕业后就去了外地做生意，现在功成名就想要回馈家乡，昨天打电话给我，说想在这里建个肉桂厂，专门加工肉桂。咱们染溪镇尤其是染溪村一直有收割肉桂的传统，但是因为没有加工厂，村民们辛辛苦苦上山收的肉桂皮只能低价卖给私人商贩，一年下来只能赚个零花钱，要是有了加工厂统一收，那价格可比现在高很多。”

“肉桂?”严喆之前听贫困户说过，当时他还了解过，这是种用途挺广泛的香料，但肉桂树都在山上的密林里，一棵肉桂树要三到五年才能长成，收割一次后就得种新苗，所以没人专门种植，全是贫困户实在没钱了才上山收一点儿，跟卖废品赚的钱差不了多少。之前有一个贫困户的男人因为上山收割肉桂，脚被割破，没钱去医院看病，自己用报纸和塑料袋包扎，导致伤口严重感染，差点被截肢。幸亏严喆他们发现硬拖进卫生院，才保住了一条腿。

“收肉桂辛苦不说，还很危险，赚的钱够村民脱贫吗？”吕阳也很怀疑。

“肉桂厂可以提供 20 个左右的工作岗位，按照市场价格收货，每年可以帮村民增收 5000 元左右，你觉得怎么样？”高书记笑眯眯地看着严喆，“严队长你不是本地人，不了解我们这里种肉桂的传统，这里基本上家家户户到了季节都会上山收肉桂，每年赚 2000 多块钱。如果有了加工厂，我们完全可以规模化种植，减少收割的难度和危险性，增加产量，到时候收入还会增加更多。”

严喆听完，觉得单从经济效益角度看确实是件好事。但他总觉得王清还有什么事情没告诉他们，这让他有点不踏实，但投资建厂这事可不是嘴上瞎忽悠的，那得真金白银地往里砸，怎么看也不像骗子干的事。

大家商议了一下，决定把现在村委会那块地腾出来改建成肉桂加工厂，村委会搬迁到另一个位置更便利的地方，前面再建一个村民活动广场，以后开个大会什么的也方便，比现在守着马路边强很多。

事情确定后，大家心情都不错。严喆趁机找王清打听：“王所长，你的那个同学真是了不起，发财以后不忘家乡，不知道他叫什么名字，回头引荐一下。”

王清微微一笑，高深莫测地看了看严喆：“他人在外地，跟我说这个事的时候就讲明了，让咱们一手操办就行，到时候他会把投资打进村委会的公账上，管理和技术人员也会派过来，其他的主要靠咱们村委会和扶贫工作队的同志想办法了。”

“哦，这样啊。”严喆心里的疑问更重了，“建厂房、买设备的投资可不是小数，怎么也接近两百万了，他还真是信任我们啊！”

王清笑道：“他主要是对咱们扶贫工作队的工作很认可，觉得咱们广成市局是真心帮染溪村脱贫致富，所以才愿意投资进来。这事儿要在过去，他肯定还得掂量掂量呢。”

开完会，吕阳去忙项目的事，严喆则赶到村委会安排选地搬迁的事宜。他打算用最快的速度把肉桂加工厂的地方腾出来，到时候王清说的是真是假一看便知，只要对方的投资到不了位，这事肯定就有猫儿腻。

村支书财叔听到严喆说的事后，当即表示一天时间把村委会腾出来。反正村里这些年一分钱集体收入都没有，村委会里的东西早就破破烂烂该报废了，所谓的搬迁不过就是把资料收拾好挪个地方的事，要不是村干部人手不够，半天时间就能搞定。

“财叔，你说咱们村里有什么东西量大、便宜，其他地方还没有呢？”严喆顺嘴问道，“咱们上次运到广成市的那一车山货销路不太理想，主要还是价格成本在那儿摆着。”

“这个真不好说啊，广成市附近山也不少，咱们村里有的那边也差不到哪儿去，要说村里不值钱的东西可能就是人了，还有就是各家各户用竹子编织的那些竹筐之类的玩意儿，山上竹子多，村里人用什么东西都直接拿竹子编，你看路两边扔得到处都是。”

“对，我也看见了，竹筐子编一个要多少钱成本？”严喆恍然大悟。

“不要钱，竹子直接从山上采的，手艺好点的一天可以编七八个呢。还有竹子做的各种东西，结实耐用，村里不少老人都会编的。”财叔道，“尤其是上了年纪的人，干不动农活儿，在家编点东西还是可以的。”

“对啊，我怎么没想到，咱们村本来留守老人就多，干脆把大家组织起来编竹制品，到大城市销售。”严喆一拍大腿，“村里现在有多少能编的人，麻烦财叔统计一下，另外再收购一批竹制品，我们下次就拉到广成市去销售。”

财叔说这事儿简单，村里家家户户的老人没有不会编的，收购价格也少得可怜，根本花不了几个钱。

真是柳暗花明，要是肉桂加工厂也靠谱的话，扶贫工作的局面就彻底打开了。

想到这，连严喆都禁不住期待起来，他甚至有些迫不及待地想知道几年后染溪村会变成什么样子。

村委会当天下午就搬迁完毕，村里空房子有的是，财叔带着村干部暂时先搬到附近村民家的一楼办公，等新的村委会盖起来后再搬进去。腾空的村委会只剩下三间平房，里面空荡荡的，看起来有些落寞。

严喆立刻联系王清，告诉他场地已经清空，就等他同学签协议开工建设了。王清说好，他这就联系对方。到了晚上，王清收到了合同传真，镇里连夜开会研究，做了一点儿修改后发回对方确认，第二天上午就可以签约。

“腾辉商贸公司，李勇。”严喆看着合同落款和法人代表的签名，对吕阳道，“你查一下这个公司和法人代表，看有没有问题。”

“我查了，这家公司是上个月才在云省注册的，法人代表是个二十出头的小年轻，肯定是个幌子，真正的老板还在后面。”吕阳瘫倒在床上，已经累得睁不开眼了，“反正对方投资200万元，咱们只出场地和一点儿优惠政策，怎么看都不吃亏，你就别瞎琢磨了，这里不是刑警队，别什么事儿都往坏处想。”

严喆自言自语道：“没事儿最好了，我也希望一切顺利啊！”

第二天，钟小飞坐着货车回到村里，跟他一起来的还有连睿，两人眉来眼去的，一看就是有事儿。严喆没想到连睿也来了，把钟小飞拉到一边问：“你怎么把阿睿也给带过来了，这里条件这么差，你让她住哪儿啊？”

钟小飞无奈地摊摊手：“还不是你跟刘政委要求派财务和资料员吗，连睿主动找领导要求，她就是学会计的，没有比她更合适的了。”

吕阳也鬼鬼祟祟凑过来问：“我看不对。说吧，你俩是不是有啥事儿？”

钟小飞不好意思地挠挠头，竟然破天荒地脸红起来：“还没确定，我也不知道她咋想的。”

“屁，人都被你拐过来了，还说不知道咋想的？”吕阳嫉妒地直瞪眼，“要我说隔壁宿舍还空着，给你俩住得了，扶贫工作一结束你就抱着大胖小子回单位，多美的事儿！”

钟胖子被他说得头都抬不起来，只会低着头傻笑，把吕阳羡慕得不行，干脆视察工地去了，省得看见他闹心。

严喆跟钟小飞说了自己的想法，让他下一趟车带上竹制品过去卖，价格随便开，反正这边的收购成本低得可怜，一车货也才不到300块钱，还不到运费的一半。钟小飞一听也觉得有戏，市场上卖竹制品的还没有，他们的货可以说是独此一份。

说到王清介绍来的肉桂加工厂，严喆和钟小飞琢磨半天也没研究明白，还是只能再观望观望，看看这个幕后老板到底是不是真心回馈家乡。

说起连睿，严喆正好有件事需要她出马，王清的老婆也就是管威的姐姐管竹就住在染溪村，而王清经常在镇派出所值班备勤，管竹自己在家带两个孩子，吕阳一个大男人也找不到借口上门拜访，现在连睿成了最合适的人选。

严喆让连睿以扶贫工作队财务的身份了解村民收入情况，这样就顺理成章谁也挑不出毛病。钟小飞则抓紧挑选收购竹制品，尽快拉去广成市销售，严喆则盯着肉桂加工厂和赌博的事。为此，他还专门把陈意仁弄到村小学的改造工地干活儿，并且发了话，要想孩子继续跟他姓就得老老实实把房子盖好，否则孩子还得送去他老婆那儿。

陈意仁好吃懒做惯了，脸皮比城墙还厚，没想到竟然被严喆捏住了七寸，每天唉声叹气地在工地搬砖和泥，在村子里引起不小的轰动。严喆想来想去，觉得还得从他身上找突破口。

染溪村小学严格来说不是完整的学校，只是一个教学点，教室就是一栋三层的农民房，门前一片空地就算是操场。这两年小学停办后，教室已经破败不堪，门前的操场也长满了杂草，成了村民扔垃圾的地方，刚开始动工的时候，光清理垃圾就花了整整一天时间。

严喆开着小五菱来到学校门口，看见操场上的垃圾和杂草已经清理干净，地面也经过初步的平整，终于有点学校的模样。教学楼拆得只剩下框架，旁边的空地上挖了一个大坑，准备再盖一栋房子和现有的房子连成一栋，扩大教室规模。

陈意仁正推着小车往外运砖头，看见严喆赶紧低下头假装没看见。

“看见我还装没看见，是不是又做什么亏心事了？”严喆一脚踩住陈意仁的小车，嘿嘿笑道，“不想见我就说实话，我才没工夫来看你呢。”

“知道的我都说了。”陈意仁脸色不太自然。

“别瞎扯了，咱们都心知肚明，你觉得自己不说我就查不出来是吗？要我可是要付出代价的。”严喆冷哼一声，“自古赌博无赢家，你这天天赌博的人我就不信你没欠别人钱。你说我是把你的那些债主都找来呢，还是替你把债还了好呢？”

陈意仁闻言猛地抬头，不可置信地看着严喆：“你愿意替我还债？”

“那要看你是不是配合了。”严喆深深地看了他一眼，“你知道村里面这么多项目，随便一个就是几十万，我手上的资金也有好几百万，随便挤一点儿出来就够还你那点破债了。对你来说是天大的事儿，在我看来却是一点儿鸡毛蒜皮，现在你觉得我会不会骗你呢？”

陈意仁脸色显出纠结的神情，想了好久终于咬牙道：“你现在就帮我把债还清，然后我告诉你村里的庄家是谁！”

“不急，先告诉我你一共欠了多少。”严喆心里暗喜，对于赌徒果然还是拿钱开路才管用，亲情什么的在他心里都不如钱重要。

陈意仁算了算，说：“连本带利一共30多万，你给我40万就行。”

“多的钱你好继续下注是吗？”严喆鄙夷地看了他一眼，“你当我傻啊，直接给你40万？”

“你耍我？”陈意仁眼睛里露出恨意，死死盯着严喆。

“我说帮你还债就一定能做到，但是直接给现金那是傻帽儿冤大头干的事儿，我还没那么蠢。”严喆跟他对视，眼神凌厉无比，竟让陈意仁有点心虚。

“我会给你提供一个稳定工作，还可以预支部分薪水，让你还债，只要你认真工作，我保证五年以后你的债可以完全还掉，还能和孩子正常生活。

“最近村里的变化你也看到了，你的感触应该比我要深，连那几个残障村民都在村委会找了份打扫卫生的工作，你这样四肢健全的人以后怎么办？你自己好好想想吧。”

严喆说完不再理他，在学校的工地上转了转便回到村委会，刚进门就被财叔拉住：“严队长，村委会的账户上突然多了200万，还注明了是肉桂加工厂的投资！”

“真的?”严喆愣住了，他没想到对方竟然这么快就把钱打过来，合同还没签呢，对方怎么比自己还急。

他赶紧把这个消息告诉镇里，既然钱已经到位，那就马上启动建设，反正村里到处都是工地，也不差这一个了。

高书记得到消息也高兴得不行，这一个来月他每天都是笑醒的，脸部肌肉都笑僵了。他让严喆马上开工，争取春节前把厂房盖起来，等设备一到就可以开工。严喆心里虽然还有疑虑，但看在钱的分上也不再瞎琢磨，全力投入厂房改造项目。

为了保证肉桂加工厂顺利投产，严喆还专门和吕阳一起到附近几家大型肉桂加工企业参观考察了一趟，那些企业老板听说染溪镇也要搞肉桂加工厂一个个都很兴奋，因为染溪镇附近的山脉很适合肉桂生长，历来都是他们采购的重点方向。只是染溪镇交通不好而且村民不太肯干，所以他们都是通过私人商贩收货，现在听说染溪镇的加工厂已经动工就都申请过来投资建厂。

严喆没想到肉桂这么受欢迎，顿时有种捡到宝的感觉。虽然市场形势一片大好，但他还是很谨慎，又从广成市农科院聘请专家来对村里的肉桂质量进行鉴定，在经过专家确定这里的肉桂品质很高后，才放心开工。

好消息一个接着一个，钟小飞那边运到广成市的竹筐竹篮一天时间就被抢购一空，赚了快两万元，要知道加上制作时间这也才不到一个星期，两万元的利润已经非常可观。最近一段时期，钟小飞似乎找到了新的人生爱好，天天在村子里转悠，发现了不少手艺出色的老人。后来严喆跟他一商量，干脆把这些老人组织起来，成立了“染溪村竹制品工坊”，抢先注册了商标。钟小飞根据市场情况下单，工坊这边组织人生产，生意火爆得不得了。

更让人欣喜的是，几个在外工作的大学毕业生也被村里的变化吸引，主动联系村委会表达了想回村创业就业的意向。财叔把这事跟严喆一说，严喆立刻拍板以村委会的名义面向村里的大学生开展定向招聘，岗位包括村小学教师、村委会干部、卫生所医生和技术员等。招聘期间，村委会收到了七八十份简历，这在过去简直是不可想象的事。

就在染溪村各项工作干得热火朝天的时候，镇派出所所长王清却已经连续几天不见人影。

山岭深处，一片低矮的坟头凌乱地分布在密林中。两个人影正坐在一堆枯草上如同雕塑，他们面前是一座刚刚修葺过的坟茔。虽然坟前已经平整出一片空地，但上面仍是布满落叶和枯枝。

“你姐的病又重了，最近几天她总是跟我念叨，等她走了，你们管家连个堂堂正正给爹娘上坟的人都没有。”其中一人深吸口烟，赫然就是王清。

坐在一旁的男人留着长发，戴着平底眼镜，目光一动不动地盯着前方的坟头，脸上看不出表情。

王清继续说：“现在村里的变化你也看到了，只要勤快点，都能过上好日子。过去你出去讨生活的日子已经彻底过去了，现在是收手的最好机会。”

长发男人仍旧一言不发。

“你能投资肉桂加工厂，说明你也想村里人过上好日子，我听你姐说，当年你们姐弟俩没少受村民们恩惠。现在你有钱了，要是能堂堂正正地造福乡里，爹妈在地下也会安心。”王清顿了顿，“就算不为村里着想，你也该想想你姐，她辛辛苦苦照顾你活下来，现在又得了这个病，你总不能让她带着遗憾走吧。”

长发男人终于眼神微闪，转过身看向王清：“我姐的病我负责治。”

“管威!”王清语气复杂地低喝一声，“你知道这不是你姐想要的，她的病我就算砸锅卖铁也会治下去!”

被王清称作“管威”的九哥冷声说：“你嫌我的钱不干净?”

“对!”王清腾地从地上站起来，指着九哥道，“你盗猎野生动物赚来的钱，我们用着也不安生。我还是那句话，现在是最好的时候，错过这个机会，你就再难回头了。”

“如果我说不呢?”九哥连眼神都变得冰冷起来。

“你如果不去自首，那我会亲手把你送进监狱!”王清把烟头掐灭，丢在地上，又用脚狠狠地踩上去碾了又碾，“你可以让手下冒充你的身份给爹妈修坟，难道你还能让手下每年冒充管威来给爹妈上坟吗?你好自为之!”

说罢，王清转身离开。

他走后不久，树林里又冒出来一个人，那人站在九哥身后，正是一直跟在他身边的手下阿火。

“阿火，你觉得我姐夫说的事可行吗?”九哥幽幽道。

阿火的声音有些低沉：“我听你的。”

九哥转过身眼睛盯着阿火，良久之后点了点头：“不反对?”

随后，他迈步朝密林深处走去。

“又请假了?”在镇派出所里，严喆皱眉看着面前的辅警，“王所长最近有些忙啊!”

辅警30岁左右，脸形细长，眼球向外突出，头发脏兮兮的，打着绺贴在脑门上，给人的感觉有些怪异。他有些谄媚地冲严喆哈了哈腰：“领导，王所长说他家里有事，忙完这两天就回来。”

“你怎么称呼?”严喆深吸口气，“等王所回来，通知我一声，我找他有工作要谈。”

“我姓谢，谢朗，叫我小谢就行。”

严喆点点头，转身离开。

刚回到办公室兼宿舍，吕阳就急匆匆地跑进来：“不好了，村小学刚买的电脑被偷了。”

哪知严喆闻言不怒反喜："是刚到货的那批电教设备吗?"

吕阳从桌子上端起一个茶缸，咕咚咕咚灌了一大口水，点头道："里面的平板电脑被偷了，一共15台。"

"嗯，终于上钩了。"严喆满意地点点头，"咱们的人跟住了吧?"

"当然，我让高书记专门安排的人，这一个多月就盯着陈意仁，昨天晚上这家伙悄悄溜进学校仓库把东西偷走了，人也躲起来了。"吕阳嘿嘿一笑，"我猜他把东西卖了肯定会去赌，所以安排三个人轮流盯着他呢。"

"好!"严喆一拍大腿，"我刚才想去找王清探探口风，没想到这家伙又没影了。这次咱们干脆不惊动派出所，让傻三儿的人顶上，务必把后面的庄家揪出来!"

"村里面赌博成风，我看王清也脱不了干系。"吕阳赞同道，"连睿发现，最近几天他们家都关着门，王清的老婆也神出鬼没起来，肯定有问题。"

"通知傻三儿，让他的队伍做好准备，随时出发。"严喆大手一挥，感觉一切尽在掌握。

村后的鳌头山顶，在一片杂草丛中矗立着几块大石，后面则是一片墓群。由于年代久远，大部分已经没有了标识，只在一块大石上刻着"染溪抗日联队阵亡将士墓"。一条弯曲狭窄的羊肠小道从山脚下延伸而来，四周全是半人多高的杂草，不熟悉的话根本发现不了。

陈意仁此时正背着一个破竹筐，深一脚浅一脚地朝山顶的石头走去，竹筐里面用编织袋包裹着十几个方方正正的包装盒，正是村小学失窃的平板电脑。

来到大石前面，他并没有停留，而是钻进后面的墓群，直接穿行而过。让人想不到的是，墓群后面，鳌头山背面竟然有一个天然形成的石洞，高近三米，里面十分宽敞，容纳四五十人不在话下。石洞里面胡乱摆着一些石头，大小不一，上面还铺着毯子，坐着的七八个村民正围成一圈，聚精会神地盯着中间的牌局。

陈意仁把竹筐放下，用袖子擦了擦额头的汗，眼睛里放出很少见过的光彩：“嘿嘿，你们几个不仗义，也不等我就开局啦！”

一群人中有几个抬头看了看他，嘿嘿笑道：“你不是在工地搬砖头吗，这么快就改造好了？”

“去他妈的，老子憋了一肚子气，要不是为了这几个值钱玩意儿，早就跑了。”陈意仁从竹筐里掏出一个平板电脑，在眼前晃了晃，“怎么样，最新款的‘菊花厂’产品，五千多一台！”

“行啊，几天不见，长能耐了！”其他人也纷纷让开位置，好让陈意仁挤进去。

“这个可以，我儿子正好想买个平板上网课。”

“我老婆也想要一个追剧。”

“赶紧的，快点……”

一群人很快开始了新的一局。

山道上，傻三儿带着队伍跟在严喆和吕阳身后，走得歪歪扭扭，腰都快直不起来了。

“哥，咱们到底去哪啊！你确定他们能在山上面吗？”傻三儿的脸上、手上已经被杂草割破了无数细小的伤口，疼得龇牙咧嘴，“别是走错路了吧！”

“就在前面，马上就到了。”严喆表情严肃道，“这次肯定不会错！一会儿就看你们的了。”

傻三儿闻言咬了咬牙，不再抱怨。经过最近一阵子的锻炼，他也变得爷们儿了。

又走了三里多山路，一行人终于来到鳌头山顶。严喆和吕阳看见大石头上刻的那行字，都有些感慨。没想到抗日将士们竟然被埋葬在这里，也不知道那帮赌徒是怎么找到这里的。

没时间细想，他们按照带路村民们的指引，穿过墓群，隐约听到山后面传来的人声。

“就在前面的山洞，大家准备！”严喆举起手，让队伍整理了一下。因为只有一条路，也不用讲什么策略了，一会儿带头往里冲就是了。

随着一声大喝，严喆一马当先冲进山洞，里面的人正赌到了兴头，根本没注意外面有人来了，直到被傻三儿一群人团团包围才反应过来。看着严喆手里黑洞洞的枪口，一个个吓得呆若木鸡。

“老陈，你这次立了大功！”严喆哈哈大笑地冲陈意仁挥了挥手，陈意仁吓得脸色煞白，两腿控制不住地哆嗦个不停。不用看他都能感受到周围人射过来的骇人目光，结结巴巴地说：“你胡说，谁立功了！”

严喆才不听他的，仍旧一脸兴奋地冲他抛媚眼：“多亏你亲自带路，我们才能找到这里，否则这么隐蔽的地方，就算给我一年时间也找不到啊！”

“你、你……胡说八道，我没有带路。”陈意仁终于发现自己被严喆坑了，一想到自己以后在村里的处境，顿时想死的心都有了。

这时，吕阳带着傻三儿把石头上摆放的赌资收缴完毕，兴奋道：“这次收获很丰盛啊，看样子能有小十万了。”

严喆闻言满意地点点头，不忘再给陈意仁补一刀：“老陈，剩下的就看你的了，把组织赌局的庄家给我指出来，你就可以拿政府的举报奖励了。”

陈意仁气得满脸通红，咬牙切齿地瞪着严喆：“你诬陷我！”

“哎，都这时候了，再说这个就没意思了啊！”严喆嘿嘿笑道，“这么多钱，在场的人起码得在监狱住到退休了，你说出来也没关系嘛。”

赌博的村民哪里懂法律，听严喆说要住监狱，还要关到老，顿时吓得哭爹喊娘，纷纷开始倒戈，一致举报陈意仁就是赌局的组织者。

严喆皱了皱眉，有些意外地看看陈意仁，这家伙穷得吃了上顿没下顿，怎么可能是庄家？难道他背后还有人？

没时间多想，他让傻三儿的队伍把人带走，自己和吕阳走在最后，琢磨案情。他们相信，染溪村一定存在一个庄家，村民们的赌博都是这个人组织的，但这人隐藏得实在太深了，连陈意仁这种人都愿意替他打掩护，可见对方的狡猾。

回到镇上，王所长还是不知所踪，电话也关了机。高书记让严喆他们先借用派出所办理案件，他想办法去找王清。对此，严喆有些不满，作为派出所主官，一声不响地玩起了失踪，这明显违反规定，可高书记竟然还想护着他。难道这里面还有自己不知道的隐情？

王清不在，派出所里只剩下两名辅警，一个是谢朗，另一个上了年纪只能做做打扫卫生、看看大门的工作。严喆只好叫谢朗过来，帮他们一起询问赌徒。可这帮人到了派出所后一下子变得油嘴滑舌起来，不仅不承认赌博还对庄家的事矢口否认，连陈意仁的压力都小了许多。

“这真是见鬼了！”吕阳从询问室出来，忿忿不平地骂道，“这帮刁民，真是不要脸，说得好像是我们抢了他的钱似的。”

严喆叼着烟、皱着眉，同样很是郁闷，他感觉有一只无形的手拦在自己身前，让他的一举一动都被人牵着鼻子走。这种感觉很不爽，没想到一个小小的染溪村竟然还有这么深的水。

正在这时，严喆手机响起来，竟是许久不联系的关猛。

“说！”严喆心情不好，说话很冲。

关猛也不拐弯抹角：“庄局让我通知你，市局跟的一宗网络赌博案，其中一个下线的电脑最近两年频繁使用的 IP 地址在你扶贫的那个村，地点是镇派出所。你先不要声张，留个心眼儿。”

严喆眼睛微微眯起来，终于想通了这群赌徒为什么一个个都反口了，敢情真正的庄家是镇派出所的人。

这里一共三个人，除了那个看大门的老头儿，就只有王清和谢朗，其中最反常的就是王清了。不过，严喆也不会先入为主，一切都要用证据说话。

与此同时，一辆老式标致 308 正在山间缓缓前行，开车的正是王清。

坐在副驾驶位的是王清的老婆管竹。

此刻，两个人都脸色僵硬地看着前方弯曲的山路，谁也没有说话。

良久之后，汽车在一处山坳里停下。路边站着两个男人，其中一人还拎着一个旅行袋，看样子沉甸甸的。

“姐，你怎么来了？”九哥，也就是真正的管威，看见王清和管竹从车上下来，轻声叫道。

“阿威，你叫你姐夫来做什么？”管竹板着脸，语气不善道，“我跟你说得很明白，要么自首，要么再也不要纠缠。以后我也没有你这个弟弟。”

“姐，我有自己的难处。”九哥缓缓摇头，“我叫他来是为了这个。”

说着，他让身后的阿火把旅行袋放在管竹身前，拉开拉链，露出里面一沓沓整齐的人民币。

“这是两百万，给你看病的。”九哥轻声道，“我知道我的钱不干净，但我只是个打猎的，人没饭吃总不能活活饿死吧？我记得小时候你跟我说过，伤天害理的事情我从来不碰。”

“那也是违法赚的钱。”管竹并不领情，“你姐夫的工资虽然不多，但足够我们过日子了，我的病是命，将来怎么样我都认了，把钱收起来。你要是还认我这个姐，就去公安局自首，争取宽大处理。”

九哥冷下脸道：“为什么你们都觉得我做错了？那个年月，我除了这条路还能怎么活？狼崽子都知道饿了要吃肉，我一个大活人，难道为了守法就得活活饿死吗？”

管竹脸色有些发白，身体哆嗦起来，一旁的王清赶紧扶住她，厉声打断九哥：“你闭嘴，再怎么找借口也不能改变你盗猎的事实。我真该见到你的第一天就把你抓了！”

“哼，你有那个本事吗？”九哥不屑地冷哼一声，“我决定了，现在就离开这里，这辈子再也不会回来，这钱你爱治病就治病，想捐了就捐，随你们处理。”

说罢，他深深地看了管竹一眼，转身朝山林走去。

“站住！”

身后传来一声大喝，只见王清手里举着枪，对准九哥吼道：

“我说过，要么去自首，要么我亲手抓住你！”

“什么，王清带着老婆一起开车走了？”严喆很诧异，“他到底想干什么？畏罪潜逃？”

高书记在电话里告诉严喆有人看到王清和管竹一起上车出了镇。

“走了多长时间？朝哪个方向？”严喆问。

“半个小时前，镇上的人看见了，朝西边去了。”高书记有些无奈，“你不会真的怀疑老王是保护伞吧？”

“有这个嫌疑，但还不好确定。”严喆说，“我去追追看，兴许能发现什么也说不定。”

他让吕阳留下，盯住同样有嫌疑的谢朗，自己则开上小五菱顺着县道朝西驶去。山区这点好，路只有一条，只要弄清楚方向想追丢都难。他一路加速，一口气开出去 50 多公里，连个人影都没看见。

就在他准备放弃的时候，前面突然出现一个大山坳，远远看见路边停着一辆红色轿车。

王清的车好像就是红色的，严喆心里琢磨：他们怎么停这儿了？

他使劲踩了脚油门，可小五菱抗议似的轰鸣了几声，速度一点儿也不见加快。

五分钟后，小五菱终于接近红色轿车，严喆一眼就看见站在车后的王清，还有一个女人靠在他怀里，地上放着一个旅行袋，里面隐约好像是钱。对面则站着两个男人，其中一个正是严喆在棚户区见过的长发男人——九哥！

“怎么回事？”严喆看见王清手里的枪，下意识地一摸口袋，想起自己是来扶贫的，枪早就还给单位了，只好拿起方向盘锁，缓缓向王清靠近。其间，他发现九哥身后的那个男人手里也握着枪，却没有指向任何人。

“王所，这是怎么回事?”严喆小心问道。

王清没有看他，而是一字一句地问九哥：“我再问你一遍，要不要跟我去自首?”

严喆惊讶不已：这什么情况?

九哥却冷笑着摇了摇头说：“自首? 我从小到大都不知道什么叫自首，要么杀了我，要么让我走。”

砰!

一声巨大的枪声在山坳里响起，所有人都吓得呆了一呆。随后发现，九哥身前的一块石头被子弹崩碎，碎石擦过九哥脸颊，划出一道血痕。

咔咔……

阿火终于举起手枪，同样对准王清，随时都能开枪。

“好! 很好!”九哥脸色阴沉似水，眼神冰冷得吓人，“有你这个姐夫，我很满意。有本事你就杀了我!”

哪知王清举枪的手竟然缓缓转向，黑洞洞的枪口最后竟停在妻子的额头上：“我不会杀你，我只会让你知道，你的选择会付出怎样的代价!”

“把枪放下!”九哥看见王清的枪口对准管竹后，立刻双目圆睁，再也没有了之前的淡定，“马上放下枪!”

“放下枪?”王清惨笑一声，“你知道这两年我和你姐过的是怎样的日子吗? 她的病本来已经稳定了，就是你的出现，让她整日担惊受怕，我也心神不宁，你赚到了钱又怎样? 家人因为你发财而有一丝幸福吗? 我们的生活全都被你毁掉了!”

“胡说八道!”九哥气急败坏地吼道，“如果没有我，谁给你们钱看病? 如果没有我，谁给村里投资建肉桂加工厂? 现在嫌弃我的钱不干净了，当初拿钱的时候怎么不说?”

“你姐看病没花过你一分钱!”王清彻底爆发了，大声喊道，“我用自己这条命发誓，她看病买药的钱全是我一分一毛省吃俭用攒下来的! 至于投资建厂，那是你自己要回馈家乡，我以为你改邪归正，才想让你戴罪立功，主动自首。我们从来没有花一分钱在自己身上!”

严喆听得直皱眉，看样子王清说的跟赌博案没什么关系，难道自己从开始就猜错了?

就在这时，已经濒临崩溃的王清突然哈哈大笑起来:“老子虽然穷，但我从来没做过亏心事，唯一一次昧着良心违反规定就是为了你!你觉得你不幸就可以违法犯罪了?狗屁!我现在就郑重地告诉你，把枪放下，束手就擒!别逼我!”

九哥看见暴怒的王清，终于缓缓地举起手，同时示意手下阿火放下抢。

王清让阿火把枪踢开，严喆趁机溜过去把枪捡起来，给两人搜身，又发现两把枪和几十发子弹，后背不禁一阵发凉:好险!

这时，王清也把枪口从妻子额头移开，有些歉疚地看了妻子一眼，发现对方闭着眼睛，似乎对外界发生的一切都不关心。

严喆从车上找了根绳子把九哥和阿火捆住，塞进后排。九哥借机对他说:“让我姐坐这辆车吧，我想和她说说话。”

严喆叹了口气:“早知今日，何必当初。”

王清有些失魂落魄，对九哥的请求没有反应，而是自顾自地开车走了。严喆有些纳闷儿，只能让管竹坐在自己旁边。两辆车一前一后返回镇政府，高书记和其他人都得到消息，正在这里等着。

路上，严喆总觉得脑子有些乱，王清的行为似乎和赌博不太沾边，听他说的话，应该是因为老婆生病和小舅子九哥的事影响了状态，违规多少有些违规，但和组织赌博应该没关系。那这样看来，谢朗这个辅警反而成了嫌疑最大的人了。

正琢磨着，吕阳的电话打了过来:“搞清楚了，谢朗刚来派出所不到半年，之前在外地打工，时间上和关猛说的对不上。”

谢朗的嫌疑也被排除了，难道是看门的老大爷?

两人沉默了一下，都明白这是不可能的:老大爷眼睛有白内障，连派出所的牌子都看不清楚，怎么可能搞网络赌博?

就在这时，一直坐在副驾驶位的管竹扭过头看向后排的九哥，轻声道:“一会儿记得坦白从宽，你姐夫虽然开了枪，但你还是有可能争取宽大处理的。”

“晚了，我认栽！”九哥神情落寞道，“爸妈走的时候我才五岁，我永远都记得你牵着我的手挨家挨户要饭、把好吃的全给我吃的场景。听说你生病的时候，我就决定把钱都给你，只要你能好好活着。所以，当你让我自首的时候，我怎么也说服不了自己。我好不容易才有了今天，凭什么说放弃就放弃！”九哥继续说道，“我不服，我是从生死边缘争过命的人，我不信有人心甘情愿放弃一切，绝对不可能！”

“是啊。那时候我都不知道自己是怎么熬过来的！”管竹叹口气，“现在想想，我就是因为不想死，所以才能带着你坚持下来。所以，我得病后也一直告诉自己，必须坚强地活下去。为了活，我什么苦都愿意吃。”

“没错，就是你教会我，永远都不要放弃自己！”九哥略显激动，“现在却是你让我放弃自己！”

管竹摇摇头道：“你错了，我也错了，承认错误、承担责任不是自我放弃。我不知道自己还能活多久，但下面是我给你做的最后一次示范了。”

说罢，管竹看向严喆，平静地说：“严警官，我知道你一直在找村里组织赌博的庄家，还有网络赌博的上线。我现在向公安机关自首，这一切都是我做的。我生病后一方面怕没钱治病，另一方面怕倾家荡产，开始参与网络赌博，后来却越陷越深……”

一个月后。

染溪村原村委所在地，一栋崭新的生产厂房已经完工，门口挂着绸子做的大红花，外面锣鼓喧天鞭炮齐鸣，刘政委和高书记每人手持红绸布的一角，在鼓乐声中一起为肉桂加工厂揭幕。

村后的鳌头山顶，严喆、吕阳、钟小飞、关猛、傻三儿、连睿和周悦静静地站在一片墓前，墓群最前方的一块方石上刻着“染溪抗日联队阵亡将士墓”。

严喆轻轻抚过石头表面，喃喃道：“鳌头山顶埋着抗日英雄，难怪村民们争先恐后地要把先人葬在这里，当年就是他们带领村民打鬼子、求解放！”

“谁能想到，这么多年后这里竟然成了聚众赌博的窝点。”钟小飞感叹道。

“更想不到的是，幕后的庄家竟然是王清的老婆，连王清都被蒙在鼓里。这个人真是可惜了，要不是这场大病，恐怕也不会走上邪路吧。”吕阳同样叹息。

“人生没有如果，选择了就要勇敢面对，不论是好的结果还是坏的结果。”关猛说，“整个案子的金额上亿，染溪只是其中一小部分，但赌博的危害已经影响了一大批人。”

“没错，多年前将士们在这里英勇奋战。今天，换我们继续奋斗了。”吕阳感慨道，“我们应该在这里建一座公园，纪念牺牲了的革命英烈，让整个染溪镇都知道这里是英魂的长眠之地，时时刻刻盯着他们，谁也不许懒散、不许懈怠。”

严喆望向远方：“这里，曾经有人来过。以后，还会有更多的人来，一代一代，永不止步！”